기업소설
시리즈 007

정경유착

소설 건설업

다카스기 료 지음 | 서은정 옮김

등장인물 소개

야마모토 다이세이山本泰世

'다이요 은행'에서 '도와건설'로 파견된 기획본부 조사 담당. 게이오기주쿠대학을 졸업한 재원으로 두뇌회전이 빠르고 상황 판단에도 능하지만 상대가 누구더라도 자기가 옳다고 생각하면 굽히지 않는 솔직하고 강직한 천성 탓에 호감도 미움도 사기 쉬운 타입이다. 존경하는 아라이 전무를 좇아 파견 나간 '도와건설'에서 은행원으로는 겪을 일이 없었던 건설업의 이면을 엿보게 된다.

와다 세이이치로和田征一良

'도와건설'의 사장이자, 현재 '도와건설'을 중견 제네콘의 자리까지 올려놓은 인물. 호방하고 배려가 깊은 모습이 있는 반면에 말을 자주 바꾸거나 주변 사람에게 화풀이를 하는 등, 독불장군 오너의 모습도 숨기지 않는다.

와다 에미코和田惠美子

와다 세이이치로의 재혼 상대. 브라질 혼혈로 3개 국어에 능통한 재원이며 '도와건설'이 소유한 호텔의 상파울루 지점장이기도 하다. 유능하고 용모도 아름다운 여성이지만 남편의 부하직원인 야마모토에게 끊임없이 추파를 보내 야마모토를 곤란하게 만들기도.

아라이 데쓰오新井哲夫

'다이요 은행'의 전무. 은행을 퇴임하고 '도와건설'의 부사장이 될 때 야마모토 다이세이를 직접 파견사원으로 '도와건설'에 데려간다. 야마모토가 신입일 시절의 시부야 지점장으로, 야마모토의 표리없는 강인한 성격에 매료된 사람 중 하나.

가와하라 료헤이河原良平

'다이요 은행'의 융자3부 조사 담당이자 야마모토의 입사동기. 야마모토가 모르는 '도와건설'의 속사정이나 다른 시각에서의 이야기를 다양하게 들려주는 야마모토의 조언자.

후쿠다 준福田淳

'도와건설'의 상무. 소위 말하는 '더러운 일' 담당으로 사장이 익애하는 야마모토에게 지대한 관심을 가지고 있다. 야마모토는 남몰래 안경 쓴 저팔계라고 부르는 중.

기타와키 겐이치北脇謙一

'도와건설'의 상무이사. 사장실 실장으로 야마모토의 직속상사. 와다 사장의 야마모토 편애가 심해지자 야마모토를 눈엣가시로 여기고 있다.

다케야마 마사토竹山正登

차기 총리로 유력한 정치인. 와다 세이이치로와는 막역한 사이이며 이 다케야마와의 친분을 이용하여 와다의 '도와건설'은 제네콘 중에서도 독보적인 권력을 갖게된다.

일러두기

1. 이 책의 일본어 표기는 국립국어원 외래어 표기법을 따르되, 최대한 본래 발음에 가깝게 표기하였다.

2. 인명, 지명, 상호명은 일본어로 읽어주는 것을 원칙으로 하되, 극중에 처음 등장할 시에만 한자를 병기하였으며, 필요한 경우 옆에 주석을 달았다. 다만 지명의 경우, 소속 지명들과 같이 언급되었을 시에는 또다시 한자를 병기하였다.

   *인명
      예) 야마모토 다이세이山本泰世, 와다 세이이치로和田征一良, 아라이 데쓰오新井哲夫
   *지명
      예) 도쿄東京, 나가노 현長野県, 시부야渋谷
   *상호명
      예) 도와건설東和建設, 다이요은행大洋銀行

3. 본문의 이해를 돕기 위해 필요한 경우 용어 옆에 주석을 달았다.

   *용어
      예) 제네콘(종합건설, general construction의 줄임말)
          도시은행(대도시에 영업 기반을 두고 전국에 많은 지점망을 갖는 전국적 규모의 보통 은행)

4. 서적 제목은 겹낫표(『』)로 표시하였으며, 나머지 인용, 강조, 생각 등은 작은따옴표(' ')를 사용했다.

   *서적 제목
      예) 『서유기』
   *영화 제목
      예) '나이아가라'

5. 모든 주석은 내용 이해를 돕기 위해 역자와 편집자가 붙인 것이다.

제1장 파견 전야

1

"인사부 부장님이 부르십니다. 지금 당장 오실 수 있습니까?"

"네, 바로 가죠."

기획본부 조사 담당 야마모토 다이세이山本泰世는 인사부 부장 직속 여비서의 전화를 받고, 의자에 걸쳐놓았던 양복 상의를 팔에 꿰며 책상을 벗어났다. 시계를 보니 오후 4시 40분이었다.

일반적으로 인사부 부장이사인 다카노 히로시高野弘에게 직접 호출되는 일은 거의 없다. 인사이동에 관한 일이라면 직속상사인 기획본부 부부장 오노 다쿠로大野卓郎를 통해서 미리 타진하든가 예고해야 마땅하다.

무슨 일일까? 야마모토는 불길한 예감을 느끼면서 같은 7층 남측에 있는 인사부 부장실로 향했다.

야마모토는 1972년 3월에 게이오기주쿠대학慶応義塾大學 경제학부를 졸업하고 같은 해 4월에 중형규모의 도시은행(대도시에 영업 기반을 두고 전국에 많은 지점망을 갖는 전국적 규모의 보통 은행)인 다이요은행大洋銀行에 입사했다.

1987년 5월 12일의 오늘 현재로 서른여덟 살, 입사한 지 약 15년이 지난 셈이다.

신장 176센티미터에 마른 체형. 흰 피부에 짙은 눈썹, 쌍꺼풀이 진 눈은 부리부리하고 코도 오똑하다. 미장부라고 할 수 있다.

야마모토는 열려 있는 문을 노크한 다음 다카노를 향해 가볍게 고개를 숙였다.

"기획본부의 야마모토입니다."

"들어오게. 문은 닫고."

다카노는 밋밋한 얼굴에 미소를 머금고 손으로 소파를 권했다.

"실례합니다."

"거두절미하고 본론부터 말하지."

다카노는 미소를 지우지 않고 운을 떼었다.

"6월 1일부터 도와건설東和建設로 파견을 나가주게. 갑작스러운 이야기라 놀랐겠지만 아라이 전무님이 꼭 야마모토를 데려가고 싶다는군. 아라이 전무님은 퇴임해서 도와건설로 옮긴 후 6월 말의 총회에서 이사로 선임되어 대표권을 가진 부사장으로 취임하게 될 걸세. 아라이 전무님이 야마모토를 지명한 것은 자네의 저력과 능력을 높이 샀기 때문이겠지."

"과찬이십니다."

야마모토는 고개를 살짝 숙였다.

"아라이 전무님이 시부야渋谷 지점장이었을 때 같이 근무했다지?

"네, 시부야 지점은 제 첫 근무지입니다."

도시은행에 취직한 사람은 한 달간의 연수를 마치면 반드시 지점에 배속된다. 시부야 지점은 굴지의 대형지점인 데다 도쿄東京를 떠날 필요가 없어서 남몰래 기뻐했던 것을 야마모토는 기억하고 있었다.

"3, 4년 정도 제네콘(종합건설. general construction의 줄임말)에서 경험을 쌓는 것도 나쁘지 않을 걸세. 열심히 해보게."

도와건설은 중견기업이라고 불리는 제네콘, 종합건설업자다. 순조롭게 수익을 늘려가는 중이니 회사 사정은 안정적이라 할 수 있다.

다이요은행은 도와건설의 메인뱅크이자 대형주주이다.

다이요은행은 과거에도 평이사나 부장급을 이익대표利益代表(특정 집단이나 지역의 이익 실현을 위해 선택된 대표)로 도와건설에 파견했으나 아라이 같은 거물은 처음이다.

차기 행장 후보로 유력시되었던 아라이 데쓰오新井哲夫가 도와건설의 부사장으로 입사하는 것은 도와건설과 다이요은행에게 어떤 의미가 있을까?

아라이의 불만은 이만저만이 아닐 테고 틀림없이 큰 충격을 받았을 것이다. 그나저나 왜 나를 데리고 가려는 것일까—?

야마모토는 인사부 부장실에서 자기 자리로 돌아가면서, 시부야 지점 지점장실에서 아라이에게 겁도 없이 대들던 신입 시절의 추억을 떠올렸다.

2

1972년 6월 중순의 토요일 오후, 야마모토가 자기 자리에서 일지를 기록하고 있을 때 사무부문의 선배 행원이 찾아와서 뜻밖의 말을 꺼냈다.

"거기 좀 비켜줘."

"네? 지금 업무 중인데요."

"잔말 말고 비켜. 내부 레이아웃을 변경하기로 했어. 네 자리는 저쪽이 될 거야."

야마모토의 책상은 은행의 한가운데에 있었다. 선배가 안쪽을 손가락질했지만 야마모토는 움직이려고 하지 않았다.

"레이아웃을 변경하면 고객이 불편해지지 않습니까. 전 반대입니다."

"이봐, 건방진 소리 하지 마라. 임원회의에서 결정된 사항을 너 혼자 반대해봤자 무슨 소용이 있어? 불만이 있으면 지점장님께 직접 말해라."

"알겠습니다. 지점장님께 제 의견을 전하겠습니다. 레이아웃 변경은 취소될지도 모르니까 제 책상은 건드리지 마세요."

임원회의란 지점장, 부지점장, 과장의 연락회를 말한다.

야마모토는 선배 은행원을 노려보면서 자리에서 일어났다.

야마모토가 무시무시한 얼굴로 지점장실로 가보니 아라이는 책상 위에 다리를 올려놓은 오만한 자세로 신문을 읽고 있었다.

"레이아웃 변경을 철회해주셨으면 합니다."

"왜?"

"은행은 편리해질지도 모르지만 고객들은 혼란스러워할 겁니다. 고객이 있어야 은행도 존재할 수 있습니다. 고객을 무시한 레이아웃 변경을 저는 단호히 반대합니다."

아라이는 1957년에 입사했다. 도쿄대학東京大學 법과 출신으로 다이요은행의 차세대를 짊어진 에이스 중 한 명이었다.

1년 차 신입사원이 대선배에게 이렇게 대드는 것은 은행뿐만 아니라 회사원의 세계에서는 감히 엄두를 낼 수 없는 일이다.

아라이의 갸름한 얼굴이 붉으락푸르락했다. 아라이는 책상에서 다리를 내려놓고 천천히 신문을 접었다.

천장을 쳐다보던 아라이의 심각한 얼굴이 야마모토에게로 향해졌다.

"야마모토, 단호히 반대한다고?"

"네, 고객들이 비난하리라 생각하기 때문입니다."

"이거 참, 어제 임원회의에서 결정된 사항이니까 조령모개朝令暮改(아침에 내린 명령을 저녁에 고친다는 뜻으로, 일관성이 없이 갈팡질팡함을 이르는 말)는 안 될 말일세. 자네가 무슨 말을 하고 싶은지 이해가 안 되는 것은 아니지만 지점장인 내 체면을 생각해주면 좋겠군."

"……."

"이미 레이아웃을 변경하기 위해서 다들 움직이고 있지 않나. 내가 이렇게 간곡히 부탁하겠네."

아라이는 정말로 의자에서 일어나 머리를 숙였다.

"오늘 제가 지점장님께 말씀드린 것을 지점 업무에 참고해주시면 감사하겠습니다. 지점장님께 무례를 저지른 것은 사과드립니다."

"아닐세. 자네 의견은 명심하겠네. 자네 같은 행원이 존재한다고 생각하니 마음이 든든하구먼."

아라이는 진지한 얼굴로 말하고는 의자에 앉았다.

거만하게 지점장실만 지키고 있던 아라이가 25일이나 월말 등 혼잡한 날에 로비에 나와서 핸드마이크로 고객들을 유도하기 시작한 것은, 야마모토가 무모하기 짝이 없는 진언을 한 다음부터였다.

지점장의 솔선수범이 주효했는지 시부야 지점의 사기는 높아져서 실적에도 크게 영향을 끼쳤다.

3

야마모토가 인사부 부장실에서 자리로 돌아온 직후 다시 한 번 책상 위의 전화가 울었다.

"네, 기획본부입니다."

"아라이일세. 인사부 부장에게 이야기 들었지?"

"네, 방금 듣고 깜짝 놀랐습니다."

"도와건설에 파견되는 것이 내키지 않나?"

"아니요, 그렇지 않습니다. 그저 전무님이 도와로 가신다는 말에 충격을 받았습니다."

"어째서?"

"아깝다고 해야 할까요? 직책이 너무 낮지 않습니까……? 우리 은행으로서도 손실이 크다고 생각합니다."

야마모토는 목소리를 낮췄다. 엿듣는 사람은 없었지만 대화 내용의 성질상 목소리가 작아지는 것은 어쩔 수가 없었다.

"전화로 말하긴 곤란하니까 번거롭겠지만 내 방까지 와주지 않겠나?"

"알겠습니다. 바로 가겠습니다."

야마모토는 부서의 여직원에게 행선지를 알려야할지 망설이다가 잠자코 자리를 떴다.

다이요은행에서는 전무 이상의 임원은 대표권을 가지며 회장, 행장, 두 명의 부행장, 세 명의 전무로 이루어진 일곱 명이 대표이사를 맡고 있다.

아라이는 기획본부 부장을 맡고 있었다. 전무 이상의 임원이 근무하는 층수는 최상층인 22층이다.

소파에 마주앉자마자 아라이는 웃으면서 말했다.

"낮은 직책은 아니지. 사실은 내가 적극적으로 나서서 회장님과 행장님의 오케이를 받아냈다네."

야마모토는 믿어지지가 않아서 고개를 갸웃거렸다.

"도와건설의 와다 사장님은 대학 선배이기도 해서, 내게 직접 의사를 타진해 왔어. 뭐 설득을 당했다고 할까? 와다 사장님이 간곡히 부탁하면서 머리를 숙이는 바람에 의기를 느끼고 전출하는 것이니까 나는 행복하다네."

"전무님은 차기 행장이 되실 분이라고 생각했기 때문에 역시 충격적입니다."

"행장 후보는 얼마든지 있어. 인재야 차고 넘치니까. 나에게 제의가 온 것은 산은産銀과의 균형을 생각해서야. 자네에게만 솔직하게 밝히겠는데 도와건설은 산은에서 사장을 맞이하게 되어 있어."

"산은은 메인도 서브도 아닌데요?"

"와다 사장님은 내년 6월에 회장이 될 거라네."

"그렇다면 아라이 전무님은 사장으로 맞이해야 옳다고 봅니다만."

"으으―음."

금테 안경 너머로 아라이의 눈이 가늘게 좁혀졌다.

"사장 자리를 주겠다는 이야기가 없었던 것은 아니지만 내가 거절했네. 산은은 대형 안건을 도와에 주선하고 거기에 맞춰서 거액을 융자해줄 계획 같아. 와다 사장님이 나에게 사장 자리를 제안한 것은 일종의 립 서비스야. 애초에 내가 수락하지 않으면 산은에 부탁할 생각이라고 하는 바람에 눈치를 챘지. 우리 회장님도 행장님도 부사장 자리라면 수락해선 안 된다고 강경하게 반대했지만 내가 두 사람을 설득했다네."

아직 조사 담당에 불과한 나에게 흉금을 터놓고 이런 일급비밀을 밝히다니—. 야마모토는 아라이가 보여주는 신뢰에 감동했다.

"서브메인인 교리쓰은행協立銀行은 어떻게 받아들이고 생각하고 있을까요?"

"자네 말대로 교리쓰은행은 제외되어 있으니까 이 일이 오픈되면 융자를 회수할 가능성이 있어. 감정적으로 나오면 당연한 일이지. 와다 사장님은 어쩔 수 없는 일이라더군. 진짜 속내는 그렇게 되기를 은근히 바라는 것 같기도 해. 교리쓰은행과의 사이가 원만하지 못한 걸까?"

교리쓰은행은 대형 도시은행으로 다이요은행과는 비교도 안 될 만큼 힘이 있었다.

"도와건설이 우리 은행에서 빌려 간 대출금의 잔액은 300억 엔이 넘습니다. 아마 교리쓰가 250억 엔 정도지요? 산은이 거액을 융자하게 되면 다이요는 메인뱅크에서 탈락할 텐데 그것을 감수한다는 뜻입니까?"

"대형 안건이라고 할까, 거대 프로젝트라고 할까? 산은이 도와에 주선한 사업의 전모가 아직 파악되질 않아서 뭐라고 말할 수 없지만 행장님은 메인을 산은에 넘겨줄 마음은 전혀 없어. 회장님은 어떤지 모르겠지만."

산은이란 일본산업은행日本産業銀行을 말한다. 장기신용은행의 정상으로서 오래전부터 산업금융의 실력자라고 불리고 있다.

"넘겨줄 수 없든 넘겨주지 않든 간에 그러려면 그 융자액의 대부분을 우리가 수용해야 할 텐데 전무님을 포함해서 상층부에 그럴 각오가 있는 겁니까?"

"대형 안건의 내용을 모르기 때문에 확실하게 대답할 수는 없지만 행장님은 받아들일 속셈일 거야. 리스크가 어느 정도냐는 문제도 있지만 산은 같은 은행이 어설픈 안건을 제안할리도 없으니까."

"6월 1일부터라고 들었는데 제 직위는 어떻게 됩니까?"

"사장실의 과장으로 최고경영자의 참모가 되어주었으면 하네. 회장이 된다고 해도 오너라는 입장에는 변함이 없고 소문난 독불장군 사장이니까."

아라이는 안경을 벗어 눈을 문지른 다음 말을 이어나갔다.

"와다 사장님에게 젊고 활력이 넘치는 사람을 파견해달라는 부탁을 받았을 때 야마모토의 얼굴이 바로 떠올랐다네. 시부야 지점에서 1년차인 자네에게 끽소리도 못하고 당한 이야기를 했더니 와다 사장님은 무릎을 치며 재미있어하더군."

"철이 없을 때의 치기였지요. 부끄럽기 짝이 없는 과거입니다. 전무님이 지점장이셨기 때문에 아무렇지 않게 넘어갔지만, 다른 사람이었다면 틀림없이 들은 척도 하지 않았을 겁니다. 운이 좋았죠."

"천만에. 그때 자네의 가르침 덕분에 나는 많은 것을 깨달았거든."

야마모토는 잠자코 고개를 숙였다. 그때 주제넘은 놈이라고 아라이에게 찍혔더라면 오늘날의 나는 없었다—.

야마모토를 머리를 치켜들고 아라이를 직시했다.

"저에게는 와다 사장님의 참모가 될 만한 실력이 없습니다. 하지만 아라이 부사장님의 수족이 되기 위해서 최선을 다하겠습니다."

"고마우이. 다만 와다 사장님은 자네에게 거는 기대가 크다네. 도와건설에도 젊고 우수한 인재가 많겠지만 오너에게 이의를 제기하려면 막대한 용기가 필요하니까."

"산은에서 저와 비슷한 직위의 사람이 파견될까요?

"사장 한 명으로 끝나진 않을 거라고 생각하지만 더 윗선인 상무나 이사를 보낼지 야마모토 클래스의 젊은 사원을 보낼지 알 수가 없어."

"어떤 분이 도와건설의 사장이 됩니까?"

"아마 상무인 미야모토 도시오宮本敏夫가 아닐까 싶네. 대학의 1년 후배인데 속속들이 아는 사이라서 좋은 콤비가 될 수 있을 거야."

다이요은행에서 심사, 인사, 기획 등을 담당해온 아라이가 폭력적인 제네콘의 분위기에 익숙해질 수 있을까? 이것은 야마모토에게도 해당되는 말이다. 미지의 세계에서 자신의 역량이 어디까지 통용될지 생각하다 보면 불안은 한도 끝도 없이 커져만 갔다.

6월 1일까지 남은 시간은 겨우 20일 정도다.

산은의 대형 안건이 어떤 것인지도 마음에 걸렸다.

야마모토는 오랜만에 긴장과 불안으로 마음이 복잡해서 그날 밤에는 좀처럼 잠들지 못했다.

4

야마모토가 침대가 울릴 정도로 수차례 몸을 뒤척이자 옆 침대에서도 희미하게 삐걱거리는 소리가 들렸다.

야마모토는 스기나미 구杉並区 다가이도高井戸의 분양아파트에 살고 있었다. 방 두 개, 거실 겸 부엌이 있는 22평.

지은 지 5년 된 3층짜리 저층 아파트다. 207호실의 침실에는 싱글 침대 두 개가 나란히 놓여 있다.

아내인 미유키美由紀는 서른다섯 살. 8년 전 사내연애 끝에 결혼했지

만 자식은 없다. 신혼 초기의 3년간은 조심을 했지만 피임을 그만
둔 후로도 임신 소식이 없었다.

미유키는 다소 걱정이 되는 모양이었지만 야마모토는 아무래도 상
관없다고 생각했다. 자연스럽게 생기지 않는다면 어쩔 수 없는 일이
다. 애초에 자식이 갖고 싶다고 생각한 적도 없었다.

"왜 그래요? 계속 한숨 쉬고 뒤척이니까 나까지 잠을 잘 수가 없잖
아요."

"미안해. 마음이 싱숭생숭해서 말이야."

"은행에서 무슨 일이 있었어요?"

"응, 좀. 차라리 한잔 할까?"

"같이 마셔요."

둘은 잠옷 차림으로 거실로 이동했다.

온수로 희석한 보리소주를 마시면서 야마모토가 말을 꺼냈다.

"6월 1일부터 제네콘에 파견을 나가게 됐어."

"왜 말해주지 않았어요?"

"귀가가 너무 늦어져서 내일 아침에 말할 생각이었어. 벌써 오늘이
되었지만."

벽시계는 새벽 1시가 지나고 있었다.

"어느 제네콘이에요?"

"도와건설."

"들어본 적이 있는 이름이네요."

"대기업에는 조금 못 미치는 중견기업이라고 해야겠지. 파견 기간
은 3년에서 4년쯤? 아카사카赤坂에 있는 본사에서 근무할 것 같으니까
오테마치大手町보다 통근 거리도 가까워지고 은행만큼 업무가 과중하지

도 않을 거야."

"그럼 왜 마음이 싱숭생숭한 거예요?"

미유키는 커다란 눈을 크게 뜨고 야마모토는 응시했다. 얼굴 윤곽이 뚜렷한 미인으로 용모에서는 세월의 흔적이 느껴지지 않았다. 눈에 콩깍지가 쓰였기 때문일지도 모르지만.

"내게 멘토라고 할 수 있는 아라이 전무님과 함께 가게 됐어. 아라이 전무님은 파견이 아니지만."

"당신, 아라이 전무님은 차기 은행장감이 틀림없다고 하지 않았어요?"

미유키의 목소리가 한 옥타브를 높아지고 눈이 더 커다래졌다. 아라이가 두 사람의 중매인이었기 때문에 미유키도 당연히 친근감을 가지고 있었다.

"바로 그게 충격적이라서 싱숭생숭한 거야. 상층부에는 아라이 전무님만한 차기 은행장 후보가 없어. 아라이 전무님이 떠난 다음의 은행이 걱정이야."

"당신이 이렇게 걱정해봐야 무슨 소용이 있어요. 난 누가 은행장이 되어도 마찬가지라고 생각해요."

"그렇지 않아. 리더에 따라 조직은 변하는 법이니까. 아라이 전무님에게 기대를 걸었던 사원들이 많아. 모두 나 이상으로 충격을 받지 않았을까?"

야마모토는 두 잔째의 소주를 마셨다.

"도와건설에 파견되면 급료가 줄어요?"

미유키가 현실적인 문제를 거론했다.

"급여 수준이 다르니까 꽤 줄어들겠지. 하지만 그 차액은 은행이 보충해줄 거야."

"그렇다면 아무 문제도 없네요."

"당신이 걱정하는 것은 급료뿐이야?"

"당연하죠. 아파트 대출금이니 뭐니 돈 들어갈 데가 한두 군데가 아니잖아요."

미유키는 하품을 하면서 말하고 입을 손으로 가렸다.

"이제야 잠이 오기 시작하네요. 당신은요?"

"나도 졸려. 그만 잘까."

야마모토도 크게 기지개를 켰다.

5

이틀 후 점심시간, 야마모토는 직원식당에서 융자3부의 조사 담당 가와하라 료헤이河原良平와 비프카레를 먹으면서 도와건설의 이야기를 들었다. 물론 가와하라는 도와건설을 담당하고 있다.

입사 동기인 가와하라는 와세다대학早稻田大学 정경학부 출신으로 마음이 잘 맞는 동료였다.

야마모토는 아라이 전무의 전출 사실은 덮어두고 자기 이야기만 털어놓았다.

"도와건설에 파견이라? 나쁘지 않다고 생각해. 다케야마가 총리가 되면 도와건설에 떡고물이 떨어지지 않을까? 무엇보다 주가가 상승할 것은 분명해."

"다케야마 테마주라고 불리던데 다케야마 마사토와 그렇게 가까운 관계인가?"

다케야마 마사토竹山正登는 자민당 최대파벌의 우두머리다. 소네다曾根田

내각에서 대장대신으로 입각했으나 차기 총리 자리를 노리고 지금은 내각을 떠났다.

소네다 내각에서 외무대신이었던 안도 신타로安藤伸太郎도 제3차 소네다 내각에서는 입각하지 않았다. 다케야마의 후임으로 대장대신大藏大臣(한국의 재정경제부 장관에 해당)이 된 미야가와 가즈키宮川一喜를 포함한 세 명의 실력자가 포스트 소네다를 노리고 각축전을 벌이고 있었다.

"오너 사장인 와다 세이이치로和田征一郎가 대장관료였던 것은 야마모토도 알고 있지?"

"물론이지. 그러나 와다 세이이치로는 1966년에 퇴임해서 도와건설에 입사했어. 1953년에 도쿄대학東京大學 법과를 졸업하고 대장성大藏省(한국의 재정경제부에 해당)에 들어갔고, 13년간의 대장성 관료 시절에 다케야마와는 접점이 없었잖아. 다케야마가 두각을 드러낸 것은 사와라佐原 내각이 발족했을 때 내각관방부장관內閣官房長官(한국의 전 총무처 장관에 해당. 현재는 총무처가 내무부와 통합하여 행정자치부로 개편되었다)으로 기용된 다음부터가 아니었나?"

"잘 아네. 다만 넌 중요한 사실을 하나 빠트리고 있어."

야마모토는 카레라이스를 스푼으로 뒤적이면서 가와하라를 보았다.

가와하라는 입안의 카레라이스를 물과 함께 천천히 삼키고 나서 스푼을 놓고 휴지로 입가를 닦았다.

"다케야마가 내각관방부장관일 때의 관방장관은 모토하시 도미지로本橋富次郎이고 와다 세이이치로는 모토하시 관방장관의 비서관이었어. 즉 대장성에서 파견을 나간 것으로 관방부장관인 다케야마와는 끈끈한 접점이 있었던 거지."

"알겠다. 와다 세이이치로는 대장성 관료 시절부터 다케야마 마사토와 가까운 관계였던 거로군."

"대장성 관료를 그만두고 도와건설에서 사장이 되는 편이 단연코 이익이라고 다케야마가 사주했을지도 모르지. 도와건설의 주식이 다케야마 테마주라고 불리고 선거나 자민당 총재선에서 묘한 움직임을 보이는 것도, 양자가 떼려야 뗄 수 없는 관계라는 것을 시사하고도 남지 않을까?"

야마모토는 비프카레를 3분의 1 가량 남기고 커피를 마셨다.

가와하라는 비프카레를 깨끗하게 먹어치웠지만 커피는 패스했다.

가와하라가 테이블에 상체를 내밀고 나직한 목소리로 이야기를 이어나갔다.

"다케야마는 총리가 될 가능성이 커. 50퍼센트 이상의 확률이 있다고 보지만 그렇게 되면 도와건설로서는 약진의 찬스일지도 몰라. 너, 굿 타이밍에 도와건설에 파견되는군. 운이 좋아."

"글쎄, 과연 그럴까? 사장실에서 와다 세이이치로 오너의 가방이나 드는 잡일꾼이 되겠지만 제네콘과 정계의 질척질척한 관계를 목격하게 되는 것은 노 땡큐야."

"은행원인 야마모토에게 제네콘의 지저분한 업무는 무리야. 그 점은 역할분담이 되어 있으니까 전혀 걱정할 것이 없어. 정계와 암흑가를 혼자 도맡고 있는 사람이 있어. 후쿠다 준 상무라던가? 상당한 악당이라더군. 어쨌든 너는 뒷공작과 관계없어. 공식적인 깨끗한 업무만 하면 되니까 안심해라."

커피를 한 모금 마시고 야마모토가 질문했다.

"도와건설은 해외사업을 적극적으로 전개하고 있는 모양이던데?"

"수많은 제네콘 중에서도 두드러지지. 그것도 와다 세이이치로가 전직 대장성 관료였던 것과 관계가 없는 것은 아니야."

야마모토는 전혀 감이 오질 않아서 의아하다는 듯이 고개를 갸웃했다.

"와다 세이이치로는 1957년부터 3년간 JETRO(일본무역진흥회)에 파견되어 브라질 상파울루에서 3년간 체재했어. 그래서 우선 브라질에 진출해서 호텔 건설을 수주한 거지."

상파울루의 시저 파크 호텔의 건설공사 수주가 도와건설의 해외사업 제1호로, 1973년 5월에 부사장에서 사장으로 승격된 와다 세이이치로는 창업자인 와다 다로和田太郎 회장을 설득해서 이 프로젝트를 추진했다.

시저 파크 호텔의 완성 후 시공주인 브라질 기업이 도산해서 공사대금을 받을 수 없게 되자 도와건설이 매수해서 경영에 나서게 되었다고 한다.

6

직원식당이 붐비기 시작했기 때문에 야마모토와 가와하라는 융자본부의 응접실로 이동했다.

"난 얼마든지 시간이 있는데 너는 어때?"

"30분 정도는 괜찮아. 야마모토를 위해서 도와건설의 예비지식을 좀 더 알려주지."

야마모토가 시계를 보니 오후 0시 40분이었다.

"와다 세이이치로 부인에 대해서는 알고 있나?"

"아니."

"다이요은행도 한몫했다고 봐야할까? 현재 부인인 에미코惠美子 씨는 다이요은행 상파울루 사무소의 여직원이었어. 브라질 혼혈이고 상파울루대학을 졸업한 재원이지. 세이이치로 씨보다 스무 살 정도 연하인데 영어, 포르투갈어, 일본어도 유창해. 세이이치로 씨도 영어는 능란하지만 포르투갈어는 인사나 가능한 정도야."

"스무 살이나 나이 차이가 난다는 말은 세이이치로 씨의 두 번째 부인이라는 뜻인가?"

"맞아. 첫 부인과 이혼하고 재혼했는데 혼인신고는 선대가 죽은 다음에 했을 거야."

와다 다로는 6년 전인 1981년 12월에 지주막하 출혈로 영면했다. 향년 일흔여덟 살.

"세이이치로 씨와 에미코 씨는 1973년에서 1976년 사이에 만났을 거야. 시저 파크 호텔 때문에 빈번하게 브라질을 방문하다가 에미코 씨가 세이이치로 씨의 비서가 된 것이 계기가 되어 친해진 것이 아닐까. 그러다가 로맨스로 발전한 거지."

"시저 파크 호텔의 경영은 순조로운가?"

"에미코 부인은 상파울루에 체재하는 일이 많고, 그녀가 사실상 제너럴 매니저로 경영을 맡고 있다고 들은 적이 있어. 그녀에게 경영을 맡긴 것이 주효해서 아주 잘 돌아가고 있지 않을까? 무척 영리한 여성이니까."

"흐으음."

"세이이치로 씨가 해외사업에 적극적으로 나선 가장 큰 이유는 일본에서는 아무리 노력해도 가시마加島나 시미즈志水 등의 대기업에 이길 수 없어서야. 경심(경영사항심사의 약어. 일본에서 공공공사의 입찰에 참가하는 건설업자의 기업 규모, 경영 상황 등의 객관적인 사항을 수치화하여 건설업법으로 규정하는 심사를 말한다) 같은 공공공사의 수주

기준 같은 것도 있고, 이런저런 제약 때문에 장벽이 높으니까 해외로 눈을 돌릴 수밖에 없었던 거지. 지금 제네콘에서 해외사업에 가장 힘을 쏟고 있는 곳은 도와건설로 남들이 부러워할 만큼 잘 나가고 있어. 1982년이었던가? 홍콩 지하철로 공사에서 터널, 매립, 호안공사 등을 9백억 엔에 가까운 거액으로 수주했는데 이것도 성공했지."

"와다 세이이치로 씨는 독불장군 사장이라고 들었어. 거물 정치가와의 유착은 마음에 걸리는군."

"다케야마 마사토와의 관계는 대장성 시절부터 이어지고 있으니까 어쩔 수 없겠지. 악연이라고도 할 수 있지만 서로 상부상조하는 관계로, 어쩌면 도와건설에 훨씬 메리트가 있다고 볼 수 있지 않을까?"

"다케야마가 총리가 되면 매스컴의 감시가 엄격해져서 귀찮고 번거롭기만 할 텐데……."

야마모토는 우거지상을 하면서 팔짱을 꼈다.

"매스컴에 꼬리를 잡힐만한 일은 없으니까 걱정하지 말라고."

시계를 들여다본 가와하라는 히죽거리면서

"1985년 플라자합의Plaza agreement(G5의 재무장관들이 외환시장 개입에 의한 달러화 강세를 시정하도록 결의한 조치) 당시의 대장성 대신은 다케야마니까 달러 약세, 엔화 강세가 진행되리란 사실을 와다 세이이치로에게 귀띔했을지도 모르지. 환율이 엔화 강세로 돌아서면 해외사업은 순풍을 탈 테니까."

"……."

"주식이니 비자금 조성이니 필시 횡령도 어마어마할 테지만 다케야마 마사토가 빠이면 역시 메리트가 크지 않을까?"

"가령 그렇다고 해도 다케야마 마사토는 개인적으로 별로야. 세 후보자 중에서는 안도 신타로가 제일 바람직하다고 생각해."

"와다 세이이치로가 들으면 화낼걸? 붕우朋友인 다케야마가 총리가 되길 바랄 테고 도와건설에도 유리할 거라고 생각할 테니까."

"어찌 되거나 나 같은 말단이 걱정해봐야 아무 소용도 없겠지."

"다이요은행에 대한 와다 세이이치로의 영향력은 적지 않으니까 그가 후원자라면 부러울 정도지. 넌 원래 우리 동기 중에서 에이스니까 후원자 같은 것은 아무래도 상관없지만."

가와하라는 단순한 농담으로 흘려들을 수 없는 말을 하며 어깨를 으쓱였다.

야마모토는 찌를 듯한 눈빛으로 주시했다.

"농담은 그만해. 동기 중에서 꼴찌라고 해야 옳겠지. 그렇지 않다면 제네콘 같은 곳으로 쫓아낼 리가 없지 않아."

"그건 아니지. 제네콘이라도 도와건설은 신사적이고 점잖은 편이야. 귀한 자식 매 한 대 더 때린다는 말도 있잖아."

야마모토는 시계를 보았다. 오후 1시 20분이다.

"하나만 더 물어봐도 될까?"

"물론이지."

"산은이 도와건설에 대형 프로젝트를 주선했다는 소문이 있던데, 넌 뭐 들은 것 없어?"

"글쎄, 모르겠는데?"

"그래."

"그건 나도 궁금한걸. 뭔가 건지면 꼭 좀 가르쳐줘."

"이 이야기는 비밀이야. 알게 되면 몰래 연락해줄게."

"산은이 도와건설에 자주 추파를 던지는 것은 사실 같지만 구체적으로 그런 프로젝트가 있는지 없는지……."

가와하라는 장난꾸러기 같은 얼굴을 찡그리며 생각에 잠겼다.

"그렇게 예민해질 필요 없어. 어쨌든 간에 곧 오픈되리라 생각해."

"하지만 마음에 걸린단 말이야."

야마모토는 소파에서 일어났다.

"가와하라 네 덕분에 이런저런 정보를 알게 돼서 살았어. 바쁠 텐데 시간을 잡아먹어서 미안하다."

"환송회나 하자꾸나. 동기 중에 마음 맞는 녀석으로 대여섯 명 불러서."

"고마워."

"지금 일정을 조정할까?"

"수첩을 안 가지고 왔으니까 나중에 하자."

둘 다 와이셔츠 차림이었다.

"저녁에 전화할게."

"다음 주 밤에은 거의 비어있을걸? 나중에 보자."

야마모토는 오른손을 슬쩍 들어 보이고 먼저 응접실을 나갔다.

7

5월 22일 밤 7시가 지나서 신바시新橋 가라스모리烏森의 음식점 '아오이'에는 가와하라, 야스이, 미타, 가와사키, 야마모토, 이렇게 다섯 명이 모였다.

모두 1972년에 입사한 동기로 본점에서 근무하고 있었다.

6월 1일부터 도와건설에 파견되는 야마모토의 환송회를 열기 위해서 가와하라가 연락을 취한 사람은 전부 아홉 명이었지만, 일정이 꽉차있었기 때문에 대부분은 사전에 전화를 걸어 야마모토의 양해를 구했다. 일정을 취소하면서까지 참석할 이유는 없다. 심사1부의 야스이 고이치安井孝一, 관련사업부의 미타 마사유키三田正行, 해외업무부의 가와사키 오사무川崎修 세 명이 호출에 응했다.

다섯 명 모두 조사 담당이다. 과장이나 반장 밑에 배속되어 있어서 관리직은 아니다. 제조업이라면 계장이나 주임 클래스다.

2층의 개별 룸에서 맥주로 건배한 다음 가와하라가 야마모토에게 말을 걸었다.

"야마모토, 인사 한마디 해라. 네가 주인공이니까."

동기간에 이런 종류의 환송회는 수없이 가졌는데, 주인공의 회비를 다른 참가자들이 동등하게 분담하는 것이 관행이었다. 즉 오늘 밤은 네 명의 더치페이다.

"갑작스러운 일이라 네 명이나 와줄 줄은 생각지도 못했어. 도와건설은 다이요은행의 이사나 부장급으로 퇴직한 사람이 가는 곳이라 젊은 조사 담당이 파견되는 것은 내가 처음이야. 그리고 어차피 알게 될 일이지만 당분간은 비밀을 지켜줘. 아라이 전무님이 도와건설의 부사장으로 가시게 되었다……."

"정말이냐?"

"설마?!"

"믿기 힘든 이야기야."

야스이, 미타, 가와사키의 세 명은 이구동성으로 놀라워했다. 세 사람의 반응이 예상대로였기 때문에 야마모토와 가와하라는 얼굴을 마주 보았다. 가와하라에게는 아라이의 전출에 대해서 아침에 전화로 말해두었다.

"아라이 전무님은 차기 행장감이라고 생각했는데, 그게 사실이라면 이런 이변이 따로 없어."

"확실하다고 써댄 신문이나 경제지도 있었는데 그럼 차기 행장은 누가 되는 거지?"

가와사키와 미타의 대화에 야스이가 끼어들었다.

"아라이 전무님은 나카하라中原 행장님과 호흡이 맞지 않았다는 소문도 있어. 나카하라 행장님에게 쫓겨나는 것이 아닐까? 나카하라 행장님은 그 자리에 더 눌러앉아 있을 속셈이겠지."

야마모토가 오른손을 휘저으면서 말했다.

"전부 다 틀렸어. 도와건설의 와다 사장님이 아라이 전무님께 직접 부탁했기 때문에 아라이 전무님도 수락할 마음이 든 거야. 그래서 회장님과 행장님을 설득했대. 이것이 진상이야. 아라이 전무님께 직접 들은 이야기니까 틀림없다고 생각해."

다섯 명은 입을 다물었다. 맛없다는 듯이 맥주를 마시는 사람, 안주로 나온 참치 조림을 헤집는 사람, 자작을 하는 사람.

어느 얼굴에나 석연치 않다고 쓰여 있었다. 물론 야마모토도 그중 한 명이다.

긴 침묵을 깨트린 것은 가와사키다. 가와사키는 금테 안경을 오른손 중지로 올린 다음 화난 얼굴로 말했다.

"아라이 전무님은 당연히 도와건설의 사장이 되겠지. 와다 사장은 회장이 되고."

야마모토는 가와하라가 따라주는 술을 받으면서 고개를 좌우로 흔들었다.

"6월 말의 총회에서 이사로 선임된 다음 대표이사 부사장으로 취임할 예정이야."

"사장도 포함해서가 아닌가. 단번에 부사장에서 사장으로 승격하는 것은……?"

"글쎄, 거기까지는 잘 모르겠어."

야마모토는 가와사키에게 대답하면서 힐끗 가와하라를 곁눈질했다.

가와하라가 살짝 고갯짓하는 것이 보였다. 산은의 이야기는 꺼내지 않는 편이 좋다는 신호 같았다.

야스이가 히죽거리면서 야마모토를 보았다.

"수많은 제네콘 중에서도 도와건설은 연속으로 행운을 맞이하고 있어. 아라이 전무님이라는 강력한 뒷배 덕분에 좋은 곳에 파견되는 거니까 부러운데. 다만 질척질척한 제네콘의 물이 몸에 맞을까? 야마모토는 정의파니까."

"야스이, 지금 비꼬는 거야?"

"네가 청탁병탄淸濁竝呑(도량이 커서 선인이나 악인을 가리지 않고 널리 포용함)할 수 있을지 어떨지 걱정하는 거야."

야마모토는 가와하라가 비슷한 말을 했던 것을 떠올리고 씁쓸하게 웃었다.

"걱정하지 마라. 야마모토는 의외로 분별력이 좋거든. 3, 4년 후가 될지도 모르지만 다이요은행 같은 곳에는 돌아가고 싶지 않다고 말할지도 모르지."

"조금 이상한 예일지도 모르지만 정들면 고향이라고 하잖아. 거기다 도와건설의 오너인 와다 세이이치로 씨는 매력적인 사람이야."

"전직 대장성 관료지만 도와건설을 단순한 토목회사에서 제네콘으로 발전시킨 역량은 확실히 높이 살만해. 평범한 쥐새끼들하고는 차원이 달라."

가와하라는 융자부문에서 도와건설을 담당하고 있어서 내부사정에 정통했지만, 미타와 가와사키는 멍한 얼굴로 놀라움을 감추지 못했다. 와다 세이이치로가 전 대장성 관료인 것을 모르는 행원이 있다는 사실에 야마모토는 깜짝 놀랐다. 뭐니 뭐니 해도 다이요은행은 도와건설의 메인뱅크였으니까.

8

　맥주가 데운 술로 바뀌었을 때 야스이가 가와하라의 이야기를 이어받았다.

　"도와건설의 2세는 걸물이라고들 하지만 창업자인 와다 다로가 훨씬 더 정력적인 사람이었을 거야. 해군경리학교 출신으로, 2차 세계대전 직후 미군의 불도저를 불하받은 후 옛 해군들을 모아 도와건설의 전신인 일본불도저공업을 창설하고 폐허로 변한 국토 재건에 나섰어. 전쟁 중 일본군은 삼태기와 삽으로 비행장을 만들었지만 미군은 불도저로 조성했지. 양측의 시공 속도는 20대 1. 아마 와다 다로는 일본이 미국에 패배한 것은 당연한 결과라고 생각했을 거야."

　"야스이와 같은 책을 본 것이 아닌가 싶은데, 어떤 책에 그런 일화가 실려 있었어. 구로베 댐黑部ダム(일본에서 가장 큰 댐으로 도야마 현富山県의 구로베 강黑部川 상류에 놓여있다. 구로욘 댐이라고 불리기도 한다)건설에도 일본불도저공업이 관여하지 않았던가?"

　가와하라가 맞장구를 치자 야스이의 작은 눈이 훨씬 더 작아졌다.

　"맞아, 맞아. 처음에는 하자마조羽座間組의 하청으로 터널에서 기지까지의 도로공사를 맡았는데, 와다 다로의 리더십이 긴키전력近畿電力의

세리자와 회장에게 인정받아 후반은 하청이 아니라 긴키전력과 직접 토목시공공사를 계약하게 되었어. 일본불도저공업은 구로베 댐에서 어려운 공사에 과감히 뛰어들어 그 존재를 천하에 알리고, 간토전력関東電力의 아즈미 댐安曇ダム(나가노 현長野県 시나노 강信濃川에 건설된 댐)이나 긴키전력의 기센야마 댐喜撰山ロックフィルダム(교토부京都府 요도 강淀川에 건설된 록필댐) 등을 차례차례 다루었지. 댐의 건설공정이나 재고관리에 컴퓨터를 도입한 것도 일본불도저공업이 일본에서 가장 빨랐을 거야."

"종합건설업을 노리지 말고 장점인 기계 토목을 특화하는 편이 도와건설에게 행복한 길이 아니었을까?"

"야스이의 의견에는 동의할 수 없는걸. 제네콘이 되고 싶어 한 것은 2세가 아니라 창업자인 와다 다로 본인이잖아."

가와하라와 야스이의 대화를 듣고 있던 야마모토가 끼어들었다.

"대형 제네콘에 흡수 합병된 무라야마건설村山建設의 사장 우에무라 마사오上村政雄라는 거물을 삼고초려 끝에 부사장으로 맞이한 사람이 와다 다로라는 이야기를 들은 적이 있어. 200명이 넘는 인재를 끌고 우에무라 마사오는 일본불도저공업으로 들어갔다. 같은 시기에 와다 세이이치로가 대장성을 그만두고 일본불도저공업에 입사했지. 와다 부자와 우에무라, 셋 중 누구 하나가 빠졌더라면 도와건설의 오늘날은 없었고 제네콘으로 성장하지도 못했을걸. 사명을 변경한 것이 1969년이었는지 1970년이었는지는 잊었지만."

야스이가 야마모토의 술잔을 채워주면서 물었다.

"너도 도와건설이 제네콘이 되어 다행이라고 생각하나?"

"단언할 수는 없지만 도와건설의 현재 상황으로 봐서는 부정할 수 없다고 생각해. 반대로 야스이에게 묻고 싶군. 제네콘이 되지 못했다면 도와의 해외사업이 개화하는 일도 없었을 거야. 그건 결코 좋은 결과라고 할 수 없잖아?"

야스이는 술을 들이켜고 술잔을 테이블에 내려놓았다.

"제네콘이 너무 많아. 게다가 대부분이 공공사업에 매달려있지. 방금 이름이 나온 우에무라 마사오는 도와건설을 그만두고 명문의 아스카건설飛鳥建設로 옮겨가 지금은 건설업계의 보스라고 불리고 있어. 아스카에서는 명예회장이지만 그가 왜 보스인지 모르는 사람은 없을 거야. 요컨대 담합의 중재자거든."

야마모토가 2홉들이 호리병을 들어 야스이의 잔을 채웠다.

"우에무라 마사오는 좀처럼 보기 힘든 인격자라고 하더군. 도와건설을 그만둔 것은 와다 세이이치로를 최고경영자로 길러서 도와를 제네콘으로 성장시킨다는 목적을 달성했기 때문이야. 명문 아스카에서 넓은 안목으로 건설업계 전체를 내려다보면서 다방면에 손을 쓰고 있어. 제네콘의 담합 체질을 비난하는 것은 간단하지만 담합 없이는 건설업계의 발전도 없어. 야스이가 말한 대로 제네콘이 너무 많아. 건설업은 과당경쟁過當競爭(기업간의 경쟁이 지나친 상태)에 빠지기 쉬운 나약한 사업이지만 노골적으로 담합이라고 하니까 이상하게 들리는 것일 뿐, 예정조화豫定調和(라이프니츠의 대표적 사상인 예정조화설. 이 세계를 이루는 모든 단자의 본성은 서로 조화로울 수 있는 상태로 만들어져있어 서로가 독립적이고 인과 없는 단자라 하더라도 세계 자체는 질서를 이룰 수 있다는 사상)이고 경제 합리성에 따르고 있다고 말할 수도 있지 않을까?"

"야마모토는 허울만 좋은 은행원이 아니군. 도와건설에 뼈를 묻어도 잘해낼 수 있겠어. 청탁병탄하게."

야스이는 배배 꼬아서 말한 다음에 자세를 바로 고쳤다.

"야마모토의 우에무라 마사오에 대한 평가는 나도 동감해. 하지만 우에무라도 고령이라 영원히 건설업의 보스 자리에 있지는 못해. 과연 우에무라 마사오의 후계자가 있을까? 난 그것도 무척 걱정된다. 우에무라 마사오 정도의 인물이 있었기 때문에 제네콘업계가 통합되었다고 할 수도 있으니까."

"와다 세이이치로는 어때?"

가와하라가 야마모토를 힐끗거렸다.

"다케야마 마사토와의 관계가 약점이 되지 않을까? 우에무라 마사오의 흉내를 내는 것은 불가능하겠지."

"야스이가 무얼 걱정하는지 이해는 되지만 쓸데없는 걱정이라는 기분이 들어."

"그렇다면 좋겠군."

대화에 끼어들지 않고 가와사키와 골프 이야기에 열중하고 있던 미타가 "슬슬 파할까?"라면서 시계를 들여다봤다.

9

야마모토와 가와하라가 히가시긴자東銀座의 싸구려 바의 카운터에 나란히 앉은 것은 밤 10시를 5분쯤 지났을 무렵이었다.

가와하라가 야마모토에게 2차를 가자고 꼬신 것이다.

미즈와리水割リ(술에 물을 타서 마시는 일본 고유의 음주 방식) 위스키를 마시면서 가와하라가 말했다.

"산은의 이야기를 꺼내지 않은 것은 잘한 일이지 않나?"

"하지만 어쩐지 조금 켕긴단 말이지."

"산은이 도와건설에 주선한 대형 프로젝트가 뭔지 조금 알 것 같아.

난 입에 자물쇠를 채울 자신이 없는 편이니까, 네가 산은의 이야기를 꺼내면 위험하다고 생각했어.”

“조금 알 것 같다니 어디까지 알아낸 거야?”

“미국의 복합기업이 산은의 뉴욕 지점에 제안한 안건인 모양이야.”

야마모토는 숨을 들이마셨다.

“세계적으로 유명한 호텔 체인을 소유하고 있는 웨스턴을 사들일 일본 기업을 알선해달라고 복합기업에서 부탁한 것 같아.”

“어마어마한 대형 안건이 되겠구나.”

“웨스턴은 11개국에 70개 이상의 호텔을 가지고 있다고 들었는데 산은 뉴욕 지점은 산은 본점의 업무기획부에 이 안건을 전부 넘겨버린 거지.”

“규모가 거대해서 뉴욕 지점의 능력으로 해결할 수 있는 이야기가 아니야.”

“뉴욕 지점은 허황된 이야기라고 생각한 것이 아닐까?”

야마모토가 두 잔째의 미즈와리 위스키를 주문했다.

“그나저나 그런 일급비밀은 어떻게 알아낸 거야? 네가 아무리 도와 건설의 담당이라도 정보의 출처가 도와일 것 같지는 않은데.”

“물론 도와는 아니야.”

“그럼 산은인가?”

“극비 중의 극비야.”

가와하라는 히죽거리면서 ‘네 말이 맞아’하고 야마모토의 귓가에 속삭였다.

“산은 뉴욕 지점에 고교 시절 친구가 있어. 그 녀석이 일시 귀국했기 때문에 오늘 점심을 같이 먹었는데, 대형 안건에 대해서 물어봤더니 그런 달콤한 프로젝트가 아니라고 말하더군. 너무 거대한 규모라서 아무 데도 나서지 않는 것 같대. 뉴욕 지점에서는 딱히 기대하지 않는다는 뉘앙스의 말을 하더군."

"과연. 도와건설의 와다 세이이치로 사장이 적극적으로 나설 줄은 몰랐나."

"응. 이건 내 예상인데 와다 사장은 산은에게 아직 확답을 하지 않은 것이 아닐까? 오히려 흥미가 없다는 태도를 보였을 가능성도 부정할 수 없어."

야마모토는 미심쩍게 생각했다.

"사장을 포함해서 직원들까지 고스란히 인수해야 한다면 어떻게 나올까?"

"전혀 별개의 문제로 지금으로서는 연동하지 않는 것이 아닐까?"

"설마."

"와다 세이이치로는 해외 지향이라 국내에서는 그다지 힘이 없어. 친동생인 쇼지로柿次郎가 국내를 담당하고 있지만 병약해서 재기불능 같아. 쇼지로를 대신할 사람을 원하고 있을 거야. 그것이 산은의 아무개 상무라는 말이지. 두 사람은 고등학교, 대학 동창에다 둘도 없는 친구라더군. 대형 안건보다 인사 문제가 선행되었지만 언젠가는 연동하지 않을까?"

야마모토는 미즈와리 위스키를 마시고 또 마셔도 갈증이 나서 견딜 수가 없었다.

와다 세이이치로는 메인뱅크인 다이요은행의 체면을 세워주고, 대형 안건에 대해서도 다이요은행의 합의를 얻기 전에는 산은과 본격적인 협상에 들어가지 않을 것 같았다.

대형 안건에 흥미를 느꼈다는 사실을 산은에게 들키고 싶지 않을지도 모른다.

다이요은행이 대형 안건에 부정적인 태도를 보인다면 말 그대로 꿈으로 끝낼 것인가? 아니, 그럴 수는 없다. 산은과 다이요은행은 격이 전혀 다르다―.

"와다 세이이치로가 이 대형 프로젝트에 적극적이라는 것은 아라이 전무님의 이야기로 명백해졌지만 내용을 발표하지 않는 이유는 뭘까?"

"속내는 모르겠지만 아직 망설이는 것이 아닐까? 아라이 전무님의 인사 문제도 대형 프로젝트와 관계가 없다고 할 수 있어."

"하지만 아라이 전무님은 대형 프로젝트 이야기를 와다 세이이치로에게 들었어."

"너무 복잡해서 어떻게 되어 가는지 잘 모르겠어. 네가 도와건설에 파견되지 않는 한 해명할 수 없을지도 모르지."

"사장실의 과장 따위가 해명할 수 있을 것 같지는 않군."

"야마모토라면 그 정도는 식은 죽 먹기잖아."

가와하라는 껄껄 웃으면서 야마모토의 어깨를 두드렸다.

10

석 잔째의 미즈와리 위스키 더블을 바텐더에게 주문한 다음 야마모토가 어두운 얼굴로 불쑥 말했다.

"와다 세이이치로 같은 사람이 야쿠자와 얽혀 있다니 기가 막히는구나."

"도코건설東興建設의 주식을 사재기한 것 말인가?"

"응. 메트로폴리탄같이 뻔히 보이는 뒷거래, 야쿠자겠지. 메트로폴리탄의 사장인 이케야마 이사무池山勇는 진짜 야쿠자이고, 메트로폴리탄이 보유하고 있던 도쿄건설의 2,000만 주를 도와건설이 직접거래로 사들인 것은 보기 흉해. 30퍼센트를 입수하여 합병을 노렸지만 도쿄의 맹렬한 반대 때문에 우에무라는 합병 이야기를 취소하기로 해버렸어. 창피만 당하고 끝났지만 메트로폴리탄과의 관계에서는 예의 거물 정치가도 개입했겠지?"

가와하라가 입속에 땅콩을 던져 넣은 다음 뚱한 얼굴로 카운터에 턱을 괴었다.

"동감이야. 신문기사만 봐도 와다 사장의 행동은 이상해. 악명 높은 그린메일러Greenmailer(경영권을 담보로 보유한 주식을 시가市價보다 비싸게 되파는 사람들)인 메트로폴리탄이 그린메일에 실패해서 거물 정치가에게 징징거렸다는 소문이 있지만 다케야마 마사토가 얽혀있는 것일까?"

그린메일Greenmail이란 어느 기업의 매수를 단념했을 때, 혹은 주식에 따라 이익을 꾀했을 때 해당 기업에게 주식을 높은 가격으로 되파는 행위를 말한다.

도와건설이 도쿄건설의 주식 30퍼센트를 취득한 것은 2개월쯤 전의 일이었다.

A 신문은 1987년 4월 12일 조간에 다음과 같은 기사를 실었다.

중견건설회사인 도와건설의 와다 세이이치로 사장은 11일 도코건설의 주식 30퍼센트를 도와건설 그룹에서 매입하여 최대주주가 되었다고 밝혔다. 와다 사장은 토목사업이 중심인 도와건설과 건축이 중심인 도코건설이 일단 자본을 제휴하고, 장차 합병하는 것도 고려하고 있다고 했다. 이에 대해 도코건설의 구마키리熊切 사장은 '합병은 말도 안 된다. 자본 제휴도 대화를 나누는 것이 먼저다. 주식을 앞세워 압박하는 것은 횡포다'라면서 반발하고 있다.

도와건설이 투기시장을 통해서 주식을 입수했다는 소문도 있어서 양측의 대립은 장기화할 전망이다.

냉장고나 창고 등의 건축이 전문인 도코건설의 연 매출은 약 720억 엔, 종업원 수는 약 1,900명. 1982년 말 경에 가구제조업자가 33퍼센트의 주식을 매입하여 최대주주가 되었다.

작년 10월에 그 주식이 오사카의 투자 그룹을 거쳐서 부동산회사인 메트로폴리탄(자본금 3억엔, 이케야마 이사무 사장)으로 넘어갔다. 도코건설은 메트로폴리탄에서 주식을 되사들이기 위한 협상을 벌였지만 실패로 끝났다.

이런 가운데 건축 부문이 취약한 도와건설에게 이 주식을 사라고 복수의 재계인에게 권유를 받아 독점매수에 나섰다고 와다 사장은 설명했다.

또한 처음 권유를 받았을 때 '외국계 기업이 사들일 것이라는 소문이 있으니 빨리 결단을 내려야 한다'는 말을 들었기 때문에 도코건설에는 미리 양해를 구할 시간이 없었다고 한다. 도코건설의 주장과는 달리, 도와건설은 유력한 재계인의 중개로 열흘 전부터 도코건설의 구마키리 사장에게 면담을 요청하고 있지만 아무 대답이 없다고 말하고 있다.

야마모토도 가와하라도 A 신문의 특종 기사를 읽었다.

"A 신문에 복수의 재계인이 알선했다는 식으로 적혀있더군. 모 거물 정치가도 관여하고 있지 않았을까?"

"나도 그렇게 생각해. A 신문은 재계인의 중개로 면담을 요청 중이라고 했는데 이것도 거물 정치가를 말하는 걸까?"

야마모토가 꿀꺽꿀꺽 소리를 내면서 미즈와리 위스키를 단숨에 비웠다.

"거물 정치가가 중재하고 있든 말든 메트로폴리탄 같은 야쿠자 회사와 관계가 있다는 것 자체에 문제가 있지 않을까? 와다 세이이치로의 견식이 의심스러워지는걸."

가와하라가 히죽거렸다.

"야쿠자와 관계가 없는 제네콘은 하나도 없을 거야. 네가 그렇게 로맨티시스트였던가?"

"하지만 와다 세이이치로가 이케야마 이사무와 각별한 사이일 것 같지는 않아. 야쿠자와 최고경영자가 직접 관련되어 있다고는 생각할 수가 없잖아."

"거물 정치가가 끼어있다면 이야기가 달라지지. 아까 누군가가 그랬었지? 야마모토는 허울만 좋은 은행원이 아니다, 청탁병탄 하라고. 네가 신경 쓸 일이 아니야."

11

도와건설이 도코건설의 주식을 취득할 때 거물 정치가가 개입한 적은 없다. 야마모토도 가와하라도 알 수 없는 숨겨진 진실이 있었다.

도쿄 아라카와荒川에 본사를 둔 가구제조회사 고요제작소光陽製作所의 오카모토 히데오岡本英雄 사장은 제법 유명한 작전세력(주가를 인위적으로 조작하는

^{행위를 하는 사람을 지칭)}으로, 1982년에 갑자기 도코건설의 주식을 33퍼센트나 소유한 최대주주가 되었다.

도코건설은 자본금 35억 6천만 엔의 1부 상장기업이다.

오카모토는 도코건설에 그린메일을 시도했다가 거절당하자 화가 머리끝까지 치솟아서 도코건설의 주식을 메트로폴리탄의 이케야마 이사무 사장에게 양도했다.

그러나 메트로폴리탄은 명의를 빌려준 것뿐이고, 실제 소유주는 프리패브Prefab(구조물의 재료를 공장에서 만들어 현장에서 조립하는 조립 주택)업체로 유명한 스타하우스의 사와마쓰 하루오沢松治雄 사장이었다.

사와마쓰와 이케야마는 작전세력으로, 교토의 어떤 땅을 둘러싸고 스타하우스와 메트로폴리탄이 손을 잡은 것이 두 사람의 첫 만남이었다.

사와마쓰와 이케야마는 경제지 출판사의 사장 스기노 료지杉野良治에게 부탁해서 도와건설에 도코건설 주식의 양도를 의뢰했다.

스기노는 정재관계에 발이 넓은 거물 해결사다. 정제계에서는 그를 모르는 사람이 없다. 돈을 위해서라면 뭐든지 하는 남자였다.

스기노는 3월 하순의 어느 날, 와다 세이이치로와 도쿄 시내의 호텔에서 몰래 만났다. 두 사람은 오래전부터 아는 사이였다.

"도코의 주식을 살 마음은 없나?"

"선생님, 아닌 밤중에 홍두깨처럼 갑자기 무슨 말씀입니까?"

"요컨대 M&A라는 거지. 토목에 강한 도와와 건축에 강한 도코가 합병하면 대기업으로 성장할 발판을 다질 수가 있네."

"다시 말해서 메트로폴리탄이 보유하고 있는 도코의 주식을 사들이라는 말씀이군요. 하지만 이케야마처럼 질 나쁜 사람은 상대하고 싶지가 않습니다. 게다가 도코의 주식은 작전세력이 눈독을 들이는 바람에 2,200에서 2,300엔까지 상승했어요. 저희는 도저히 그런 여력이 없습니다. 선생님이 모처럼 제안해주셨지만 용서해주십시오."

"사실은 이케야마의 배후에 스타하우스의 사와마쓰가 있어."

"……."

"사와마쓰와 이케야마가 당장에라도 울 것 같은 얼굴로 머리를 숙이며 부탁하는 바람에 팔을 걷어붙이기로 한 거야. 금방 와다의 얼굴이 떠오르더군. 이건 도와건설에도 나쁘지 않은 이야기라고 생각해. 오히려 낭보가 아닌가."

"사와마쓰 씨도 왜 하필 이케야마 같은 사람과 손을 잡은 걸까요?"

"너무 그러지 말고. 자네 회사가 안 된다면 외국계 기업에 도코 주식을 양도하겠다는 뉘앙스의 말을 하더군. 외국계 기업 중에 원하는 곳이 있는 것 같아. 그래서 서두르고 있는 모양이야."

외국계 기업 이야기는 스기노가 적당히 꾸며낸 것이지만 와다는 걱정스러운 얼굴로 팔짱을 꼈다. 만약 도코를 흡수 합병할 수 있다면 메리트가 전혀 없는 것도 아니었다.

"사와마쓰 씨가 산 가격에서 플러스알파 정도라면 생각해볼 수도 있지만."

"매입 가격은 1,500 혹은 1,600엔이었다고 생각하지만 금리니 뭐니 고려해서 2,000엔이면 어떨까?"

"어떻게든 1,000엔대로 부탁드리겠습니다."

"1,900엔인가……."

와다가 얼굴을 찡그리면서 고개를 끄덕였다.

"자네만 괜찮다면 조건이나 기타 조정은 내게 맡겨주게. 손해를 보는 일은 없을 걸세. 사와마쓰는 성공 보수를 두둑이 내겠다고 했지만 난 양측에서 1퍼센트만 받기로 하지."

"알겠습니다. 도코와의 대화에 선생님도 입회해주시겠습니까?"

"생각해 보지."

스기노는 이미 도코건설의 구마키리와 면담을 마친 후였다. 스기노의 으름장은 전혀 효과가 없어서 구마키리는 시종 어이가 없다는 태도를 보였다.

오히려 "스기노 선생님 같으신 분이 고작 이케야마의 심부름꾼 노릇을 하시다니 믿을 수가 없군요. 아니면 언론인으로서 오신 겁니까?"라면서 야유가 섞인 말까지 했다. 머리에 피가 솟구친 스기노는 "웃기지 마라!"면서 노발대발했기 때문에 입회하기가 껄끄러웠다.

스기노로서는 생각해 보겠다고 말 할 수밖에 없었다.

스기노는 당장 사와마쓰를 호텔로 불러들였다.

"도와건설이 도코의 주식을 인수하게 되었어. 1,900엔이란 조건으로 사기로 해서 전부 2,000만 주 380억 엔이야. 내일모레 오후 2시에 다이요은행 본점으로 현물을 지참하고 오게나. 직접거래니까 도와건설에는 다이요은행에서 발행한 수표를 준비하라고 하겠네. 와다 사장은 대리인을 보낸다니 자네도 대리인으로 충분해. 당연히 은행과 증권회사 직원이 입회하지만 그들에게 자세한 사정을 밝힐 수는 없어. 즉 이 일을 아는 사람은 나를 포함해서 넷뿐이야. 성공보수인 3억 8천만 엔은 스기노 료지 사무소 앞으로 입금해주게."

스기노는 입금 계좌를 적은 메모를 사와마쓰에게 건넸다.

원래부터 저자세인 사와마쓰가 몇 번이나 머리를 조아렸는지 모른다.

"스기노 선생의 은혜는 잊지 않겠습니다. 감사합니다."

스기노가 험상궂은 얼굴이 시뻘겋게 물들어 있다.

스타하우스, 도와건설에서 각각 3억 8천만 엔, 다 합쳐서 7억 6천만 엔. 앉은 자리에서 거금을 벌었기 때문에 거물 해결사도 흥분을 감추지 못했다.

12

가와하라가 글라스의 얼음을 굴리면서 이야기를 다시 꺼냈다.

"메트로폴리탄이 그렇게 마음에 걸린다면 와다 사장에게 직접 물어보면 되잖아."

"무서워서 그런 짓을 어떻게 해?"

"와다 사장은 발표 열흘 후에 아스카건설의 우에무라 마사오 명예회장의 조정으로 도와건설과 도코건설은 각서를 교환하고, 합병은 없다고 종지부를 찍어버렸지. 난리가 났던 것에 비하면 용두사미 같은 결과야."

각서의 내용은 다음과 같다.

1. 도와건설 주식회사와 도코건설 주식회사는 상호 간의 자주성을 존중하고 대등한 입장에서 우호관계를 확립하기 위해서 노력한다.

2. 도와건설 그룹이 소유한 도코건설의 주식은 현재 상태로 동결하고, 도코건설은 도와건설 주식을 취득하여 소유한다.

3. 도와건설 그룹이 소유한 도코건설의 주식 일부는 장래 도코건설의 요청이 있을 경우에 양도할 마음이 있다.

4. 양측은 우호적으로 서로의 업적 향상을 위해서 정보교환, 특정

프로젝트의 공동시공 등 협력관계를 유지한다.

　5. 양측의 합병은 고려하지 않는다.

　가와하라는 입에 넣으려다 놓친 땅콩 한 알을 무릎 위에서 주워 카운터에 올려놓았다. 그것을 손가락으로 굴리면서 이야기를 계속했다.

　"우에무라 마사오가 와다 세이이치로를 불러서 혼내면 되지 않나? M&A, 합병 따위 말도 안 된다, 건설업계에 있어서는 안 될 폭거라면서."

　"두 사람은 사제 관계인 셈이니까 와다 세이이치로는 우에무라에게 약할 수밖에 없어. 아마 끽소리도 못할걸."

　야마모토에게는 두 사람이 마주 보는 광경이 눈에 선했다.

　실제로도 와다 세이이치로는 설설 길 수밖에 없었다. 사와마쓰 하루오와 스기노 료지에게 감쪽같이 당했다고 말할 수 있다면 좋겠지만, 허술한 판단과 약한 수비를 우에무라가 아무리 지적해도 반박할 수가 없다.

　"다만 난 야마모토와 조금 달라서 와다 세이이치로가 합병을 바란 것은 옳았다고 생각해. 다케야마 마사토의 뒷받침이 있으면 가능하다고 판단한 것도 이해가 되거든. 상대가 메트로폴리탄이 아니었다면 가능성이 있었을지도 몰라. 아까 야스이도 말했듯이 제네콘이 너무 많은 것이 제일 문제니까."

　"결국 양측이 서로의 주식을 소유하는 일도, 우호관계를 유지하는 일도 없이 도와건설은 최근 도코의 주식을 도코건설의 협력회사에 넘긴 모양이야. 그런데 다이요은행은 주식매매에 대해서 사전에 아무런 말도 듣지 못했을까? 2,000만 주를 시가로 샀을 리는 없겠지만 그렇다고 해도 400억 엔에 가까운 금액이잖아."

"거기에 관한 경위는 아라이 전무님이 알고 있을 것 같은데? 너랑 친하니까 좀 물어봐."

"응. 불투명, 불명료한 거래라 누가 이득을 봤는지 모르겠지만 도와건설의 기업 이미지가 더러워졌다는 것은 부정할 수 없겠군."

"남의 말도 석 달이라고, 우리도 까먹고 있던 걸 네가 불쑥 떠올렸을 뿐이잖아. 도와건설은 제네콘 중에서는 깨끗한 편이야. 다른 대기업들은 무슨 더한 짓을 하고 있는지 어떻게 알겠냐. 정치와의 유착이 워낙 심한 세계니까. 총리가 바뀌면 건설대신은 반드시 총리가 속한 파벌에서 나오는 것만 봐도 뻔하잖아."

"……."

"그리고 와다 세이이치로가 야쿠자와 직접 대화하는 일은 없어."

"다케야마 마사토가 직접 제안하면 거절할 수 없잖아."

"어떻게 돌아가고 있는지 모르겠지만 A신문에 실린 복수의 경제인이 누구인지도 문제구나. 이케야마 이사무는 당사자이고 경제인이 아니니까."

"버젓한 야쿠자지만 투자 그룹을 이끌고 있으니까 경제인이라고 할 수 있지 않나?"

"경제 야쿠자인가. 하지만 경제인이라고는 할 수 없지."

"으음."

야마모토가 건성으로 대답했다.

"그것보다 산은이 주선한 대형 프로젝트의 행방이 어떻게 될 것인지가 훨씬 더 문제야. 산은이 도와건설에 추파를 던지고 있는 것은 사실이니까. 그걸 체크하는 것이 네 임무잖아. 너만 믿으마."

야마모토는 등을 세게 얻어맞는 바람에 하마터면 스툴에서 떨어질 뻔했다.

가와하라도 말할 때 혀가 꼬이고 있었다.

제2장 급서

1

다카이도高井戸의 아파트에서 아카사카 2번지에 있는 도와건설의 본사 빌딩까지는 약 50분이 소요되었다.

6월 1일 아침, 야마모토 다이세이는 7시에 아파트를 나서 7시 50분에 회사에 도착했다. 그러나 8층의 사장실에는 아직 출근한 사람이 없었다.

사장실은 다이요은행으로 치면 종합기획부에 해당한다. 경영기획, 홍보 등을 담당하는 중추 부문으로 최고경영자의 참모 역할을 한다.

야마모토는 자신의 책상이 창가의 사장실 실장 자리 맞은편에 있다는 것을 금방 알았다.

책상 위에 명함 상자가 놓여 있었기 때문이다.

상자 뚜껑에 '도와건설주식회사 사장실 심의 담당 야마모토 다이세이'의 명함이 붙어 있었다.

눈으로 대충 세어보니 책상 수는 열 개. 실장의 자리 앞에는 소파

세트가 마련되어 있었다.

중간 크기와 작은 크기의 회의실이 각각 하나씩. 소회의실에는 응접세트가, 중회의실에는 타원형의 대형 테이블과 의자 열 개가 놓여 있었다.

사장실 실장은 상무이사인 기타와키 겐이치北脇謙一가 맡고 있었다. 차장은 이사인 고바야시 쇼스케小林昭介. 당연한 일이지만 책상은 고급스럽고 등받이가 높은 의자에는 흰 커버가 씌워져 있었다.

야마모토는 그저께인 5월 30일에 도와건설을 방문해서 두 사람과 인사를 나눴다. 기타와키 는 쉰네 살, 고바야시는 쉰두 살. 야마모토는 사장인 와다 세이이치로에게 인사를 하기 위해서 아라이 전무를 따라왔지만, 와다 사장은 급한 볼일로 외출 중이라 만나지 못했다.

사전에 약속을 하고 방문했는데 다이요은행의 전무를 바람 맞추다니 기가 막힌 일이었다. 나중에 알게 된 사실이지만, 도내 병원에 입원 중인 와다 쇼지로 부사장의 상태가 악화되었기 때문에 세이이치로는 다급히 병원으로 달려간 것이었다. 다행히 목숨에 지장은 없었다.

도와건설은 자본금 270억 엔, 종업원 약 3천 명, 1987년 3월기의 매출액은 약 2,346억 엔, 영업이익은 약 65억엔, 경상이익이 약 110억 엔, 이익 약 36억 엔, 9기 연속 증수 증익을 달성하고 있었다.

8시 45분이 되자 열 개의 책상이 메꾸어졌다.

야마모토는 기타와키에게 일곱 명을 소개받았는데 실장과 차장 아래에 부장이 두 명. 경영기획 담당의 구마노 게이치熊野圭一와 홍보 담당의 기무라 마사후미木村正文, 야마모토를 포함한 심사 담당이 네 명. 전부 야마모토보다 나이가 많아 보였다. 여직원은 두 명. 여직원을 제외한 전원이 관리직이었다.

책상의 배치상 말단으로 보이지는 않았으나, 메인뱅크의 파견사원이라 대우해주는 것일 뿐 실질적으로는 말단이나 다름없다.

야마모토가 기타와키를 따라 사장인 와다 세이이치로에게 인사하러 간 것은 오전 10시가 넘어서였다.

지상 9층, 지하 2층으로 이루어진 도와건설 본사 빌딩의 최상층에 사장 집무실이 있었다.

"안녕하십니까. 야마모토를 데리고 왔습니다."

"처음 뵙겠습니다. 오늘부터 여기서 근무하게 된 야마모토 다이세이라고 합니다. 부족한 점이 많지만 앞으로 잘 부탁드립니다."

"와다 세이이치로일세. 그저께는 갑자기 급한 볼일이 생겨서 결례가 많았네. 방금 아라이에게도 사과를 하고 온 참이었다네."

세이이치로는 온화하게 인사를 한 다음 기타와키와 야마모토에게 소파를 권했다.

"실례합니다."

야마모토는 가볍게 고개를 숙이고 기타와키와 나란히 장의자에 앉았다.

"야마모토 씨는 다이요은행의 전도유망한 엘리트라고 아라이가 칭찬을 아끼지 않았어. 그 말을 듣고 마음이 든든해졌다네."

"과찬이십니다. 짐이 되지 않도록 최선을 다하겠습니다."

"야마모토 씨는 내 참모가 되어 오른팔 노릇을 해줘야겠네. 지금까지 비서였던 사람이 상파울루에 전근을 가버렸는데 자네가 와주어서 한결 마음이 놓이는군."

말투는 점잖고 미소도 끊이질 않아서 도저히 전직 대장성 관료에 독불장군 사장이라고는 생각되지 않았다.

체격도 듬직하고 얼굴도 단정한 것이 허우대는 흠잡을 데가 없다. 예상과 달리 우아한 몸가짐에 야마모토는 놀랐다.

"모르겠는 것이나 궁금한 것이 있으면 뭐든지 기타와키나 내게 물어보게. 야마모토 씨에게는 숨기는 것 없이 전부 오픈할 생각이네. 기타와키는 야마모토 씨를 다이요은행의 스파이라고 생각하는 모양이지만 난 그리 생각하지 않아. 야마모토 씨가 도와건설의 이익을 최우선적으로 생각해줄 사람이라는 것은 잘 알고 있으니까."

와다는 기타와키를 힐끗 곁눈질하고 나서 진지한 얼굴로 말했다.

"외람되지만 저는 사장님과 같은 의견입니다. 야마모토를 다이요의 스파이라고는 꿈에도 생각하지 않습니다."

기타와키는 갸름한 얼굴을 찡그리며 야마모토 쪽으로 고개를 돌렸다.

"사장님이 방금 하신 말씀은 농담입니다."

"알고 있습니다."

"그런가? 정곡을 찔렀지?"

세이이치로는 눈을 치켜뜨고 기타와키를 보았다.

기타와키는 떨떠름한 표정으로 시선을 피했다.

"와다 사장님의 신뢰를 배신하지 않도록 최선을 다하겠습니다."

"고맙네."

와다는 일어나서 야마모토에게 악수를 청했다.

2

와다에게 인사를 마친 다음 야마모토는 바로 아라이 데쓰오를 찾아갔다.

고문실이라고는 해도 사장집무실과 같은 9층에 10평 정도의 사무실이 아라이에게 주어졌다.

한 달도 채우지 않고 부사장실이 될 예정이다.

야마모토는 함께 가자고 권했지만 기타와키는 그저께 아라이 고문과 인사를 나눴으니까 괜찮다면서 자기 자리로 돌아갔다.

노크를 하자 문이 열리고 아라이가 얼굴을 내밀었다.

"야마모토, 기다리고 있었네. 10시에 사장님께 인사를 한다고 들었거든."

아라이가 시계를 보면서 소파에 앉았기 때문에 야마모토도 뒤를 따랐다.

"실례하겠습니다."

"사장님과 20분이나 이야기를 한 건가?"

야마모토도 시계를 보았다.

"벌써 10시 20분이나 되었습니까. 2, 3분 정도 걸렸다고 생각했는데……."

야마모토는 와다와의 대화 내용을 아라이에게 자세하게 설명했다.

외모와 달리 신경은 두꺼운 편이지만 자신이 살짝 흥분 상태라는 것을 야마모토는 자각하고 있었다. 실제로 야마모토는 평소보다 빨리 말했다.

"흐—음. 처음 본 사람에게 거기까지 마음을 터놓았나. 사장님은 어지간히도 자네가 마음에 든 모양이군. 나도 어깨가 으쓱한걸?"

"하지만 사장실 실장인 기타와키 상무님이나 다른 직원들이 저를 다이요의 염탐꾼으로 여기는 것은 어쩔 수 없는 일일지도 모릅니다.

스파이라는 말은 어이가 없었지만."

"스파이는 좀 심하지만 자네뿐만 아니라 나나 가리타 상무를 다이요의 이익대표로 보는 것은 당연한 일이겠지. 다만 난 도와건설을 잠시 거쳐 가는 곳이라고 생각하지 않아. 은행의 사정으로 결과가 어떻게 되든 이 회사에 뼈를 묻을 작정으로 노력하지 않으면 안 돼."

"저는 무조건 오너인 와다 사장님의 편을 들 수는 없지만 하루라도 빨리 사장님과 신뢰관계를 구축하고 싶습니다."

"어깨에 힘을 빼고 도와건설을 위해서 노력하세. 가리타 씨와는 만났나?

"지금부터 찾아뵈려고 합니다."

가리타 고지㎜田浩二는 1959년에 입사하여 오사카 지점장을 마지막으로 다이요은행을 퇴직했다. 약 2년 전에 도와건설의 상무이사 재무부장으로 취임했다. 나이는 쉰한 살.

"사장님께 와다 쇼지로에 대해서 무슨 얘기를 들었나?"

"아니요."

"사실은 와다 사장님께서 그저께 밤에 우리 집으로 전화했다네. 그저께 쇼지로 부인에게서 용태가 좋지 않다는 연락을 받고 급히 병원으로 달려가는 바람에 사장님을 뵙지 못했어. 하지만 기적적으로 회복되어 주치의가 올해는 넘길 수 있을 것 같다고 했다더군. 이것저것 의논하고 싶은 일이 있다고 해서 오늘 아침 8시부터 9시 반까지 호텔 뉴 오타니에서 같이 조찬을 함께 먹었지."

야마모토는 긴장된 얼굴로 아라이를 바라보았다. 대형 프로젝트 이야기가 화제에 오르지 않았을 리가 없다—.

"산은이 주선한 대형 안건은 웨스턴 호텔을 체인점까지 전부 매수해달라는 것이었어. 제시해온 가격은 약 18억 달러, 약 2,600억 엔의 전대미문의 대형 프로젝트지만 사장님은 꼭 손에 넣고 싶다고 적극적이야. 아직 산은에는 답을 하지 않은 모양이야. 산은은 이 대형 안건을 받아들일 수 있는 곳은 도와건설밖에 없다고 생각하고 있다고 사장님은 우쭐대더군. 그러니까 슬슬 대답을 하고 싶다, 네고는 이제부터지만 계약 체결까지 반년 이상 걸릴 거라고 했네."

가와하라의 정보가 정확했던 것에 야마모토는 혀를 내둘렀다. 이 일을 아라이에게 말해야 할지 말지 망설여졌다.

결국 야마모토는 침묵을 지켰다.

"호텔을 보지 않고 매수할 수도 없는 노릇이니 몇 군데를 둘러보고 싶다고 해서 스케줄 조정을 어떻게 하면 좋을지 고민이라네. 쇼지로의 상태는 괜찮은 것 같지만 정국이 긴박한 것이 마음에 걸릴 거야. 사장님은 차기 총리는 다케야마로 결정되었다고 확신하고 있는데 문제는 타이밍이란 말이지."

"……."

"도와건설의 주가가 상승 기조에 있는 것이 무엇보다도 명확하게 이 일을 증명하고 있다고도 말했어."

연초에 800엔 전후였던 도와건설의 주식은 6월 1일 현재 970엔, 1,000엔대에 이르렀다.

"사장님은 1,200엔에서 1,300엔까지 오르리라 예상하고 있어. 다케야마 테마주라고 속 편하게 지켜볼 수밖에 없겠지."

노크 소리와 함께 아라이의 비서인 아베 유키코阿部有希子가 녹차를 가져왔다.

"감사합니다. 마침 차를 마시고 싶었습니다."

"천만에요."

유키코는 쟁반 위의 찻잔을 센터테이블에 올려놓고는 물러갔다.

3

녹차를 홀짝이면서 아라이가 말을 이었다.

"간다면 이번 달 초, 제일 먼저 뉴욕부터 가게 될 거라면서 사장님
은 신이 나서 어쩔 줄을 모르더군."

"웨스턴 호텔은 세계 각국에 70개 체인을 운영하고 있다고 들었지만
2,800억 엔이라는 금액은 너무 막대해서 리스크가 큰 것 같은데요."

"조건 교섭은 이제부터이고 엔화가 오르고 있으니까 결코 벅찬 쇼
핑은 아니라고 판단한 거지. 호텔 경영에 실적도 있고 일가견도 있는
사람이라서 나는 잠자코 듣기만 했네. 반대할 근거도 없으니까."

"사장님이 많이 흥분하셨나 봅니다."

"그거야 그렇지. 최고경영자로서 일생에 한 번 겪을까 말까 한 대형
안건이니까. 당연히 흥분하고도 남지."

"저 역시 말만 들어도 흥분됩니다."

"그것은 서로 마찬가지야."

입놀림이 가볍다고 꾸짖는 것인가 싶어서 야마모토는 걱정했지만
아라이에게는 그런 낌새가 전혀 없었다.

"야마모토, 바빠질 거야."

"네?"

야마모토는 어리둥절해서 아라이를 쳐다보았다.

"사장님은 해외출장에 자네를 데리고 가고 싶어 한다네."

"정말입니까?"

"사장님은 자네가 마음에 든 모양이야. 오늘 직접 만나보고 그런 마음이 한층 강해진 것이겠지."

"전무님은……. 실례했습니다. 고문은 찬성이십니까?"

"반대할 이유가 하나도 없다네. 해외출장 경험은 당연히 있을 테고 자네는 회화도 가능하니까 문제없지 않나. 게다가 와다 사장님도 어학실력이 뛰어나. 통역을 할 필요는 없지만 사장님과 함께 여행을 하다 보면 이것저것 배울 것이 많다고 생각하네."

"제가 사장님의 비서 역할을 제대로 할 수 있을까요?"

"그렇게 소심한 소리 하지 말게. 자네는 다이요은행의 전도유망한 엘리트야."

파견되자마자 일이 점점 커진다고 야마모토는 생각했다.

"상파울루에도 들를 테니까 고생은 많겠지만 좋은 경험이 될 거야."

"벌써 그렇게 구체적으로 정해졌습니까?"

"그렇게 생각하네. 사장님은 에미코 부인과 한 달이나 못 만난 모양이야. 오히려 뉴욕 쪽을 겸사겸사 간다고 생각할지도 모르지."

"……."

"설마 그럴 리는 없나? 거대한 규모의 거래니까 힘겨운 협상이 되겠지. 이번 주에 일정이 결정될 거야. 마음의 준비를 해두게. 2주일 이상의 긴 여행이 될 테니까."

"알겠습니다."

야마모토는 마음이 무거웠다. 그런 반면 운이 좋다는 생각도 어렴풋이 들었다.

가리타 상무를 찾아간 것은 오후 2시가 지나서였다. 야마모토는 딴데 정신이 팔려서 인사는 짧게 끝내고 물러났다.

때마침 전화가 걸려왔기 때문에 가리타도 굳이 잡지 않았다.

다른 임원이나 부장에게 인사할 때는 고바야시가 안내를 맡아주었다.

명함을 교환할 때 "다이요은행의 유망한 엘리트라지요?"라든가 "다이요은행의 차세대 은행장 후보라고 들었습니다." 같은 비아냥을 들었지만 야마모토는 건성으로 듣고 넘겼다.

다만 야마모토는 입원 중인 와다 쇼지로, 아직 고문인 아라이를 포함해서 대표이사 부사장이 일곱 명이나 된다는 사실에 놀랐다.

가와구치 나오키川口直紀 토목본부장, 마쓰모토 야스오松本康夫 영업본부장, 스기무라 요시유키杉村義行 선박본부장, 요시모토 스구루吉本優 간사이 지구 담당, 나가타 모토히코永田元彦 기술개발센터장 등 5명과, 직위가 없는 와다 쇼지로. 아라이는 이 중 필두筆頭로 관리본부장에 취임할 예정이다.

작전세력, 조직폭력단 등을 담당하고 있는 상무 후쿠다 준福田淳의 공식적인 직함은 개발부장이다. 커다란 금테 안경을 쓰고 있지만 『서유기』의 저팔계를 방불케 했다.

이런 풍모의 사람이라면 야쿠자 대책을 맡길 수 있을지도 모른다.

명함을 교환하면서 순간적으로 그렇게 생각한 탓인지 말투가 은근 무례慇懃無禮(지나치게 겸손하고 정중하게 대접하여 오히려 무례함)해졌다.

4

6월 1일 오후 3시가 넘어서 아라이가 야마모토에게 내선을 걸어왔다.

"야마모토, 혹시 오늘 밤에 시간 괜찮은가? 오늘이 무리라면 다른 날로 잡겠지만."

오늘은 일찍 들어가겠다고 아내인 미유키에게 말해두었지만, 늦어
진다고 해도 크게 상관은 없을 것이다.

"딱히 약속은 없는데 무슨 일이십니까?"

"와다 사장님께서 오늘 선약이 없다면 한턱내고 싶다고 하더군. 사
장님은 부사장님의 상태가 걱정되어 오늘, 내일 밤의 일정을 취소한
모양이야. 자네와 내 환영회를 해주고 싶대."

"제가 참석해도 될까요?"

"물론이지. 참모인 자네에게는 이것저것 당부해둘 말도 많을 거야.
난 이미 아침을 얻어먹었기 때문에 사양할까 생각했지만, 꼭 둘이 같
이 나오라고 하더군. 그러니까 자네만 괜찮다면 허락하려고 하네."

"그렇다면 저도 기쁘게 참석하겠습니다."

"시간과 장소는 아베가 연락할 걸세."

아카사카의 요리점 '무라타'에서 6시라고, 아베 유키코가 전화로 시
간과 장소를 알려온 것은 5시가 지나서였다.

야마모토는 집으로 전화해서 9시 넘어서 귀가할 것 같다, 사장님에
게 저녁 초대를 받았다는 사실을 전했다. 미유키는 '사장님에게? 굉장
한 일이네'하고 기뻐해 주었다.

2층의 아담한 개별 룸은 테이블 아래의 바닥을 깊이 파서 다리를 펴
고 앉을 수 있게 만들어져 있었다. 검게 옻칠이 된 테이블 상좌에 아
라이와 야마모토가 나란히 앉았다. 와다와 마주한 것은 6시 10분 전
이었다.

식전주인 매실주로 건배한 다음 맥주를 마시면서 와다가 말했다.

"오늘은 갑자기 불러냈는데도 불구하고 와주어서 고맙네."

"야마모토도 저도 다른 약속은 없었습니다. 괘념치 마십시오."

"사장님의 초대를 받다니 영광입니다."

아라이도 야마모토도 와다를 향해서 머리를 숙였다.

여주인이 인사차 잠깐 얼굴을 내비치었지만 맥주만 따라주고 금방 자리를 비켰다.

와다가 일부러 사람을 물렸을지도 모른다는 생각에 야마모토의 긴장감이 높아졌다.

"산은의 미야모토 상무님과 대형 안건에 대해서 이야길 나누셨습니까?"

아라이의 질문에 와다는 살짝 고개를 갸웃거렸다.

"아니, 그 사람은 담당이 아니라 이야기하지 않았네."

"대형 안건은 미야모토 상무님을 통해서 사장님께……?"

"아닐세. 다카하시 상무님일세. 미야모토 상무님도 물론 들었겠지만 그를 우리 회사에 맞이하는 것은 아직 오픈되지 않은 극비사항이니까 두 사람도 비밀을 지켜주게."

와다는 아라이와 야마모토를 교대로 쳐다보고는 말을 이었다.

"나카가와 행장님에게도 아직 말하지 않았네. 타이밍은 다카하시 상무님에게 맡겨두었지만……."

야마모토는 처음 듣는 이야기인 척 시치미를 떼었지만 극비사항이라고는 생각할 수 없었다. 아라이는 다이요은행의 회장과 은행장에게 이미 말했다.

야마모토는 아라이의 얼굴을 슬며시 엿보았다. 아라이는 태연한 표정으로 맥주를 마시고 있었다. 두 사람 모두 연기력이 상당하다고 야마모토는 생각했다.

그나저나 산은의 은행장도 모르는 대형 프로젝트의 실체는 어떻게 된 것일까. 허황된 꿈, 사상누각이라는 말을 들어도 어쩔 수 없다는 기분이 들었다.

아라이가 글라스를 테이블에 내려놓고 계면쩍은 미소를 지었다.

"저는 대형 안건과 관련된 인사라고 착각하고 있었습니다. 경솔한 생각이었습니다. 부끄럽기 짝이 없군요."

"아라이가 그렇게 생각하는 것도 당연하네. 하지만 사실은 인사 이 야기가 먼저일세. 산은이 대형 안건을 제안해온 것은 약 한 달 전이고 내가 미야모토 상무님에게 타진한 것은 약 석 달 전이야. 비공식으로 승낙을 받은 것은 극히 최근이네."

"잘 알겠습니다. 하지만 나카가와 행장님은 몰라도 미야모토 상무 님에게는 대형 안건을 이야기하시는 게 어떨까요? 언젠가는 알게 될 일이고, 세상 사람들은 인사와 연동되어 있다고 생각할 겁니다."

"맞는 말이야. 오늘 밤이나 내일 아침에 미야모토 상무님에게 전화 를 걸지."

야마모토는 조금 알 것 같았다.

산은의 이케지마 회장과 나카가와 은행장이 반목하고 있다는 기사 를 경제지에서 읽은 것이 떠올랐다. 사람들이 보기에는 이케지마 회 장 쪽이 파워가 세고 인사권도 이케지마가 장악하고 있다고도 적혀 있었다.

아무래도 나카가와 은행장은 세기의 대형 프로젝트에서 제외된 모 양이다. 아라이는 금방 눈치를 챘을 것이다.

"사장님의 해외 출장에 야마모토가 동행하는 것은 오픈해도 괜찮습 니까?"

"응, 괜찮네."

"아까 야마모토에게 말해버렸는데 입이 너무 가벼웠던 것은 아닌지 반성했습니다."

"다음 주에라도 뉴욕으로 떠날 작정이야."

와다의 시선에 야마모토는 가슴이 살짝 두근거렸다.

"야마모토, 같이 가주겠나?"

"네, 사장님과 동행할 수 있는 것만으로도 분에 넘치는 영광입니다."

"번거롭게 만들겠지만 잘 부탁하네."

"네."

야마모토의 얼굴이 굳을 정도로 긴장하고 있었다.

5

맥주에서 냉주冷酒로 바뀌었다. 와다는 쉴 새 없이 글라스를 비웠지만 알코올에는 강한 체질인지 말투도 태도도 멀쩡했다. 말이 많아지긴 했지만 같은 말을 반복하지는 않았다.

"알다시피 난 상파울루에 있는 카이저 파크 호텔의 오너야. 그 호텔은 상파울루에서 최상급 호텔인데, 외국에서는 호텔 오너의 지위가 무척 높아서 대형 제네콘의 사장과는 비교도 안 되지. 브라질은 일본인이 많이 사니까 황족이 브라질에 올 때는 카이저 파크 호텔에 숙박하신다네. 호텔 오너로서 나는 천황 폐하나 황태자 전하께 인사를 올리는 영광을 누릴 수 있었지. 그때만큼 호텔 오너가 되길 잘했다고 느낀 적이 없었어. 남자의 꿈이라고 할까, 로망이라고 할까? 총리나 대신과 동등 혹은 그 이상의 대우를 받을 수 있으니까 남자로 태어난 보람이 있다고 할 수 있지.”

“사장님이 대장성에 계셨다면 사무차관이 되셨을지도 모르는데, 사무차관이라도 호텔 오너와 비교가 안 됩니까?”

“천지 차이가 있지 않을까? 카이저 파크 호텔로 재미를 봤기 때문에 하는 말이 아니고, 웨스턴 호텔 체인의 오너가 되면 세계적인 호텔왕의 자리에 가까워질 수 있어. 내가 이 프로젝트에 몰두하는 것도 이해가 될 거야.”

“잘 알겠습니다.”

아라이는 고개를 끄덕였다.

야마모토는 더 크고 고개를 끄덕였다.

“공자 앞에서 문자를 써서 죄송하지만 서두르지는 마십시오. 엔화가 비싸지고 있으니까 찬찬히 협상하는 편이 좋겠습니다.”

“아라이, 일류 은행원이 하는 말은 뭔가 달라도 다르군.”

아라이도 야마모토도 ‘일류 은행원’은 예의상 하는 말이라고 생각했다. 아라이는 그저 쓰게 웃을 뿐이었다.

“도와건설 말고는 해외의 호텔 경영을 경험한 제네콘은 없으니까 와다 사장님의 독무대입니다. 산은 역시 도와건설 외에는 인수할 수 있는 기업이 없다고 생각한 것이 아닐까요? 즉 구매자 시장(기업규모의 확대, 대량생산의 발달, 경쟁의 격화 등의 이유로 시장에서 상품의 과잉공급 현상이 일어나면, 거래상의 조건은 구매자에게 유리하게 된다. 이러한 상황에 있는 시장을 구매자시장이라고 말한다)입니다.”

“웨스턴의 현재 오너가 왜 팔려고 하는지는 모르겠지만, 산은이 어드바이저가 되어준다고 해도 조심스럽게 협상해야만 되겠지.”

“산은은 이케지마 회장님이 은행장일 때 인재를 해외에 많이 파견했습니다. 그 결과 국제투자은행이라고 부를 수 있을 만큼, 해외에 진출한 일본은행 중에서도 산은은 해외산업에서 두드러진 존재입니다. 다카하시 슈헤이高橋修平라는 뛰어난 상무도 있으니까요. 노력하면 다이아몬드 브라더스 같은 미국의 투자은행에 대항할 수 있을지도 모릅니다. 다른 일본은행은 아직 병아리니까요."

"일본은행이 그렇게 약한가?"

"그렇게 생각합니다. 오히려 기업들이 애쓰고 있지 않습니까……. 다이요은행은 아직 한참 멀었지요."

아라이는 야마모토가 따라주는 술을 받으면서 혼잣말처럼 말했다.

"그렇게 겸손해할 필요는 없네."

"아니요. 도시은행으로서의 체면상 해외에 지점이나 사무소를 운영하고 있지만 수지타산을 생각하면 형편없습니다."

"사장님, 잔 받으시죠."

"고맙네."

야마모토는 입장상 철저하게 이야기를 듣는 사람, 술 따라주는 사람이 되었다.

와다가 글라스의 냉주를 홀짝이면서 아득한 눈으로 말했다.

"다이요은행과는 인연이 깊어. 알다시피 아버지의 대부터 많은 지원을 받았고, 내 아내는 다이요은행 상파울루 사무소의 직원이었어. 아무리 감사해도 모자랄 정도야."

"무슨 말씀이십니까. 에미코 부인이 얼마나 명석하고 우수한 행원이었는지 지금은 전설이 되었습니다. 실례되는 말일지도 모르지만 와다 사장님께는 멋진 인생이 되지 않았습니까."

"자식을 둘이나 본 전처와 이혼한 것은 결코 칭찬받을 만한 일이 아니지만 내게는 그런 선택지밖에 없었어."

"이것 또한 실례되는 말이지만 에미코 부인의 존재 없이는 카이저 파크 호텔의 오너가 될 수 없었을지도 모릅니다. 그렇게 생각하시면 어떨까요?"

"고맙네. 에미코가 무척 기뻐할 거야."

공치사도 잘한다. 사람의 이야기에 귀를 기울일 줄 안다. 와다 세이이치로는 거물이라고 야마모토는 생각했다.

6

야마모토는 알코올에 무척 강한 편이었다. 와다와 아라이에게 냉주를 따를 때마다 자기 잔도 채웠기 때문에 상당히 많은 양을 마시고 있었다.

"야마모토, 자네는 누구에게나 솔직하게 말하는 타입 같군. 입사 1년 차일 때 지점장에게 대들었던 일화를 들었으니까 내게도 뭐든지 기탄없이 말해주게. 오늘 밤은 이상하게 조용하네."

"그러고 보니 자네가 주빈이야. 와다 사장님께 하고 싶은 말이 있다면 좋은 기회 아닌가. 오늘 밤의 대화는 전부 이 자리에서만 하는 것일세. 밖으로 새어나갈 일은 없으니까 무언가 한 마디 해보게."

아라이의 부추김에 야마모토는 자세를 가다듬었다.

"외람되지만 한 가지만 와다 사장님께 여쭙겠습니다. 왜 더러운 소문이 있는 작전세력에게서 도코건설의 주식을 독점 매수했는지 의문이었습니다. 실례지만 결과적으로도 실패했습니다. 복수의 경제인이 관계하고 있다고 A 신문에 실렸던데 그게 도대체 어떤 분들인지요?"

와다가 순간적으로 불쾌한 표정을 지은 것을 야마모토는 놓치지 않았다.

그러나 쓸쓸하게 웃으면서 와다는 야마모토의 잔에 술을 따랐다.

"가차 없는 질문이군. 그 문제는 뿌리가 깊다고 할까 복잡해. 아무리 두 사람이 비밀을 지키겠다 약속해도 결코 밝힐 수 없네. 무덤까지 가져가야 할 비밀이야."

"2,000만 주라면 거액의 투자입니다. 당연히 다이요은행도 주식을 담보로 융자했다고 생각하는데요."

"맞아. 산은과 다이요은행에는 큰 신세를 졌어. 아라이도 알고 있겠지만."

"알고 있습니다."

"작전세력인 메트로폴리탄의 이케야마 사장과는 만났습니까?"

"이거 또 가차 없는 지적이군. 하지만 그 질문은 너무 무례한 것 같네."

와다는 이번에는 싫은 표정 하나 짓지 않고 미소를 띠었다.

"대단히 실례했습니다. 하지만 와다 사장님의 말씀을 듣고 안심했습니다. 정말 죄송합니다."

야마모토는 방석에서 내려와 맨바닥에 앉아 와다를 향해서 머리를 숙였다. 오랫동안.

"야마모토, 어서 일어나게나. 자네의 솔직함이 나는 아주 마음에 들어."

"야마모토, 이제 충분하지 않나."

"실례했습니다."

아라이가 등을 두드려주어 야마모토는 테이블 앞으로 돌아갔다.

"확실히 말해서 경제인의 감언이설에 속은 내가 바보야. 나중에 조사해보니 도코건설의 주식을 사고 싶어 하는 외국자본은 한 군데도 없었다는 것을 알았네."

와다는 아라이에게 시선을 던졌다.

"다이요은행에도 피해를 입혀서 면목이 없어."

"도코건설의 주가가 떨어지는 바람에 다소 손해를 본 것 같지만, 도코 계열의 기업에 순조롭게 끼어들 수 있었으니 잘 된 일이 아니겠습니까."

"음, 단기간에 그럭저럭 수습되었어. 아스카건설의 우에무라 회장님께는 큰 빚을 졌지만."

야마모토가 무슨 말을 꺼내려던 순간 여주인이 갑자기 장지문을 열고 얼굴을 내밀었다.

"와다 사장님, 전화가 왔습니다."

"누군가?"

"저기……."

두꺼운 화장 탓에 나이를 파악하기 힘들었지만 인사할 때의 목소리는 젊고 기운이 넘쳤다. 그 목소리에는 주저하는 기색이 섞여 있었다.

"잠깐 실례하겠네."

와다는 자리에서 일어나 복도로 나갔다.

"병원의 나루세成瀨라는 분에게서 왔습니다."

"쇼지로의 주치의 아닌가."

와다의 표정이 급격히 어두워졌다.

두 사람의 대화는 장지문 너머의 아라이와 야마모토에게도 들렸다.

계단을 내려가는 발소리가 묘하게 선명했다.

"쇼지로에게 무슨 일이 있었나?"

아라이의 표정이 어두워졌다.

야마모토도 굳은 얼굴로 고개를 끄덕였다.

"회복되어 당분간은 괜찮을 거라고 들었는데. 나쁜 소식이 아니라면 좋겠군."

아라이가 중얼거렸을 때 다급하게 계단을 뛰어 올라오는 발소리가 가까워졌다.

7

요란하게 장지문이 열리고 와다가 살짝 쉰 목소리로 내뱉었다.

"쇼지로가 위독해서 당장 병원으로 가야겠어."

와다는 떨리는 목소리로 말을 이었다.

"두 사람은 천천히 있다가 가게."

말투가 다시 침착해졌다.

아라이와 야마모토의 안색도 창백해지고 말문이 막혔다.

셋 모두 와이셔츠 차림으로 식사를 하고 있었기 때문에 여주인은 까치발을 하고 와다에게 양복을 입혀주려고 했다. 하지만 와다는 그것도 뿌리치고 다시 다급하게 계단을 내려갔다.

마음이 급한 모양이었다. 형제간의 사이가 좋다는 것은 제네콘 업계, 아니 경제계에 널리 알려져 있었다.

마침내 올 것이 온 것이라고 해야 할까.

동생이 위독하다는 소식에 형이 얼마나 큰 쇼크를 받는지 아라이와 야마모토도 짐작이 가고도 남았다.

"사장님을 배웅해야겠네."

"네."

아라이와 야마모토도 자리에서 일어나 와이셔츠 차림으로 아래층까

지 내려갔다. 빠른 걸음으로 다마치 거리田町通り로 향하는 와다와 여주인을 쫓아갔다.

다마치 거리에는 와다의 전용차인 실버 그레이의 대형 벤츠가 주차되어 있었다.

'무라타'는 뒷골목에 있는 조용한 가게였다. 현관 앞까지 차를 댈 수가 없다.

벤츠에 올라타려는 와다에게 아라이가 말을 걸었다.

"살펴 가십시오. 저희도 곧 돌아가겠지만 뭔가 도울 일이 있으면 언제든지 연락해주세요."

"고마워. 먼저 가겠네."

뒷좌석에 탄 와다는 굳은 표정으로 아라이와 야마토에게 손을 들어 작별인사를 한 다음 운전사에게 서두르라고 명령했다.

벤츠가 보이지 않게 된 다음에도 세 사람은 한동안 멍하니 그 자리에 서 있었다.

불쑥 여주인이 말했다.

"와다 사장님이 너무 안쓰러워요. 1년 전에 여동생도 잃으셨거든요."

"압니다. 장례식에 갔었으니까."

와다 세이이치로와 쇼지로의 누이동생 가즈코和子가 요코스가선横須賀線의 그린차グリーン車(일본 여객열차 중 보통차량에 비해 넓고 시설이 좋아 별도의 요금을 받는 특별 차량)를 타고 가다가 갑자기 뇌경색으로 사망했다는 이야기는 야마모토도 들은 적이 있었다.

"어쨌거나 일단 돌아가지. 놀라는 바람에 우리는 윗도리도 놓아두고 왔으니까."

"고혈압은 와다 집안의 혈통일까요?"

"으—음, 글쎄. 하지만 사장님은 알코올에 강하잖아."

'무라타'의 개별 룸으로 돌아가서도 아라이와 야마모토는 와다 집안의 이야기만 했다.

와다가 떠나고 50분 후인 오후 8시 20분에 쇼지로의 부고가 아라이에게 전해졌다.

"사장님 본인이 전화를 거셨습니까?"

"아니요. 운전기사분이 전화를 주셨습니다."

"일부러 연락해준 거군요."

아라이는 여주인의 이야기를 듣고 심각한 얼굴로 팔짱을 꼈다.

"난 오차노미즈御茶ノ水의 대학병원으로 갈 건데 야마모토는?"

"저도 함께 가겠습니다."

아라이는 그렇게 하자면서 일어났다.

다행히도 두 사람 모두 하얀 와이셔츠에 넥타이도 수수했다.

아라이의 전용차 세드릭이 대학병원 영안실 근처에 멈춘 것은 저녁 9시가 다 되어서였다.

두 사람 모두 술기운은 말끔히 가셔 있었다. 술 냄새는 났지만 은단 덕분에 억누를 수 있었다.

아라이가 늘 은단을 가지고 다닌 것을 야마모토는 15년 전부터 알고 있었다.

영안실에는 쇼지로의 유족들이 고인을 둘러싸고 있었다. 스탠드칼라 교복 차림의 덩치가 큰 소년이 야마모토의 인상에 강하게 남았다.

입을 꾹 다물고 필사적으로 눈물을 참고 있었다—.

"차남인 유지勇= 군이야. 양복을 입은 청년은 장남인 겐이치健– 군. 동생은 고 2, 형은 도쿄대학 법과 3학년일 걸세."

아라이가 분향을 한 다음 야마모토에게 살짝 가르쳐주었다.

세이이치로가 아라이에게 바짝 다가와서 속삭였다.

"난 귀가하네. 연락해야 할 곳이 많거든. 뒷일은 기타와키에게 지시해두었으니 괜찮을 걸세."

물론 아라이는 세이이치로에게 위로의 말을 건넸다.

"삼가 고인의 명복을 빕니다."

"고맙네. 내가 먼저 불러내 놓고 미안하게 되었군."

"천만의 말씀입니다. 신경을 써주셔서 감사하고 있습니다. 쇼지로와는 대학에서 강의를 같이 들었기 때문에 오래 알고 지낸 사이였습니다."

"나도 자네는 각별하다고 생각하네."

아라이와 세이이치로는 나직한 목소리로 대화를 주고받았다. 그러나 아라이 곁에 붙어 있던 야마모토에게 들리지 않을 리가 없었다.

세이이치로가 미망인에게 인사하고 영안실에서 나간 직후 기타와키가 야마모토에게 다가왔다.

"사장님이 '무라타'에서 병원으로 이동하면서 전화를 주셨어. 옷도 제대로 갖추지 못하고 달려왔는데 설마 아라이 고문이나 야마모토가 있을 줄은 몰랐네."

"쇼지로 부사장님이 돌아가신 직후 사장님께서 아라이 고문에게 전화하신 모양입니다."

사실은 운전기사가 연락했지만 사장의 명령이었을 테니 사장이 전화한 것이나 마찬가지라고 야마모토는 자신에게 변명했다.

"'무로타'에서 이거랑 같이 있었지? 나도 초대를 받았지만 취소할 수 없는 선약이 있어서 거절했어."

기타와키는 남들에게 안 보이게 오른손 엄지를 살짝 세워 보였다.

8

"잠깐 나 좀 보세."

기타와키가 야마모토를 영안실 복도로 불러냈다.

"즉각 회사로 돌아가 주겠나. 홍보 담당 부장도 슬슬 회사에 도착했을 시간인데 사망기사의 수배를 도와주게. '이거'는 많이 놀라긴 했지만 바로 정신을 차렸어. 나에게 내린 지시는 흠잡을 데가 없어⋯⋯."

기타와키는 내밀었던 오른손 엄지를 치우면서 말을 이었다.

"과연 전직 대장성 관료야. 각종 신문과 유력통신사에 쇼지로 부사장님의 사망기사가 실리도록 수배하라더군. 초상은 내일, 발인은 내일모레로 일가친척들끼리만 치른다고 하네. 회사장은 미정이야. 요인들과 사전 협의가 필요하니까."

그 요인 중에 다케야마 마사토가 포함되어 있다는 것은 의심할 여지가 없었다. 친구 대표로 조문을 낭독할 가능성도 있다. 아니, 틀림없이 그렇게 될 것이라고 야마모토는 생각했다.

"홍보 담당 부장인 기무라가 모든 절차를 알고 있어. 그럼 부탁하네."

"알겠습니다."

야마모토는 아라이의 허락을 받아야하나 고민했다. 게다가 차기 사장이 확실시되는 산은의 미야모토 상무가 영안실에 나타날지 어떨지도 마음에 걸렸다. 그래도 파견 첫날의 첫 업무를 우선시해야한다고 마음을 고쳐먹고 택시로 아카사카의 도와건설 본사 빌딩으로 향했다.

사원용 출입구의 안내데스크 앞에서, 야마모토는 우연히 후쿠다 준과 마주쳤다.

"후쿠다 상무님, 이 시간에 어쩐 일이십니까?"

"야마모토 씨야말로 어떻게 된 겁니까?"

이쪽은 은단의 효과가 다소 남아있을 테지만 후쿠다에게서는 코를 찌를 듯한 술 냄새가 났다. 그러나 걸음걸이는 멀쩡했다.

"기타와키 상무님이 홍보부장님의 일을 거들라고 명령하셨습니다. 쇼지로 부사장님의 명복을 빕니다."

"감사합니다. 저는 쇼지로 부사장님과는 마음이 맞아 친하게 지냈기 때문에 쇼크가 큽니다. 야마모토 씨는 쇼지로 부사장님의 생전에 면식이 있었습니까?"

"아니요. 뵐 기회가 없었습니다. 아라이 고문은 학생일 때부터 면식이 있었던 모양이지만."

"야마모토 씨와 마찬가지로 제 나름대로 홍보 활동을 해야 해서요. 사장님이 직접 전화로 나오라고 명령하시는 바람에 긴자에서 달려왔습니다."

후쿠다는 '사장님이 직접'이라는 대목에서 특히 힘을 넣었다.

출입구에서 엘리베이터 홀까지, 야마모토는 '안경 쓴 저팔계'와 이런 대화를 나누었다.

'안경 쓴 저팔계'는 야마모토가 남몰래 후쿠다에게 붙인 별명으로, 정치가나 암흑가에 쇼지로의 사망을 알리기 위해서 급히 회사로 돌아온 것이 틀림없었다.

8층의 사장실에는 아무도 없었다.

야마모토가 불을 켜고 자기 자리에서 신문철을 펼쳐 사회면의 부고 기사를 훑어보고 있을 때, 홍보 담당 부장인 기무라 마사후미가 들어왔다. 기무라 역시 술 냄새가 지독했다.

"야마모토 씨가 와줘서 살았습니다. 이틀 전에도 비슷한 일이 있었죠. 아직 이른 시간이라 사장실은 전원 대기 상태였습니다. 마침……."

기무라는 시계에 눈을 떨어트리고 말을 계속했다.

"지금 9시 10분이군요. 9시가 지나서 해산할 수 있었죠. 회복되었다고 들었는데 의사의 진단도 믿을 수가 없네요."

오늘 아침 명함을 교환할 때는 깊은 인상을 받지 못했지만, 기무라는 일본불도저공업 시절부터 살아남은 사원이었다. 1980년에 입사했으니까 야마모토보다 10살 이상 연상일 것이다. 매끄러운 말주변은 홍보 담당 부장이기 때문일까.

야마모토와 같은 입장의 심의 담당(과장)은 네 명이지만 경영기획, 홍보의 역할 부담이 애매하다는 것을 야마모토는 지금 실감했다.

"기타와키 상무님은 저런 성격이라 신문에 실을 기사 양식을 정해두는 것이 좋겠다고 했지만, 아무리 그래도 좀 성의 없지 않습니까. 그래서 거부했습니다. 야마모토 씨는 달필이지요? 여기에 필요사항을 기입해주시겠습니까?"

기무라는 엷은 후두부를 왼손으로 가리면서 A4 사이즈의 종이 한 장을 야마모토의 책상 위에 올려놓았다.

야마모토 본인은 달필이라고 생각한 적이 없지만 악필도 아니었다.

종이에는 '부고 기사 의뢰서', '도와건설주식회사'의 아래쪽에 '신청일 서기 년 일 오전 오후 시 분'이라고 타이핑되어 있고 '성명', '생년월일', '주소', '연락처', '출생지', '본적', '사망일시', '사망장소', '병명', '장례식장', '발인', '상주', '고인과의 관계', '비고'의 항목별로 칸이 만들어져 있었다.

"이것이 원고입니다."

갈겨쓴 메모를 보면서 야마모토가 대답했다.

"오후 7시 50분에 돌아가셨군요. 사장님은 간신히 임종을 지키신 것 같습니다."

"그래요? 야마모토 씨는 사장님과 함께 있었군요."

"네, 저 같은 말단까지 신경을 써주시다니 감사할 따름이죠."

"야마모토 씨는 장차 다이요은행에서 출세할 사람이니까 당연하지요. 선물구매 같은 것이 아닐까요?"

"과대평가하시는 겁니다. 농담할 때가 아니니 서두르지요."

야마모토는 '부고 기사 의뢰서' 작성에 정신을 집중시켰다.

기무라는 각 신문사의 사회부과 경제부 같은 곳에 전화를 돌리고 있다.

신문사에는 당직 당번이 있어서 항상 연락이 된다.

"장례식, 발인은 일가친척끼리 치를 예정입니다. 회사장을 거행할지는 미정입니다. 결정되는 대로 다시 연락하겠습니다."

기무라의 전화는 빈틈이 없었다.

야마모토가 '부고 기사 의뢰서'를 전국지, 지방지, 통신사, NHK, 전문지 등에 팩스를 다 보냈을 때는 밤 10시를 넘기고 있었다.

"피곤하지요? 출근 첫날부터 고생이 많습니다. 우리 회사가 직원들 혹사시키기로 유명해요."

"은행에서 이미 단련되었습니다. 은행도 직원들 부려 먹기로 둘째 가라면 서럽지요."

"이제 겨우 10시니까 이 근처에서 쇼지로 씨의 명복을 빌면서 한잔할까요?"

"오늘은 이만 퇴근하겠습니다."

"저는 도저히 집에 갈 마음이 안 들어서요. 사장님이 안됐습니다. 여동생 다음은 남동생, 삼남매 중에서 혼자 남겨졌으니까요. 와다 집안의 비극입니다."

"동생분의 죽음은 각오하고 계셨겠지만 그래도 슬프실 겁니다. 병원의 전화를 받고 달려갈 때의 사장님 모습은 무시무시했습니다."

"시신은 이미 히로오広尾의 아파트로 옮겼겠지만 사장님은 줄곧 함께 하시겠지요."

야마모토는 퇴근하기 전, 기무라가 화장실에 간 틈을 타서 가리타에게 전화를 걸었다. 다이요은행의 대선배에게 연락을 해야 한다고 생각한 것이다.

"밤늦게 죄송합니다. 쇼지로 부사장님이 돌아가셨습니다. 상무님은 연락을 받으셨습니까?"

"아니야. 자네는 누구에게 들었나?"

야마모토는 간략하게 오늘 밤 겪은 일을 설명했다.

"그래? 와다 사장님이 다이요은행 조사 담당의 환영회를 해줬다고?"

가리타는 질투가 나는지 가시 돋친 말을 내뱉었다.

괜히 전화했다. 그러나 연락을 하지 않으면 하지 않았다고 원한을 살 가능성이 있다.

야마모토는 조용히 대답했다.

"아라이 고문의 가방 당번 같은 것입니다."

"사장님은 내 환영회를 해준 적이 없어."

쇼지로의 죽음을 애도할 생각도 않고 이래서야 다이요은행의 지점장에서 끝난 것도 어쩔 수가 없다. 이사까지 올라간 것이 신기할 정도였다.

기무라가 화장실에서 돌아왔기 때문에 야마모토는 '서두르고 있어서 이만 실례합니다'라면서 전화를 끊었다.

"어디서 걸려온 전화입니까?"

"제가 집에 걸었습니다. 아직 야근이 남아있어서 늦어질 것 같다고……."

"그, 그래."

기무라는 미안하다는 표정을 지었지만 거짓말을 했다는 가책 때문에 미안한 것은 오히려 야마모토 쪽이었다.

그러나 가리타에게 연락을 했다고 말하기는 어려웠다. 무엇보다 가리타의 반응이 마음에 들지 않았다. '고맙다'거나 '수고했다'는 말 한마디 정도는 해도 당연하지 않은가.

"부인에게는 미안하지만 조금만 더 고생해주세요. 30분이면 충분합니다. 저 좀 도와주세요."

"알았습니다. 30분 안에 끝날 것 같지는 않지만 1시간만이라면……."

9

기무라의 단골가게인 아카사카의 클럽 '마유미'에서 미즈와리 위스키를 마시면서 야마모토가 물었다.

"부사장님 다섯 분에게는 누가 연락했나요?"

"기타와키 상무님의 지시로 고바야시 이사님이 자택에서 전화를 돌렸을 겁니다."

"그렇군요. 과연 빈틈이 없습니다. 구마노 부장님이나 저 이외의 사장실 심의 담당은 어떻게 되었습니까?"

"아차. 정신이 없어서 까맣게 잊고 있었습니다. 구마노 부장님은 고바야시 이사님께 연락을 받았겠지만 스즈키, 사다케, 와타나베의 세 명은 아무도 알려주지 않았어요. 홍보 담당인 스즈키에게는 제가 연락해야 했습니다. 하지만 지금 불러들일 수도 없지요. 기타와키 상무님은 야마모토 씨의 도움을 받으라고 말씀하셨지만, 그래도 상사로서 스즈키에게는 전화를 걸어야 마땅합니다."

"그렇게 생각합니다. 제가 스즈키 심사 담당의 입장이었다면 기분이 상할 겁니다. 스즈키 씨는 당장 회사에 달려오실 분이니까요."

야마모토가 술기운을 빌려서 기무라를 비난한 것은 아니었다. 다이요은행에서도 윗선에 거리낌 없이 직설적으로 의견을 말했기 때문에 빈축을 사곤 했다. 반대로 신뢰를 얻을 때도 있으니 사람마다 반응은 제각각이었다.

"저를 포함해서 네 명의 심의 담당의 역할 분담은 어떻게 됩니까? 기타와키 상무님으로부터 기무라 부장님을 거들라는 명령을 받았을 때 역할 분담은 없는지 궁금했습니다."

"아무리 토건업자라도 대충대충 돌아가는 조직은 아닙니다. 은행만큼 체계적이지는 않지만요."

"실례했습니다."

"다만 야마모토 씨는 각별합니다. 사장님 비서니까요. 사다케와 와타나베는 경영기획 담당입니다."

기타와키가 나에게 홍보를 거들라고 한 것은 어떤 심경에서일까? 와다 사장님에게서 스파이라는 단어가 나온 것에 구애받고 있는 것일까? 친근감의 표시라고도 특별취급을 한다고 반발하고 있다고 볼 수 있었다.

"제가 스즈키 씨에게 전화할까요?"

"그건 아니지요. 제가 걸겠습니다."

기무라가 자리에서 일어났다.

그랜드피아노 하나만 봐도 알 수 있는 고급스러운 클럽은, 30명은 수용할 수 있는 좌석의 80퍼센트 정도가 손님들로 메워져 있었다. 손님의 대부분은 사용족社用族(자기 돈과 회사 돈의 구별 없이 회사의 접대비를 무차별적으로 마음껏 쓰며 한국전쟁으로 인한 경제 붐을 향유하던 사업가들)으로 봐도 지장이 없을 것이다. 이놈이고 저놈이고 모조리 시궁쥐 같은 놈들이다.

호스티스도 하나같이 미인이었다. 기무라와 야마모토의 좌석에도 친해 보이는 젊은 호스티스가 한 명 붙어 있었지만 두 사람의 대화에는 흥미가 없는 것 같았다.

"화장실이 어디죠?"

"저쪽요."

호스티스는 나른한 듯이 손가락질했다.

이 여자는 머리가 텅텅 비었다. 말투도 무례했다. 손님들이 미인이랍시고 떠받드니까 콧대만 높아진 모양이다.

그나저나 기무라의 존댓말도 마음에 걸린다. 특별취급도 마음에 들지 않았다. 호화로운 화장실에서 볼일을 보면서 야마모토는 얼굴을 찡그렸다.

야마모토가 화장실에서 박스석으로 돌아왔지만 기무라는 스즈키와 통화 중이었다. 게다가 전화기를 향해서 몇 번이고 고개를 숙이고 있다.

기무라가 자리로 돌아올 때까지 12, 13분은 걸렸다.

"지금이라도 회사로 오겠다고 고집 피우는 걸 달래느라 고생했습니다."

"스즈키 씨의 기분은 알고도 남습니다. 소외감을 느낀 것이 아닐까요? 제게 거들라고 명령하는 것은 지당하지만 기타와키 상무님이 지시를 내리는 법은 문제가 있지 않습니까?"

"책망을 받아야 할 사람은 당연히 제 쪽입니다. 부하에게 사과하기도 쉽지가 않군요."

야마모토는 스즈키가 질시할지도 모른다고 걱정했지만 이쪽에서 쓸데없는 신경을 쓰는 것은 그만두자고 자신을 타일렀다.

10

야마모토가 사장실의 자기 자리에서 '부고 기사 의뢰서'를 쓰고 있을 무렵, 와다 세이이치로는 아카사카의 아파트에서 상파울루에 체재 중인 아내 에미코에게 국제전화를 걸고 있었다.

두 사람끼리 이야기할 때는 일본어를 사용하지만 영어가 섞이는 일도 빈번했다.

두 사람은 하루가 멀다 하고 전화로 대화를 나누었다.

에미코는 카이저 파크 호텔의 특별실을 사무실과 집으로 삼고 있었다.

"상파울루에는 갈 수 없게 되었어."

"그러게요. 쇼크가 크죠?"

"다음 주에 출발할 예정이었는데 오늘 밤 7시 50분에 쇼지로가 저세상 사람이 되어버렸어. 에미, 내일 장례식에는 시간을 맞추지 못하겠지만 내일모레, 일본시간으로 6월 3일 오후 도쿄로 와주지 않겠어?"

"……."

"Hello"

"조지, 브라질은 일본에서 멀고도 먼 나라예요. 억지 쓰지 말아요. 도쿄에 장기간 체재하려면 준비하는데도 시간이 많이 걸려요. 쇼지로 씨가 돌아가신 것은 진심으로 애통하게 생각하지만요."

조지와 에미는 와다 부처의 애칭이다.

"나도 조지가 미칠 듯이 보고 싶지만……."

"에미, 그건 나도 마찬가지야. 3일에 일가친척끼리만 발인을 할 거야. 에미는 회사장에만 출석해도 충분하니까 가능한 빨리 일본으로 와준다면 기쁘겠어."

"그렇게 할게요. 제너럴 가리에가를 회사장에 부르면 어떨까요?"

"Good idea. 제너럴 가리에가를 이 기회에 초대하자."

마누엘 가리에가는 파나마군의 최고사령관이다. 도와건설이 파나마에서 토목공사를 수주하거나 호텔을 매수한 관계로, 와다 부처는 가리에가 장군과 친했다.

파나마 공화국은 독재자 오마르 크리호스가 1981년에 의문의 헬리콥터 사고로 사망한 이후 가리에가 장군이 사실상 정치 실권까지 장악했다.

가리에가가 크리호스를 살해했다는 설도 있지만, 상파울루를 거점으로 가리에가에게 접근한 와다 부처는 파나마의 바카몬테 항구의 준설이나 토목공사를 계기로 파나마에 본격적으로 진출했다.

파나마운하 준설은 ODA(공적개발원조)로 산요건설三洋建設이 독점했는데, 길을 개척한 것은 재계의 중진 고故 나가노 쥬지長野重二였다. 나가노는 1984년 5월에 타계했지만 만년에 제2 파나마운하 프로젝트를 주장할 만큼 파나마에 집중했다.

1980년 1월에 제1차 나가노미션이 파나마에 파견되었지만 미션을 준비한 것은 산은이었다.

  "아버지 때 한 번 경험하긴 했지만 회사장은 일대 사업이라 준비하는 데 시간이 걸려. 이제부터 다케야마 선생님께 전화해서 의논할 거야. 다케야마 선생님 이외의 요인들에게도 쇼지로가 죽었다고 연락해야 하니까 이만 끊을게. 에미, 방일 스케줄이 결정되는 대로 알려줘. 제너럴 가리에가의 오케이를 받으면 뒷일은 내게 맡겨줘."

  "OK, 조지. I love you."

  "에미, 사랑해."

  와다 세이이치로는 에미코와의 국제전화를 마치자마자 다케야마 마사토의 사저私邸에 전화를 걸었다.

  "와다 세이이치로입니다. 밤늦게 죄송합니다."

  "아닙니다. 무슨 일입니까?"

  "쇼지로가 오늘 밤 7시 50분에 세상을 떴습니다."

  "저런—. 시간문제라고 듣기는 했지만 그렇다고 해도 너무 급작스럽군요. 상심이 크겠습니다."

  "슬퍼하고 있을 수만은 없지요. 방금 상파울루에 있는 와이프와도 통화했지만 회사장으로 치르고 싶습니다. 가능하다면 선생님께서 친구 대표로 조문을 읽어주셨으면 합니다만……."

  "저라도 괜찮으시다면 기꺼이. 하지만 아무런 지위도 없는 제가 맡아도 될까요?"

  "물론이지요. 감사합니다. 국회 쪽은 어떻게 될까요?"

  "임시국회는 7월 6일에 열기로 결정 났습니다. 그때까지 회사장을 하면 어떨까요? 소네다 총리도 출석할 수 있도록. 여당의 간부는 다들 괜찮을 겁니다."

"배려해주셔서 감사합니다. 회사장의 일정이 정해지는 대로 다시 연락드리겠습니다."

"알겠습니다."

11

와다가 산은의 이케지마 회장과 다카하시 상무에게 쇼지로의 사망 소식을 전한 직후에 전화벨이 울렸다.

다케야마였다.

"아까 말하는 것을 깜박해서 전화했어요. '지쿠호회'의 멤버들에게 쇼지로 씨의 부보를 전했습니까?"

"이케지마 회장님께는 방금 전했습니다만."

"'아저씨'만이 아니라 전원에게 알리는 편이 좋겠어요."

"그 생각은 미처 못 했습니다. 다케야마 선생님, 지적해주셔서 감사합니다. 당장 전화를 돌리겠습니다."

"혼자서 24명에게 전화하기는 힘들 테니까 나도 거들게요."

"아닙니다. 시간은 넉넉하니까 혼자서 할 수 있습니다."

"하긴 내가 '지쿠호회'의 회원들에게 전화를 거는 것은 조금 부자연스럽겠지요. 그럼 부탁합니다."

다케야마와의 두 번째 통화가 끝난 시간은 9시 50분이었다.

다케야마는 친근감을 가지고 이케지마를 '아저씨'라고 불렀다.

'지쿠호회'는 다케야마와 동향同鄕인 교리쓰발효共立発酵의 창업자 가와노 기사부로河野輝三郎가 이케지마에게 부탁해서 1970년대 후반에 발족시킨 다케야마를 후원하는 친목회다.

다케야마가 시마네 현島根県 1구에서 입후보하여 중의원 의원으로 당선된 것은 1958년 5월 22일(제28회 총선거)로, 그가 서른네 살 때였다. 교리쓰발효를 발효화학 분야의 세계 최고로 키워낸 경영자로서 유명한 가와노는 다케야마가 햇병아리일 때부터 물심양면에 걸쳐서 지원해왔다.

가와노는 오래전에 귀적에 들었다. '지쿠호회'를 탄생시킨 아버지는 가와노지만 이케지마가 종신회장 자리를 이어받았다. 가와노가 불러 모은 유력기업 25개사의 최고경영자가 연 2회, 다케야마를 에워싸고 신바시의 요정 '신키에쓰'에서 회식하는 친목회가 이어져 왔다. 직함이 바뀌어도 회원은 종신회원이다.

연락 담당인 간사는 산은과 교리쓰발효가 교대로 맡고 있었다.

과연 '사전협상의 명수', '배려의 달인'이라고 불릴 만하다. 와다는 다케야마 마사토는 굉장한 사람이라고 생각하면서, 제일 먼저 가와노 겐지河野乾治의 사저로 전화를 걸었다. 그는 가와노 기사부로의 장남으로 교리츠발효의 2대 사장이다.

"도와건설의 와다입니다. 밤늦게 죄송하지만 다케야마 마사토 선생님이 당부하신 것이 있어서 실례인 줄 알면서도 전화를 드렸습니다. 실은……."

가와노 겐지를 포함하여 회원 전원에게 와다는 틀에서 찍어낸 것처럼 똑같은 내용의 전화를 돌렸다. 전화를 받은 상대가 본인인가 본인이 아닌 가족인가의 차이는 있지만 소요시간은 한 명 당 평균 3분, 약 1시간이 걸렸다.

참고로 3개사를 제외한 '지쿠호회'의 회원 기업(가나다 순서)은 다음과 같다.

▷고이물산五井物産 ▷교리쓰은행 ▷교쿠토수산極東水産 ▷긴키전력 ▷노
츄금고農中金庫 ▷닛카식품日華食品 ▷닛토광업日東鉱業 ▷니혼합성고무日本合成
ラバー ▷다이세이건설大盛建設 ▷다이에이기금大英基金 ▷다이이치생명大一生命
▷다이헤이요어업太平洋漁業 ▷도요은행東洋銀行 ▷도쿄빌딩東京ビル ▷도쿄유
선東京郵船 ▷도토해상화재보험東都海上火災保険 ▷도호연료東那燃料 ▷마루쿄석
유丸脇石油 ▷신니치제철新日製鐵 ▷이시하리중공石播重工 ▷자이언트랜드ジャイ
アンツランド ▷한신철강阪神鉄鋼.

유력한 차기 총리 후보이자 위세를 떨치고 있는 다케야마를 격려하
는 친목회 '지쿠호회'의 명단에 이름이 실린 것을 자랑스럽게 여기지
않는 사람은 한 명도 없었다.

연간 200만 엔의 정치 헌금은 싸게 먹히는 축이라고 생각해도 당연
하다. 연회비를 포함해서 모든 비용을 회사가 부담하기 때문에 더 그
렇다.

당연히 와다가 한밤중에 전화해도 불쾌해 하는 사람이 있을 리가 없
었다.

와다는 "회사장에서는 다케야마 선생님이 친구 대표로 조문을 읽으
실 겁니다."라고 덧붙이는 것도 잊지 않았다.

앞에 나서길 좋아하는 이시하리중공의 사장 이나무라 사부로稲村三郎
같은 사람은 도울 일이 있으면 기탄없이 말하라면서 은근히 조문을 읽
고 싶다는 뜻을 내비치었다.

신니치제철 회장인 사토 요자부로佐藤洋三郎, 고이물산 회장 가와타 도
시로川田俊郎도 마찬가지였다.

자기가 잘났다는 자기현시욕과 아부로 정상까지 올라간 사람 중에

서도 이 세 사람은 특히 두드러졌다.

시계는 11시를 넘어갔다.

세이이치로는 아라이의 자택에도 전화를 걸었다.

"오늘 밤은 수고가 많았네."

"천만의 말씀입니다."

"쇼지로의 장례식 말이야. 회사장으로 치르고 싶은데 아라이 고문은 어떻게 생각하나?"

"당연히 그래야지요."

"찬성해주는 건가? 고맙네."

"물론 찬성하고말고요."

"기왕이면 아라이 고문이 실행위원회 위원장을 맡아주게나."

"전 아직 고문입니다. 고문이 그런 큰일을 맡아도 될까요?

"이번 달 26일에는 관리부문 담당의 필두 부사장이 될 테니까 아무 문제도 없잖나. 보좌관으로 부위원장을 두세 명 붙이면 아라이 고문에게 부담이 되진 않을 걸세."

불문곡직不問曲直(옳고 그름을 따지지 아니함)이다. 세이이치로의 말은 명령조에 가까웠다.

"알겠습니다."

"고맙네. 맡아준다니 마음이 놓이는군."

"장례위원장은 누가……?"

아라이는 장례위원장까지 떠맡게 될까 봐 걱정이 되었다.

"고민 중이야. 아버지 때는 당시의 필두 부사장에게 부탁했었는데, 다케야마 선생님에게 친구 대표를 부탁할 생각이라 균형을 고려하면 사장인 내가 맡는 것이 옳지 않을까 싶어. 어떻게 생각하나……?"

"그게 좋겠군요. 아버님과 형제는 전혀 다릅니다. 사장님이 장례위원장을 맡으시는 데 저도 찬성합니다."

"아라이 고문이 찬성해주니 망설일 필요 없겠군. 고맙네."

12

이날 밤 야마모토는 거의 자정이 다 돼서 귀가했다. 평소라면 먼저 자고 있었을 미유키가 깨어 있었다.

"11시 넘어서였나? 아라이 씨가 전화했어요. 돌아오는 대로 전화를 달라던데요."

"하지만 시간이 이렇게 되었으니 잠자리에 들지 않았을까?"

"몇 시가 되든 상관없다고 했어요."

"그럼 전화해볼까. 벨이 다섯 번 울릴 때까지 받지 않으면 끊으면 되겠지."

야마모토는 넥타이를 풀어 소파 위로 던지고 와이셔츠 소매를 걷으면서 전화기로 향했다.

아라이는 벨이 한 번 울리자 바로 받았다.

"네, 아라이입니다."

"야마모토입니다. 방금 귀가하는 바람에 전화가 늦었습니다."

"수고가 많았네. 힘들었지?"

"홍보 담당인 기무라 부장님이 억지로 2차까지 끌고 가는 바람에 그만……."

"나는 시신이 영안실에서 영구차로 운반되는 것까지 보고 귀가했네. 그러고 보니 기타와키 상무가 홍보 쪽에서 야마모토를 빌리겠다는 묘한 말을 하길래, 내 양해를 구할 필요는 없다고 말해두었네."

"산은에서는 누가 왔습니까? 다이요와의 균형을 생각하면 미야모토 차기 사장님이 오시겠지요?"

"긍지 높은 산은의 상무님이 병원 영안실까지는 올 리가 없지. 우리 야 이래저래 얽힌 사이라 어쩔 수 없지만. 세이이치로 사장님의 배려가 있었을 수도 있고. 게다가 난 쇼지로와 대학 동창이잖아."

"……."

"회사장을 치르기로 결정되었네. 11시 지나서 사장님에게 전화를 받았어. 장례위원장은 사장님이 하실 거야. 도와건설의 창업자인 선대의 와다 다로 씨의 회사장 때는 필두 부사장이 위원장이었지만. 1982년 1월 중순, 바람이 차가운 날이었던 걸로 기억해. 참석자는 2,000명이 넘었어. 대단한 인파였지. 아오야마장례식장에 나카다 가쿠에이中田角栄, 후쿠이 다케시福井威, 미모리 마사오三森政夫 같은 전 수상이나 차기 수상인 소네다 행정관리청 장관, 가와나카 다로川中太郎 과학기술청 장관 같이 쟁쟁한 분들도 참석했어."

"다케야마 마사토 씨는 오시지 않았나요?"

"물론 왔지. 당시는 스즈키須々木 내각의 시대였으니까 다케야마 씨는 각료가 아니었다고 기억해."

"회사장이면 바빠지겠군요."

"실행위원장을 맡게 되어서 얼떨떨하네. 위원은 50명 이상이 배정되겠지만 내 짐작으로는 사장님이 내 체면을 세워주려는 것이겠지. 사내 구도를 빨리 익히라는 사장님 나름의 배려라고 생각하네."

"저 같은 말단에게까지 마음을 써주시는 분이니까 당연히 그렇겠지요."

"……."

"고문도 많이 피곤하시죠?"

"마음이 울적한 탓인지 도통 잠이 오질 않아서 혼자 미즈와리 위스키를 마시고 있었네. 야마모토와 대화를 하니 조금 마음이 가라앉았어."

"저도 아라이 고문과 이야기를 한 덕분에 진정이 되었습니다."

"둘 다 오늘 밤은 무척 드문 체험을 했어. 자네와의 대화로 겨우 졸음이 밀려오는 것 같아."

"저도요……."

야마모토는 하품이 나왔다.

"내일은 힘든 하루가 되겠지. 조금이라도 자둬야겠어."

"안녕히 주무십시오."

아라이는 특별히 중요한 이야기가 있었던 것이 아니었다. 그저 이야기를 나누고 싶었던 모양이다.

13

다음날 아침 야마모토는 5시쯤 눈을 떴다. 평소보다 1시간이나 일렀다. 수면 부족으로 머리가 지끈거렸다.

야마모토의 집에서는 A와 B, 두 종류의 신문을 구독하고 있다. 야마모토는 화장실에서 A 신문을 읽는 습관이 있었지만, 뭔가 찜찜한 기분이 들어서 일단 화장실에서 볼일을 본 다음 현관 열쇠를 들고 신문을 가지러 갔다.

야마모토는 현관 앞에서 A 신문은 옆구리에 낀 채 B 신문을 펼쳐서 사회면의 부고란에 시선을 쏟았다.

와다 쇼지로(도와건설 부사장) 1일 오후 7시 50분에 급성심부전으로 도쿄 분쿄구文京区의 병원에서 사망. 52세. 자택은 도쿄 시부야구 히로오 2-××. 고별식은 회사장으로 거행할 예정이지만 일정은 아직 미정. 상주는 아내 히로코 씨.

영안실에서 눈물에 젖어있던 미망인 히로코의 기품 있는 얼굴이 야마모토의 눈에 선했다. 또 한 사람, 인사를 나눈 고령의 여성에게서는 기품과 늠름함이 느껴졌다. 세이이치로, 쇼지로 형제의 모친인 것 같았다. 아들을 앞세운 모친의 슬픔이 절절하게 전해졌다. 하지만 각오를 하고 있었을 것이다. 필사적으로 슬픔을 견디고 있는 것처럼도 보였다. 싹싹하게 행동하면서 아라이에게도 정중하게 인사했다.

야무지게 생긴 겐이치, 유지 형제의 얼굴도 눈에 선했다.

야마모토는 6시 반에 집을 나서서 7시 20분에 도와건설 본사에 도착했다. 어젯밤 사이에 쇼지로의 서거 소식이 전해졌는지 이른 시간에 출근한 직원들이 놀랄 정도로 많았다.

대장성의 낙하산 출신인 세이이치로와 달리 쇼지로는 도와건설 외길이었다. 부사장이 된 지 얼마 안 돼서 숙환으로 쓰러졌지만 직원들은 정이 많은 쇼지로를 경애했다.

기타와키를 포함한 사장실의 직원들은 전원 7시 반까지 출근했다. 특히 7시 전에 출근한 홍보 심의 담당인 스즈키는 일찌감치 전화 대응에 쫓기고 있었다.

부고 기사를 읽고 전화를 걸어오는 전문지 등의 매스컴 관계자가 끊이질 않았다.

어젯밤 기무라와 작은 다툼이 있었던 스즈키는 오기로라도 제일 먼저 출근했을 것이다.

기타와키의 명령 때문이라고는 하나 결과적으로 스즈키의 업무를 빼앗아버린 셈이 된 야마모토는 스즈키를 어떻게 대하면 좋을지 고민스러웠다. 시선이 마주쳤을 때 인사를 하자 스즈키는 눈을 내리깔았다.

심정은 이해가 되지만 이쪽에서 저렇게 속이 좁은 놈의 비위를 맞춰줄 이유는 없다고 야마모토는 생각했다.

"야마모토 씨, 어젯밤은 수고했어요."

"기무라 부장님이야말로 고생이 많으셨습니다."

기무라가 어깨를 두들기는 바람에 야마모토는 스즈키의 반응을 놓쳤지만 기무라는 털털한 성격인지 스즈키의 어깨를 두드려주는 것도 잊지 않았다.

"미안하네. 야마모토 씨가 지적할 때까지 알아차리지 못하다니 내가 정신이 나갔었나 봐. 내가 잘못했어. 정말 면목이 없네."

스즈키는 대답을 하지 않고 고개만 끄덕였다.

8시에 기타와키가 고바야시 이사를 포함한 전원을 회의실로 소집했다.

"아라이 고문이 사장님의 지시로 회사장의 실행위원장이 되었다. 회사장은 거대한 행사야. 사장실 직원 전원은 실행위원회의 멤버가 되었다는 마음가짐으로 임해주게. 난 사장님 명령으로 부위원장을 맡았는데 아라이 고문은 아직 모르는 부분이 많을 테니 사실상 내가 지휘할 수밖에 없을 거야. 부위원장은 두 명으로 다른 한 명은 총무부장이다."

상무이사인 이시카와 마사루石川勝는 관리본부 부본부장 겸 총무부장이었지만 서열은 기타와키가 위였다.

"사장님은 어제 한숨도 못 주무시지 않았을까. 다케야마 선생님과 '지쿠호회' 회원 전원에게 혼자서 전화를 돌렸다던데. 나에게 회사장 문제로 전화가 온 것은 새벽 3시였어. 어머님이신 유리코 사모님은 형제가 자란 즈시_{逗子}의 절에서 장례식을 치르고 싶으신 모양이야. 그런데 사장님은 교통이 편리한 도심에서 치르자고 주장하고 계셔."

"다케야마 선생님이 친구 대표로서 조문을 읽기로 하셨으니까 즈시의 절에서 올릴 수는 없지 않습니까?"

고바야시 이사가 자랑스러운 얼굴로 말했다.

"맞는 말이야. 소네다 총리도 출석하신다고 하고. 바쁜 대기업의 회장님이나 사장님의 입장을 생각하면 즈시는 너무 멀어. 그런데도 어머님이 너무 강경하셔서 사장님이 난처하다고……."

기타와키가 여기까지 말했을 때 문을 노크하는 소리가 들렸다. 도미나가 가오리_{富永かおり}가 "실례합니다."라면서 들어와 기타와키에게 메모를 건넸다.

가오리는 기타와키, 고바야시의 비서로 스물일곱 살. 사장실의 또한 명의 여직원은 우에하라 게이코_{上原惠子}로 스물네 살. 둘 다 여대 영문과를 나왔다.

메모를 묵독한 기타와키가 의자에서 일어났다.

"사장님이 부르셔. 야마모토는 나랑 함께 가지. 회의는 일단 마친다. 도미나가와 우에하라 두 사람에게만 전화 대응을 맡길 수는 없으니까 다들 부탁하네."

메인뱅크라고는 해도 은행의 파견사원을 비서로 삼은 사장님의 저의를 모르겠다고 전원의 얼굴에 쓰여 있었다. 야마모토 본인도 와다 세이이치로가 무슨 생각인지 도통 알 수가 없었다.

14

사장 집무실의 소파에 와다, 아라이, 이시카와가 앉아 있었다.

자리에서 일어나 기타와키와 야마모토를 맞이한 사람은 아라이뿐이었다.

야마모토가 소파에 앉지 않고 서서 대기하고 있자 와다가 말을 걸었다.

"야마모토, 자네도 서 있지 말고 앉게."

야마모토는 기타와키의 오른쪽 옆에 앉았다.

"초상도 발인도 친인척끼리만 치르기로 했지만 문제는 회사장이야. 어머니는 시신을 즈시의 본가로 옮기고 싶어 하시지만 내가 제수씨를 설득해서 그것만큼은 결사반대라고 거부했네. 어머니는 히로오의 동생 집에 묵고 계시는데, 전화로 계속 설득하는데도 결론이 나질 않아. 그래서 아라이 고문과 야마모토가 설득하러 가주었으면 하네. 가족인 내가 하는 것보다는 설득력이 있다고 생각하거든."

"회사장 일정은 어떻게 할까요? 일정이 확실하지 않아도 일단 명예회장님 때 사용했던 아오야마장례식장을 확보해 두는 것이 좋겠습니다."

"나도 기타와키 상무의 의견에 찬성해. 일정이 빡빡하긴 하지만 2주일 이내에 치르는 것을 목표로 진행해주게. 실행위원회 멤버는 기타와키 상무와 이시카와 상무에게 맡길지. 잘 부탁하겠네."

와다는 무릎에 손을 얹고 두 사람을 향해서 머리를 깊숙이 숙였다.

뒤이어서 아라이에게도 당장 가보라는 의미가 내포된 묵례를 했다.

"바로 히로오로 출발하겠지만 그 전에 잠깐만 시간을 내주시겠습니까?"

아라이는 와다를 복도로 불러냈다.

"나도 학생 때 즈시의 저택에 놀러 갔다가 어머님께 융숭한 대접을 받긴 했지만 그분이 가장 반겼던 사람은 산은의 미야모토 상무님입니다. 미야모토 상무님은 고교 시절부터 쇼지로와 둘도 없는 친구였습니다. 미야모토 상무님을 같이 데리고 가도 될까요?"

"무슨 말인지 알겠지만 그건 아니라고 생각하네. 미야모토 상무님이 우리 고문이라면 모르지만 아직은 사장 후보 중 한 사람에 불과해. 아직 이케지마 회장님의 승낙도 받지 못했고 난 다른 사람도 후보로 고려하고 있어."

아라이는 고개를 갸우뚱했다. 내년 6월에 미야모토가 사장이 된다고 선언한 것은 와다 자신이었다. 지독한 일구이언이다. 그렇게 생각했지만 사람의 마음이 바뀌는 것은 자주 있는 일이라서 아라이는 표정에 드러내지 않았다.

"헛걸음이 되지 않을까 걱정이 되어서요. 어머님을 설득하기에는 미야모토 상무님이 적역이 아닐까 싶었습니다."

"쇼지로의 대학 동창인 아라이 고문이 가면 어머니도 꺾일 거야. 어머니는 나에게 조금 차가우시다네. 이혼을 강하게 반대하셨거든."

"알겠습니다. 괜한 말을 해서 죄송합니다."

와다와 교대하듯이 야마모토가 사장 집무실에서 나왔다.

"제가 함께 가도 괜찮을까요?"

"물론일세. 사장님 명령이지 않나."

야마모토와 아라이는 굳은 얼굴로 엘리베이터를 타고 지하 2층의 주차장으로 내려갔다.

세드릭이 출발하자 아라이가 작은 한숨을 내쉬었다. 두 사람은 뒷좌석에 나란히 앉아있었다. 조수석에 앉으려는 야마모토를 아라이가 뒤에 앉으라고 강권했기 때문이다.

"'지쿠호회'가 뭔지 아십니까?"

"자세히는 모르지만 다케야마 마사토 의원을 후원하는 일부 재계인의 친목회 아닌가? '지쿠호회'는 왜……?"

"오늘 아침 회의에서 기타와키 상무님이 어젯밤 사장님이 '지쿠호회' 회원 전원에게 전화를 걸었다고 했습니다."

"쇼지로 부사장님이 돌아가셨다고 연락하셨나 보군. 와다 사장님이 '지쿠호회' 회원이라는 것은 알고 있어. 아마 산은의 이케지마 회장님이 '지쿠호회' 회장님이지? 멤버는 20명 정도이고."

"아내가 고문의 전화를 받은 것은 11시 넘어서였다고 들었습니다. 20명의 재계인에게 전화를 돌리는 것도 힘들었을 텐데, 오전 3시에 회사장 문제로 사장님은 기타와키 상무님께 전화를 했답니다. 한숨도 주무시지 못했다더군요."

"신경이 곤두선 데다 다케야마 의원이 친구 대표를 맡아주는 바람에 슬픈 한편 흥분되어서 잔뜩 들떴겠지."

"역시 다케야마 마사토가 친구 대표입니까?"

"쾌히 승낙했다더군. 아까 이시카와 상무와 사장님께 들었어."

"다케야마 마사토는 시대의 총아입니다. 창업자의 장례식 때는 2천 명 이상 참석했다고 들었습니다. 도와건설과 와다 사장님의 실력으로 보아 3천 명 정도는 참석하지 않을까요? 그렇게 되면 즈시는 역시 문제가 되겠지요."

아라이는 뚱한 얼굴로 팔짱을 꼈다.

"어머님을 설득하지 못하면 곤란해지겠지."

"조금 억지를 부리시는 것이 아닐까요?"

"그렇다면 다행이겠지만 세이이치로 사장님의 이혼 이래 어머님과의 관계가 미묘한 모양이니까 그리 쉽게 꺾일 것 같지 않아."

아라이는 또다시 한숨을 내쉬었다.

"저는 파견 오자마자 이렇게 엄청난 사건을 겪을 줄은 상상도 하지 못했습니다. 하지만 고문에 비하면 별것 아니겠지요. 특히 실행위원회 위원장의 업무는 힘겨울 겁니다."

실행위원회를 지휘하는 사람은 부위원장인 자신이다, 라고 기타와키가 말한 것을 밝힐 필요는 없다—.

"사실상의 실행위원장은 기타와키 상무야."

미간을 잔뜩 찡그린 아라이의 옆얼굴을 쳐다본 야마모토는 속마음을 들킨 것 같은 기분이 들었다.

"쇼지로의 장례식을 즈시의 절에서 치르고 싶어 하는 어머님의 심정도 이해가 가. 단순히 억지를 부리시는 것은 아니야."

세 번째 한숨은 훨씬 길고 깊었다.

15

와다 쇼지로의 자택인 히로오의 아파트는 야마모토가 예상했던 것보다 훨씬 좁고 수수했다. 방 세 개, 거실과 부엌이 있는 30평도 안 되는 집은 4층에 있었다.

식탁이나 소파를 치운 거실에 제단이 마련되어 있고, 쇼지로의 시신은 부패를 방지하는 드라이아이스와 함께 관속에 누워있었다.

아라이와 야마모토는 분향과 절을 한 다음 제단 앞에서 유리코, 히로코와 마주앉았다. 아라이의 방문을 사전에 연락해두었기 때문에 두 사람 다 비단으로 된 상복을 입고 있었다.

"어젯밤 병원 영안실에서 뵌 분이죠? 실례지만 회사 직원이십니까?"

유리코의 정중한 말투에 야마모토는 주눅이 들었지만 방석에서 내려와 융단에 이마가 닿을 만큼 머리를 숙였다.

"인사가 늦었습니다. 야마모토 다이세이라고 합니다."

"이런, 소개가 늦었습니다. 야마모토는 6월 1일자로 다이요은행에서 파견되어 사장실의 심의 담당으로서 와다 사장님의 비서 업무를 담당하고 있습니다. 앞으로 많은 지도 부탁드립니다."

아라이는 방석에 앉은 채였지만 융단에 손을 짚고 정중하게 소개했다.

"어머나, 어제부터! 첫날부터 뜻밖의 일이 생겨서 많이 놀라셨겠어요. 고생이 많으시네요. 부디 편히 앉으세요."

"감사합니다."

야마모토는 다시 방석 위에 무릎을 꿇고 앉았다가 "두 분 다 편히 앉으세요."라는 유리코의 말에 아라이와 얼굴을 마주보았다.

"영전 앞에서 그럴 수는 없지요. 무릎을 꿇고 앉는 것은 익숙합니다."

야마모토도 덩달아 고개를 끄덕였다.

"차가울 때 드세요."

"감사합니다."

물방울이 맺힌 컵의 보리차를 한 모금 마신 다음 아라이는 자세를 바로잡았다. 야마모토도 옷자락을 가다듬고 등을 쭉 폈다.

"그런데 무슨 일로 집에까지 찾아오셨나요?"

유리코에게 기선을 제압당하는 바람에 아라이는 난처한 표정을 지었지만, 작게 헛기침을 하고 기합을 다시 넣었다.

"세이이치로 사장님께 이미 들으셨겠지만, 임원이나 사원 일동은 선대 때와 마찬가지로 회사장을 아오야마장례식장에서 거행하기를 바라고 있습니다. 부디 허락해주시면 안 될까요?"

"다이요은행도 같은 의견인가요?"

"그럴 겁니다. 아직 고문에 불과한 제가 나설 입장이 아니라는 것은 잘 압니다. 하지만 사장님께서 절 회사장의 실행위원회 위원장으로 임명하셨습니다. 위원장으로서 부탁드리러 온 것입니다."

유리코는 보리차를 마시고 한숨 돌리고 나서 아라이를 똑바로 바라보았다.

"난 반대에요. 히로코도 손자들도 나도 쇼지로의 장례식장으로는 즈시의 엔메이사延命寺가 가장 적합하다고 생각해요. 즈시는 세이이치로나 쇼지로가 소년기, 청년기를 보낸 고향입니다. 높으신 분들은 조전을 치는 걸로 충분하지 않습니까."

"난처하군요. 아무 성과도 없이 돌아갈 수는 없습니다."

아라이가 한숨을 내쉬었다.

"남편 때도 그렇게 성대한 장례식을 치를 필요가 있었는지 의문입니다. 높은 정치가나 재계의 분들이 많이 참석해주셨지만 세이이치로 덕분이겠지요. 남편은 결코 정치에 빠진 사람이 아니었어요. 다케야마 선생님이 친구 대표로 조문을 읽는다, 소네다 총리가 참석하니까 즈시는 멀다, 도심이 아니면 곤란하다고 세이이치로는 주장하지만, 이것은 쇼지로의 장례식이지 세이이치로의 장례식이 아닙니다. 유족,

특히나 상주인 히로코의 뜻을 존중하는 것이 마땅하지 않습니까. 저는 다케야마 선생님처럼 높으신 분들이 참석하지 않아도 전혀 상관없다고 생각합니다.”

일흔다섯 살이라고는 생각되지 않았다. 강경한 유리코의 태도에 아라이는 아무 반론도 할 수 없었다.

시종 고개를 숙이고 있던 히로코가 손수건으로 살며시 눈물을 훔쳤다.

긴 침묵을 깨뜨린 것은 야마모토였다.

“제가 한 말씀 드려도 되겠습니까?”

아라이가 살짝 고개를 끄덕였다.

“어머님과 사모님의 심정은 충분히 이해합니다. 그러나 회사장은 큰 행사로, 사장님은 도와건설의 품격과 지위를 고려하여 결정을 내리고 매스컴에도 발표했습니다. 즈시의 절이 회사장에 어울리지 않다는 말씀은 드리지 않겠습니다. 회사의 발전에 큰 공을 세운 쇼지로 부사장님을 위해서나 회사를 위해서나 아오야마장례식장이 최적이라고 생각합니다. 임원과 사원 전원의 한결같은 마음을 부디 헤아려주십시오. 창업자이신 선대는 사원들을 몹시 아끼셨다고 들었습니다. 어머님은 지금도 다도 선생님으로서 여사원들의 존경을 한몸에 받고 있다지요. 저는 이런 훌륭한 회사에서 일할 수 있다는 것이 진심으로 기쁩니다. 그러니 간곡히 부탁드리겠습니다…….”

야마모토는 눈물 어린 목소리로 호소했다.

“아주 긴 한 말씀이군요. 하지만 무척 감동적이었습니다.”

유리코는 히로코를 온화하게 바라보았다.

“히로코, 난 이미 진 것 같구나. 너는 어떠니?”

“여러분의 뜻에 따르겠습니다.”

히로코가 먹먹한 목소리로 대답했다.

"감사합니다."

"무어라 감사드리면 좋을지 모르겠습니다."

야마모토와 아라이는 들뜬 목소리로 감사의 말을 늘어놓으면서, 이마가 바닥에 닿도록 머리를 조아렸다.

"두 분, 고개를 들어주세요. 세이이치로가 거만을 떠는 것은 아닌지 허영에 들뜬 것은 아닌지 마음에 걸렸습니다. 하지만 두 분의 얼굴을 봐서 회사장에 대해서는 양보하겠습니다, 야마모토 씨."

"네."

야마모토는 느슨해지려는 긴장감을 바짝 조이면서 자세를 바로 고쳤지만 유리코의 눈빛은 부드러웠다.

"입사 이틀째인데 제가 꽃꽂이를 가르치기 위해서 주 1회 회사에 들른다는 것을 알고 있군요."

"실례했습니다. 흥분해서 다도와 꽃꽂이를 착각했네요. 죄송합니다."

야마모토는 고개를 떨구고 말을 이었다.

"여기 오는 도중에 아라이 고문께 들었습니다."

불쑥 튀어나온 거짓말이다. 야마모토는 누구에게 들었는지 기억하지 못했다.

아라이도 옆에서 거들어주었다.

"다이요은행을 은퇴하고 도와건설의 신세를 지고 있는 사람도 여럿 있습니다. 물론 저도 마찬가지입니다. 큰 사모님이 자원봉사로 여직원들에게 꽃꽂이를 가르치기 위해서 주 1회 저녁마다 즈시에서 도쿄까지 오시는 것을 모르는 사람은 없습니다."

"절 귀찮게 여길지도 모르지만 저와 도와건설의 연결점은 꽃꽂이뿐이니까······."

유리코는 눈을 잠깐 내리깔았다가 바로 야마모토를 직시했다.

"야마모토 씨처럼 우수한 분이 비서가 되다니 세이이치로도 운이 좋군요."

"천만의 말씀입니다. 사장님의 짐이 되지 않도록 최선을 다하겠습니다."

"잘 부탁드리겠습니다."

유리코가 고개를 숙이는 바람에 야마모토는 몸 둘 바를 몰랐다.

16

돌아가는 차 안에서 아라이가 웃으면서 야마모토의 어깨를 두드렸다.

"잘했네. 수훈감이야."

"꽃꽂이를 다도로 착각하다니 창피합니다. 고문께도 큰 실례를 저질렀습니다."

"내 체면까지 세워주다니 야마모토는 대단한 사람이야. 눈물이 나올 만큼 명연설이었네. 그러니까 유리코 부인도 양보한 거겠지."

결과적으로 야마모토는 아라이에게 아첨을 한 셈이 되었지만 그럴 마음은 추호도 없었다.

"유리코 부인이 사장님에게 너무 야박하셔서 깜짝 놀랐습니다."

"응, A 신문의 스쿠프가 마음에 걸렸을 거야."

"도쿄건설 주식의 독점매수 문제입니까? 그건 저도 마음에 걸립니다."

"야쿠자와 만났냐는 자네의 질문에 사장님은 불쾌한 표정을 지으셨지. 직설적인 성격이 자네의 장점이긴 하지만 조금 조심하게나."

"제 버릇 개 못 준다지만 제가 생각해도 기가 막힙니다."

"…………."

"유리코 부인은 창업자인신 선대가 정치에 관여한 적이 없다고 하셨는데, 그게 사실일까요?"

"글쎄? 와다 다로 회장님이 부인에게 업무 이야기를 한 적은 아마 없지 않을까? 그리고 유리코 부인은 업무나 인사 문제에 참견하는 타입은 아니야. 다시 말해서 남편을 꽉 쥐고 사는 아내가 아니지. 거기에 반해서 세이이치로 부인인 에미코 씨는 커리어우먼 타입이야. 정치에 빠진 점에서 다로 회장님과 세이이치로 사장님은 비교가 되지 않아. 차기 총리후보인 다케야마 마사토 씨와 사장님의 관계는 말 그대로 문경지교刎頸之交(생사를 같이 할 수 있는 매우 소중한 벗)니까. 유리코 부인의 마음도 복잡할 거야."

"와다 세이이치로 사장님과 다케야마 마사토의 운명적인 만남이 도와건설에 어떤 영향을 끼칠지 앞으로 두고 봐야겠지만 유리코 부인의 한 마디는 인상에 남았습니다. 6월 1일은 잊기 힘든 날이 되겠지요."

"그건 나도 마찬가지야. 남자의 눈물도 위력을 발휘한다는 사실을 통감했다네."

빈정거리는 말투는 아니었지만 야마모토는 답답한 얼굴로 창밖을 내다보았다.

아오야마장례식장에서 거행하는 것이 과연 옳은 일일까? 나는 '전원의 마음'이라는 표현까지 썼는데 사실은 어떨까? 그러나 현재 도와건설은 성장세를 타고 있다. 이 흐름에 탈 수밖에 없다—.

갑자기 자동차 전화가 울렸다.

중년의 운전기사가 수화기를 들었다.

"네, 앞으로 5분쯤 후면 회사에 도착합니다. 아라이 고문을 바꿔드리겠습니다. 사장님이십니다."

아라이가 수화기를 건네받았다.

"아라이입니다."

"어떻게 되었나?"

"결론부터 말씀드리자면 아오야마장례식장으로 허락이 떨어졌습니다."

"믿을 수 없군. 수고가 많았네."

"전부 야마모토 덕분입니다. 방금 수훈감이라고 칭찬해줬습니다."

"5분 후면 회사에 도착하지? 돌아오면 바로 내 방으로 와주게. 야마모토와 함께."

"알겠습니다."

17

아라이와 야마모토가 사장 집무실에 들어간 것은 오전 9시 40분이다.

와다는 손짓으로 앉기를 권하면서 기쁘게 두 사람의 노고를 치하했다.

"수고했네. 정말이지 무어라 감사하면 좋을지 모르겠군. 그나저나 도대체 무슨 수를 썼나? 고집불통인 어머니가……. 믿을 수 없을 정도야."

아라이가 어떻게 설득했는지 정확하면서도 간단하게 설명했다. 물론 '정치에 빠졌다'는 말은 생략했지만.

"저는 별 도움도 되지 못했습니다. 야마모토의 눈물 어린 설득이 어머님의 심금을 울린 모양입니다."

"쥐구멍이 있으면 들어가고 싶습니다. 꽃꽂이와 다도를 착각하질 않나, 긴장해서 무슨 말을 했는지 기억나지 않을 정도입니다."

"어머니는 연세에 비해서 문학소녀 같은 면이 있으니까 착각한 것이 오히려 효과가 좋았을지도 몰라."

야마모토는 부끄러워서 고개를 숙였지만 와다와 아라이는 껄껄 웃었다.

와다가 바로 표정을 굳혔다.

"6월 19일 금요일 오후 4시로 아오야마장례식장을 예약해두었는데 이걸로 일시와 장소가 결정됐어. 야마모토, 기타와키와 이시카와에게 당장 전해주게."

"알겠습니다."

야마모토는 묵례를 하고 방을 나갔다.

회사장이라는 이름이 붙은 큰 행사의 시동이 걸리려고 하고 있다.

6월 3일 자 각종 신문의 조간 사회면에 회사장을 알리는 기사가 게재되었다.

실행위원회, 소위원회가 쉴 새 없이 발족했다.

거래처에는 영업부문이 전면에 나서지 않으면 안 된다.

전화나 팩스로 참석자를 확인한다. 참석 장소가 장례식인지 고별식인지, 참석자는 정계인인지 재계인인지도 각각 구분해야 했다. 그 정도의 요인이라면 시중을 들기 위한 인원도 필요하다.

총무부가 담당하는 장례식장과 연락을 주고받는 것도 중노동이었다.

외국 거래처에서 오는 참석자들을 맞이할 준비도 빈틈없이 갖추지 않으면 안 된다.

6월 8일의 월요일 오후, 와다 세이이치로 부인인 에미코가 비서를 거느리고 와다 세이이치로의 전용기로 입국했다.

와다는 프랑스사제 팔콤 900을 소유하고 있다. 9명이 탈 수 있는 소형제트기다.

승무원의 인건비, 공항 사용료 등을 포함한 리스료는 연간 350만 달러다.

나리타공항은 시간 제약이 있어서 센다이공항을 이용하는 일이 많았다.

그 날 오후 3시를 좀 넘겨 센다이공항에 에미코 일행을 마중 나간 사람은 야마모토였다.

그리고 15일에는 파나마 국방군 최고사령관인 가리에가 장군이 방일한다.

가리에가 장군이 일본에 온 것은 1985년 5월이 처음이었는데, 이때는 외무성 초청으로 공식적인 방문이었다.

가리에가는 일본에 체재하는 동안 안도 신타로 외상, 사토 방위청 장관과의 회견 외에 관저에서 소네다 수상과 만났다. 또한 쓰쿠바筑波 만국박람회를 시찰했다.

그러나 이번에는 도와건설의 초대에 의한 사적인 방문이라 극비에 가까웠다.

가리에가는 시내의 호텔에 숙박했고 와다 세이이치로 부처가 접대했다.

회사장 당일에는 에미코가 딱 붙어서 시중을 든 것은 물론이다. 양복 차림의 가브리엘을 파나마 국방군 최고사령관이라고 알아보는 사람은 거의 없었다.

가리에가는 장례식에도 참석했다.

장례위원장인 와다 세이이치로의 구슬픈 조문은 사람들의 가슴에 절절히 스며들었지만, 친구 대표인 다케야마 마사토의 조문은 알맹이가 없는 빈 껍질이었다.

소네다 수상 같은 정계의 거물 국회의원들이 고인을 위해서 향을 올렸지만 누구나 할 것 없이 10, 20분 만에 자리를 떠났다.

3천 명 이상의 조문객들이 참석하여 쇼지로의 명복을 빌었으나 대부분은 와다 세이이치로에 대한 의리 때문에 참석한 것일지도 모른다.

제3장 정치 테마주

1

도와건설의 주식이 다케야마 테마주의 필두라는 것은 유명한 이야기였다.

정치가가 개입한 주식을 정치 테마주라고 부르는데, 도와건설 외의 다케야마 테마주로는 아스카건설, 교리쓰발효, 우치야마제약內山製薬, 다케다공무점武田工務店, 다이닛폰항공大日本航空 등이 사람들의 입에 자주 오르내렸다.

다케다공무점은 거대 제네콘 5개사 중 한 자리를 차지한다. 다케다공무점의 창업자와 다케야마 마사토는 자식들 간의 혼사를 통해서 인척이 되었지만, 친밀도는 다케야마와 와다 세이이치로에게 미치지 못했다.

그러나 도와건설, 다케다공무점, 우치야마제약 등의 다케야마 테마주가 주가조작을 통해서 다케야마의 정치 자금을 조성하는데 기여한 것은 의심의 여지가 없었다.

다케야마가 총리, 총재의 지위에 집착하기 시작한 것은 전 총리 나카타 가쿠에이가 록히드 사건으로 유죄판결(1심의 도쿄지방재판소)을 받은 1983년으로 보아도 지장이 없다. 당시 다케야마는 제1차 소네다 내각의 대장대신이었다.

총리, 총재의 자리를 노리려면 막대한 자금이 필요하다.

사전공작의 달인이라고 불리는 다케야마는 미모리 내각 시절(1974년 12월 9일~1976년 12월 23일)의 후반 1년 동안, 전임자의 사망으로 건설대신에 취임했을 때 제네콘 업계와의 연줄을 강화했다.

가지마, 시미즈, 다이세이 등 거대 제네콘도 거액의 정치자금을 제공하고 있다. 고향인 시마네 현島根県을 토건왕국으로 길러냈기 때문에 시마네 현의 토건업자 중에서 다케야마를 지지하지 않는 사람은 한 명도 없었다.

지쿠호회는 친목단체라서 노골적으로 정치자금을 모금하지는 않았다. 지쿠호회는 어디까지나 표면적인 얼굴이다. 마루노증권丸野証券의 다지마 모리야田島守也 회장이 대표를 맡고 있는 다케야마회가 실질적으로 자금을 끌어모으는 실체라고 할 수 있다.

어쨌거나 다케야마의 모금 능력이 뛰어난 것은 정계의 누구나가 인정하는 바였다.

다케야마의 금고지기는 비서인 아오이 슈헤이青井修平다. 아오이는 다케야마가 1958년에 처음 당선된 이래의 개인비서로, 다케야마가 건설대신으로 재직할 당시 비서관으로서 제네콘이나 토건업자와의 네트워크를 구축했다.

1986년 7월에 구 헤이소은행平相銀行의 '금병풍 사건'이 밝혀진 것을 계기로 아오이의 직함이 다케야마의 비서에서 '다케야마 마사토 사무소 정책 고문'으로 변했지만, 금고지기라는 실체는 요지부동이었다.

'금병풍사건'이란 헤이소은행의 내분에 얽힌 괴사건이다. 구 헤이소은행의 실력자 이세 아키시게伊勢昭重 감사 담당(검사를 그만둔 후 변호사가 되었다)은 스미노에은행住之江銀行과의 합병을 저지하기 위해서 주식을 되사들일 뒷돈을 마련할 필요가 있었다. 그래서 미술상 사나다 시게토시眞田成俊에게서 시가 5억 엔의 '금마키에蒔繪(마키에. 옻칠 위에 금이나 은가루를 뿌리고 무늬를 그려 넣은 일본 고유의 칠공예) 시대행렬금병풍'을 40억 엔에 구입했다. 헤이소은행 창업자인 오미야大宮 일족이 소유 주식을 암흑가의 야마자키 노리사다山崎德定에게 팔아버린 것이 원인이었다. 이것을 합병을 저지하기 위한 정계공작금으로 이용한다는 사나다의 감언이설에 넘어갈 만큼 합병저지파는 수세에 몰려있었다. 결과적으로 스미노에은행은 대장성과 검찰의 지지로 같은 해 10월 1일 구 헤이소은행을 흡수합병하는데 성공하지만, 40억 엔 중 5억 엔이 아오이 슈헤이를 통해서 다케야마 파로 넘어간 것으로 보였다.

'금병풍 사건'이 발각된 당시의 대장대신은 다케야마 마사토로, 다케야마는 합병을 꾀하는 스미노에은행에 가담한 셈이다.

매스컴은 '금병풍 사건'을 대대적으로 보도했다. 제국황민당이 다케야마에 대한 비난 공격을 가하기 시작한 것은 1987년, 즉 올해 1월부터다.

1985년 2월 27일에 나카타 가쿠에이가 뇌경색으로 쓰러졌다. 그 20일 전인 2월 7일에 다케야마는 정책연구회를 발족했다.

'록히드 사건'으로 총리, 총재의 자리에서 내려온 후에도 머릿수로 정권을 조정해온 나카타 가쿠에이의 영향력이 약해진 것을 계기로, 막대한 자금력이 받쳐주는 다케야마가 나카타파를 흡수하기란 식은 죽 먹기였다.

이 정도의 사정은 다이요은행 기획본부 조사 담당인 야마모토 다이세이라도 이해할 수 있다.

2

도와건설에 파견되고 한 달쯤 지난 7월 2일 밤, 야마모토는 가와하라 료헤이와 교바시의 요리점 '오바코'의 2층에 있는 개별 룸에 앉아 있었다.

가와하라에게서 "가끔은 같이 한 잔 하자."는 전화가 걸려온 것은 3일 전이었다.

오바코는 사카타酒田의 향토요리를 내놓는 가게였다.

아랫입술에 묻은 맥주 거품을 왼쪽 손등으로 닦은 다음 가와하라가 말을 꺼냈다.

"산은의 대형 안건은 진전이 없나?"

"장례식과 가리에가 소동 때문에 그럴 여유가 없었어. 원래 사장님을 모시고 웨스턴 그룹의 호텔 몇 군데를 시찰하러 미국 출장을 가기로 했는데 한동안 중지야. 산은이 가져온 프로젝트도 조금 연기됐고."

"흐으—응? 가리에가 소동이라니 무슨 소리야? 가리에가가 파나마 공화국의 장군으로 정권을 장악하고 있다는 것, 콜롬비아 마약이 파나마를 경유해 미국으로 밀수되는 것을 묵인하는 바람에 미국 정부와의 관계가 경직되었다는 것은 신문을 통해서 알고 있지만."

가와하라는 장난꾸러기 같은 얼굴을 억지로 찡그리면서 맥주잔을 입으로 가져갔다.

야마모토가 히죽거리면서 말했다.

"가리에가 이야기는 잊어줘. 수비의무守祕義務가 있는데 입을 함부로 놀렸어."

"폼 잡지 말고. 도와건설을 담당하는 내 앞에서 수비의무가 어디 있어?"

"수비의무는 좀 오버지만 가리에가가 입국한 것은 신문에 실리지 않았어. 와다 쇼지로의 장례식에도 참석했지만 양복 차림의 가리에가 장군을 알아본 사람은 없지 않을까?"

"……."

"생맥주 한 잔 더 할까?"

"그거 좋지."

야마모토는 가와하라가 찬성하자 요리를 가져온 종업원에게 생맥주를 주문했다.

종업원이 나가길 기다렸다가 야마모토는 살짝 표정을 굳혔다.

"와다 사장님이 가리에가를 데리고 다케야마 마사토와 신바시의 '신키에쓰'에서 식사하고, 산은의 이케지마 회장님을 만난 것도 사실이야."

"하긴 도와건설에게 파나마의 공사이익은 크지. 게다가 ODA(공적개발원조)의 자금을 듬뿍 사용할 수 있으니까 가리에가와는 서로 상부상조하는 관계인 셈이야."

"제2 파나마운하 구상은 살짝 허풍스러운 감도 있지만 ODA의 길을 열어준 나가노 쥬지에게는 감사해야겠지. 재계 거물들 중에서도 나가노 쥬지는 스케일이 큰 인물이야."

"다만 지나치게 솔직한 사람인 데다 정력이 절륜해서 탈이지. 일흔이 넘은 나이에 게이샤藝者(일본에서 요정이나 연회석에서 술을 따르고 전통적인 춤이나 노래로 술자리의 흥을 돋우는 직업을 가진 여성)와 자식을 낳질 않나, 스기노 료지 같은 거물 보스에게 돈을 쏟아붓지 않나, 약점이 눈에 띄어."

"하지만 공이 훨씬 많지 않을까? 특히 도와건설의 사원으로서는 그런 생각이 들어도 어쩔 수 없단 말이지."

두 잔째 생맥주가 날라져왔다.

대화에 열중하는 바람에 맥주를 다 마시지 못했던 야마모토가 다급히 잔을 비웠다.

"겨우 그걸 가지고 가리에가 소동이라고 부를 것까진 없잖아?"

가와하라가 눈을 치켜뜨고 야마모토를 보았다.

야마모토는 심각한 얼굴로 눈을 내리깔았다.

"네 말이 맞아. 가리에가 소동은 너무 심한 표현일지도 몰라. 그렇지만 가장 유력한 차기 총리 후보인 다케야마 마사토와 가리에가, 와다 사장님이 단순히 식사만 했을 리는 없으니까 밀담 내용이 조금 신경 쓰여서. 괜한 걱정이면 좋겠는데."

"네가 사장 비서 노릇을 한다며. 늘 해왔듯이 바로 질문하면 되잖아."

"내가 아무리 뻔뻔하더라도 그건 무리지. 다케야마 마사토와 너무 깊이 관여하고 있다는 것이 마음에 걸리지만."

가와하라가 쓰게 웃으면서 말했다.

"다케야마 테마주인 도와건설의 와다 세이이치로가 이제 와서 발을 뺄 수 있을 리가 없잖아. 그저 돌진할 뿐이야. 다케야마는 도와건설 주식으로 어림잡아 최소한 30억 엔은 벌었을 테고 앞으로 더 벌어들이겠지. 그러니 어떻게 그 대가를 받아낼지 생각하면 되는 거야. 가리에가와의 밀담도 대가 중 하나가 아닐까?"

"최소한 30억 엔?"

"1983년 6월이었나? 400엔대로 떨어진 도와건설 주식이 1,100엔대로 급상승한 적이 있었지?"

"응. 분명히 브라질에서 금맥을 찾아냈다는 정보가 가부토초兜町(도쿄증권 거래소의 소재지이자 속칭)에 떠돌았어. 주간사인 마루노증권이 수상하단 말이야."

"그것만 가지고도 다케야마는 20억 엔은 벌었을걸. 400엔, 500엔 할 때 대량 매입한 주식을 1,000엔 이상이 됐을 때 팔라고 시킨 것은 틀림없이 마루노증권일 거야. 도와건설—마루노증권 라인 덕분에 다케야마는 엄청난 자금을 손에 넣었어. 1년 후 도와건설의 주가는 600엔 전후로 하락했고."

"하지만 최근 들어 서서히 상승하고 있어. 다케야마 테마주의 면목약여面目躍如(세상의 평가나 지위에 걸맞게 활약하는 모양)라고 할 수 있지."

야마모토는 자조적으로 입꼬리를 비틀면서 말을 이어나갔다.

"대가랄까 그 반대랄까. 다케야마가 한 마디 거들어준 덕분에 도와건설은 신지호宍道湖 유역의 하수도처리시설이나 간사이신공항関西新空港에서 거액의 공사를 수주할 수 있었을 거야."

"당연하지. 서로 상부상조하는 관계야. 확실히 마쓰모토 부사장님이 다케야마 당번으로 붙어있을걸?"

"넌 다이요은행의 도와건설 담당인 만큼 잘 알고 있을 거야. 다케야마 마사토는 특별하니까 마쓰모토 부사장님이 와다 사장님 대리로 다케야마 사무소에 빈번하게 출입하겠지만, 다케야마 마사토와 직접 만나는 것은 10회에 1회가 고작이겠지. 다케야마 사무소를 관리하는 사람은 아오이 슈헤이니까 아오이와 대화하는 경우가 더 많을 거야."

3

생맥주가 냉주로 바뀌었다.

야마모토도 가와하라도 자작으로 잔을 채우고는 벌컥벌컥 마셨다.

"일전에 사장님 심부름으로 쇼토松濤에 있는 다케야마 마사토의 사저에 히라카와 이쿠조平川幾造 화백의 그림을 전달하러 간 적이 있어. 다케야마 마사토가 히라카와 화백의 그림을 좋아한다더군."

"그보다 두 사람은 막연한 사이잖아. 무슨 명목의 선물이야?"

"다케야마 부인의 생일 선물인 것 같았는데 조금 수상한 점은 실물과 복제, 그것도 실물과 똑같은 8호 사이즈의 복제 2장이 운반되었다는 점이야."

"대충 알 것 같아."

가와하라는 히죽거리면서 두 번이나 고개를 끄덕였다.

"아마 미술상이 도로 사들이러 가지 않을까? 히라카와 화백의 그림은 호당 700만 엔이니까, 8호라면 5,600만 엔이야. 증권회사가 잘 쓰는 수법이지. 미술상이 재구입하는 수법이야. 같은 샤갈의 그림이 복수의 정치가와 증권회사 사이를 왔다 갔다 하는 거지. 마루노증권의 특기라고 들은 적이 있는데 제네콘도 같은 방법을 쓰는구나."

"중견기업인 도와건설보다 대기업인 가지마나 시미즈가 훨씬 대대적으로 하고 있지 않을까? 다만 히라카와 화백의 그림이니까 어쩌면 진짜 선물일 수도 있어. 미술상이 재구입할 지 어떨지는 모르는 일이지."

"그렇다면 복제를 준비할 필요가 없잖아?"

"유사시를 대비해서? 어느 쪽이든 상관없다는 메시지가 담겨있는 걸까?"

"넌 다케야마 저택에 들어가 봤어?"

"설마. 현관 앞에서 실례했고 부인을 뵌 적도 없어."

"파견되자마자 그런 일까지 시키다니 너 엄청나게 신뢰받나 본데."

"과연 그럴까? 다케야마 저택에서 다케야마 마사토 본인을 만났다면 모를까 단순한 심부름꾼을 신뢰하고 자시고 할 것도 없지."

"하지만 보통 그런 심부름은 더 윗선이 맡는 법이잖아."

"나보다 위라면 상무와 평이사니까, 정치가와의 접촉은 마쓰모토 부사장님이나 후쿠다 상무님에게 맡기지 않을까?"

"어쨌거나 너무 신경을 곤두세울 필요 없어. 고작 그림을 운반한 걸 가지고 신경질적이 되는 편이 이상하지."

"나보다 가와하라 네가 더 신경을 쓰는 것 같은데? 애초에 나 같은 애송이가 다케야마 저택에 가는 것은 이상하다고 말한 사람은 너잖아."

가와하라는 대꾸하지 않고 계면쩍은 듯이 웃으면서 손수 채운 술잔을 비웠다.

"그런데 아라이 부사장은 잘 지내시나?"

"응, 의욕적으로 근무하고 계셔."

"예상대로 아라이 전무님을 도와건설로 쫓아낸 나카하라 행장이 재유임되어 3기째에 들어갔다. 다이요은행에 미래는 없어."

"그거야말로 지나친 억측이야. 3기 6년이나 해먹으면 회장으로 물러나겠지. 지금은 너무 어지러운 상황이라 누가 차기 은행장이 될지 전혀 예상되지 않지만 1년쯤 지나면 대충 보이지 않을까?"

"아라이 전무님은 그 일에 대해서 너에게 자기 의견을 말한 적 없나?"

야마모토가 고개를 끄덕이자 가와하라는 "흐으—응" 하고 뺨을 부풀렸다.

"아라이 전무님은 너에게 본인이 자진해서 도와건설로 나간다고 말한 모양이지만, 다이요은행 내부의 여론은 전혀 달라. 나카하라 행장은 아라이 전무님의 인기가 높은 것을 질투해서 쫓아낸 거야. 도와건설이 도코건설의 흡수합병에는 실패했지만, 당시 30퍼센트의 주식 매수에 찬성해서 자금을 대주자고 주장한 사람이 아라이 전무님이었다는 설도 있어. 그때의 허술한 판단을 행장이 지적하는 바람에 아라이 전무님도 그만둘 마음이 생긴 것이 아닐까?"

"그럴듯한 설이긴 한데 그건 아닐 거야. 도코건설의 흡수합병을 지시한 것은 와다 세이이치로고, 산은이 주식 매수 자금을 댄다면 다이요도 대줄 수밖에 없다고 다이요 이사진은 의견 일치를 봤을 거야. 야쿠자인 메트로폴리탄과 도와건설 사이를 누가 주선했는지 마음에 걸려. 언젠가도 말했듯이 거물 정치가라고 생각하는 것이 상식적이겠지. 와다 세이이치로가 메트로폴리탄의 이케야마 사장을 직접 만난 적이 없다는 건 알아냈지만."

야마모토의 단언에 가와하라는 고개를 갸우뚱했다.

"넌 어떻게 그런 걸 알고 있지?"

"와다 세이이치로는 전직 대장성 관료야. 커리어 관료(상급 시험에 합격하여 공무원이 된 사람. 한국으로 치자면 5급 이상의 공무원시험에 합격한 고위 공무원)였던 사람이 야쿠자나 주식투기꾼 같은 암흑가의 사람과 직접 만날 리가 없잖아."

"토건업자…… 아니, 중견 제네콘의 사장이라면 야쿠자는 몰라도 거물 주식투기꾼은 만났을 수도 있지. 전직 대장성 관료는 관계없어."

"내가 사장님에게 직접 확인했어. 자길 뭐로 보냐면서 호통을 치더군. 다른 제네콘의 사장은 몰라도 와다 세이이치로가 암흑가의 사람과 직접 만난 일은 결코 없어."

야마모토는 자신만만하게 단언했다.

4

이틀 후인 7월 4일, 다케야마 마사토를 영수領袖로 내세운 창경회가
발족했다.

그것은 차기 총리의 자리를 차지하기 위한 다케야마파의 움직임이
본격화된 것을 의미한다.

자민당 총재선의 고지는 10월 8일로 정해졌으나, 이틀 전인 같은
달 6일 새벽에 다케야마는 홀로 메지로目白에 있는 나카타 가쿠에이 전
수상의 저택을 방문했다.

다케야마가 대문 앞에서 90도 각도로 허리를 숙이고 있는 충격적인
사진이 같은 날 전국의 석간에 게재되었다

다케야마는 이해 정월에도 메지로의 나카타 저택을 방문했지만 문
전박대를 당했다.

1985년 2월 27일에 뇌경색으로 쓰러진 나카타 가쿠에이는 1987년
정월부터 손님을 맞이했다. 그 소식을 듣고 달려간 다케야마는 나카
타를 만나기는커녕 문전박대라는 망신을 맛보아야 했다.

다케야마는 지쿠호회 같은 곳에서 '입장료를 지불했는데 문전박대
라니 기가 막힌다'고 농담처럼 털어놓곤 했다. 100명 정도의 나카타
파의 중견, 신진 의원에게 100만 엔씩, 1억 엔의 떡값이 배포되었는
데 그 돈은 전부 다케야마가 마련한 것이었다. 당시 나카타파 파벌에
속한 전 의원에게 200만 엔의 떡값을 나눠주는 관습이 있었다. 이것
도 다케야마의 모금 능력이 뛰어났기 때문에 가능한 일이었다. 그러

나 훗날 국회의원이 된 나카타 가쿠에이의 장녀 나카타 기미코中田紀美子
는 나카타파에서 세력을 떨치고 있는 다케야마를 몹시 증오했다.

3억 이상의 입장료를 지불했어도 기미코에게는 통하지 않았다는 것
이다.

제국황민당의 유세차가 국회 주변을 집요하게 돌아다니면서 '돈벌
이에 소질이 있는 다케야마 마사토를 총리로 삼자!'면서 확성기로 다
케야마에게 '야유' 공세를 퍼붓기 시작한 것은 문전박대 사건 직후의
일이다.

"이런 일이 계속되면 곤란해. 총재선에 나갈 자격이 있는지 의심을
받아도 할 수 없어. 어떻게든 막을 방법을 생각해봐."

이렇게 친절하게 다케야마에게 충고한 사람이 소네다 히로야스曾根田
弘康 수상이다.

"저도 애를 먹고 있습니다. 하지만 반드시 해결하겠습니다."

다케야마는 '야유' 공세를 막기 위해서 사방으로 손을 썼다. 마루노
증권의 다지마 모리야 회장에게도 상담했다.

다지마도 지혜를 짜내고, 다케야마에 이은 창경회 2호 회원인 가네
야마 신金山信이 오나카 히로모토尾中弘元 전 의원에게 부탁해서 도쿄 사
야마택배佐山急便의 와타베 고로渡部吾朗가 주선한 덕분에 조직폭력단 회장
이시카와 신이치石川進一가 나서주었다. '야유' 공세는 10월 2일에 중지
되었지만 제국황민당은 '나카타 전 수상을 배신한 다케야마는 나카타
에게 사과할 것'이라는 조건을 붙였다.

10월 6일 새벽, 나카타 저택의 대문 앞에서 다케야마가 머리를 조
아리게 된 배경에는 이런 사연이 숨어있었다는 것을 야마모토 다이세
이로서는 알 방도가 없었다.

그것뿐만이 아니다. '야유' 공세의 주모자는 오나카지만 막후에서 실을 조정하는 것은 소네다 수상 본인이라는 설도 있었다.

10월 20일 자민당 총재선에서 소네다 수상은 다케야마 마사토를 후계자로 지명했다. 안도 신타로와 미야카와 가즈키宮川一홀는 바람잡이 역할을 한 것에 불과했다. 당 대회의 단상에서 세 후보는 웃으면서 손을 마주 잡았지만, 소네다는 처음부터 돈벌이에 뛰어난 다케야마를 지명할 속셈이었을 것이다. 다케야마가 모아들인 자금 중 몇 분지 일을 반대급부로서 요구했으리라는 것은 상상이 되고도 남는다. 10억 엔이나 20억 엔이 아닐지도 모른다. 30억 엔에서 50억 엔은 된다고 보는 경향도 있는데, 제네콘의 최고경영자 사이에서는 공공연한 사실이었다.

도와건설 사장의 와다 세이이치로도 그 한 사람이다.

"정권이 소네다 수상에게서 다케야마 선생님께 이행되었을 때 거액의 돈이 흘러간 것은 극비일세."

"물론입니다. 입이 찢어져도 발설하지 않겠습니다."

"소네다 수상도 다케야마 선생님이 후계자로 적임이라고 인정하신 게지."

"잘 알고 있습니다."

와다와 마쓰모토가 사장 집무실에서 이런 대화를 나누었다는 것도 야마모토로서는 알 수가 없었다.

5

10월 26일 밤, '신키에쓰'의 1층 안쪽의 대형 홀에 '지쿠호회'의 회원들이 모였다.

　다케야마 정권의 출범을 축하하기 위해 유명 재계인 25명을 모시고 성대한 파티를 개최한 것이다.

　쉰 목소리로 이케지마가 말을 꺼냈다.

　"우리는 다케야마 총리의 탄생을 고대하고 있었습니다. 다케야마 선생님이 국회에서 수상으로 지명되는 것은 11월 6일이지만, 일정이 빡빡해서 제 독단으로 축하파티를 미리 열었습니다. 갑작스러운 파티라 다른 일정을 취소하고 오신 분들도 많을 겁니다. 다들 만사를 제치고 달려와서 축하를 해주셔서 감사합니다."

　이케지마 회장은 평소에도 연설이 길고 장황하기로 유명했다.

　박식하고 배우는 것을 좋아하는 이케지마는 한 가지 주제만으로도 1시간 내내 떠들어댈 수 있는 사람이었다.

　"이케지마 회장님, 일단 건배부터 하죠."

　고이물산의 가와타 회장이 재촉하자 이시하리중공의 이나무라도 찬성했다.

　"맞아요. 그럽시다."

　가와타와 이나무라를 따라서 전원이 자리에서 일어났다.

　"건배 전에 만세삼창을 할까요."

　"만세는 자리를 파할 때 하는 것이 좋겠어요."

　이케지마와 가와타가 그런 말을 주고받는 바람에 전원이 샴페인 글라스를 손에 들었다.

　"다케야마 총리의 탄생을 축하하며 건배!"

　이케지마의 선창에 전원이 잔을 높이 들었다.

　"건배!"

"건배!"

"축하합니다."

누군가가 글라스를 테이블에 내려놓고 박수를 치자 다케야마를 제외한 전원이 박수를 쳤다.

다케야마는 붉게 물든 얼굴로 "감사합니다. 다 여러분 덕분입니다."라면서 허리를 90도 각도로 구부려 절을 했다.

전원이 자리에 앉아 샴페인 글라스를 비우고 일본주를 마시기 시작했다.

"소네다 수상의 후계 지명은 처음부터 결정되어 있었습니까?"

누군가의 질문에 다케야마의 얼굴에 불쾌한 기운이 얼핏 서렸지만 대답은 차분했다.

"그럴 리가요. 소네다 선생님의 판단으로 선양하기로 했답니다."

"나카타와 후쿠이 때처럼 선거를 벌였어도 다케야마 선생님이 압승했겠지요."

다케야마는 그 말에는 대답하지 않고 맞은편의 이케지마를 불렀다.

"아저씨, 가와노 기사부로 씨가 이 자리에 안 계시는 것이 슬프군요. 고향이 같다는 이유로 초선의원일 때부터 절 아껴주셔서……."

다케야마의 시선이 이케지마에게서 가와노 겐지에게로 이동했다.

"아버지는 생전에 다케야마 선생님은 반드시 총리가 될 인물이라고 말씀하셨습니다."

"가와노 기사부로 씨는 재가불교회의 이사장이셨기 때문인지 부처님 같달까, 마음이 바다처럼 넓으셨지요. 남을 배려할 줄 아는 분으로 기사부로 씨에게 배운 것이 많습니다."

다케야마는 이케지마를 시작으로 전원에게 술을 따라주면서 홀을 한 바퀴 돌았다.

소네다였다면 이와 반대로 '다들 이리 와서 내 잔을 받게'라면서 거만하게 사람들을 자기 자리로 불러들이지 않았을까. 와다 세이이치로는 눈도 깜빡이지 않고 배려의 달인이라 불리는 이의 행동을 지켜보았다.

와다 차례가 되었다. 와다는 자세를 바로잡고 술잔을 비워 다케야마에게 건넸다. 술을 따르는 사람은 여주인이다.

여주인은 다케야마의 잔에는 바닥에 살짝 깔릴 정도만 와다에게는 철철 넘칠 정도로 술을 따랐다.

"다케야마 선생님, 진심으로 축하드립니다. 너무 기뻐서 눈물이 쏟아질 것만 같습니다."

실제로 와다의 눈은 촉촉했다.

"세이이치로 씨, 당신에게는 늘 신세만 졌습니다. 오늘의 제가 있는 것은 다 세이이치로 씨 덕분입니다."

"천만의 말씀입니다. 그것은 오히려 제가 할 말이지요."

테이블에 잔을 내려놓은 다케야마가 양손으로 와다의 오른손을 꼭 잡았다.

"세이이치로 씨와 전 일련탁생—蓮托生(어떤 일이 선악이나 결과에 대한 예견에 관계없이 끝까지 행동과 운명을 함께 함을 비유적으로 이르는 말)입니다. 여기 있는 사람들 중에서 뭐든지 털어놓을 수 있는 사람은 세이이치로 씨뿐입니다."

"분에 넘치는 말씀입니다. 감사합니다."

비교적 나이가 어린 와다는 말석인 테이블 끄트머리 쪽에 앉아있었다. 사람들은 이리저리 자리를 옮겨가면서 대화를 나누고 있었기 때문에, 다케야마와 와다의 나직한 목소리를 들을 수 있는 사람은 여주인뿐이었다.

게이샤도 10명 이상 불려 와 있었다.

다케야마가 홀을 한 바퀴 도는데 1시간 가까이 걸렸다. 술잔의 3분의 1 정도만 채웠다고는 해도 총 25명과 술잔을 주거니 받거니 했기 때문에 상당한 양을 마신 셈이다. 후반에는 마시는 시늉만 하고 몰래 술을 버렸을지도 모른다.

다케야마는 중앙의 자기 자리로 돌아가자마자 이케지마에게 깊숙이 머리를 숙였다.

"이런 파티를 열어주셔서 정말로 감사합니다. 다케야마 정권이 어떤 일을 하면 좋을지 어떤 정책을 세우면 좋을지 아낌없는 조언을 부탁드립니다."

"지쿠호회는 다케야마 선생님을 후원하는 모임이지 정책연구회가 아니니까 도움이 될지 모르겠습니다. 다만 무언가 알아차린 점이 있으면 의견을 말씀드리겠습니다."

"잘 부탁드립니다."

"아까 선양 이야기가 나왔는데 저는 찬성입니다. 다수파 공작을 하려면 돈이 너무 많이 들어요."

"맞습니다. 소네다 총리는 나카타 가쿠에이 선생님의 리모트 컨트롤이 강해서 초반에는 고전했지만 후반에는 독자적인 색을 띤 강력한 정권이었다고 생각합니다."

"저는 그분을 잘 모르지만 마키아벨리 같더군요. 국철의 민영화 같은 것은 잘한 일이지만."

"어쨌거나 나름대로 존재감이 있는 사람이었으니까 뒤를 잇는 사람이 고생하겠지요."

"저는 다케야마 선생님께 무슨 일이 있든 죽을 때까지 지쿠호회의 회장을 맡겠습니다. 종신 회장직은 가와노 기사부로 씨의 유언이기도 하니까요."

"감사합니다. 앞으로도 잘 부탁드립니다."

다케야마는 저자세였다. 이케지마의 태도가 훨씬 거만했기 때문에 누가 차기 총리인지 헷갈린다고 느낀 사람은 와다만이 아니었다.

"만세! 만세! 만세!" 가게 밖까지 들릴 만큼 우렁찬 만세삼창으로 파티는 끝났다. 이날 밤 '신키에쓰'는 '지쿠호회'가 전세를 냈기 때문에 다른 손님은 받지 않았다.

6

다음 날 아침 8시에 출근한 야마모토는 8시 20분에 와다의 부름을 받았다.

"어젯밤 지쿠호회가 있었던 것을 알고 있나?"

"알고 있습니다."

"그런가. 산은의 비서가 자네에게 연락했구먼."

"네."

"다케야마 선생이 총리 총재가 되기로 정해지고 열린 첫 축하파티였는데 떠들썩하고 즐거운 모임이었어. 다케야마 선생님은 파티장을 돌아다니면서 25명의 회원 한 명, 한 명에게 술을 따라 주셨어. 특히 나에게 오늘의 자신이 있는 것은 전부 내 덕분이라는 말씀까지 해주셨지. 기뻐서 눈물이 나올 뻔했어."

"다케야마 선생님은 배려가 깊은 분이시군요."

"자주 배려의 달인이라는 말을 듣지. 자네를 부른 이유는 총리 비서관과의 연락 같은 것을 맡기고 싶어서일세. 은밀한 사항들은 마쓰모토와 후쿠다에게 맡기겠지만 공식적으로 주고받을 내용도 많지 않겠나. 잘 부탁하겠네."

야마모토는 단정한 얼굴을 살짝 찌푸렸다.

"저 같은 애송이가 맡아도 될까요? 사장실 실장님이나 차장님이 맡으시는 것이 좋을 것 같습니다만."

와다는 심각한 얼굴로 천장을 올려다보다가 다시 야마모토를 똑바로 직시했다.

"자네는 전달만 해주면 되네. 판단을 내리는 사람은 나니까 비서관과의 연락 담당이 임원일 필요는 없어. 자네는 영리하고 내게 자기 의견도 거침없이 말해주겠지. 아첨꾼인 상무나 임원보다 훨씬 나아."

"과분한 칭찬이십니다."

야마모토는 살짝 콧대가 높아지는 것을 느끼면서 질문했다.

"다케야마 선생님이 수상이 되어 도와건설이나 와다 사장님을 바라보는 시각이 엄격해지지 않을까 걱정입니다. '야유'나 헤이소은행의 '금병풍사건'도 마음에 걸립니다. 다케야마 수상과 거리를 두는 편이 좋지 않을까 싶은데, 어떻게 생각하시는지요? 건방진 소리 하지 말라고 야단맞을 것을 각오하고 말씀드리는 것입니다."

와다는 순간적으로 매섭게 노려보았지만 금방 웃어 보였다.

"'야유'도 '금병풍사건'도 해결되었기 때문에 소네다 총리는 다케야마 선생님을 후계자에게 지명한 거야. 어젯밤 다케야마 선생님이 말씀하신 것처럼 선생님과 나는 일련탁생이야. 다케야마 테마주면 어떻단 말인가. 와다는 다케야마의 부하, 그것도 좋아. 세상이 뭐라고 하든 어떤 식으로 보든 나는 다케야마 선생님을 존경하네. 야마모토는 날 따를 수 없다고 생각하나?"

"아니요, 사장님의 절 신뢰해주셔서 영광입니다."

"난 지금처럼 직설적으로 자기 의견을 말해주는 야마모토가 좋다네. 내 방침에 도저히 따를 수 없다고 생각될 때는 솔직하게 말해주게. 그때는 그때 가서 생각해보세. 그런 일이 생기지 않기를 바라지만."

"저도 그런 일이 없기를 바랍니다. 실례되는 말만 해서 죄송합니다."

"아닐세."

와다는 오른손을 가볍게 내저은 다음 소파에서 일어났다.

9시부터 상무회가 열렸다. 11시 넘어서 사장실로 돌아온 기타와키가 흥분한 얼굴로 누구에게랄 것도 없이 말을 걸었다.

"사장님 기분이 좋으신가 봐. 지쿠호회에서 다케야마 선생님과 악수를 나눈 사람은 자기뿐이라고 자랑하셨어. 25명의 회원 전원이 참석한 것도 지쿠호회가 생긴 이래 처음이라지?"

"사장실은 이래저래 바빠지겠군요."

홍보 담당 부장인 고바야시가 일부러 떫은 얼굴을 만들어 보였다.

"특히 홍보가 그렇겠지. 야마모토도 바빠질 것 같아. 관저와의 연락 담당을 맡았다지?"

"상무회에서 그런 이야기도 나왔습니까."

"그래. 자네는 날 적임자라고 말했다던데 농담이 아니야. 공무원은 갑갑해서 상대하기 싫어."

본심으로 하는 말인지 질투인지 야마모토로서는 읽어내기 힘들었지만, 기타와키는 이만저만 흥분한 것이 아니었다.

"도와건설에 순풍이 불고 있어. 다케야마 정권의 탄생은 사장님의 꿈이었지. 그 꿈이 이루어졌어. 정확히 말하자면 앞으로 이루어지지.”

야마모토는 기타와키가 너무 요란을 떠는 것 같다는 생각을 했다.

7

야마모토는 그 날 오후 1시가 지나서 가리타 상무의 호출을 받았다.

재무부 응접실의 긴 의자에 자리 잡은 가리타는 오만하게 야마모토에게 앉으라고 턱짓을 했다.

“사장님이 자네를 무척 총애하시더군. 오전의 상무회에서 내내 자네 칭찬만 하셨어. 수상 관저에 출입할 수 있는 신분이 되다니 엄청난 출세 아닌가.”

전직 은행원으로서는 진귀하게도 기세등등한 말투였다.

상대가 10년 이상이나 후배인 야마모토이기 때문일지도 몰랐다. 아니, 오만무례하기 때문에 제네콘으로 방출된 거라고 생각해도 무방할 것이다.

가리타는 다이요은행의 이사에서 더 올라가지 못한 것이 불만스러웠다. 은행장은 무리라도 부은행장까지는 넘볼 수 있다고 생각했을지도 모른다.

다이요은행만이 아니라 도은은 졸업이 빠르다. 40대에 임원이 된 다음 그룹 회사나 거래처로 방출되는 것은 흔한 일이다. 임원이 되지 못하고 지점장, 부장으로 내보내는 케이스도 적지 않았다. 다만 65세까지는 어떤 형태로든 뒤를 봐주기 때문에 회사원으로서는 압도적으로 운이 좋은 편이었다.

예를 들어 가리타가 와다 사장의 노여움을 사서 2기 4년 만에 도와건설에서 추방되더라도 다이요는 가리타가 들어갈 새 회사를 알선해줄 것이다.

별다른 일이 없는 한 메인뱅크인 다이요의 낙하산을 냉대하는 경우는 없을 테니 가리타도 전무까지 올라갈 수 있을지도 모른다. 전무의 정년은 62세니까 남은 3년은 다이요가 직함을 마련해줄 것이다.

가리타의 후임은 반드시 다이요에서 나온다. 즉 다이요는 두 명의 도와건설 임원을 기득권으로서 확보한 셈이다.

야마모토처럼 젊은 직원의 파견은 처음 있는 케이스로, 다이요은행의 전무에서 도와건설의 필두 부사장이 된 아라이나 가리타와는 입장이 달랐다. 아라이나 가리타가 다이요로 돌아가는 일은 결코 있을 수 없지만 야마모토는 다이요로 컴백하는 것이 확실하게 약속되어 있었다.

"저 같은 애송이를 수상 비서관이 상대해줄까요? 사장님께도 말씀드렸지만 아무리 사장님의 심부름이라도 프라이드가 높은 커리어 관료와 말이 통할까요?"

"자네 뭘 좀 아는군. 전직 대장성 관료였던 것이 최대의 자랑으로 관료의 프라이드가 강하게 배어있는 와다 사장님치고는 별난 선택을 했어."

"순간적인 변덕일 뿐 저에게는 벅찬 업무라며 다시 생각하시지 않을까요?

"글쎄, 어떨까? 무언가 깊은 생각이 있을지도 모르고……."

가리타는 금속 안경테 너머의 사나운 눈초리로 야마모토를 응시했다.

"그런데 무슨 일로 부르신 건가요? 회의 도중에 빠져나와서요."

"수상 관저에 출입하게 되면 온갖 정보를 입수할 수 있겠지. 아무리 사소한 정보라도 나에게 보고하게. 그 말을 하고 싶어서 부른 걸세."

"이만 실례하겠습니다."

야마모토는 일어났다.

"대답을 못 들었는데 내 말을 알아들었겠지?"

"그럴 필요가 있으면 상무님께 보고하겠지만 사소한 것까지 일일이 보고하기는 힘듭니다."

"그럴 필요가 있으면 보고하겠다? 지금 감히 누구에게 그런 말을 하는 건가?"

가리타는 이마의 힘줄이 불거져 나올 만큼 분노했다.

"난 다이요의 이익대표다. 자넨 파견사원의 입장이 뭔지도 모르나?"

"잘 압니다. 다만 제게는 도와건설 사원이라는 입장도 있고 사장님 비서라는 입장도 있습니다. '그럴 필요가 있으면'이라는 조건이 마음에 들지 않으신다면 상무님께 보고드리는 것은 생략하겠습니다. 실례합니다."

야마모토는 인사를 하고 가리타에 등을 돌렸다.

이런 바보가 시키는 대로 하기는 싫다고 생각하면서 야마모토는 나갔다.

8

2시 20분에 야마모토의 책상 전화가 울렸다. 야마모토는 자리에 있었다.

"네, 사장실입니다."

"후쿠다인데 야마모토 씨죠?"

"네, 야마모토입니다."

"개발부장인 후쿠다 상무입니다."

"실례했습니다."

'안경 쓴 저팔계'가 사내 전화로 연락할 줄은 상상도 못 했다.

"오늘 밤에 같이 한잔 하지 않겠습니까? 평소 사장님께서 야마모토 씨와 친하고 지내라고 신신당부하셨거든요. 밤에는 늘 약속이 있지만 오늘 밤 약속은 별로 중요하지 않아서 취소할 수 있습니다. 야마모토 씨만 허락한다면요."

"……."

"사장님은 건설성의 관료와 회식이 있어서 야마모토 씨는 일찍 해방될 겁니다."

와다 사장의 스케줄까지 파악하고 있다니 놀라웠다. 미리 사장의 직속 여비서인 야마시타 마사코山下昌子에게 확인했을 뿐이지만 후쿠다는 과연 빈틈이 없는 사람이었다.

"저 같은 사람 때문에 선약을 취소해도 괜찮을까요?"

암흑가를 홀로 떠맡고 있는 '안경 쓴 저팔계'는 멀리하는 편이 신상에 이로울 것 같았다.

야마모토는 완곡하게 거절했지만 후쿠다는 물러나지 않았다.

"그러지 말고 시간 좀 내주세요. 개인적으로 야마모토 씨의 환영회를 하고 싶습니다."

"개인적으로요?"

"6시 반에 히가시긴자東銀座의 '하시다'에서 기다리겠습니다. 가게 번호를 알려드리죠."

후쿠다는 '하시다'의 전화번호를 불러주고 전화를 끊었다.

야마모토는 왜 선약이 있다는 핑계로 거절하지 못했나 하고 후회했지만, 일종의 호기심이 승리하여 후쿠다와 대화를 해보는 것도 나쁘지 않겠다고 마음을 고쳐먹었다. 이번 한 번만 만나보자고 변명하면서.

"방금 전의 전화, 누구인가?"

턱을 괴고 생각에 잠겨있던 야마모토는 정신을 차렸다.

기타와키 상무가 사장실 실장석에서 말을 걸어왔다.

"후쿠다 상무님입니다."

"후쿠다가 자네에게 무슨 볼일이지?"

"오늘 밤 개인적인 환영회를 열어주고 싶다고 하더군요."

"흐으—음. 후쿠다가 어떤 일을 하는지는 알고 있지?"

"알고 있습니다."

"'이쪽' 전문이라서 말이지."

기타와키는 오른손 집게손가락을 뺨에 대면서 말을 이었다.

"일단 승낙했던 것을 다시 거절하면 앙금이 생길 테니 이번에만 만나도록 하게. 사장님 비서인 자네가 가까이해서 좋을 사람이 아니야."

"네, 명심하겠습니다."

오늘 밤 기타와키는 홍보 담당 상무로서 기무라 홍보 담당 부장, 스즈키 심의 담당과 셋이서 신문 기자와 회식을 하기로 되어 있었다.

밤의 예정이 꽉 차있는 사람은 저팔계만이 아니었다.

사장 비서인 야마모토는 사장이 출석하는 연회에 동행하는 일은 없었기 때문에 사장실에서 가장 한가한 사람일지도 모른다.

9

4시가 넘어서 아라이 부사장이 내선으로 야마모토를 호출했다.

가리타 상무이사 재무부장이 나의 태도가 나쁘다고 일러바친 것이 틀림없다―. 야마모토는 양복 상의를 걸치면서 얼굴을 찌푸렸다. 속으로는 '치사한 놈'이라고 욕을 퍼부었다.

예상했던 대로 아라이는 가리타 때문에 야마모토를 부른 것이었다.

"가리타 상무가 야마모토가 무례하게 굴었다고 펄펄 뛰더군."

"가리타 상무님이 저와 어떤 이야길 나누었는지 말씀하셨습니까?"

"글쎄. 재무부장이자 다이요의 이익대표 중 한 사람으로서 정보를 수집하고 싶으니 협력해달라고 야마모토에게 부탁했는데 거절당했다더군. 자네가 사장님의 총애를 등에 업고 기고만장하게 군다고. 다시 말해서 나더러 단단히 주의를 주라는 거지."

야마모토는 한숨을 내쉬었다. 이렇게 한심한 상무는 없을 것이다.

도은의 중형은행이긴 하지만 이사까지 올라갔던 남자가 부사장을 붙잡고 우는소리를 하다니 기가 막힐 노릇이 아닌가. 게다가 상대방은 10년 이상 차이가 나는 새까만 후배인데.

"부사장님의 주의는 명심하겠습니다. 하지만 수상 관저에 출입하면서 얻게 되는 정보는 어떤 사소한 것이든 보고하라는 명령을 받았는데, 그건 따를 수가 없다고 생각했습니다. 그래서 필요가 있으면 보고하겠다고 가리타 상무님께 말씀드렸습니다."

노크 소리와 함께 아베 유키코가 들어와서 찻잔 두 개를 테이블에 늘어놓았다.

"감사합니다."

"천만에요."

"잘 마시겠습니다."

야마모토는 갈증이 났기 때문에 즉각 찻잔으로 손을 뻗었다.

아라이도 찻잔을 입으로 가져갔다.

유키코는 차를 끓이는 솜씨가 뛰어났다. 물의 온도에 따라 녹차의 풍미는 달라진다. 가슴 속은 부글부글 끓었지만 맛있는 녹차를 마시자 야마모토의 마음이 차분해졌다.

"저도 반성할 점은 있다고 생각합니다. 좀 더 완곡하게 돌려 말했다면 좋았겠지요……."

"아닐세. 가리타 상무는 뭔가 착각하고 있어. 사실은 말이지, 나는 사장님도 조금 마음에 걸릴 때가 있어. 다케야마 마사토가 수상이 되는 꿈이 현실로 이루어져서 신이 난 것은 이해하지만 자네가 관저에 출입할 일은 없을 것 같거든."

"무슨 말씀인지 이해가 됩니다."

"어떤 식으로 이해했나?"

"다케야마 마사토와 와다 세이이치로가 맹우라는 것은 주지의 사실입니다. 도와건설 주식이 다케야마 종목이라는 호사가들의 말이 모든 것을 대변하고 있다고 생각합니다. 양측의 신뢰관계는 절대불변이겠지만 얼굴이 알려진 와다 사장님이 관저에 출입하기는 힘들 겁니다."

"동감일세. 요즘은 신문의 수상 관저 일지에 수상의 방문자가 일일이 게재되네. 경제지 주재자인 거물 보스가 주 1회의 페이스로 소네다 총리를 방문한 일이 재계에서 화제가 된 적이 있는데, 와다 세이이치로의 입장 상 그건 불가능해."

"다만 와다 사장님은 수상의 참모 자리를 맡고 있다고 생각하시는 것이 아닐까요? 예를 들어 브라질이나 파나마에 관한 일이라면 외무성보다 정보력이 뛰어날지도 모릅니다."

"맞아."

"다만 어디까지나 숨겨진 참모로 있어야 한다고 생각합니다."

아라이는 찻잔을 쟁반에 내려놓고 온화한 시선으로 야마모토를 바라보았다.

"그것도 맞는 말이야. 직접 얼굴을 맞대고 이야기할 경우에도 밀담으로 끝내야 마땅해."

"신문기자가 감시할 테니 이목을 피한 밀담을 가지기도 힘들겠지요. 수상은 항상 경호원들로 둘러싸여 있을 테니 결국 전화 통화나 휴일의 골프가 고작이겠지요."

"응."

"그렇게 되면 제가 관저에 출입하는 문제도 실제로는 불가능하다는 기분이 듭니다."

"겨우 이야기가 본제로 돌아왔군. 가리타 상무가 착각하고 있다고 말한 이유는 나도 자네와 같은 견해이기 때문이야."

야마모토는 찻잔을 테이블의 쟁반에 되돌려놓았다.

"가리타 상무님께 필요가 있으면 보고하겠다는 둥 주제넘은 소리를 했는데, 괜한 오기를 부린 것이었군요."

"하지만 와다 사장님은 그렇게 생각하지 않아. 야마모토라면 도와건설의 사원이 아니라 기자로 착각할 테니까 관저의 통행증을 준비시키겠다고 상무회에서 말씀하셨거든."

"당분간 흥분 상태가 계속되겠지만 점차 깨달으시지 않을까요?"

"그렇겠지. 그나저나 가리타는 어쩌면 좋을까?"

"엄중하게 주의를 주었다 정도면 괜찮지 않을까요?"

"하긴."

"저는 사과하려고 일부러 찾아갈 생각은 없지만 우연히 마주치면 사과하겠습니다."

아라이가 녹차를 마시면서 화제를 바꾸었다.

"장차 도와건설이 어떻게 될 것 같나?"

"오늘 현재의 주가는 1,200엔입니다. 다케야마 종목의 메리트를 누리고 있는 것이겠지요. 일전에 다이요의 동기하고도 이야기했는데, 다케야마 종목으로서 돌진할 뿐이라는 말을 들었습니다. 다케야마파 주식의 매매이익은 요 한 달 만에 20억 엔에서 30억 엔은 된다고 생각합니다. 그에 대한 보답을 노골적으로 요구할 수는 없겠지만 상부상조하는 수밖에 없겠지요."

"자네는 사장님께 다케야마 마사토와 거리를 두는 편이 좋지 않겠냐고 말했다지?"

"사장님이 부사장님께 말씀하셨습니까. 사장님 얼굴에 노여운 기색이 서리더군요."

아라이는 심각한 얼굴로 천장을 올려다보았다. 아라이의 시선이 야마모토에게 돌아올 때까지 20초 정도 걸렸다.

"자네에게 이 말을 해도 좋을지 고민되지만, 사장님이 야마모토 다이세이를 다이요의 파견사원이 아니라 도와건설의 정직원으로 고용할 방법은 없는지 물으셨네."

야마모토는 숨을 들이마셨다.

"다이요가 차세대를 짊어질 인재를 그렇게 쉽게 놓아줄 리가 없다고 대답했는데, 그게 잘한 일인지 어떤지……."

"물론입니다. 와다 사장님이 절 좋게 봐주시는 것은 무척 기쁜 일이지만 전 아직 다이요은행에 미련이 있습니다."

"장래 사장 자리를 약속받아도 말인가?"

야마모토는 애매하게 고개를 끄덕였다. 물론 기분이 나쁘지는 않았다.

"사장님은 자네가 정말 마음에 드는 모양이야. 젊고 활기찬 사원을 파견해달라는 말을 들었을 때 자네가 딱이라고 생각했어. 자네를 추천한 사람으로서 어깨가 으쓱해지는군."

"감사합니다."

"이 이야기는 비밀일세."

"네."

야마모토는 소파에서 일어나 머리를 깊이 숙였다.

10

"여기는 나만의 아지트예요. 거래처 사람도 회사 직원도 데리고 온 적이 없습니다. 그 규칙을 깬 것은 야마모토 씨가 처음이자 마지막입니다."

'안경 쓴 저팔계' 후쿠다가 거드름을 잔뜩 피우면서 맥주를 두 개의 잔에 따랐다.

야마모토가 지하철 긴자선銀座線 긴자역銀座駅 근처에서 '하시다'에 전화를 건 것은 6시 20분이었다. 전화 너머의 목소리가 금방 여성에서 후쿠다로 바뀌었다.

"후쿠다입니다. 가부키좌歌舞伎座의 바로 뒤쪽입니다. 2층인데 간판이 작아서 유심히 봐야 할 겁니다."

가부키좌 뒤편으로는 골목이 하나밖에 없었기 때문에 야마모토는 헤매지 않고 '하시다'에 도착했다.

후쿠다는 2층의 작은 개별 룸에서 맥주를 마시면서 야마모토를 기다리고 있었다.

'하시다'는 교토식 갓포 요리_{割烹料理(준비가 되는 대로 한 가지씩 내놓는 일본 요리)}를 파는 가게였다.

"가게 사장이기도 한 주방장이 장인 기질이라 친절함과는 담을 쌓은 데다 내 요리를 먹을 수 있는 걸 영광으로 알라는 투랍니다. 그래도 싸고 맛있어서 불평을 할 수가 없지요."

몬뻬_{もんぺ(주로 여성이 작업복으로 입는 일종의 바지. 흔히 말하는 몸뻬 바지가 이것이다)}에 한텐_{半纏(짧은 겉옷의 하나)}이라는 심플한 차림의 종업원은 음료수와 요리를 나를 뿐이었다.

"영광입니다. 그런데 저에게 왜 이렇게 신경을 써주시는지요?"

"야마모토 씨는 특별하니까요. 사장님의 총애를 받고 있고 메인뱅크인 다이요은행의 호프라고 불리는 사람이잖아요. 전부터 친해지고 싶었습니다."

"감사합니다……."

어쩐지 등줄기가 섬뜩했다. 묘한 느낌이었다. 야마모토는 기분이 나빠져서 얼굴을 찌푸렸다.

"아까 거래처라고 하셨는데, 사실은 후쿠다 상무님이 어떤 일을 하시는지 잘 모릅니다. 어떤 곳과 거래를 하시나요?"

요컨대 거래처란 야쿠자를 말하는 것인지 물어보고 싶었지만, 그럴 수도 없었다.

"개발부의 업무는 직접 수주공사를 따오는 것입니다. 토지 구입부터 시작해서 아파트업자, 부동산업자를 선별한 다음 그들이 공사를 발주하게 만드는 거지요. 그러니까 거래처는 아파트업자, 부동산업자가 됩니다. 지금 도와건설에서 가장 실적이 좋은 사람은 납니다. 야마모토 씨가 그걸 모르고 있었다니 섭섭한데요."

"죄송합니다."

야마모토가 테이블에 양손을 짚고 고개를 숙였다. 후쿠다는 낮은 코에서 흘러내리는 커다란 금테 안경을 치켜 올렸다.

"내 상사는 단 한 명입니다. 누구일 것 같습니까?"

"글쎄요. 부사장님 중 한 분입니까?"

"아니요. 바로 사장님입니다. 사장님이 직속상사로 사장님과 난 한 몸이죠. 그러니까 사장님의 비서인 야마모토 씨와는 친하게 지내지 않으면 안 됩니다."

"토지 구입에는 투기꾼이 따라오기 마련이니까 암흑가하고도 상대해야겠군요. 그것도 후쿠다 상무님이 혼자 책임지고 계십니까?"

후쿠다는 순간적으로 불쾌한 얼굴을 했지만 금방 억지웃음을 지었다.

"가끔 상대하는 경우도 있지만 날 시기해서 중상모략하는 사람이 있어요. 기타와키 상무님이 뭐라고 했지요?"

"아니요. 다이요은행의 도와건설 담당자에게 들었습니다. 야쿠자를 손바닥에서 가지고 노는 수완가라고요."

"말도 안 되는 소리입니다. 야쿠자에도 여러 종류가 있는데 난 도와건설 상무라서 밑바닥 양아치들과 만날 일은 없습니다. 제네콘은 대기업도 중견기업도 암흑가와 떼려야 뗄 수 없는 관계라는 것은 사실입니다. 땅을 사들이고 낡은 건물을 철거할 때면 반드시 야쿠자가 몰려들지요. 특히 철거는 깡패들의 전매특허 같은 것이라서 비용이 점점 높아집니다."

"입찰은 안 합니까?"

"철거만큼은 불가능해요. 게다가 견적서가 있어도 없는 것이나 마찬가지거든요. 그런 놈들을 상대로 싸우기 때문에 백안시되기에 십상이지만 나에게는 회사와 와다 사장님을 위해 몸을 바치고 있다는 긍지가 있습니다."

맥주에서 냉주로 바뀌었다. 알코올에 강한 야마모토가 혀를 내두를 만큼 후쿠다는 쉴 새 없이 직접 잔을 채우고는 벌컥벌컥 비웠다.

"어떤 토지를 구입할지 판단하는 것도 후쿠다 상무님이 하십니까?"

"덩치가 큰 물건은 사장님이 판단하시지만 지금까지 저와 의견이 갈라진 적은 한 번도 없습니다."

"그렇다면 후쿠다 상무님이 결정을 내리는 것이나 마찬가지군요."

"뭐 그렇다고 봐야겠지요."

후쿠다는 어깨를 추켜세우고 돼지처럼 굵다란 목을 천천히 젖혔다.

11

2차를 가자고 잡아끄는 후쿠다의 손길을 야마모토는 뿌리치지 못했다.

긴자의 클럽이다. 7번지의 상가건물은 대부분이 음식점으로 채워져 있었다.

아직 10시도 안 됐건만 4층의 '클럽 마리코'는 세 팀의 선객이 있었다. 야마모토와 후쿠다가 입구 가까이 있는 좌석에 앉았기 때문에 빈곳은 안쪽의 카운터 자리뿐이었다.

호스티스들은 하나같이 젊고 예뻤다. 야마모토가 대충 눈으로 헤아려보니 마담까지 넣어서 일곱 명.

마담인 마리코麻里子가 즉각 보러 온 것으로 보아 후쿠다는 단골인 것 같았다.

"장사가 잘 되는 모양이군."

"덕분에요. 신기하게도 후쿠다 씨가 오실 때는 항상 만원이 돼요."

"내가 손님을 불러들이나 보지?"

"그러게 말이에요."

"임자, 여기는 좀 정신이 사나우니까 카운터로 옮겨도 될까?"

"네, 물론이죠."

마리코는 서른두셋 정도로 보였다. 짙은 화장에는 거부감이 느껴졌지만, 색기가 흘러넘치고 가슴은 기모노가 터질 것처럼 풍만했다.

어쨌거나 사람이 바뀐 것처럼 느물거리는 후쿠다의 태도가 마음에 걸렸다. '임자……'라는 단어가 야마모토의 귓전에 계속 남았다. 두 사람이 그렇고 그런 사이라는 느낌이 어렴풋이 들었다. '안경 쓴 저팔계'에게는 아깝지만. 혹은 그저 허세를 부리는 것에 불과할까.

카운터로 이동하자마자 킵 해놓은 위스키와 글라스, 얼음, 물 등을 마리코가 가져왔다.

로열 살루트의 초록색 보틀이었다.

"이젠 우리가 알아서 마실게. 야마모토 씨와 단 둘이 할 이야기가 있어."

"야마모토 씨라고 하시는군요."

"맞다. 소개하는 것을 잊었네. 사장님 비서인 야마모토 씨."

"야마모토입니다. 잘 부탁합니다."

"마리코입니다. 잘 부탁드립니다.

마리코는 명함을 건넸지만 야마모토는 꺼내도 좋을지 망설이며 우물거렸다.

"야마모토 씨, 이 가게는 언제든지 마음껏 이용해요."

후쿠다가 야마모토의 귓가에 대고 속삭였다.

"마담에게 상당히 공을 들이고 있어서 싸게 해줄 겁니다."

마리코는 다른 손님들이 있는 곳에 이동했다.

"정말로 여기가 마음에 들면 언제든지 이용하세요."

"감사합니다. 하지만 저 같은 말단사원이 이런 고급 클럽에 드나들다간 사장님의 불벼락이 떨어질 겁니다. 사용족이 되려면 한참 멀었다고 생각합니다."

야마모토는 애초부터 그럴 마음이 없었다.

게다가 후쿠다의 자신이 거물이라도 된 양 립 서비스를 하는 것뿐이다.

그런데 의외로 후쿠다는 진심이었다.

"'이건' 이 가게에 오지 않으니까 안심하고 이용하세요."

순식간에 오른손 검지를 닿을락 말락 하게 뺨에 대었다 떼어낸 다음 후쿠다가 진지한 얼굴로 말을 이었다.

"야마모토 씨뿐이에요. 여기를 이용할 수 있는 것은 야마모토 씨와 나뿐입니다. 누굴 데리고 오든 상관없지만."

"사장님은 안 오십니까?"

"안 와요."

"여기도 후쿠다 상무님의 아지트이군요."

"조금 달라요. 가끔 거래처 사람을 접대하거나 접대를 받는 일은 있지만 우리 회사에서는 나 말고는 오는 사람이 없습니다."

"그렇습니까."

젊은 바텐더가 미즈와리 위스키를 만들어 카운터에 올려놓았다.

"한 번 더 건배하죠!"

"감사합니다."

후쿠다와 야마모토는 가볍게 글라스를 부딪쳤다.

후쿠다는 물이라도 마시는 것처럼 글라스를 들고 단숨에 절반을 목으로 흘려 넣었다.

"아까 암흑가 이야기가 나왔는데 빚만 지지 않으면 아무 문제 없습니다."

"사장님이 직접 만나야 할 일이 있습니까?"

"그런 일이 없도록 내가 몸을 바치고 있지 않습니까."

"그 말을 들으니 안심이 되는군요."

"필요악이라고 할까요. 조직폭력배와의 교류 방법은 중요합니다. 땅 투기나 철거만으로 그쪽은 왕창 벌어들이겠지만, 그 외에 다케야마 종목의 메리트도 쥐여줘야 합니다. 다케야마 선생님만큼은 아니더라도 내 정보로 그쪽도 주머니 사정이 많이 좋아졌을 겁니다. 그런 소소한 노력이 나중에 도움이 되지요. 도와건설은 다케야마 정권 시대에 크게 약진해야만 한다고 생각합니다."

후쿠다는 달변이었지만 목소리는 남에게 들리지 않도록 작았다. 두 사람은 카운터에 몸을 밀착시키고 있었기 때문에 바텐더에게 들릴 염려도 없었다.

화장실에 갔다 나온 후쿠다가 마리코가 건네주는 물수건을 받고는 그대로 2분 정도 서서 대화를 나누었다. 그 장면을 본 야마모토는 역시 두 사람은 보통 사이가 아니라는 느낌을 강하게 받았다.

12

시각은 오후 11시 40분.

돌아가는 콜택시 안에서 후쿠다가 말했다.

"야마모토 씨는 수상 관저에 드나들 수 있는 통행증을 받게 된다면 서요?"

"오늘 상무회에서 그런 이야기가 나온 모양이지만 사장님이 그냥 해보신 소리가 아닐까요?"

"천만에요. 진심일 겁니다. 야마모토 씨는 관저의 정보를 입수할 수 있는 입장이 될 테니 내게도 가급적 빨리 신선한 정보를 가르쳐 주세요."

여기에도 착각이 심한 사람이 한 명 있었다.

다케야마 내각의 탄생 전야라서 사장 이하 전원이 들떠 있었다. 정서불안이 되었다고 하는 편이 옳을지도 모른다.

오늘 밤 나를 VIP처럼 대접해준 것은 이런 착각 때문이었나—. 그렇게 생각하자 웃음이 나왔다.

그러나 야마모토는 애써 심각한 표정을 꾸몄다.

"정말로 그렇게 된다면 정보를 가르쳐드리겠습니다."

"감사합니다. 그 대신이라고 말하긴 뭣하지만 '마리코'는 개인적인 일이든 뭐든 마음껏 이용하세요."

"그럼 사양하지 않겠습니다. 만약 이용할 일이 생기면 그때는 잘 부탁합니다."

"얼마든지요. 제법 멋진 가게죠?"

"네, 마담을 포함해서 전원이 미인이라 눈이 호강했습니다."

"바나 클럽을 경영하는 여자는 외모가 반반한 것만 가지고는 안 돼요. 오히려 두뇌 회전이 빠른 편이 중요하죠. 그런 면에서 마리코는 대단한 인물이에요."

"당연히 스폰서가 있겠지요?"

허를 찔렸는지 후쿠다는 대답하지 않고 딴청을 피웠다.

"남자들이 저런 미인을 가만히 내버려둘 리가 없지요. 누군지는 모르겠지만 이 세상에는 참으로 복 많은 좋은 남자도 있군요. 부럽기 짝이 없습니다."

"다음에 만나면 물어보죠. 예전에 남자는 없다고 들었던 것 같지만요."

"설마 그럴 리가요. 혹시 후쿠다 상무님이 스폰서인 것은 아니겠지요?"

"천만에요. 하지만 야마모토 씨가 그런 말을 한다면 한 번 도전해볼까요?"

수도고속도로 4호선을 달리던 택시가 다카이토 IC에서 내렸다. 다카이토의 아파트까지 2, 3분 후면 도착한다.

야마모토는 요가用賀에 있는 후쿠다의 아파트부터 들르려고 했지만 후쿠다는 야마모토를 먼저 내려주었다.

다카이도의 아파트에서 콜택시가 향한 곳은 가미키타자와上北沢의 아파트였다.

후쿠다는 50미터 앞에서 하차하여 아파트에 들어갔다.

후쿠다는 태연자약하게 여벌의 열쇠로 아파트 입구와 305호실의 현관을 열고 불을 켠 다음 넥타이를 풀면서 거실의 소파 위에 드러누웠다.

티브이 소리를 들으면서 꾸벅꾸벅 졸고 있자니 마리코가 귀가했다.

새벽 12시 40분이 지나있었다.

"오래 기다렸어요?"

"그렇지도 않아. 그 자식을 먼저 내려줬거든."

"야무지고 멋진 남자던데요, 사장님 비서."

"그래."

"당신이 회사 사람을 데리고 온 것은 처음이죠."

마리코는 기모노를 벗으면서 말했다.

"쓸데없는 모습을 너무 많이 보여준 것 같아."

후쿠다는 윗몸을 일으켰다.

"내가 임자의 스폰서가 아닌가 떠보더군."

"나도 조금 마음에 걸렸어요. 임자, 라고 불렀잖아요. 가게에서는 주의하라고 했죠?"

"내 여자라고 자랑하고 싶은 마음이 없었던 것도 아니지만 역시 잘못한 거겠지."

"그래서 당신은 긍정했어요?"

"말도 안 돼. 시험 삼아 한 번 도전해 보겠다면서 넘겼는데, 야마모토는 바보가 아니니까 눈치챘을지도 모르지. 하지만 걱정할 것 없어. 알아차렸어도 회유할 방법은 얼마든지 있어. 적당히 쥐여주면 해결될 거야."

"그렇다면 다행이지만 그게 안 먹히는 사람도 있잖아요."

"어차피 나나 그놈이나 한배를 탄 몸이야."

"샤워 안 해요?"

마리코는 팬티만 걸치고 있었다. 후쿠다가 일어나서 풍만한 유방을 움켜잡았다. 마리코의 하얀 손이 후쿠다의 사타구니로 내려갔다.

이미 흥분해있었다.

제4장 대형 상담

1

11월 6일, 다케야마 정권이 발족하기만을 기다렸다는 듯이 도와건설과 일본산업은행과의 대형 상담에 관한 협상이 본격적으로 시작되었다.

11월 9일 월요일 아침, 산은의 다카하시 슈헤이 상무가 와다 세이이치로에게 전화를 걸었다.

"예의 그 일을 나카가와 행장님께 말씀드렸습니다. 이케지마 회장님께 먼저 보고한 것이 마음에 들지 않는지 뿔을 내긴 했지만, 산은은 국제투자은행이기도 하니까 점차 안건을 손대야 한다는 둥 신이 나서 어쩔 줄을 모르더군요. 회장님께는 보고했는지 묻길래 이케지마 회장님이 은행장이셨을 때 한 번 나왔던 이야기가 흐지부지되었다가 되살아난 것이라고 설명해두었습니다. 그러니까 당연히 알고 계시다고……."

"전에 세이호쿠철도西北鉄道의 쓰쓰이 회장님이 탐을 내신다고 다카하시 상무님께 들은 적이 있는데 그건 어떻게 되었습니까?"

세이쿠쿠철도의 오너 회장 쓰쓰이 요시유키簡井善之는 프린세스호텔 그룹의 오너이고 웨스턴호텔 체인과 업무 제휴 중인 관계라서, 산은은 세이쿠쿠철도와 도와건설을 저울질하는 경향이 있다.

오랜 거래처이기도 하고 와다 편인 다카하시는 도와건설을 강렬하게 밀고 있었다.

브라질, 파나마, 타이완 등에서 호텔을 경영해본 경험도 있고 다케야마 마사토가 수상이 되어 강력해진 도와건설에 이 대형 프로젝트를 주선하는 편이 좋겠다고 이케지마 회장을 설득했다. 이케지마 역시 이에 찬성했다.

6월에 파나마 군의 최고사령관인 가리에가 장군이 방일했을 때, 다카하시의 안내로 와다 세이이치로와 에미코 부처가 가리에가 장군과 함께 이케지마를 예방한 일이 있었다.

그때도 와다 부처는 '대형 프로젝트를 꼭 도와에 맡겨주십시오'라며 이케지마에게 간곡히 부탁했다.

이케지마가 '도와건설에게 맡기는 것이 좋겠네. 쓰쓰이에게는 내가 양해를 구하지'라면서 결단을 내린 것은 소네다 전 수상이 다케야마를 후계자로 지명한 직후의 일이다.

이케지마는 쓰쓰이에게 '웨스턴을 부탁합니다'는 말을 들었을 것이다.

"이케지마 회장님은 도와건설로 하자고 저에게 선언했습니다. 결정이 난 겁니다. 제가 보기에 지쿠호회의 연줄도 있고 다케야마 정권이 결정타가 된 것이 아닐까요?"

"감사합니다. 다카하시 상무님의 전면적인 지원에 무어라 감사를 드려야할지 모르겠습니다. 이게 다 다카하시 상무님 덕분입니다."

와다는 공치사도 능숙했다. 그러나 다카하시가 없었다면 도와건설이 이 대형 프로젝트를 맡는 일은 없었을 것이다.

"오늘 오후 2시에 나카가와 행장님과 만나주시겠습니까?"

느닷없이 다카하시가 요청했다.

와다는 선약이 있었기 때문에 대답을 망설였다. 그러나 만사를 제쳐놓고 달려가지 않으면 안 된다.

"시간이 안 된다면……."

"아니, 괜찮습니다. 회의가 잡혀있지만 사내 회의니까 미룰 수 있습니다."

와다는 말꼬리를 가로챘다.

"대형 프로젝트의 건을 잘 부탁한다고, 그렇게 인사를 드리면 될까요?"

"그렇습니다. 뭐 나카가와 행장님의 체면을 세워주세요."

"물론입니다. 다카하시 상무님도 동석하십니까?"

"전 안 갑니다. 두 분이서만 만나는 것이 좋겠습니다. 2시부터 4시까지 사무실에 있을 테니까 나카가와 행장님과 이야기가 끝나면 들려주세요. 제 방은 같은 11층에 있습니다. 임원 안내처에는 말해두겠습니다."

"감사합니다."

"그리고 나카가와 행장님은 반드시 이케지마 회장님께 이야기했는지 물어볼 겁니다. 말하지 않았다고 할 수도 없는 노릇이니까 지쿠호회에서 귀띔했다고 하면 어떨까요?"

"좋은 생각입니다. 그렇게 하지요. 처음부터 끝까지 신세만 져서 죄송하기 이를 데 없습니다.

와다는 전화기를 향해서 몇 번이고 고개를 숙였다.

2

사장 직속 비서인 야마시타 마사코가 사장실 심의 담당 야마모토 다이세이에게 내선을 건 것은 오전 9시 25분이었다.

"사장님이 부르십니다."

"곧 가겠습니다."

야마모토는 양복 상의를 입고 사장 집무실로 서둘렀다.

"오늘 2시에 산은의 나카가와 은행장과 만나기로 했으니까 같이 가세."

"1시 30분에 건설성의 하천국장을 방문하기로 했는데요."

"그거라면 방금 전화로 내일 같은 시간으로 약속을 변경했네. 산은 행장님의 호출이니 할 수 없지."

"……"

"1시 반에 현관 앞에서 기다리도록."

"알겠습니다."

"드디어 대형 프로젝트가 움직이기 시작하는군. 계속 연기했던 해외 출장도 같이 가주게나."

"네, 잘 부탁드립니다."

야마모토는 인사를 하고 사장실을 나왔다.

16억 달러, 2,600억 엔의 대형 프로젝트라고 아라이에게 들은 적이 있다. 도와건설에게는 공전절후의 대형 프로젝트다.

마루노우치丸の内에 있는 산은의 본점 건물 지하 2층 주차장에 주차한 대형 벤츠의 조수석에서, 야마모토는 경제잡지를 읽으며 와다를 기다렸다.

와다와 나카가와의 면담은 10분도 안 돼서 끝났지만 다카하시 상무와의 대화가 길어졌다.

"나카가와 행장님이 헤어질 때 실력이 있는 상무 클래스를 사장이나 뭐로 도와건설에 보내고 싶다고 해서 깜짝 놀랐습니다. 다카하시 상무님이 미야모토 상무님을 밀고 있다는 것을 말해도 될지 알 수가 없어서……."

"말씀하셨습니까?"

"아뇨. 전에도 말씀드린 적이 있지만, 전 기왕이면 다카하시 상무님이 와주셨으면 합니다."

"저는 조지와 같이 일하고 싶습니다. 저만큼 조지에게 도움이 될 만한 사람은 없다고 자부하고 있지만 이케지마 회장님이 오케이할 리가 없을 겁니다. 은근히 떠본 적이 있는데 절 놓칠 수는 없다고 딱 자르더군요."

"그렇게 되면 역시 미야모토 상무님입니까?"

"무난하지 않을까요? 하지만 의외로 나카가와 행장님은 눈에 거슬리는 절 보내고 싶어 할지도 모릅니다."

"눈에 거슬리다니 무슨 소리입니까?"

"이케지마 회장님의 심복인 제가 나카가와 행장님에게는 눈의 혹 같겠지요. 임원을 외부로 보낼 때 반드시라고 해도 좋을 만큼 회장님과 행장님 사이에 알력이 발생합니다. 그래도 미야모토 상무님이라면 양측의 합의를 얻기 쉬울 겁니다."

"다카하시 상무님께 웨스턴의 이야기를 들은 것은 몇 개월 전의 일이고, 그때 상무님은 산은이 자금도 인재도 낼 거라고 하셨습니다. 미야모토 상무님이 좋겠다는 말도 들었지만, 저는 도와건설의 경영을 맡길 수 있는 것은 다카하시 상무님밖에 없다고 생각했습니다."

"도와건설의 오너에게 그런 말을 듣다니 남자로 태어난 보람이 있다고 해야겠지만, 이케지마 회장님이 허락하지 않을 겁니다. 시험 삼아 조지가 이케지마 회장님과 부딪쳐 보겠습니까?"

와다 세이이치로를 '조지'라는 별명으로 부르는 사람은 에미코와 다카하시 정도였다. 와다와 다카하시는 그만큼 친밀한 사이라고 할 수 있다.

"기다려요. 그 전에 나카가와 행장님께 말씀드려서 나카가와 행장님이 이케지마 회장님께 말씀드리는 편이 좋을지도 모르겠습니다."

"알력이 발생할 줄 알면서 그럴 수는 없지요."

"꼭 그러리란 법도 없지 않습니까."

다카하시는 키도 크고 날씬한 체형이었다. 갸름한 얼굴도 단정했다.

"이케지마 회장님의 마음이 바뀔 가능성도 있으니 조지가 진심으로 저를 파트너로 삼고 싶다면 부딪쳐 볼 가치가 있겠지요."

다카하시의 표정은 진지했다.

"다카하시 상무님이 그렇게까지 말씀하신다면 나카가와 행장님을 다시 뵙고 부딪쳐 보겠습니다. 이판사판 한 번 해볼까요."

다카하시가 심각한 얼굴로 팔짱을 끼고 다리를 꼬았다.

돌아가는 벤츠 안에서 와다가 상기된 얼굴로 야마모토에게 말을 걸었다.

"산은이 우리에게 대형 프로젝트를 제안하게 된 열쇠는 다케야마 수상이야."

"산은은 처음부터 도와건설로 내정했던 것이 아닙니까?"

"세이호쿠철도와 프린세스호텔의 쓰쓰이 회장님도 의욕적이었던 모양이야. 다케야마 선생님이 이 건으로 조언을 한 적은 없지만 난 여차하면 선생님에게 매달릴 작정이었어. 다행히 그렇게까지 할 필요는 없었던 거지. 총리 총재, 한 나라 수상의 존재는 그만큼 무거워. 무언의 압력이랄까, 산은은 다케야마 수상과 내 관계를 중시해주는 거야. 게다가 이케지마 회장님이 지쿠호회의 회장이라는 것과 항상 우리 회사를 밀어주시는 다카하시 상무님의 존재도 컸다고 생각해."

"……."

"다카하시 상무님이 우리 사장이 되어준다면 마음이 든든하겠지만 이케지마 회장님이 놓아줄 리가 없겠지."

"미야모토 상무님이 아니고요? 저는 그렇게 들었는데요."

야마모토는 조수석에서 뒷좌석을 돌아보았지만 와다는 얼굴을 창문 쪽으로 돌리고 있었다.

"그것도 하나의 안이야. 미야모토 상무님은 쇼지로와 고교 시절부터의 친구라는 이유로 후보가 된 셈이지만 난 다카하시 상무님의 실력을 더 높이 사고 싶군. 웨스턴 안건을 산은이 입수한 것은 그의 섭외력과 풍부한 네트워크의 산물일세. 조사 담당일 때와 부장일 때 두 번이나 산은의 뉴욕 지점에서 근무했는데 그때 네트워크를 구축한 것이지. 산은의 국제파 중에서 다카하시 상무님만큼 미국에 강한 인재는 없어. 앞으로 웨스턴 호텔 체인을 보유하고 있는 복합기업인 '앨리스'와 조건 조절에 들어갈 텐데, 다카하시 상무님이 우리의 조언자로서 힘을 빌려줄 거야."

와다는 달변이었다. 기분이 고양되었다는 증거다.

"내일 아침 산은 행장의 비서에게 전화해서 약속을 잡아주게."

엘리베이터 안에서 와다가 야마모토에게 말했다.

"일정은 나카가와 행장님에게 맞추겠네. 만약 선약이 잡혀있더라도 취소할 테니까."

"알겠습니다."

3

나카가와—와다의 두 번째의 회담은 11월 20일 오후 3시로 결정되었다.

와다가 자세를 바로잡고 용건을 꺼냈다.

"일전에 행장님을 뵈었을 때 저희 쪽에 사장이든 누구든 사람을 보낼 수도 있다는, 바라마지 않던 낭보를 들었는데 당장 자세한 계획을 짜도 될까요?"

"물론입니다. 와다 사장님은 마음에 둔 사람이 있습니까?"

"주제넘다는 것은 잘 알면서 말씀드리는 것인데 다카하시 슈헤이 상무님은 어려울까요?"

"어려워? 어째서요?"

나카가와가 뾰족한 턱을 쓰다듬으면서 반문했다.

"국제파로 가장 활약이 뛰어난 분이니까 너무 높은 희망이 아닌가 싶어서요."

"다카하시 상무 정도의 인물이라면 산업은행에는 지천으로 널렸습니다. 이케지마 회장님과 의논을 해봐야 하지만 저는 찬성입니다. 예의 웨스턴 안건도 다카하시 상무가 맡고 있는 일이니 적임이 아닐까요?"

"꼭 그렇게 해주셨으면 감사하겠습니다."

"이 자리에서 확답할 수는 없지만 최대한 희망을 이루어드리기 위해 노력하겠습니다."

"잘 부탁드립니다."

나카가와의 이야기를 들은 이케지마의 안색이 바뀌었다. 잠시 입을 다물고 험악한 표정으로 먼 산을 바라보고 있었지만 나카가와는 끈기 있게 답변을 기다렸다.

"웨스턴 안건의 협상은 이제부터잖나. 성패 여부도 모르는 상태에서 사람을 보낼 건 없네. 너무 앞서 나가는 것 아닌가?"

"다카하시 상무의 말에 따르면 저쪽이 제시한 18억 달러라는 금액을 얼마나 깎을 수 있을지가 문제일 뿐 성공은 틀림없다고 합니다."

"와다가 다카하시를 지명했나?"

"네. 무척 집착하더군요. 두 사람은 예전부터 알고 지낸 사이라 마음도 잘 통하겠지요. 저는 좋을 것 같습니다."

"감히 산업은행에게 지명을 해오다니 기가 막히는군. 와다는 오만해진 것이 아닐까?"

이케지마는 두꺼비처럼 울룩불룩한 얼굴을 하고 있다. 기분이 상해 있을 때는 쳐다보기도 흉측했다.

"어쨌든 도와건설에 사람을 보내는 문제는 시기상조야."

나카가와도 물러나지 않았다.

"와다가 간곡히 부탁하길래 회장님께 전해드렸을 뿐입니다. 말씀하신 대로 지금 결정할 필요는 없다고 생각하지만, 회장님께 전하지 않을 경우 전하지 않았다고 나중에 노하실 테니까요."

"앨리스와의 협상이 어떻게 될지 모르겠지만 그런 지명에는 응할 수 없다고 와다에게 못을 박아두게. 가령 도와건설에 사람을 보낸다고 해도 누구를 보낼지 우리가 결정한다고 말일세."

이케지마는 손을 살짝 내젓고는 소파에서 일어났다.

전혀 파고들 여지가 없다고 생각하면서 나카가와는 회장실에서 나왔다.

나카가와가 회장실을 나간 직후 이케지마는 비서에게 다카하시를 부르라고 명령했다.

"방금 나카가와가 왔었는데, 자네를 도와건설로 보내고 싶다더군. 솔직히 말하면 와다가 자네를 원하는 모양이야. 자네는 도와건설로 가고 싶나?"

"조지가……. 실례했습니다. 와다 사장님이 절 좋게 봐주시는 것은 감사할 일입니다. 하지만 제게 가고 싶은지 물으신다면 대답은 No입니다. 물론 이케지마 회장님이 가라고 명령하신다면 썩 내키지 않지만 갈 수밖에 없겠지요."

"나카가와도 자네도 너무 성급하군. 먼저 웨스턴 안건을 해결하는 것이 선결이잖아. 도와건설에 자금을 대주는 것도 사람을 보내는 것도 아직 먼 미래의 일이야. 나카가와에게도 말했지만 누구를 보낼지는 산업은행이 결정할 일이야. 거래처에는 누구누구를 보내라고 명령할 권리는 없어."

"잘 알겠습니다."

다카하시는 웃으면서 대답했다. 아무래도 회장은 나를 보낼 마음은 없는 것 같다고 생각하면서.

4

그 날 오후 4시가 넘어서 와다가 야마모토를 호출했다.

"방금 산은의 다카하시 상무님에게 전화가 왔네. 이케지마 회장님의 반대로 어려울 것 같다고. 산은이 사람을 보내는 건 당분간 백지화되었으니 그렇게 알고 있게."

"알겠습니다."

"다만 아라이 부사장에게는 야마모토가 전하게. 그는 미야모토 상무님이 올 거라고 예측하고 있고 난 다카하시 상무님이 좋겠다고 말한 적이 있어. 아마 어떻게 되어가나 신경을 쓰고 있을 거야. 산은은 다카하시 상무님을 보낼 생각이 없다는 것과 미야모토 상무님을 포함해서 아직 백지 상태라고 말해두게."

"알겠습니다."

야마모토는 왜 와다가 아라이에게 직접 말하지 않는지 궁금했지만 무표정을 가장했다.

"그리고 이번 주 안에 미국 출장 일정을 정할 테니까 그것도 염두에 두게."

야마모토는 일단 자기 책상으로 돌아가서 아라이 부사장이 자리에 있는지 비서인 아베 유키코에게 확인한 다음 아라이를 만났다.

"예의 대형 프로젝트가 움직이기 시작했습니다. 이번 주 안으로 미국 출장 일정을 결정하실 거라고 사장님이 말씀하셨습니다."

"그래. 다케야마 정권이 발족해서 사장님도 안심하고 미국에 갈 마음이 들었겠지. 야마모토도 사장님과 같이 가지?"

"네, 그렇게 말씀하셨습니다. 제게는 너무 벅찬 임무지만 사장님 명령이니까 할 수 없지요."

"그만큼 사장님의 신뢰를 받고 있다는 증거니까 기뻐해야지."

"그리고 부사장님께 산은에서 임원을 맞이하는 건 아직 백지 상태라고 전달하라는 명령도 받았습니다. 사장님은 다카하시 상무님을 기대했던 모양이지만 이케지마 회장님은 난색을 표했다고 합니다. 미야모토 상무님을 포함해서 산은 관계의 인사문제는 백지화되었다고 생각합니다.”

“흐으―음.”

아라이는 납득이 되지 않는다는 듯이 눈살을 찌푸렸다.

“나에게는 미야모토 상무님으로 결정된 것처럼 말했는데 마음이 바뀐 것일까? 사장님이 다카하시 상무님 이야기를 했을 때는 깜짝 놀랐어.”

“아라이 부사장님께만 솔직하게 말씀드리자면, 어째서 사장님이 직접 부사장님께 말씀하시지 않는지 신기합니다.”

“내가 보기에는 미야모토 상무님을 사장으로 맞이하는 것은 충분히 납득이 되고, 다이요은행으로서도 타협할 수 있는 사항이야. 미야모토 상무님은 쇼지로와 둘도 없는 친구였으니까. 뭐 일구이언을 한 것이 계면쩍어서 그러는 것이겠지.”

“다카하시 상무님은 수완가라고 들었는데, 그것만으로 떨떠름해진다는 것일까요.”

“와다 사장님이 내게 필두 부사장이 되어달라고 머리를 숙였을 때의 전제조건은 미야모토 상무님이 사장이 되는 것이었어. 그 전제가 사라지면 다이요은행과의 관계가 다소 거북해질지도 몰라.”

아라이는 심각한 얼굴로 중얼중얼 말을 이어나갔다.

“교리쓰은행을 배려하지 않는 것도 마음에 걸려. 교리쓰에 대형 프로젝트에 대해서 알리지 않은 모양인데 과연 괜찮을지…….”

교리쓰은행은 도와건설의 서브 메인뱅크다. 대형 프로젝트가 구체화되면 자금 면에서 협력을 구하지 않으면 안 된다.

전무이사로 관리본부 부본부장을 맡은 데라오 히데오寺尾秀夫는 원래 교리쓰은행의 이사였다. 데라오는 아라이가 자신의 상관이라는 것을 불쾌하게 생각하고 있었다.

아라이로서도 연장자인 데라오의 존재는 거북스러울 것이 틀림없다.

아라이가 야마모토를 바라보면서 난처하다는 태도로 말을 꺼냈다.

"야마모토는 부담스럽게 생각할지도 모르지만, 야마모토의 의견이라면서 산은이 주선한 거래에 대해서 교리쓰은행에 알릴 필요가 있다고 사장님께 말씀드리면 어때?"

"네? 저 같은 말단이 그렇게 건방진 짓을 할 수는 없습니다."

야마모토는 즉각적으로 대꾸했다.

"야마모토의 경멸을 사리란 것을 각오하고 하는 말이네만, 내가 사장님께 직접 의견을 말하는 것보다는 앙금이 남지 않으리라 생각하네."

"경멸하다니 말도 안 됩니다. 그저 사장님과 부사장님 사이에 상호 불신감이 생기는 것이 아닐까 두렵습니다."

아라이는 자신을 똑바로 응시하는 야마모토의 시선을 피하면서 쓰게 웃었다.

"그건 지나친 생각이야. 걱정해줘서 고맙지만 그럴 리는 없을 테니 걱정하지 말게. 역시 야마모토가 이야기하는 편이 좋다고 생각해."

"……."

"데라오 전무님의 입장도 배려해야겠지."

"알겠습니다. 말씀대로 해보지요.

야마모토는 여전히 납득이 되지 않았지만 큰 신세를 진 아라이에게 이 이상 저항할 수 없었다.

5

야마모토는 마음을 굳히고 그 길로 사장 집무실로 들어갔다.

와다는 책상에 앉아 결재서류를 살펴보고 있었다.

"잠시 시간을 내주시겠습니까."

"괜찮네."

와다가 손으로 소파를 가리켰기 때문에 야마모토는 묵례를 하고 소파 앞에 서 있었다.

와다가 긴 의자에 앉는 것을 보고 나서야 야마모토도 자리에 앉았다.

"방금 아라이 부사장님을 뵙고 왔는데, 대화 도중에 문득 대형 프로젝트에 대해서 교리쓰은행에 알릴 타이밍이라는 생각이 들었습니다. 그래서 건방지다는 것은 알지만 부사장님께 말씀드렸습니다."

"호오. 아라이 부사장의 의견은 어땠나?"

"찬성도 반대도 아니었습니다."

야마모토는 고개를 숙일 수밖에 없었다.

와다는 부리부리한 눈으로 야마모토를 응시했다.

"그렇다면 야마모토의 의견이란 말인가?"

"네, 주제넘은 의견이라는 것은 잘 알고 있습니다."

고개를 들자 와다의 눈 속으로 빨려들어 갈 것 같은 기분이 들어서 야마모토는 다시 눈을 내리깔았다.

"그런다면 내 뜻을 확실히 밝히지. 교리쓰은행에 알릴 필요는 없네. 방해나 해댈 것이 뻔해. 무엇보다 산은과 교리쓰는 대항의식이 강하고 기질이 달라. 산은에 사장이 될 만한 상무 클래스의 파견을 요청한 것을 교리쓰에게 알리지 않는 것도 내 나름대로 생각이 있어서야. 산은을 잡을지 교리쓰를 잡을지 묻는다면 물론 전자야. 웨스턴 호텔 체인의 안건은 도와건설의 사운이 걸린 사업이야. 그에 비해 리스크는 적다고 보고 있네. 따라서 산은과의 관계를 돈독히 하기 위해서도 교리쓰가 감정적이 되어도 할 수 없다고 생각해. 아라이 부사장도 그 점은 이해해줄 거야. 그러니까 야마모토도 걱정할 필요 없네."

"죄송합니다."

"자네가 이것저것 마음을 써서 나에게 의견을 말해주는 것은 대환영이야. 하지만 교리쓰에 대해서는 신경을 곤두세우지 않아도 괜찮아."

"대단히 실례했습니다."

"천만에."

와다가 오른손을 내저었지만 끝까지 미소를 짓는 일은 없었다.

9층에서 8층의 자기 책상으로 돌아가면서, 야마모토는 아라이 부사장에게 어떻게 말하면 좋을지 열심히 머리를 회전시켰다. 산은도 교리쓰도 존중해야 한다는 아라이의 기본 방침이지만 와다에게는 교리쓰를 버리게 되어도 어쩔 수 없다는 결의가 엿보였다.

그보다는 교리쓰 쪽이 노해서 거리를 둘 것으로 예측하고 있다고 봐야 할 것 같았다.

시계를 보자 4시 50분이었다.

야마모토는 8층의 엘리베이터 홀 앞에서 오른쪽으로 돌아 상행 엘리베이터를 기다렸다.

오늘 안에 아라이에게 말하고 매듭을 짓자고 생각한 것이다.

야마모토는 아라이에게 꾸밈없이 있는 그대로 솔직하게 말했다.

"사장님께 말씀드린 야마모토의 방식은 좋았다고 생각해. 사장님이 대형 프로젝트에 목숨을 걸고 있다는 것, 그래서 산은에 마음이 쏠리고 있는 것도 잘 알았어. 다만 교리쓰와 굳이 트러블을 만들 필요가 있는지는 의문이야."

"도와건설에서 문제를 일으키지 않아도 결과적으로 그렇게 될 수밖에 없다는 것이 사장님의 생각이 아닐까요? 저 역시 그렇게 흘러갈 것 같은 기분이 듭니다."

"어쩌면 그럴지도 몰라. 하지만 앞날을 생각하면 교리쓰와 원만한 관계를 유지하는 것이 유리할 텐데. 내가 와다 사장님이라면 감정적으로 충돌하지 않도록 인사에 힘을 쏟을 거야."

교리쓰는 그렇게 만만한 은행이 아니라고 생각했지만 야마모토는 입 밖에 내지 않았다.

6

야마모토는 그날 밤 7시에 교바시京橋의 '자쿠로'에서 오랜만에 가와하라 료헤이를 만났다. 야마모토의 요청이었다.

"마작 약속이 있었지만 동료들 중 누군가가 배턴 터치하겠지. 나도 야마모토를 만나고 싶다고 생각했던 참이거든."

가와하라는 좋아하는 마작마저 취소하고 야마모토를 만나러 나온 것이다.

'자쿠로'의 의자석에 앉아 맥주와 샤부샤부를 주문한 다음 야마모토가 말했다.

"예의 프로젝트가 겨우 움직이기 시작했어. 세이호쿠철도의 쓰쓰이 회장님도 웨스턴의 매수에 집념을 불태우고 있는 모양이지만 산은은 도와에 우선권을 주었어. 산은의 다카하시 상무님과 와다 사장님이 친한 덕분에 이케지마 회장님을 설득해준 모양이야. 거기다 다케야마 수상의 무언의 압력도 있었고. 이케지마 회장님은 지쿠호회의 종신 회장이고 와다 사장님도 회원이니까, 도와는 다케야마 메리트를 즉각 누렸다고 할 수 있지."

"쓰쓰이 요시유키도 탐을 내고 있나. 웨스턴은 프린세스 계열의 호텔과 업무 제휴 중이고 호텔의 경영 실적도 도와건설과는 비교도 안 되잖아. 네 말대로 다케야마 메리트일지도 몰라."

화살깃 모양의 무늬가 들어간 감색 기모노 차림의 종업원이 맥주 두 병, 잔, 기본안주인 다랑어조림을 테이블에 늘어놓았다.

"잔 받으시지요."

종업원이 맥주를 따르려고 하자 야마모토는 손님부터라면서 왼손으로 가와하라를 가리켰다.

"갑자기 불러내서 미안해. 밥보다 마작을 사랑하는 가와하라가 용케 나올 생각을 했네. 고맙다."

"천만에."

두 사람은 잔을 부딪치며 건배했다.

"야마모토가 아니라면 거절했을 거야. 너한테 전화가 온 것이 5시 넘어서였는데도 대타를 부탁한 녀석이 단번에 오케이해주었어. 그 녀석이 거절했다면 지금쯤 마작 테이블에 앉아있었을 거야. 마작을 취소했던 역사가 없다고."

"동감이다. 그 반대는 있을 수 있겠지. 회식을 취소하고 마작을 하러 간다면 또 몰라."

"산은의 딜이 마음에 걸리는 것은 확실해. 다케야마 정권의 발족으로 탄력을 받을 거라고 예상은 했는데 그런 느낌도 있구나."

"산은도 와다 사장님도 그 타이밍을 재고 있었을지도 몰라."

가와하라가 두 개의 잔에 맥주를 따랐다.

"도와는 이 딜 덕분에 산은과의 관계가 돈독해지겠지. 우리는 메인 뱅크의 지위를 산은에게 뺏기게 되지 않을까?"

"가능하지. 아니, 기정사실일지도 몰라. 산은에서 사장이 될 만한 상무 클래스를 받아들인다는 것은 그런 뜻일 거야."

"동감이다. 에이스인 아라이 전무님을 도와에 부사장으로 보냈지만 산은의 파워에 대항할 수 있을 것 같지는 않아."

아라이가 교리쓰은행을 염려하는 것은 다이요은행이 산은과 맞서려면 교리쓰와 손을 잡을 수밖에 없다고 생각하고 있기 때문이 아닐까. 아라이 나름의 판단일지도 모른다고 야마모토는 생각했다.

"난 교리쓰에 대형 프로젝트에 대해서 밝힐 필요가 있다고 생각하거든. 가와하라 넌 어떻게 생각해?"

"흐으—음. 아직 교리쓰에는 말하지 않았나."

"와다 사장님은 그럴 필요가 없다고 주장하시지만 아라이 부사장님은 이러다 앙금이 생기는 것은 아닐까 걱정하고 있어."

"교리쓰는 일단 도와건설의 서브 메인뱅크잖아. 혹시 산은과 결탁해서 교리쓰를 배제하려는 걸까?"

야마모토가 술잔을 테이블에 내려놓고 팔짱을 꼈다.

확실히 그런 느낌은 있다. 아라이도 그것을 눈치챈 것이 틀림없다. 그것은 위기감이라고 볼 수도 있었다.

산은과의 관계를 돈독히 하기 위해서는 교리쓰가 감정적이 되어도 할 수 없다고 와다는 말하고 있다. 와다와 아라이의 교리쓰에 대한 온도 차는 무척 달랐다. 수복이 힘들지 않을까 싶을 정도다.

샤부샤부의 준비가 끝났다.

"왜 그래? 안 먹어?"

가와하라는 끓는 육수에 빠트린 차돌박이를 젓가락으로 집었다.

가와하라는 샤부샤부에 집중했지만 야마모토는 심각한 얼굴로 맥주를 마시고 있었다.

산은이 메인, 다이요가 서브메인이란 시나리오를 세우고 웨스턴으로 그 포석을 깔았다는 말이 된다—.

"교리쓰 같은 대형 은행이 잠자코 물러나지는 않을 텐데. 애초에 웨스턴의 딜을 파악하지 못했을 리가 없어. 도와에는 교리쓰의 낙하산도 있잖아."

"아라이 부사장님의 바로 밑에 있는 전무지."

"그 녀석이 완전히 모른다고는 생각하기 힘들어."

"현재로썬 확실히 따돌림을 당하고 있어."

"이류 도은인 다이요의 조사 담당인 나조차 대형 프로젝트의 정보를 입수했어. 교활하기로 둘째가라면 서러울 교리쓰가 과연 그런 실수를 할까?"

"네가 걸출한 거지. 가와하라라면 교리쓰 사원을 추월하는 것쯤은 식은 죽 먹기 아냐? 교리쓰가 대형 프로젝트 정보를 알고 있을 가능성은 희박하지 않을까."

"그렇다면 아라이 부사장 밑에 있는 전무의 입장이 말이 아니잖아."

"교리쓰에 알리는 편이 좋다고 생각하지만."

가와하라는 입으로 가져가던 고기를 앞 접시에 도로 내려놓았다.

"우두머리의 판단에 맡기고 따를 수밖에 없잖아. 넌 교리쓰가 알고 있을 것 같아. 어떻게 대응할지 열심히 고민하고 있지 않을까. 교리쓰는 그렇게 멍청한 은행이 아니야."

"교리쓰에게 도와건설은 대수롭지 않은 존재니까 아무래도 좋다고 생각할지도 몰라."

"어쨌거나 야마모토 네가 애태울 필요는 없어."

"그렇겠지? 널 만난 덕분에 마음이 조금 편해졌어."

야마모토가 샤부샤부에 젓가락을 대기 시작했다.

7

11월 17일의 상무회에서 와다는 20일부터 약 2주 동안 미국과 파나마로 출장을 간다고 밝혔다.

파나마에는 포르소나 발전소 건설공사의 국제입찰에 참가하기 위해서 가리에가 장군을 예방할 필요가 있어서 간다고 설명했지만, 방미 목적에 대해서는 말을 얼버무렸다.

"뉴욕과 로스앤젤레스에 가서 미국 상황을 둘러볼 생각이지만, 파나마에 가는 김에 들리는 것이지 딱히 예정이 있는 것은 아니야."

와다는 주전자를 기울여서 컵에 물을 따라서 한 모금 마신 다음에 아라이에게 질문했다.

"아라이 부사장, 내가 없는 동안 사장 대리를 부탁하네. 부사장이라면 안심하고 맡길 수 있으니까."

"천만의 말씀입니다. 아직 부족한 점이 많아서 사내를 책임질만한 그릇이 아닙니다. 무슨 일이 있으면 국제전화를 걸겠습니다."

아라이의 말에 따르면 주목적은 미국이고 파나마가 부록이다. 와다는 대형 상담을 매듭짓고 올 작정일 것이다. 이 일을 알고 있는 것은 와다, 아라이, 기타와키 그리고 야마모토 네 명뿐이다.

아라이는 가끔 교리쓰은행 출신의 데라오 전무에게 밝히고 싶다는 유혹에 시달렸지만 와다의 뜻을 무시할 수도 없는 노릇이다.

그러나 마음에 걸렸다. 교리쓰와의 사이에 풍파를 일으킬 이유가 어디에 있나. 있을 리가 없다.

아라이는 오후 4시 넘어서 야마모토를 자기 방으로 불렀다.

"해외 출장은 20일로 정해진 것 같더군."

"네, 처음으로 사장님을 모시고 가는 것이라 벌써 긴장됩니다."

"궁상맞다고 할까 잔걱정이 많다고 할까, 사서 고생하는 성격이라서 교리쓰은행과의 관계가 망가져도 괜찮을지 마음에 걸려. 자네가 다시 한 번 사장님께 말씀드리는 것이 좋을지 내가 말씀드리는 것이 좋을지 망설이던 참인데 어떻게 생각하나?"

야마모토는 와다의 강경한 태도로 보아 아라이나 자신이 아무리 애를 태워도 소용없다고 생각하면서도 아라이의 기분도 이해가 되었다.

"부사장님도 아시다시피 전 이미 사장님께 제 의견을 전했습니다. 단번에 거절당한 저로서는 다시 의견을 말씀드릴 수 없으니까, 아라이 부사장님이 직접 부딪치는 것이 좋을 것 같습니다."

"그런가. 그렇게 하는 편이 좋을까? 아니면 참고 넘어가야 할까?"

"다이요의 도와건설 조사 담당이 대형 프로젝트에 대해서 예전부터 알고 있었다고 부사장님께 말씀드린 적이 있지요?"

아라이는 애매하게 고개를 끄덕였다.

"그 친구 말에 따르면 자기가 알아낸 정보를 교리쓰가 모를 리가 없다고 하더군요."

"그러나 교리쓰는 정말 모르고 있는 것 같아. 교리쓰를 굳이 적으로 돌릴 필요는 없지. 사장님과 다시 한 번 이야기해볼까."

"······."

"지금 사장님은 자리에 계시나?"

"기타와키 상무님과 면담 중이지만 곧 끝날 겁니다. 야마시타 씨에게 말해둘까요?"

"부탁하지."

아라이가 엄격한 얼굴로 대답했다.

야마모토는 아라이의 기백에 쩔쩔맸다.

와다와 아라이가 사장 집무실의 소파에 마주앉은 것은 오후 4시 40분이다.

"일전에 야마모토에게 대형 프로젝트에 대해서 교리쓰은행에 알리는 것이 좋지 않겠냐는 말을 들었습니다. 저는 거기에 대해서 특별한 의견을 말한 적이 없지만, 데라오 전무의 입장과 향후의 협력관계를 고려한다면 사장님이 알리시는 편이 좋지 않을까 싶습니다. 쓸데없는 소리라고 꾸지람을 들을 것을 각오하고 말씀드리지만, 출장을 떠나시기 전에 데라오 전무에게 밝히시는 것이 어떨까요?"

와다는 노골적으로 불쾌한 표정을 드러냈다.

"사전에 말하든 사후에 말하든 교리쓰는 감정적이 될 거야. 아라이 부사장이라면 그 정도는 당연히 알 거라고 생각하는데."

"외람되지만 쇼크의 크기, 감정의 크기가 상당히 다를 겁니다."

"교리쓰는 경우에 따라서 자금 회수, 파견임원의 철수를 고려할지도 몰라. 그렇게 되어도 할 수 없다고 생각해."

"도와와 교리쓰는 오랫동안 거래를 해왔습니다. 그런 일이 생기지 않도록 인사 문제에 노력할 때라고 생각합니다. 솔직히 말해서 산은이 나서면 다이요은행 상층부에도 경계하는 사람이 있을 겁니다. 교리쓰도 당연하지요. 그러나 교리쓰를 무시하거나 배제해서는 안 됩니다. 교리쓰의 최고경영자에게 사장님이 말씀하시는 편이 최선이라고 생각하지만 데라오 전무의 입장을 배려하면 그렇게도 할 수 없고……."

"산은과 다이요가 힘을 빌려준다면 교리쓰는 어떻게 되든 상관없지 않나. 교리쓰에 대해서는 잊게. 결과가 어찌 되든 내가 책임을 지겠네."

와다가 부리부리한 눈으로 노려보면서 단호하게 끊는 바람에 아라이는 대꾸할 기력을 상실했다.

8

와다 부처와 야마모토가 뉴욕의 플라자호텔에 체크인한 것은 11월 22일 오후 5시가 지나서였다.

에미코와는 하루 전인 워싱턴 DC의 조지타운 근처에 있는 웨스턴호텔에서 합류했다.

M 스트리트에 면한 웨스턴호텔은 경관도 좋고 수영장 등의 시설도 뛰어나서 와다 부처는 기뻐했다.

"쇼핑하기에도 편리하고 멋진 호텔이네요. 조지는 가까운 장래에 이 호텔의 오너가 되겠죠."

"웨스턴은 세계 11개국에 체인점을 가지고 있어. 웨스턴을 사는 것은 에미를 위해서야."

와다는 긴 여행에 지치지도 않았는지 눈을 빛내면서 호텔 안을 꼼꼼하게 시찰하며 돌았다.

와다는 도와건설의 사장이라는 신분을 감추고 비밀리에 웨스턴을 살피러 왔지만, 최상급 스위트룸의 손님이라 호텔은 VIP 대우로 환대했다.

수행원인 야마모토는 물론 트윈룸이었다.

"여기는 객실이 460실이지만 시카고의 웨스턴은 750실로 노스 미시건 스트리트에 면해 있어서 입지 조건이 최고 같아. 시카고도 꼭 보고 싶군."

"조지, 꼭 보러 가요."

와다와 에미코는 손을 마주 잡고 호텔 내부를 돌아다녔다.

야마모토는 두 사람과 항상 5미터 정도의 간격을 두고 따라갔다.

1907년에 창업한 이래 80년의 역사를 가진 플라자호텔은 장엄한 르네상스양식의 건물로, 센트럴파크 근처의 그랜드아미플라자를 바라보며 우뚝 서 있었다. 뉴욕을 대표하는 최고급 호텔이다.

붉은 융단이 깔린 계단을 올라가 현관에 도착할 때까지 야마모토는 발이 푹푹 빠지는 것 같은 느낌에 사로잡혔다.

세 명이 1층 그랜드 플로어에 있는 '오크 룸'의 식탁을 둘러싼 것은 밤 7시가 지나서였다.

에미코는 녹색의 실크 새틴 드레스. 와다는 짙은 감색 양복에 에미코의 드레스 색에 맞춰서 광택이 있는 넥타이와 포켓치프를 하고 있었다. 다크 슈트 차림의 야마모토가 촌스럽게 보이는 것도 당연했다.

'돔 페리뇽' 샴페인으로 건배한 다음 와다가 야마모토 쪽으로 상체를 기울였다.

"플라자는 처음인가?"

"네, 뉴욕에는 몇 번 와봤지만 플라자는 처음입니다. 언젠가 '오크 룸'에서 디너를 먹어보고 싶다고 생각했지요. 이렇게 빨리 실현되다니 꿈만 같습니다."

"자네는 동생의 장례식 때 어머니를 설득해주었지. 오늘 밤 식사는 그때의 보답이라네."

"감사합니다."

와다가 사랑스러워 죽겠다는 눈빛으로 에미코를 바라보았다.

"에미에게 플라자를 선물하고 싶었는데 그 꿈은 이루지 못했어."

"조지, 그게 무슨 말이에요?"

"플라자도 웨스턴 호텔 체인에 포함되어 있어. 웨스턴 호텔 체인은 시카고에 있는 복합기업 앨리스의 전액 출자 자회사라서 플라자도 꼭 손에 넣고 싶었거든."

에미코는 쌍꺼풀이 진 커다란 눈을 크게 뜨면서 양손으로 와다의 오른손을 잡았다.

"조지, 어떻게 방법이 없을까요? 플라자의 오너가 되면 세계 최고의 호텔왕이 될 수 있어요."

"산은은 처음부터 일본인이 플라자를 사들이는 데 회의적이었어. 뉴욕을 대표하는 건물이자 미국의 얼굴 중 하나를 일본인이 손에 넣으면 앵글로색슨의 체면이 구겨진다는 거지. 자극이 너무 강하다고 산은은 판단한 거야. 그래서 처음부터 플라자를 제외하고 구매자를 찾았고, 부동산업계의 큰손인 트럼프가 6억1천만 달러에 사들이기로 한 모양이야."

"벌써 계약했을까요? 아직 계약 전이라면 가능성이 남아있지 않아요?"

"내일 다카하시 상무님과 만나면 어떻게 되어가고 있는지 알 수 있을 거야."

"브라질 법인인 블루트리가 사들이면 일본인에게 매각한 것이 아니지 않을까요?"

에미코의 결혼 전 성은 아오키靑木다. 블루트리는 브라질의 현지 법인으로 상파울루의 카이저 파크 호텔을 경영하고 있다. 에미코가 사장이다.

"블루트리가 도와건설의 자회사라는 것을 숨길 수는 없어. 플라자는 포기해."

"정말 아깝네요. 감정론은 일시적인 것이에요. 플라자의 오너가 될 수 있는 찬스가 다시는 없을 텐데."

에미코는 무척 애석한 표정으로 샴페인 글라스를 비웠다.

"산은은 웨스턴 안건을 우리에게 가져오기 전에 트럼프와 협상을 진행했을 테니까 처음부터 없었던 이야기라고 생각해야지. 내가 괜한 소릴 해서 에미의 기분을 상하게 해버렸군."

와다는 에미코의 왼손에 오른손을 겹치고 살짝 고개를 숙였다.

9

웨스턴 호텔 체인의 거래도, 웨스턴에서 플라자를 떼어내서 트럼프에게 매각하는 거래도, 전부 산은의 다카하시가 댈러스의 투자회사 바스 브라더스와 손을 잡고 착수한 프로젝트다.

바스 브라더스는 디즈니의 대주주로도 유명하다.

야마모토가 조심스럽게 참견했다.

"웨스턴 호텔 체인을 수중에 넣는다면 세계 최고의 호텔왕이 되는 것은 확실하지 않습니까?

와다가 야마모토의 말에 반색했다.

"맞는 말이야. 플라자까지는 욕심이 지나치지."

샴페인에서 레드와인으로 바뀐 후에도 에미코는 마치 홧술이라도 마시는 것처럼 난폭하게 잔을 비웠다. 플라자에 집착하는 기분은 이해하고도 남지만 불가능한 것을 졸라봐야 무슨 소용이 있단 말인가. 예쁘장한 외모와는 어울리지 않게 강인한 사람이라고 야마모토는 에미코를 다시 봤다.

"산은의 이케지마 회장님과 다카하시 상무님이 도와건설에 힘을 실어준 덕분에 웨스턴 호텔 체인을 살 수 있게 되었어. 하마터면 니시호쿠철도의 쓰쓰이 요시유키 회장에게 빼앗길 뻔했지."

"쓰쓰이 회장이라면 프린세스호텔의……?"

"맞아. 게다가 프린세스호텔과 웨스턴은 업무 제휴 중이라서 우리 회사보다 입장이 우위였던 것은 확실해."

"이케지마 회장님과 다카하시 상무님께 감사를 드려야겠군요."

가시가 돋쳐있던 에미코의 기분이 평정심을 회복하고 있었다.

"도쿄흥업도 웨스턴을 노렸었다는 말을 얼마 전에 다카하시 상무님에게 들었어. 만약 오노다 사장이 살아있었다면, 워낙 끈질긴 사람이라 결과가 달라졌을지도 모른다고 하더군. 반쯤 농담이었지만."

오노다 겐지小野田顯治는 1년 전에 타계했다. 도쿄흥업의 사장으로 전직 수상인 나카타 가쿠에이와는 문경지교라는 말을 들을 정도로 친밀했다.

"호텔 사업을 도와건설의 주축으로 삼기 위해서라도 웨스턴은 간절히 원하는 물건이었어. 우리 회사는 이런저런 제약 때문에 대형 제네콘이 되지 못하겠지만, 호텔 부문을 크게 성장시킨다면 대형 제네콘을 능가하는 것도 충분히 가능할 거야."

"조지, 나도 동감이에요."

와다의 얼굴도 에미코의 얼굴도 빛나고 있었다. 야마모토도 흥분으로 뺨이 뜨거워지는 것을 느꼈다.

"록펠러가 개발한 하와이의 록 리조트에 있는 마우나케아 호텔은 쓰쓰이 요시유키 회장이 차지한 모양이야."

문득 생각이 났는지 와다가 말했다.

마우나케아 호텔도 웨스턴 호텔 체인에 포함되어 있다.

"그것도 산은의 딜입니까?"

"응."

"산은은 놀라운 은행이군요."

야마모토는 한숨을 섞어가면서 말을 이었다.

"일본은행 중에서는 유일하게 인베스트먼트뱅크, 국제투자은행으로서 세계에 통용되지 않을까요?"

"쓰쓰이 회장님이 웨스턴을 포기하게 하려면 그 정도 서비스는 해줘야 잠잠해지지 않을까?"

"마우나케아는 어느 정도의 자금인지 사장님은 알고 계십니까?

"분명히 3억 달러 이상이라고 들은 적이 있어."

소믈리에가 야마모토의 옆으로 다가왔다.

와인글라스가 세 번째로 채워졌다.

야마모토가 커다란 글라스를 손에 들고 흔들면서 와다에게 물었다.

"열흘도 안 되는 협상 기간 안에 계약까지 끝내실 계획입니까?"

"기초적인 협상은 산은이 이미 끝냈으니까 앞으로 얼마나 좋은 조건을 끌어낼 수 있는지가 관건이겠지. 난 어떻게든 결과를 낼 생각이야. 15억 달러 밑이면 사인해도 괜찮아."

"협상은 어디서 합니까?"

"뉴욕과 시카고에서 몇 차례에 걸쳐서 하게 되겠지."

"가령 상담이 잘 끝나 계약이 체결된 경우 뉴욕에서 발표하게 될까요?"

와다는 생각에 잠긴 얼굴로 글라스를 손바닥에서 굴렸다.

"야마모토는 어떻게 하는 것이 좋을 것 같나?"

"귀국 후 도쿄에서 발표하는 것이 좋겠습니다."

"동감일세. 그렇게 하지."

"조지, 도와건설의 주식은 사자세겠네요."

"Of course."

와다는 의기양양한 얼굴로 고개를 크게 끄덕였다.

10

웨스턴 호텔 체인의 매매 협상은 시카고의 앨리스 본사에서 통역 없이 이루어졌다. 도와건설의 대표이사인 와다 세이이치로 사장과 일본산업은행 대표이사인 다카하시 슈헤이 상무, 일본 측에서는 이렇게 두 사람이 참석했다.

한편 미국 측은 웨스턴 호텔 & 리조트의 켄트 올슨 CEO(최고경영책임자), 모회사인 복합기업 앨리스의 프랭크 라이언 CEO, 두 회사의 재무 담당 임원, 그리고 바스 브라더스의 로버트 바스.

로버트 바스는 중립적인 입장을 취했지만, 은근히 일본 편이라 로버트 바스의 존재가 협상 진전에 얼마나 플러스로 작용할지 가늠하기 힘들다.

요구가격이 18억 달러인 대형 상담이다. 연일 이어지는 힘겨운 가격절충 때문에 협상이 암초에 걸릴 때도 있었지만 앨리스로서는 반드시 웨스턴을 매각해야만 하는 사정이 있었다.

산하의 유나이티드항공, 힐튼 인터내셔널, 대규모 렌터카 회사 하트 등의 부실기업 때문에 채무초과債務超過(채무 총액이 자본 총액보다 높은 상태) 직전에 빠져있었다. 웨스턴으로서는 어떻게든 매각이익을 확보하고 싶었다.

말하자면 구매자시장이다. 게다가 일본기업 말고는 매수자가 없다.

수차례에 걸친 협상 결과 미국 측은 15억 달러라는 가격 인하를 제안했지만 다카하시는 일축했다.

와다는 15억 달러로 결판을 내고 싶었지만 다카하시는 끝까지 강인한 태도를 고수했다.

"핵심점 중의 핵심점인 플라자와 마우나케아를 뺀 웨스턴 체인은 빈껍데기나 다름없습니다. 두 개의 호텔로 앨리스는 9억 달러를 손에 넣었습니다. 15억 달러라니 농담이 아닙니다. 피라미는 피라미지요. 다 합쳐서 9억 달러가 타당한 가격입니다."

"18억 달러를 9억 달러라고? 그거야말로 농담으로밖에 들리지 않습니다. 웨스턴에 피라미는 한 마리도 없어요. 하나같이 일류호텔입니다."

라이언이 불그레한 얼굴을 시뻘겋게 물들이며 쏘아붙였다.

올슨이나 재무 담당 임원들도 맞는 말이라며 몇 번이고 고개를 끄덕였다.

"18억 달러는 플라자, 마우나케아를 포함한 총매수액이라고 이해하고 있었습니다. 9억 달러는 농담 같은 것이 아니라 적절한 가격이라고 생각합니다."

"하지만 피라미는 너무 심합니다."

다카하시는 단정한 얼굴에 미소를 머금었다.

"피라미라는 단어는 기꺼이 철회하겠습니다. 하지만 플라자나 마우나케아와 비교하면요? 천지 차이가 있잖습니까."

놀라운 협상가다. 와다는 눈을 깜빡이면서 그렇게 생각했다.

산은의 이케지마 회장이 다카하시를 놓아주지 않는 이유도 잘 알게 되었다.

"9억 달러는 결코 농담이 아닙니다. 부르는 가격의 절반은 받아들일 수 없다는 그쪽 주장도 이해할 수 있습니다. 10억 달러와 9억 달러를 합해서 11로 나누면 12억 달러가 되지만……."

다카하시는 옆자리의 와다에게 시선을 던졌다.

"12억 달러라면 수락하겠습니까? 많이 양보하게 되는 셈인데요."

"12억 달러입니까."

와다는 이렇게 싼 매물이라면 불만이 없다고 생각하면서도, 한참 동안 천장을 올려다보았다.

"로버트, 어떻게 생각합니까? 12억 달러는 쌍방이 양보하기 쉬운 가격이 아닙니까?"

상체를 내밀고 의견을 말하려는 로버트를 가로막듯이 라이언이 발언했다.

"12억 달러는 말도 안 됩니다. 우리 대답은 NO입니다."

"하지만 12억 달러가 하나의 기준이 되지 않을까요? 여기에 얼마나 더 얹으면 좋을지, 다음 협상 때까지 쌍방이 생각해 오기로 하지요."

"그 반대, 즉 12억 달러 이하가 되는 일도 없다는 말입니다."

"미스터 라이언, 그것은 말할 것도 없습니다."

로버트 바스가 웃으면서 대답했다.

"다음 협상 때 계약서에 사인을 할 수 있도록 쌍방 모두 건설적인 제안을 제시해주시길 부탁합니다."

"로버트의 의견에 동의하지만 협상 무대를 뉴욕에 옮길 것을 제안합니다. 11월 30일 오후 2시부터 더 인더스트리얼 뱅크 오브 재팬 리미티드(일본산업은행) 뉴욕 브런치에서 가지는 것이 어떻습니까?"

다카하시의 제안에 반대는 없었다.

11

대형 상담의 협상 중, 야마모토는 와다의 명령으로 에미코에게 메트로폴리탄미술관이나 뉴욕시립박물관 등을 안내했다. 또 에미코가 나이아가라 폭포를 보고 싶다고 해서 1박 2일의 짧은 여행에도 동행했다.

나이아가라 폭포라면 뉴욕에서 무박으로도 다녀올 수 있지만, 에미코는 이런 기회가 다시는 없을 것이라면서 캐나다의 호텔에 하룻밤 묵자고 고집을 피웠다.

마릴린 먼로, 조셉 거튼 주연의 영화 '나이아가라'의 장면을 회상하면서 헬리콥터로 폭포 주변을 선회했다. 헬리콥터의 급강하, 급상승의 스릴은 직접 경험해보지 않으면 모른다.

수평비행을 할 때 에미코가 말했다.

"단풍도 아름답고 나이아가라에 오길 잘했어요. 비즈니스로 연일 힘겨운 협상에 애쓰고 있는 조지에게는 미안하지만."

"정말 그렇습니다. 사장님께는 죄송할 따름입니다. 이렇게 관광 기분을 내면서 즐거운 시간을 보내도 되는지 고민스러울 정도입니다."

"조지는 다정한 사람이라 내가 기뻐하면 자기도 기뻐해요. 그러니까 야마모토 씨가 걱정할 일은 없어요."

에미코는 나이아가라 폭포를 만끽한 덕분인지 기분이 좋았다.

호텔은 쉐라톤으로 예약해두었는데 물론 에미코는 스위트룸, 야마모토는 트윈룸이다.

호텔 안의 레인보우 룸에서 디너를 먹었다. 플라자에서도 놀랐던 일이지만 에미코는 작은 몸집에 비해서 먹성이 좋고 알코올에도 강했다.

둘이서 레드와인 두 병을 비웠다. 에미코는 야마모토와 대등하게 마시고도 멀쩡했다.

레인보우 룸을 나와 객실로 돌아간 것은 9시가 지나서였지만 야마모토가 샤워를 하고 있을 때 전화가 울었다.

"헬로."

"야마모토 씨, 지금 뭐 해요?"

에미코였다.

"씻고 있던 참이었습니다."

"아직 이른 시간이잖아. 스위트룸의 야경이 근사해요. 이리 건너와요. 더 마시자고요."

"알겠습니다. 10분 후에 찾아뵙겠습니다."

야마모토는 서둘러서 머리의 샴푸를 씻어냈다. 스포츠셔츠로 갈아입고 재킷을 걸친 다음 에미코의 스위트룸으로 향했다.

에미코는 네글리제 차림으로 하이볼Highball(위스키에 소다수를 타서 8온스짜리 텀블러에 담아내는 음료) 을 마시고 있었다.

푸른색 보틀의 로열 살루트였다.

야마모토는 '안경 쓴 저팔계' 후쿠다의 모습이 눈에 선해서 저도 모르게 히죽거렸다.

"뭐가 우스워요?"

"일전에 회사 상무님이 긴자의 클럽에서 한턱 내셨는데 그때도 로열 살루트였습니다. 보틀 색은 그린이었지만 맛있었지요. 갑자기 그게 떠올라서요."

"하이볼로 할래요?"

"록으로 하겠습니다."

안주인 치즈와 캐비어도 룸서비스로 함께 주문한 것일까?

"방금 조지랑 통화했어요. 협상은 예상 이상으로 순조롭게 진행되고 있다는군요. 내일 뉴욕으로 돌아온대요. 나이아가라에 있다고 했더니 깜짝 놀랐지만 엄청 기뻐했어요. 당신의 안내는 퍼펙트라고 했더니 야마모토를 데리고 온 보람이 있다, 일도 잘하고 눈치도 빠른 것이 야마모토 같은 사원은 도와에 없다고 했어요. 조지도 많이 마신 것 같았는데 아마 미스터 다카하시와 축배라도 들었나 보죠."

로열 살루트의 보틀이 상당히 가벼워졌다. 겉으로는 알기 힘들었지만 남은 분량은 3분의 1 정도일까.

1시간도 안 돼서 둘이서 3분의 2를 비우다니 술고래가 따로 없었다.

야마모토는 전신에 취기가 돌아서 취안몽롱醉眼朦朧(술에 취하여 앞이 똑똑히 보이지 않는 상태)에 가까웠지만 에미코는 멀쩡했다.

"이렇게 커다란 스위트룸에서 혼자서 자는 것은 무서워요. 야마모토 씨, 같이 자지 않겠어요?"

에미코는 어느새 소파에 앉아있는 야마모토의 옆으로 이동해 있었다.

"응? 부탁이에요."

에미코가 몸을 기대오는 바람에 야마모토는 정신이 번쩍 들었다.

취기가 확 깨는 것 같은 기분이었다.

"사모님, 무슨 농담이십니까. 절 놀리지 마십시오."

"진심이에요. 조지에게는 비밀로 하면 되잖아요. 서로 여행의 불장 난이라고 생각하면 그만인걸."

"말도 안 됩니다."

긴 의자에서 일어난 야마모토의 무릎은 떨리고 있었다.

"당신, 이렇게 촌스러운 사람이었어요? 나에게 이런 창피를 주고도 무사할 것 같아요?"

에미코가 시카고에 있는 남편 와다 세이이치로와 통화한 것은 아마 도 1시간 반에서 2시간 전일 것이다. 그럼에도 불구하고 이런 태도라 니 정상이 아니었다.

진심으로 나를 유혹하려는 것이라면 이상하다고밖에는 할 말이 없 었다.

와다 세이이치로는 요염한 에미코의 색향에 취해서 전처와 이혼하 고 에미코를 본처로 맞이했지만, 눈앞의 에미코의 행동이 연극이 아 니라면 여자를 보는 눈이 형편없다는 말을 듣고도 남을 것이다.

에미코가 바람기가 많은 것인지, 아니면 술기운을 빌려서 날 놀리 고 있는 것일까? 그렇게 생각하지 않으면 와다 세이이치로가 너무 불 쌍했다.

그러나 에미코의 눈은 요염한 빛을 발하고 있었다.

"사모님은 절 놀리거나 시험하고 있다고 생각합니다. 오늘 밤의 일 은 잊어버리겠습니다."

야마모토는 떨리는 목소리를 쥐어짜내 인사하고 스위트룸에서 재빨리 빠져나왔다.

다음 날 아침, 야마모토가 7시 반에 다이닝룸에서 아침을 먹고 있을 때 에미코가 나타났다.

"안녕히 주무셨습니까?"

야마모토는 의자에서 일어나 정중하게 인사했다.

"좋은 아침."

에미코는 웃으면서 대답했다. 그리고 웨이터에게 커피를 주문했다.

"어젯밤은 조금 과음한 모양이에요. 숙취라고 할 정도는 아니지만 머리가 살짝 아파요."

"저도 마찬가지입니다."

어젯밤의 추태는 무엇이었을까?

아무 일도 없었던 것처럼 에미코는 밝게 행동하며 커피를 홀짝였다.

야마모토는 내심 기가 막혔지만 마음이 편해진 것만은 확실했다.

12

11월 30일 오후 1시에 와다는 뉴욕의 파크 아베뉴에 있는 산은 뉴욕 지점의 응접실에서 다카하시와 만났다.

2시부터 시작하는 앨리스와의 협상 전에 의견 조정을 해두고 싶다고 다카하시가 전화로 호출했기 때문이다.

"로버트 바스와 이야기했습니다. 13억5천 달러로 매듭을 짓고 싶은데 와다 사장님은 어떻게 생각하십니까?"

"바라는 바이지만 앨리스가 수락할까요?"

"로버트가 제안한 것인데 15억 달러와 12억 달러를 합쳐서 2로 나누면 13억 5천만 달러입니다. 앨리스도 수락할 겁니다."

"감사합니다. 다카하시 상무님께 맡기겠습니다."

"그리고 바스 브라더스와 파트너십을 맺으면 어떨까요? 바스는 매수 금액이 13억5천만 달러로 정해지면, 그 18.8퍼센트에 해당하는 2억5천만 달러를 출자하는데 오케이했습니다."

"……."

"바스는 이 딜을 주선했고 웨스턴에 애착도 있을 겁니다. 와다 사장님과 꼭 파트너를 맺고 싶답니다. 물론 출자비율로 생각해도 경영권이 도와건설에 있다는 것은 명료합니다."

"반가운 소식이군요."

와다는 바스의 출자에 대해서 즉답했다.

오후 2시부터 시작된 협상에서 앨리스는 예상 이상으로 버텼지만 결국 13억5천만 달러, 엔화로는 약 1천800억 엔에 매각을 승낙했다.

그리고 같은 날 저녁 플라자의 특별실로 무대를 옮겨 계약서에 조인했다.

조인식 후 와다의 주최로 파티가 벌어졌다. 당연히 에미코도 야마모토도 참가했다. 와다는 턱시도, 에미코는 화려한 자수가 놓인 와인레드의 이브닝드레스를 입었다. 그녀의 요염함은 참석자들의 눈길을 사로잡았다.

와다가 야마모토를 다카하시에게 소개했다.

"비서인 야마모토입니다. 제가 무척 신뢰하는 친구이지요."

"다카하시입니다. 잘 부탁합니다."

"사장님, 죄송하지만 결과는 어떻게 되었습니까?"

"맞다, 자네는 아직 계약 내용을 모르지. 다카하시 상무님의 노력으로 우리의 원사이드 게임으로 끝났어. 매수액은 13억5천만 달러야."

"18억 달러라고 들었는데 4억5천만 달러나 싸게 사들였습니까. 대성공이네요."

"다카하시 상무님의 협상 실력에는 혀를 내둘렀습니다. 산은에 이렇게 대단한 분이 있을 줄은 전혀 몰랐습니다."

"말도 안 됩니다."

다카하시는 왼손을 내저었지만 기분이 나쁘지는 않은지 살짝 웃었다.

"다시 한 번 건배합시다."

와다가 샴페인 글라스를 눈높이까지 들어 올렸기 때문에 다카하시도 야마모토도 그에 따랐다.

"건배! 전부 다카하시 상무님 덕분입니다."

"아닙니다. 와다 사장님이 배후에서 눈을 부라리고 있었기 때문에 저도 대충 할 수가 없었어요. 긴장의 연속으로 녹초가 되었습니다."

"그렇게는 안 보입니다. 시종 여유가 넘쳤는걸요."

"지금은 상쾌한 탈력감 같은 것만 느껴지지만 협상 도중에는 많이 힘들었습니다."

와다와 다카하시의 대화를 듣고 있던 야마모토는 둘 다 대단한 사람들이라는 생각에 그저 감탄할 뿐이었다.

13

와다와 야마모토는 12월 2일에 귀국했다.

에미코는 한발 앞서서 업무가 산적해있는 상파울루로 돌아갔다.

3일 오후 3시에 와다는 본사 회의실에서 의기양양하게 기자회견을 했다.

발표내용은 ① 미국의 호텔 체인 '웨스턴 호텔 & 리조트'를 미국의 복합기업 앨리스로부터 13억5천만 달러(약 1,800억 엔)에 매수했다 ② 매수와 동시에 미국의 투자회사 '바스 브라더스'와 파트너십을 맺어 바스가 18.5퍼센트의 2억 5천만 달러를 출자하지만 경영권은 도와건설이 가진다 ③ 계약 조인은 11월 30일 뉴욕에서 이루어졌다는 내용이었다.

협상이 언제 이루어졌느냐는 기자의 질문에 와다는 다음과 같이 대답했다.

"제1차 협상은 올해 5월부터 약 3개월에 걸쳐서 이루어졌습니다. 일본산업은행과 바스 브라더스가 손잡고 앨리스와 만났고, 앨리스는 18억 달러의 매각액을 제시했습니다. 11월부터 시카고와 뉴욕에서 제2차 협상이 열렸고 저도 협상에 참가했습니다. 열흘이란 단기간에 계약을 이루어낸 것은 산은과 바스 브라더스 덕분입니다."

"일본의 부동산 회사 등이 해외에서 건물 등을 매수하고 있지만 13억5천만 달러의 대형 상담은 과거 최고의 매수액이라고 생각하는데요?"라는 질문에 와다는 크게 고개를 끄덕였다.

"그렇습니다. 히데미쓰부동산秀光不動産이 로스앤젤레스의 건물을 6억1천만 달러에 매수한 것이 과거 최고액입니다. 이번 매수액은 그 2배가 넘습니다. 공전절후의 대형 상담이 될 지도 모릅니다."

"웨스턴 호텔 체인의 매수는 산은이 알선했다던데요. 앞으로 도와건설과 산은의 협력관계가 더욱 돈독해지겠군요?"

이 질문에 와다는 충격적인 답변을 해서 기자들을 놀라게 했다.

"지금 면에서 강력한 지원을 요청했고 산은도 이미 수락했습니다. 또한 이번 계약에 걸맞는 인재가 파견되기 바라고 있습니다."

"산은의 인재라니 무슨 뜻입니까? 예를 들어 부은행장 클래스, 아니면 상무 클래스입니까?"

기자가 떠보자 와다는 당혹스런 표정을 보였지만 금방 미소를 지으면서 유머러스하게 말했다.

"도와건설의 수준으로 봐서 부은행장 클래스는 분에 넘치는 희망이겠지요. 상무 클래스의 분을 부탁하고 있습니다."

"그렇다면 부사장으로 맞이하는 겁니까? 필두 부사장인 아라이 씨는 다이요은행 출신인데 이 문제는 어떻게 되는 겁니까?"

"그 점은 아직 결정된 것이 없지만 제가 회장이 되고 산은에서 오시는 분께 사장을 맡기면 전혀 문제 될 것이 없다고 봅니다."

기자들의 사이에 동요가 일어났다.

"산은이 다이요를 대신하여 메인뱅크가 된다고 생각해도 될까요?"

"거기까지는 생각하지 않았습니다. 다이요와는 지금까지 이상으로 협력관계를 강화하고 싶습니다."

기자들의 사적인 대화가 와다의 귀에도 닿았다.

"사장이 산은 출신인데 메인뱅크가 다이요라니 균형이 안 맞잖아."

"메인뱅크는 산은이 되는 것이 아닐까?"

"교리쓰은행과의 관계는 어떻게 되는 거지?"

사회자인 기무라 홍보 담당부장이 목소리를 높였다.

"다른 질문이 없으면 이만 기자회견을 마치겠습니다……."

젊은 기자가 손을 들었다.

"호텔사업이 향후 도와건설의 경영 주축이 된다고 생각해도 됩니까?"

와다가 싱긋 웃었다.

"네, 우리는 이미 브라질, 파나마, 타이완에서 호텔 사업을 벌이고 있는데 전부 성공적으로 수익을 거두고 있습니다. 웨스턴은 미국, 캐나다, 멕시코 등 11개국에 70여 개의 호텔 체인을 경영하고 있습니다. 따라서 호텔 경영으로 우리 회사는 세계적인 기업으로 약진할 수 있게 될 것입니다. 당연히 호텔 사업이 경영의 주축이 될 것이고 호텔 사업을 고수익 부분으로 성장시키는 일이 저에게 주어진 사명이라고 인식하고 있습니다."

"뉴욕의 플라자호텔과 하와이의 마우나케아도 웨스턴 체인의 산하에 있다고 들었는데, 이 명문 호텔도 이번 매수에 포함되어 있습니까?"

순간 와다는 불쾌한 얼굴을 했다.

"플라자와 마우나케아는 제외되었습니다. 앨리스가 18억 달러의 매각액을 제시한 단계에서도 포함되어 있지 않았습니다."

누군가가 '도코건설 매수의 실패를 메꾸었다는 것인가' 하고 들으라는 듯이 말했지만 그것을 무시하는 것처럼 기무라가 기자회견이 종료되었음을 선언했다.

14

12월 4일 자의 전국지, 지방지, 업계지 등이 모조리 도와건설의 웨스턴 체인 매수극을 대대적으로 보도했다.

'도와건설 미국 호텔 체인 매수', '13억5천만 달러 공전절후인가', '산은 알선', '산은에서 사장을 맞이할지도'.

표제어들이 춤을 췄다.

아침 9시 전에 데라오 전무가 아라이의 방으로 찾아왔다.

데라오는 서슬이 시퍼렜다.

"잠깐 시간 좀 내주시죠."

"네, 괜찮습니다."

아라이는 소파를 권했다.

"오늘 아침 6시에 와타베 행장님의 전화를 받았습니다. 웨스턴 호텔의 매수와 산은에서 사장을 맞이한다는 것을 알고 있었냐는 질문을 하셔서 당황했습니다. 신문을 안 읽었을 때라 제대로 답변을 할 수가 없었습니다. 그래서야 도와건설의 전무라고 할 수 있냐는 비아냥까지 들었습니다."

아라이는 데라오를 동정했다. 데라오의 입장은 엉망이 되었다. 이것은 처음부터 예상되었던 일이다.

"아라이 부사장님은 알고 계셨습니까?"

데라오의 시선에 순간적으로 말문이 막힌 아라이는 고개를 숙였다.

"웨스턴 건은 다이요의 도와 담당이 파악하고 있었기 때문에 어렴풋이 알고 있었지만 산은에서 사장을 맞이하는 이야기는 금시초문입니다. 저도 신문을 보고 깜짝 놀랐습니다."

아라이의 대답은 조심스러울 수밖에 없었다. 새빨간 거짓말은 아니었지만 데라오에게 미안한 감정이 드는 것은 당연했다.

"아라이 부사장님이 몰랐던 것을 제가 알고 있을 리가 없지요."

데라오는 비아냥으로도 불평으로도 해석할 수 있는 말투를 이어나갔다.

"그렇다고 해도 사장님께는 참 섭섭합니다. 기자 회견만 해도 우리에게는 가르쳐주지 않았으니까요. 정말 기가 막힙니다. 교리쓰의 회장님과 행장님이 몹시 감정적이 되었습니다. 와다 세이이치로는 다케야마 수상의 비호 아래 자기 멋대로 굴고 있다, 안하무인에도 정도가 있다면서 스미토모 회장님께서 몹시 노하셨습니다."

"스미토모 회장님과 와타베 행장님의 기분은 충분히 이해가 됩니다."

"교리쓰를 소외시키다니 언어도단이다, 보복 조치를 강구하라고 난리가 났지만 소외된 것은 다이요도 마찬가지지요."

데라오는 아라이의 사무실로 오기 전에 교리쓰의 몇몇 직원에게 전화해서 정보를 입수했다.

와타베 은행장이 "데라오는 멍청해서 아무 도움도 안 된다"면서 핏대가 설 만큼 분노했다는 사실은 비서들도 차마 알려주지 못했지만 은행 내부의 험악한 분위기는 고스란히 전해졌다.

"말씀하시는 대로입니다. 다이요 임원진의 얼굴이 눈에 선합니다. 아직까지는 전화가 걸려오지 않았지만 곧 무슨 연락이 있겠죠."

"웨스틴 건을 알고 있었던 것만으로도 아라이 부사장님의 입장은 저보다 낫습니다. 전 딱 죽고 싶은 심정입니다."

풀이 잔뜩 죽은 데라오를 위로할 방법이 없었다.

아라이는 교리쓰나 데라오의 입장을 참작해야 한다고 와다에게 조언했다. 와다는 일소에 부쳤지만 교리쓰는 즉각 보복 조치를 고려하고 있다고 한다.

예상했던 대로다. 와다도 충분히 예상하고 있었을 것이다.

그것을 알면서도 교리쓰를 배제했다.

"보복 조치라니 무섭군요. 교리쓰든 다이요든 감정적이 되는 것은 충분히 이해가 되시만 지금은 인내심을 발휘할 때가 아닐까요?"

"인격자인 아라이 부사장님다운 말씀이지만 산은에서 사장이 온다는데도 평정을 유지할 수 있습니까? 만약 그렇다면 인간이 아니라 신이라고 해야겠죠."

데라오는 비아냥을 넘어서서 마치 싸움을 거는 것 같았다.

"어떤 사람이 올까요? 그리고 정말로 그렇게 될까요? 그걸 알 수가 없으니 뭐라 할 말이 없습니다. 게다가 와다 사장님의 희망으로 끝날 수도 있습니다."

"그건 아니지요. 기자회견에서 발표했잖아요. 산은과의 합의가 없다면 불가능합니다."

"그렇다면 역시 평정을 유지하기 힘들죠."

아라이는 쓰게 웃으면서 투덜거렸지만 이 문제는 기정사실로 결론이 났기 때문에 본의 아니게 시치미를 뗀 것 같은 기분이 들어서 얼굴이 붉어졌다.

노크 소리가 들리고 아베 유키코가 차를 가져왔다.

찻잔을 테이블에 내려놓으면서 유키코가 말했다.

"부사장님, 사장님의 전언입니다. 시간이 비시면 와달라고 하십니다."

"바로 가겠다고 전해주세요."

"알겠습니다."

유키코가 방을 나갔다.

데라오가 녹차를 벌컥벌컥 마시고는 찻잔을 세차게 받침 접시에 내려놓았다.

"저와 이야기한 것은 사장님께 비밀로 해주세요."

"물론입니다. 보복 조치 같은 무시무시한 이야기를 어떻게 하겠습니까."

"어떤 태도로 산은을 대하면 좋을지 고민스럽습니다."

"그것은 서로 마찬가지입니다. 개인적으로 다이요는 교리쓰와 협력 관계를 유지하고 싶습니다."

"그것은 저도 마찬가지입니다."

데라오는 다시 녹차를 벌컥벌컥 마신 다음 방을 나갔다.

15

아라이가 사장 집무실로 향한 것은 오전 9시 10분이 지나서였다.

와다는 소파에 앉아서 A 신문을 읽고 있었다.

홍보부가 가져다 놓은 것 같았다. 테이블에는 신문이 산처럼 쌓여 있었다.

"반응이 엄청나서 놀랐어. 10분 전에 다케야마 총리의 전화를 받았네. 축하한다는 말을 들으니 가슴이 울컥하더군."

와다의 얼굴이 방금 목욕을 마친 사람처럼 상기되어 있었다.

"그리고 산은의 다카하시 상무님도 전화를 하셨어. 오늘 이케지마 회장님과 나카가와 행장님에게 따로따로 불려갔는데, 두 분 다 신이 나서 잘했다고 칭찬하셨다는군. 다카하시 상무님이 없었더라면 이 프로젝트는 꿈도 꾸지 못했을 거야."

"맞습니다. 야마모토도 산은에는 대단한 인물이 있다고 감탄하더군요."

"호오, 야마모토가 아라이 부사장에게 그런 말을?"

"플라자의 계약 조인 후 파티에서 다카하시 상무님을 뵌 모양인데 뛰어난 협상가라고 칭찬했습니다."

"다카하시 상무님을 우리 회사로 맞이하는 것은 포기했어. 미야모토 도시오 상무님을 보내는 방향으로 이케지마 회장님과 나카가와 행장님의 합의를 얻은 모양이야. 이것도 다카하시 상무님의 정보인데 아라이 부사장은 처음부터 그럴 작정이었지?"

"사장님께 그렇게 들은 걸로 기억합니다만."

"그런가? 사실 난 미야모토 상무님은 들러리에 불과하다고 생각해. 물론 그도 거물이지. 그렇다면 그걸로 수락할 수밖에."

"네."

"교리쓰의 반응은 어때? 아라이 부사장 귀에 아직 들어오지 않았나?"

아라이는 애매모호하게 고개를 끄덕였다.

눈치가 빠른 아베 유키코가 아라이와 데라오가 만났다는 것을 와다의 여비서에게 말했을 리는 없겠지만 어떻게 대응하면 좋을지 난처했다.

"다이요의 상층부에서도 아직 아무 말이 없습니다. 다이요는 산은의 조력을 매우 고맙게 생각합니다. 하지만 교리쓰는 감정적이 될지도 모르겠군요."

"아라이 부사장에게는 여러 번 말한 적이 있지만 교리쓰가 어떻게 나오든 난 각오가 되어 있어. 내 쪽에서 싸움을 걸 생각은 없지만 교리쓰가 끝까지 감정적으로 나온다면 어쩔 수 없는 일이지."

교리쓰를 배제했다는 점에서 이미 와다가 싸움을 건 셈이 되지 않을까.

데라오가 서슬이 퍼레져서 달려온 것을 와다에게 밝혀버리고 싶은 욕구에 사로잡힌 아라이는, 그 충동을 억누르느라 고생했다.

"교리쓰도 오랜 거래처이니 가능한 한 원만하게 무마하는 편이 좋을 것 같은데요."

"그건 교리쓰가 어떻게 나오는지에 달려있지."

"산은에서 사장을 맞이할 예정이라고 기자 회견에서 발표하셨습니까?"

"조금 성급했던 것이 아닌가 싶기도 하지만 어차피 시간문제이고 머지않아 결정될 일이니까 결과적으로 좋았다고 생각해."

"웨스턴 건도 인사 문제도 몰랐던 데라오 상무는 쇼크를 받았을지도 모릅니다."

"아라이 부사장에게 불평이라도 하던가?"

아라이는 목을 크게 좌우로 흔들었다.

"데라오 상무가 쇼크를 받았는지 어떤지는 모르겠지만, 난 마쓰모토에게도 가와구치에게도 스기무라에게도 요시모토에게도 나가타에게도 한마디도 하지 않았네. 부사장들 중에서 이걸 아는 건 아라이 부사장뿐일세. 쇼크라기보다는 다들 빅뉴스에 깜짝 놀란 것이 아닐까? 나에게는 물어볼 엄두가 안 나는 것 같지만 기타와키에게 부사장들의 전화가 쇄도하고 있는 모양더군."

"그렇습니까."

"교리쓰가 뭐라고 해오면 어떻게 대응할지 일일이 아라이 부사장에게 상담할 테니까 잘 부탁하네."

아라이는 대답은 하지 않고 잔뜩 쌓여 있는 신문 한 부를 손에 들었다.

제5장 주력은행

1

"야마모토, 당장 와주게."

전화는 와다의 목소리였다. 와다가 야마모토에게 직접 전화를 건 것은 파견 후 처음 있는 일이었다.

"알겠습니다."

시계를 확인하면서 야마모토가 의자에서 일어났다. 시각은 오후 4시 20분. 오늘은 12월 15일이다.

사장 집무실의 소파에서 야마모토는 와다와 마주앉았다.

"실은 야마모토의 의견을 듣고 싶네. 데라오 전무가 사표를 제출했어. 일단 맡아두었지만 수리해야 할지 잡아야 할지, 야마모토는 어떻게 생각하나?"

야마모토는 상층부의 인사 문제에 개입할 입장이 아니라고 생각했기 때문에 대답하기 난처했다.

"죄송하지만 심의 담당에 불과한 제가 건방지게 관여할 문제가 아니라고 생각합니다. 아라이 부사장님의 의견을 들어보시면 어떨까요?"

"자네는 내 비서이자 참모이기도 하네. 건방지다고 생각할 것 없어. 내 질문에 답해보게."

"그렇다면 감히 말씀드리겠습니다. 잡아야 하지 않을까요?

"데라오 전무가 개인적인 의사로 사표를 제출했다고 생각하나?"

평소와 달리 와다의 표정은 험악했다.

말투는 평소와 다름없이 점잖았지만 목소리가 날카로웠다.

"아니요. 교리쓰은행 경영진의 뜻이라고 여겨집니다. 그래서 잡았으면 합니다."

"어째서?"

"오랫동안 서브 메인뱅크였던 교리쓰와 문제를 일으킬 필요가 있을까요?"

"아라이 부사장의 의견도 아마 그렇겠지."

와다는 냉소를 띠고 말을 이어나갔다.

"데라오 전무는 웨스턴 매수에 대해서 사전에 듣지 못한 것이 유감 천만이라고 원망하더군. 난 아무에게도 말한 적이 없다고 뚝 잡아뗐네. 교리쓰가 데라오 전무를 대신할 사람을 생각 중인지 물어보았는데 아마 생각하고 있지 않을 거라더군. 교리쓰는 감정적이 되어서 싸움을 건 것이나 다름없어. 야마모토의 의견은 알겠지만 난 깔끔하게 수리하는 편이 좋다고 생각하네."

"외람되지만 도와건설이 교리쓰에서 빌린 융자금의 잔액은 2백50억 엔 정도입니다. 융자를 철회할 확률은 낮다고 생각하시만 있을 수 없는 일도 아닙니다. 사장님은 그것도 계산해서 데라오 전무님의 사표를 수리하시는 겁니까?"

야마모토는 와다를 응시했다. 냉정해지길 바란다는 부탁을 담아서
바라보았다.

와다는 야마모토의 시선을 피하려고 눈을 내리깔면서 다시 냉소를
머금었다.

"물론 그것까지 계산에 넣고 하는 말일세. 산은과 다이요라면 풍파
가 일지 않겠지만 산은과 교리쓰라면 그건 무리겠지. 일전에도 말했
지만 산은을 잡는 것이 득책이라고 생각하네."

"교리쓰의 와타베 행장님을 뵙고 융자액의 확대와 데라오 전무님의
위류慰留를 요청해야 합니다. 그것이 겉치레라 해도 예의를 차려야 한
다고 생각합니다."

와다는 부리부리한 눈으로 야마모토를 바라보았다.

"겉치레? 야마모토는 나이에 비해서 책사로군. 난 그런 점을 높이
사고 있다네."

"주제넘은 소리를 했습니다. 부디 용서해주십시오."

"그렇지 않아. 귀중한 의견 고맙네. 와타베 행장님과 약속을 잡아주
게. 내 얼굴 따위는 보기 싫다고 하면 끝이지만."

"와다 사장님의 방문을 거절할 리가 없습니다."

와타베가 현재의 권력자인 다케야마 수상의 총애를 받는 와다를 무
시할 리 없었다. 와다도 그 점을 잘 알고 있을 것이다. 너무 과시하는
것이 아닌가 걱정되었지만, 와다가 교리쓰에게 강하게 나가는 것은
다케야마나 산은의 이케지마 회장의 위광을 업고 있기 때문이라고 생
각되었다.

2

　야마모토가 교리쓰의 비서에게 연락하자 와타베는 사흘 후인 12월 18일의 오전 9시를 지정해왔다.

　오테마치의 교리쓰은행 도쿄 본부 건물의 임원 응접실에서, 와다가 와타베와 대치한 것은 약속 시각인 9시에서 10분이나 지났을 때였다. 와다는 5분 전에 도착했기 때문에 15분이나 기다린 셈이 된다.

　"와다 사장님 같은 거물을 기다리게 해서 죄송합니다. 갑자기 국제 전화가 걸려와서요."

　와타베는 웃는 얼굴로 소파에 털썩 주저앉았다.

　"바쁘신데 시간을 내주셔서 감사합니다. 본론부터 말씀드리자면 데라오 전무가 사표를 제출해서 놀라고 있습니다. 어떻게든 만류하고 싶습니다. 부디 행장님이 말려주셨으면 해서⋯⋯."

　와타베는 와다의 말을 가로막듯이 오른손을 세차게 흔들었다.

　"데라오처럼 눈치가 없는 놈을 쫓아낼 수 있으니 다행이지 않습니까."

　"천만의 말씀입니다."

　"다이요은행의 아라이 씨는 웨스턴 건을 사전에 눈치챘다지요? 데라오는 멍청해서 아무짝에도 쓸모가 없습니다."

　"웨스턴 건에 대해서 제 입으로 누군가에게 말한 적은 없습니다. 무언가의 착각이 아닐까요?"

　"데라오 본인이 아라이 씨에게 들었다고 말했습니다. 메인과 서브니까 어쩔 수 없을지도 모르지만요."

　와다는 녹차를 홀짝이면서 마음을 가라앉혔다.

　아라이가 데라오에게 거기까지 말했다고는 생각할 수 없었다. 와타베는 속을 떠보고 있는 것일까.

"데라오 전무님이 이대로 계시면 안 될까요?"

"그놈은 도와건설의 전무로 있을 만한 그릇이 아닙니다. 잘못된 인선이었어요. 중소기업으로 보내기로 결정했습니다."

"데라오 전무님은 성실하신 분이라 정말 섭섭합니다. 데라오 전무님 대신 다른 사람을 파견해주시겠습니까?"

"아니요. 그럴 생각은 없습니다. 확실히 말해서 거절하겠습니다. 도와건설은 우리 회사를 상대하기 싫은 것이 아닙니까? 산은에서 사장을 맞이한다면서요?"

와다는 '그 말 대로다'라고 말하고 싶은 것을 참으면서 양손의 주먹을 힘껏 틀어쥐었다.

"부디 재고해주십시오. 그리고 웨스턴을 매수하기 위해서는 자금을 조달할 필요가 있으니 교리쓰에 융자액의 확대를 부탁하고 싶습니다."

와타베는 목을 좌우로 크게 내저었다.

"그런 마음에도 없는 소리는 하지 않아도 됩니다. 오늘은 와다 사장님을 뵈어서 영광이었습니다."

말을 마치자마자 와타베는 자리에서 일어났다.

오테마치에서 아카사카로 향하는 벤츠 안에서 와다는 한동안 입을 굳게 다물고 아무 말도 하지 않았다.

조수석의 야마모토도 침묵을 지킬 수밖에 없었다. 대화가 원만하게 끝나지 않은 것은 확실했고, 그 내용이 마음에 걸렸다.

"뭐 의례적인 절차라고 봐야겠지. 한 번쯤은 인사를 하러 가지 않으면 안 되니까 무슨 말을 듣든 할 수 없어. 특이한 사람이야."

"와타베 행장님은 그렇게 감정적인 분입니까?"

"호소해볼 여지도 없었어. 데라오 전무가 불쌍해지는군. 체면을 세워줄 걸 조금 후회하고 있어. 아라이 부사장도 야마모토도 데라오 전무에게 웨스턴 건을 밝히라고 권했는데…….."

야마모토는 잠자코 고개를 끄덕였다.

"그나저나 아라이 부사장이 데라오 상무에게 쓸데없는 소리를 했어."

야마모토는 뒷좌석을 돌아보았다.

"웨스턴의 일을 사전에 눈치챘었다는 말을 한 모양이야."

야마모토는 순간적으로 아라이를 감싸기 위해서 한마디 해야겠다고 생각했다.

"저도 도와건설에 오기 전에 도와건설을 담당하는 동료로부터 웨스턴에 대해서 살짝 들었습니다. 입사 동기인데 산은에서 정보를 입수한 모양입니다. 아라이 부사장님께도 그걸 말씀드린 적이 있습니다."

"흐으—음. 우리 담당자 중에 그런 수완가가 있었나?"

"제 입사 동기로 가와하라 료헤이라는 친구입니다. 자기 같은 사람이 알아낸 정보를 교리쓰가 몰랐을 리가 없다고 단언하던데, 아무래도 교리쓰는 전혀 눈치채지 못했나 봅니다."

"아라이 부사장에게는 내가 말하지. 다이요와의 상호신뢰관계가 깨져서는 안 되니까."

"죄송합니다."

"데라오를 대신할 인재 파견이나 융자 확대도 생각하지 않는다고 단호하게 거절당했지만 예상했던 바야. 그래도 상관없지 않나."

"혹시 융자를 철회하는 것은 아니겠지요?"

"와타베 행장님은 거기까지 언급하지는 않았지만 가능성은 있지. 일전에도 말했지만 난 각오하고 있어."

"도와건설은 교리쓰의 우량거래처입니다. 그렇게까지는 가지 않을 겁니다."

"글쎄, 어떨까? 거듭 말하지만 와타베 행장님은 상당히 특이한 사람이라서 말이지."

백미러에 비치는 와다의 얼굴은 경직되어 있었다. 차마 눈 뜨고 보기 힘들 정도였다.

긴 침묵을 깨고 와다가 다시 입을 열었다.

"야마모토, 산은의 다카하시 상무님께 지금 당장 전화를 걸게."

"알겠습니다."

야마모토는 자동차 전화로 산은의 다카하시 직속 여비서에게 전화를 걸었다.

다카하시는 회의 중이었지만 2분 정도 지나서 전화가 연결되었다.

"여보세요. 다카하시입니다."

"도와건설의 야마모토입니다. 사장님을 바꿔드리겠습니다."

"와다입니다. 교리쓰의 와타베 행장님을 면담하고 돌아가는 길인데 다카하시 상무님을 뵙고 싶습니다. 시간 괜찮으십니까?"

"물론입니다. 회의는 10분 후면 끝날 겁니다. 지금 바로 오세요."

"그러면 당장 찾아뵙겠습니다."

벤츠는 아카사카의 도와건설 빌딩 근처까지 와있었지만 유턴해서 마루노우치로 향했다.

3

다카하시는 와다의 이야기를 듣고 분노했다.

"데라오 전무가 사표를요? 입장을 바꿔 생각하면 교리쓰의 기분도 알 것 같습니다. 야마모토가 겉치레라도 예의를 차리라고 조지에게 간언한 것은 훌륭하군요. 그것을 포용한 조지는 더 훌륭하고요."

"이제 교리쓰에서 웨스턴 체인의 매수자금을 조달하기는 글렀습니다."

"처음부터 기대하지 않았잖아요."

"하긴 그렇습니다. 다카하시 상무님에게는 당할 수가 없네요. 전부 꿰뚫어 보고 있으니."

다카하시는 녹차를 한 모금 마시고 표정을 굳혔다.

"도와건설은 대충 1천억 엔 정도의 자금이 필요하게 될 텐데 산은은 오케이할 겁니다. 여차하면 전액 융자해도 상관없습니다."

와다는 침을 꿀꺽 삼켰다.

"이케지마 회장님이나 나카가와 행장님도 그렇게 생각하십니까?"

"물론입니다. 저는 미국에서 귀국하자마자 사전 교섭에 들어갔습니다. 산은은 만반의 준비를 갖추고 대출받으러 오는 사람을 기다리고 있습니다. 그나저나 교리쓰는 생각이 얕고 지혜가 부족하다고 해야겠군요. 도와건설의 융자 확대 요청에는 달려들어야 마땅한데 말입니다."

"감정론에 사로잡혀서 그런 것 아니겠습니까."

"다이요은행의 입장은 어떻게 됩니까?"

녹차를 홀짝이면서 다카하시는 눈을 치켜뜨고 와다를 보았다.

"다이요가 메인뱅크의 자리를 넘겨줄까요?"

"산은에서 사장을 맞이하는 것을 인정했으니 각오하고 있겠지요."

"그렇게 간단할까요?"

"아라이 부사장과 의견 조정을 하겠지만 다이요는 웨스턴 같은 대형 안건을 찾아낼 능력은 없지 않습니까. 당연히 산은에 양보해야 한다고 생각합니다."

찻잔을 받침 접시에 내려놓은 다카하시가 화제를 바꾸었다.

"나카가와 행장님은 외출했지만 이케지마 회장님은 자리에 계십니다. 만나 뵙고 가시겠습니까?"

"꼭 인사를 드리고 싶군요."

다카하시는 책상으로 돌아가서 전화로 이케지마의 직속 비서를 호출했다.

"회장님은 혼자 계시나?"

"네."

"도와건설의 와다 사장님이 오셨는데 회장님께 인사를 드리고 싶어 하시네. 회장님 시간이 괜찮은지 알아봐 주게."

3분 후에 여비서가 다카하시의 사무실로 찾아왔다.

"회장님이 기다리십니다."

"알겠네. 바로 모시고 가지."

다카하시와 와다는 임원 응접실에서 이케지마와 만났다.

"갑자기 찾아와서 죄송합니다."

"천만에요. 어서 앉으세요."

와다는 직립 부동의 자세로 이케지마를 맞이했다.

"웨스턴 때문에 도와 주식이 또 올라갔다지요?"

"감사합니다. 다 산은 덕분입니다."

"와다 사장님은 여기 오기 전에 교리쓰의 와타베 행장을 방문했는데, 상당히 불쾌한 대접을 받은 모양입니다. 파견 중이던 전무를 철수시킨다는군요."

"융자 확대도 거절당했습니다."

"산은에 맡길 생각인가 봅니다."

이케지마는 와타베와는 대조적으로 기분이 좋았다.

"다카하시 상무님께서 전액을 융자하겠다는 말씀을 해주셔서 마음이 든든해졌습니다."

"산은은 전력으로 도와건설을 응원할 겁니다. 영업 4부가 담당하고 있겠지만 다카하시는 도와의 특별고문이나 다름없지요. 다카하시에게 뭐든지 말씀하십시오."

"감사합니다."

와다가 고개를 숙이자 다카하시도 덩달아 따라 했다.

지하 2층의 주차장으로 내려온 와다의 표정은 환하게 빛나고 있었다. 1시간 전과는 딴사람이 된 것 같았다. 벤츠가 출발하자마자 와다가 들뜬 목소리로 말했다.

"운 좋게 이케지마 회장님도 뵐 수 있었어. 전력으로 도와건설을 응원하겠다고 하셨어."

"그거 다행입니다."

"융자도 얼마든지 해주겠다는군."

이걸로 산은이 도와건설의 메인뱅크가 되는 것은 결정적이 되었다. 야마모토의 속내는 복잡하기 이를 데 없었다.

4

"아라이 부사장을 불러주게."

와다는 산은에서 본사로 돌아와서 사장 집무실로 들어가기 전에 야마모토에게 명령했다.

야마모토는 아라이에게 선입견을 주고 싶지 않았기 때문에 아베 유키코에게 용건을 전했다.

아라이는 회의 중이었지만 "회의는 다음으로 미루자"면서 소파에서 일어났다.

와다는 아라이가 방으로 들어오자마자 "커피면 되겠나?"고 물었다.

와다는 전화로 야마시타 마사코에게 커피를 부탁한 다음 아라이에게 소파를 권했다.

"앉게나."

"감사합니다."

"야마모토에게 무슨 말을 들었나?"

"아니요. 야마모토는 만나지 못했습니다."

"음, 그런가."

와다는 시계를 보았다. 오전 10시 40분이 넘었다.

회사로 돌아오고 5분도 지나지 않았다. 5분도 안 되는 시간 동안 야마모토에게 이야기를 듣는 것은 불가능하다.

"내가 데라오 전무가 사표를 낸 것을 말했던가?"

"아니요. 데라오 전무님께 직접 들었습니다. 성급한 행동이라고 말렸지만 교리쓰 본부의 의향이라니 붙잡아도 소용이 없겠지요."

"동감일세. 오늘 아침 와타베 행장을 만났어. 야마모토가 예의상이라도 만류하든 다른 사람을 보내달라고 요청해야 한다고 조언을 해서 말일세."

아라이는 야마모토답다고, 옳은 견해라고 생각했지만 눈썹을 찌푸렸다.

"주제넘은 소리를 하다니……."

"그렇지 않네. 내가 먼저 조언을 구한 것이고 야마모토의 제안은 정확했다고 생각해."

"그래서 결과는 어떻게 되었습니까?"

"결과는 제로야. 데라오는 도와건설의 전무를 맡을 그릇이 아니니 중소기업으로 보내기로 했다는 둥 비꼬더군. 데라오를 대신할 사람은 고려하지 않는다고 일축했어."

"와타베 행장님이 그렇게 감정적으로 나왔습니까. 거물 은행장이라는 평가는 헛소문이었나 보군요."

아라이는 긴 한숨을 내쉬었다.

비서인 야마시타 마사코가 커피를 날라 왔기 때문에 대화가 중단되었다.

커피를 마시면서 와다가 험악한 눈초리로 쳐다본 것을 아라이는 알아차리지 못했다.

"와타베 행장은 웨스틴 건을 아라이 부사장이 사전에 눈치 챈 것이 마음에 들지 않는 모양이야. 혹시 자네가 데라오에게 말한 것이라면 쓸데없는 말을 한 셈이야."

아라이는 하마터면 찻잔을 떨어트릴뻔 했다. 살짝 떨리는 왼손으로 잔을 받치고는 받침 접시에 내려놓았다. 그러나 거짓말을 할 수는 없다.

"사장님이 기자회견을 열었던 다음날이었을 겁니다. 데라오 전무가 항의를 하러 제 방으로 찾아왔습니다. 저는 다이요의 도와건설 담당이 파악하고 있었기 때문에 어렴풋이 알고 있었다는 말밖에 하지 않았습니다."

"야마모토의 말과 일치하지만 몰랐다고 시치미를 뗐더라면 아무런 풍파도 없었을 것 아닌가."

어느 쪽이든 결과는 마찬가지였을 거라고 생각했지만, 아라이는 '제가 경솔했습니다'라면서 머리를 숙였다.

"이미 끝난 일이니 어쩔 수 없지만, 와타베 행장은 융자액 확대에 대해서도 농담하지 말라는 투로 거절했어."

"융자를 철회하겠다고 은근히 협박할 생각이겠지요."

"명확하게 표현하지는 않았지만 그렇게 봐야겠지. 난 처음부터 그렇게 되어도 할 수 없다고 생각했어. 산은이 나서면 교리쓰는 물러날 수밖에 없잖아."

"융자를 철회하는 데까지는 안 가겠지요. 감정을 앞세워 우량거래처를 잃을 짓은 안 할 겁니다."

"내 쪽에서 철회해달라고 할 일은 없지만 데라오 전무의 사임과 연관되었다고 보는 것이 상식적이겠지."

아라이는 심각한 표정으로 팔짱을 꼈다. 교리쓰가 다음에 어떻게 나올지 예측을 하기 힘들었다.

와다가 커피를 다 마신 다음 본론을 꺼냈다.

"실은 와타베 행장을 만난 다음 산은의 다카하시 상무님과 이케지마 회장님께 인사를 하고 왔네. 산은이 웨스턴 매수에 필요한 금액을 전액 융자하겠다는군. 은행에서 대충 1천억 엔은 빌려야 할 텐데 아라이 부사장은 어떻게 생각하나?"

아라이는 심각한 표정으로 천장을 올려다보았다. 함부로 입을 놀릴 수 없는 사안이라 뭐라고 대답할지 열심히 고민했다.

"다이요의 융자 잔액은 약 3백억 엔입니다. 현재 제로인 산은의 융자액이 1천억 엔이 되면 다이요의 입장이 약해지겠지요."

와다는 히죽거리는 눈으로 아라이를 보았다.

아라이가 오른손으로 뺨을 쓸어내리면서 말했다.

"다이요의 최고경영자가 어떻게 생각할까요? 제가 함부로 판단할 수 있는 문제가 아닙니다."

"아라이 부사장의 개인적인 견해는 어떤가?"

넌지시 떠보는 와다의 말에 아라이는 살짝 눈살을 찌푸렸다.

"섣불리 말씀드릴 수는 없지만, 개인적으로 산은에서 사장을 맞이한다면 산은이 메인뱅크가 되는 것이 당연하겠지요. 다만 1천억 엔과 3백억 엔이면 10대 3이라, 서브로서도 체면을 유지하기 힘듭니다. 다이요에서 임원을 둘이나 나온 것은 모양새가 좋지 않으니 저와 가리타, 둘 중 하나가 물러나야겠지요."

"그럴 필요 없네. 아버지 대부터 오랫동안 다이요에는 많은 도움을 받아왔어. 그런 섭섭한 말은 하지 말게."

"어쨌거나 오늘내일 중으로 다이요 경영진의 의향을 들어보고 사장님께 보고드리겠습니다."

"알겠네. 가능한 한 빨리 방향을 잡고 싶으니 그렇게 알고 부탁하겠네."

5

본인의 사무실로 돌아온 아라이는 회의를 다음으로 미루고 야마모토를 불렀다.

"사장님이 교리쓰와 산은에 들렸던 모양인데 야마모토도 동행했나?"

"네."

"데라오 전무에게 웨스턴 건을 사전에 알고 있었다고 말한 것은 경솔했다고 야단을 맞았네. 사실 난 사전에 데라오 전무에게 밝히지 않은 사장님이 더 문제라고 생각하지만."

"동감입니다. 저도 사장님께 다이요의 도와 담당에게 들었다고 말씀드렸습니다."

"흐으―음."

아라이의 눈이 순간적으로 가늘어졌다. 그리고 화제를 바꾸었다.

"산은은 웨스턴 매수를 위해 1천억을 융자해도 좋다고 한 모양인데 들었나?"

"얼마든지 융자하겠다고 한 것은 사장님께 들었지만 1천억 엔은 금시초문입니다."

"어떻게 생각하는지 물으셔서 산은에서 사장도 맞이할 테니 산은이 메인뱅크가 되는 것은 당연하다고 대답했네."

야마모토는 노골적으로 얼굴을 찌푸렸다.

아라이가 다급하게 덧붙였다.

"물론 개인적인 견해라고 말해두었지만 야마모토는 어떻게 생각하나?"

"1천억 엔이나 융자한다면 산은에 메인뱅크의 지위를 넘겨줄 수밖에 없을지도 모릅니다. 하지만 과연 괜찮을까요? 너무 야단스러울지도 모르겠지만 메인뱅크의 지위는 사수해야 한다고 생각합니다."

"그러려면 다이요는 융자액을 확대하지 않으면 안 돼."

"네, 확대해도 전혀 지장이 없다고 생각합니다. 다이요는 물론 어떤 은행이든 눈이 시뻘게지도록 우량 융자처를 찾아 헤매는 시대입니다. 산은은 웨스턴 안건이라는 커다란 선물을 들고 도와건설에 끼어들려고 합니다. 과연 산은은 대단하지만 산은이 하는 대로 가만히 두고 보아서는 안 된다고 생각합니다."

"그런가. 아무리 중형 도은이라도 의지를 보여줘야 한다는 거군."

아라이는 미소를 보였지만 야마모토는 웃지 않았다.

"10 대 3인 상태에서 임원이 둘이나 있는 것은 모양새가 나쁘니까 나와 가리타 상무, 둘 중 하나는 물러나야 한다고 사장님께 말씀드렸네."

"찬성입니다. 가리타 전무님이 물러나시는 것이 좋다고 생각합니다."

"사장님은 그럴 필요까지는 없다고 하셨는데 야마모토는 가리타 상무가 싫은가?"

"기탄없이 말씀드리자면 좋아할 수가 없군요. 제 감정은 제쳐놓더라도 둘은 너무 많다고 항상 생각했습니다."

"잘 알았네. 다이요 상층부의 의향을 듣기 전에 야마모토의 의견을 들어보고 싶었어. 바쁜데 불러내서 미안하군."

"천만에요."

야마모토는 묵례를 하고 자리를 떴다.

6

아라이는 당장 다이요의 비서에게 전화를 걸었다.

"가능한 한 빨리 나카하라 행장님을 뵙고 싶은데 오늘과 내일의 일정이 어떻게 되나?"

"오늘 오후 4시부터 30분 정도라면 괜찮을 것 같습니다."

"약속을 잡아주게. 4시까지 찾아가지."

"알겠습니다."

임원 응접실에 대기하고 있는 아라이의 앞에 나카하라가 나타난 것은 4시 5분이 지나서였다.

"오랜만입니다. 건강해 보이셔서 다행입니다."

"감사합니다. 도와건설은 저렇게 큰 물건을 매입해도 괜찮겠습니까?"

"의외로 싼 매물이었을지도 모릅니다. 다만 소외되었던 교리쓰가 노해서 파견했던 전무를 철수시키고 융자액의 확대에도 응하지 않겠다고 해서 곤란하답니다. 반대로 산은은 1천억 엔을 융자해주겠다는군요."

"1천억 엔!"

나카하라가 날카로운 목소리로 되풀이했다.

"웨스턴 안건에 그만큼 자신을 가지고 있다는 말이겠지요."

"호텔 사업이 그렇게 쏠쏠한가요?"

"도와건설은 이미 브라질과 파나마에서 호텔을 경영하고 있는데 어느 쪽이나 수지는 나쁘지 않습니다. 웨스턴 체인을 손에 넣으면 도와의 사업에 커다란 주축이 되어주겠지요."

"우리 은행의 융자 잔액은 약 3백억 엔이니 산은이 도와건설의 메인뱅크가 되겠군요."

"문제는 그래도 되는가 하는 겁니다."

나카하라는 뚱한 표정으로 딴청을 피웠다.

"아라이 부사장님의 의견은 어떻습니까?"

"메인뱅크의 지위를 산은에 넘기는 것은 내키지 않습니다. 저는 산은에서 사장을 맞이하는 이상 메인에서 서브가 되어도 상관없다고 생각했습니다. 하지만 야마모토가 메인 자리를 사수해야한다고 해서 생각을 바꿨습니다. 융자액을 늘려주면 괜찮지 않을까요? 예를 들어 1

천억을 둘로 나눠서 똑같이 융자한다면······."

"3백억에서 단번에 8백억 엔이 되겠지요. 아무리 다케야마 종목의 필두격이라지만 거기까지 힘을 실어줘도 괜찮을까요?"

나카하라는 미지근해진 녹차를 벌컥벌컥 마셨다.

아라이는 찻잔으로 뻗으려던 손을 물렸다. 이미 다 마셨다는 것을 알아차렸기 때문이다.

"산은 같은 은행이 파격적으로 취급하는 것으로 보아 리스크는 아주 적다고 생각합니다."

"8백억 엔과 5백억 엔이 되어도 산은이 사장을 보낼까요? 아라이 부사장님이 사장으로 올라가고 산은은 부사장을 맡으면 되지 않을까요? 그 점이 아무래도 석연치 않지만."

"그 문제는 이미 결론이 났습니다. 산은이 대형 프로젝트를 제안한 단계에서 와다 사장님의 마음은 정해졌습니다. 그 정도로 간절히 원하던 안건이지요."

나카하라는 아라이를 슬쩍 노려보았지만 반론은 하지 않았다.

"신문에 발표한 직후입니다. 와다 사장님이 한 번 내뱉은 말을 철회하는 것은 부득이합니다."

"다케야마 수상의 후원 덕분에 와다 사장님은 기세가 등등한 것이겠죠."

"맞는 말씀입니다. 가는 곳마다 승승장구입니다."

"이런 때일수록 마음을 단단히 먹어야 합니다. 어떤 함정이 기다릴지 모르니까요."

"전직 대장성 관료인 만큼 신중한 사람이라서요."

사실 아라이는 반드시 그렇다고는 생각하지 않았다. 오히려 와다에

게 위태위태한 구석이 있다고 느꼈지만, '메인뱅크 자리는 사수해야한
다'고 단언한 야마모토의 얼굴이 떠올라서 속마음과는 반대로 말한 것
이다.

"다음 주 상무회에서 의논하고 답을 드리죠."

"감사합니다. 잘 부탁드리겠습니다."

상무회에 거론하겠다는 말은 나카하라에게 그럴 마음이 있다는 증
거였다. 상무회에서 반대의견이 나오리라고는 생각하기 힘들다.

도와건설은 다이요은행에게 보기 드문 우량 거래처다. 메인뱅크의
지위를 넘겨줘도 상관없다고 생각한 것은 잘못이었다고 아라이는 다
이요를 떠났다.

아라이는 차 안에서 야마모토에게 전화를 걸었다.

"방금 나카하라 행장님을 만나서 야마모토의 의견을 전했네. 산은
에 메인뱅크의 지위를 건네지 않아도 될 것 같아."

500억 엔의 융자액 확대를 나카하라가 오케이했다는 말에 야마모
토는 히쭉 웃었다.

"돌아오시는 대로 바로 사장님께 말씀드리세요. 어떤 표정을 하실
지 구경하고 싶군요."

"설마 산은과 1천억 엔을 계약한 것은 아니겠지?"

"그럴 겁니다."

"다이요는 단숨에 300에서 800이 되는데 그렇게 되면 나나 가리타
의 목도 온전하겠지. 이의 있나?"

"아니요, 없습니다."

"도와건설은 다이요에게 비장의 고객이야. 그것은 교리쓰에게도 마
찬가지지. 교리쓰 상층부의 기분도 이해는 가지만 은행이 감정론에

사로잡혀서 행동해서는 안 돼."

갑자기 음성이 끊겼다.

7

아라이는 오후 4시 50분에 회사로 돌아와 야마모토에게 사내전화를 걸었다.

"아까는 미안했네. 자동차 전화의 상태가 나빠서 도중에 끊겼어. 하지만 할 말은 다 했다네."

"네, 1천억 엔을 반반 부담한다고 들었습니다."

"다음 주의 상무회에 건의한다는데 아마 문제없을 거야. 사장님은 지금 혼자 계신가?"

"네, 5시 반에 외출하십니다."

"오늘 안에 보고할까?"

"그러는 편이 좋겠습니다. 야마시타 씨에게 사장님의 일정을 확인한 다음 부사장님께 연락드리겠습니다."

아라이가 사장 집무실에 들어선 것은 5시 정각이었다. 물론 무슨 용건인지는 와다에게 전해지지 않았다.

"나카하라 행장님을 뵙고 왔습니다."

"호오. 대단한 행동력이네. 나카하라 행장님은 뭐라고 하던가?"

"메인뱅크의 자리에 집착하더군요. 1천억 엔의 융자금을 산은과 똑같이 부담하고 싶답니다. 다음 주의 상무회에서 의논하고 결정하기로 했습니다."

"다이요에서 5백억 엔의 융자액 확대를 오케이하겠다고? 고마운 일이군."

"산은이 수락할까요?"

"메인뱅크인 다이요를 무시할 수는 없지. 실은 오늘 밤 다카하시 상무님이 자리를 마련해주셨어. 넌지시 말해봐야지. 5백억씩 부담한다면 서로 좋은 일 아닌가."

"아마 연말까지 11억 달러 중 절반을 앨리스에 지불해야 하지요?"

"응, 엔화로 환산하면 약 690억 엔이야."

"결론을 서두를 필요가 있겠군요."

"그건 일단 산은에 부탁할 생각이었지만 사전에 다이요에 상담하는 것이 도리였어. 내 생각이 너무 짧았네."

와다가 온화하게 말했다. 생각이 짧았다고 자책하는 모습은 아니었다.

"산은의 인재파견은 어떻게 되었습니까?"

"다카하시 상무님께 어떻게 되어 가는지 대충 물어보려고 해. 다카하시 상무님이 오실 수 없다는 것은 분명하지만."

"제가 사장님께 처음 들었던 것처럼 미야모토 상무님이 오시면 원만하게 수습되리라 생각합니다."

"어째서?"

와다의 굵직한 눈썹이 꿈틀거렸다. 와다는 미야모토에게 불만이라도 있는 것일까.

"다이요 상층부는 미야모토 씨라고 생각합니다. 제가 그렇게 말했으니까요."

"산은의 상무라면 누구라도 실력이 뛰어나니까 꼭 미야모토 상무님일 필요는 없어. 다카하시 상무님이라면 더할 나위 없을 텐데 이케지마 회장님이 거절하시는 바람에 실망이 크네."

"……."

"어쨌든 인사 문제는 서두를 필요가 없으니까 내년 3월까지 정하면 되네."

와다가 시계에 시선을 보냈기 때문에 아라이는 자리를 떴다.

다카하시와의 회식은 열흘 전에 결정된 일이지만 그때 다카하시는 전화로 '인사 문제로 긴히 할 이야기가 있다'고 와다에게 말했다.

와다가 아라이에게 "서두를 필요는 없다"고 말한 것과 모순되어 있었다.

와다는 아라이가 미야모토에게 집착하는 것에 무작정 반발하고 있는 것일 뿐일지도 몰랐다.

8

와다와 다카하시가 아카사카의 요정 '나스'의 2층에 있는 작은 개별 룸에서 마주앉은 것은 6시가 되기 5분 전이었다.

"겨우 이케지마 회장님과 나카가와 행장님이 합의하셨습니다. 애초부터 이름이 거론되었던 미야모토 상무님으로 결정되었습니다."

"그렇습니까. 다카하시 상무님에게 바람을 맞은 실망으로 누가 되든 상관없습니다."

"그런 식으로 말씀하시면 미야모토 상무님이 가엾지 않습니까. 미야모토 상무님은 산은의 상무 중에서는 능력이 뛰어난 편입니다. 도와건설에 과분할 정도는 아니지만요."

다카하시는 심각한 표정으로 말한 다음 웃어 보였다.

"전 도와건설을 바람 맞춘 적이 없습니다. 오히려 가고 싶었습니다.

나카가와 행장님은 찬성하신 모양이지만 이케지마 회장님이 거부하시는 바람에 저로서도 어쩔 도리가 없었습니다. 미야모토 상무님은 저 같은 괴짜가 아니니까 저보다 훨씬 나을 겁니다."

"아라이 부사장과는 궁합이 맞을 것 같군요. 대학의 1년 선배지만 전공도 같았고 죽은 동생과는 고교 시절부터 친구였으니 기쁜 마음으로 환영하겠습니다."

두 사람의 종업원이 맥주와 술잔, 서비스 안주, 생선회 등의 요리를 날랐다.

맥주로 건배한 다음 다카하시가 자세를 바로잡았다.

"다음 주 초에 나카가와 행장님이 조지에게 전화를 걸 겁니다. 12월 25일 자로 도와건설의 고문에 취임시키고 싶은 것이 아닐까요?"

"올해 안에요? 상당히 서두르는군요."

"다른 인사 문제와의 균형이 있으니까 서두르는 것이겠죠. 평이사에게 상무라는 장식을 둘러서 내년 5월에 내보내고 싶은 사람이 한 명 있거든요."

와다는 쓸쓸하게 웃었다. 산은이 사람을 내보낼 때 반강제적이라는 소문은 일찍부터 들어왔다. 산은과의 힘 관계를 생각하면 어쩔 수 없는 일이다.

"혹시 곤란할 이유라도 있습니까?"

"아니요, 어떻게든 될 겁니다. 내년 6월의 정기주주총회에서 사장으로 임명하겠습니다. 사장이라는 직함에 어울리는 사무실도 바로 준비하지요."

기름이 자르르 흐르는 다랑어 회를 입에 넣은 와다는 맛이 없다는 듯이 얼굴을 찡그렸다. 아라이의 얼굴이 눈에 선했다.

인사 문제는 서두를 것 없다는 말을 하지 말았어야 했다고 와다는 후회했다.

이번에는 와다가 두 개의 잔에 맥주를 따른 다음 자세를 바로잡았다.

"제 쪽에서 부탁드리고 싶은 일이 있습니다."

"뭐든지 말씀만 하세요."

"다이요은행이 괜히 의욕을 내면서 메인뱅크의 체면상 1천억 엔의 2분의 1인 500억 엔을 융자해주겠다는군요."

"흐으─응. 산은에 메인뱅크 자리를 넘겨주기 싫다는 거네요."

"그런 것 같습니다."

"산은 출신이 사장이 될 겁니다. 그러니 산은이 메인이 되는 것은 당연한 일 아닌가요?"

다카하시는 머리를 갸웃거렸다.

"그것은 포기한 것 같지만 메인의 자리까지 넘기긴 싫다는 것이겠죠."

"조지는 찬성입니까?"

"한꺼번에 1천억 엔은 부담이 클 테니 500씩 융자하면 어떨까요?"

다카하시의 미간에 주름이 깊어졌다. 그리고 고개를 갸우뚱거렸다.

"이케지마 회장님도 나카가와 행장님도 융자에 찬성이라 조금 난처하군요."

"……."

"지금의 환율이면 웨스턴 매수에 약 1,400억 엔이 필요한데 400억 엔은 어떻게 조달할 생각인지……?"

"전환사채를 발행할 생각입니다."

"그렇군요."

다카하시는 팔짱을 끼고 심각한 표정으로 눈을 감았다.

"교리쓰은행은 분위기가 어떻던가요?"

"전무가 사임했지만 250억 엔의 융자 잔액에 대해서는 백지 상태입니다."

"산은이 어떻게 나올지 기다려야겠군요. 250억 엔을 산은이 대신 떠맡는 방법도 있습니다."

"교리쓰도 거기까지는 생각하지 않았을 겁니다. 어쨌거나 제가 나카가와 행장님께 조달액을 부탁드려볼까요?"

"저도 조지의 제안이나 다이요은행이 메인뱅크 지위에 집착하는 것에 대해서 이케지마 회장님과 나카가와 행장님께 사전교섭 해두겠습니다."

"잘 부탁합니다."

밀담을 끝내자 타이밍을 재고 있었던 것처럼 게이샤 세 명이 들어왔다. 한 명은 나이가 많았지만 두 명은 젊고 예뻤다.

9

12월 21일 월요일 오후 2시, 다이요은행의 나카가와 은행장이 아라이에게 직접 전화를 걸었다.

"상무회에서 융자액을 500억 엔으로 확대하기로 결정이 났습니다. 한 명의 반대도 없이 만장일치로요."

"감사합니다. 즉시 와다 사장님께 전하겠습니다."

와다는 외출 중이었기 때문에 아라이는 야마모토를 불러서 이 소식을 와다에게 전하도록 지시했다.

상사이자 사장실 실장인 기타와키 상무가 아라이 부사장이 무슨 용건으로 불렀는지 물어보는 바람에, 야마모토는 사정을 설명했다.

야마모토는 지난주 기타와키에게 다이요 상층부의 의향을 귀띔해두었기 때문에 기타와키는 알았다는 듯이 고개를 끄덕였다.

"정식으로 상무회에서 승인되었다는 말이군. 산은이 납득할지가 문제지만 메인뱅크의 체면을 세워주는 것이 상식이지."

"아라이 부사장님은 사장님께 그 말을 전하는 걸 저에게 하라고 하셨는데 너무 사무적이라는 기분이 듭니다."

"안건의 중요성을 고려할 때 아라이 부사장님 본인이 사장님께 보고해야 한다고 생각하네."

"그럼 아라이 부사장님께 그렇게 말씀드리겠습니다."

"내가 말했다고 하지 말고 자네 의견이라고 하게. 쓸데없이 신경을 쓰면 곤란하니까."

"알겠습니다."

야마모토는 아베 유키코에게 아라이의 스케줄을 확인하고 당장 부사장실로 향했다.

"다이요가 정식으로 인정한 건은 부사장님께서 직접 사장님께 전하는 것이 좋지 않을까요?"

"어째서? 야마모토는 사장님의 신임을 받는 참모가 아닌가?"

"하지만 사안의 성질상 너무 사무적이라는 생각이 들어서요."

"사무적이면 어때서? 사장님도 이미 아시는 일이니 야마모토가 전해도 실례가 되지는 않아."

"외람되지만 산은이 수락할지의 문제도 있으니까, 부사장님께서 사장님께 직접 말씀드렸으면 합니다. 사장님이 돌아오시는 대로 야마시타 씨가 부사장님께 연락을 드릴 겁니다."

야마모토는 스스로도 억지스럽다고 생각했지만, 말썽이 생길 것 같은 예감이 들었기 때문에 아라이의 의견에 따를 수 없었다.

"야마모토가 그렇게까지 말하니 지시에 따르기로 하지."

아라이의 농담에 비아냥이 섞여 있는 것은 분명했다.

"죄송하지만 잘 부탁드립니다."

야마모토는 머리를 깊이 숙여 보인 다음 부사장실을 나갔다.

아라이가 사장 집무실로 향한 것은 오후 4시 50분이다.

"2시쯤 나카하라 행장님의 전화를 받았습니다. 5백억 엔의 융자 확대가 상무회에서 반대 없는 만장일치로 승인됐답니다."

와다의 표정이 어두워졌다.

"실은 산은의 나카가와 행장님이 불러서 산은에 다녀왔는데, 산은은 1천억 엔에 집착하고 있어. 아직 기관 결정이 난 것은 아니고 이케지마 회장님과 나카가와 행장님이 합의한 것에 불과하지만 산은도 한 발 물러나진 않을 거야."

아라이는 야마모토의 감이 날카롭다고 생각하면서 눈썹을 찡그렸다.

"산은은 매력적인 프로젝트를 많이 소개해줬지만 그렇다고 힘으로 메인뱅크 자리를 뺏어도 될까요? 다이요는 산은에서 사장이 나오는 것에 이의를 제기하지 않았습니다. 5대 5는 묘안이라고 생각합니다."

"이렇게 된 이상 나카가와―나카하라 회담이라도 열어볼까? NN회담으로 결정하는 것도 나쁘지 않을 거야."

와다는 큰 소리로 말하고는 껄껄대고 웃었다.

아라이도 웃음이 새어 나왔지만 억지로 굳은 표정을 유지했다.

"그것은 안 됩니다. 중요한 것은 와다 사장님의 의사입니다. 양쪽은행장에 맡기다니 말도 안 됩니다."

"농담이야. 다만 5대 5가 묘안인지에 대해서 난 물음표를 붙이겠어."

"그 말씀은……?"

"지금으로선 딱히 대안이 없지만 5대 5면 산은이 물러나지 않을 것 같은 기분이 들어."

"산은은 아직 기관 결정하지 않았다니까 다이요는 이미 기관 결정을 했다고 나카가와 행장님께 말씀해주시지 않겠습니까?"

"물론 말하겠지만, 지금 생각났는데 교리쓰에게 융자를 철회시키고 산은이 그걸 대신 대주는 조정안은 어떨까?"

"전 반대입니다. 교리쓰와 도와건설은 오랫동안 협력해온 관계입니다. 그 일은 교리쓰의 의사에 맡겨야한다고 생각합니다."

"교리쓰는 감정만 앞세우고 있어. 재무부 부장인 가리타 상무라면 원만하게 수습해주지 않을까? 교리쓰의 250억 엔을 산은이 떠맡으면 750억 엔이 된다. 한편 다이요는 800억 엔이니까 메인뱅크로서의 체면을 유지할 수 있어."

아라이는 야마시타 마사코가 가져다준 찻잔을 손에 들고 천천히 녹차를 마셨다.

교리쓰를 배제하는 것은 최악의 선택지다. 이것만큼은 어떻게든 막지 않으면 안 된다. 어떤 은행이라도 교리쓰와 같은 입장이라면 거기까지 홀대를 받을 이유는 없다고 생각할 것이다.

파견 임원의 철수는 사정상 어쩔 수 없다지만 융자마저 철회하라고, 도와에서 먼저 말을 꺼낼 수는 결코 없다─.

"산은의 나카가와 행장님도 교리쓰 대신 융자하는 일에는 난색을 표할 겁니다. 다이요가 오늘 상무회에서 500억 엔의 융자액 확대를 결정했다고 나카가와 행장님께 전하면 그걸로 문제는 해결될 겁니다."

와다는 불쾌한 표정을 드러냈지만 아라이는 시선을 피하지 않았다.

"아라이 부사장이 원한다면 일단 말은 해보지. 다만 난 은행원이 아니라서 그런지 아라이 부사장이 교리쓰에게 구애되는 이유를 모르겠네."

"나카가와 행장님이라면 알아주실 겁니다."

와다는 또다시 아라이에게 불쾌한 표정을 보였다.

10

아라이가 물러간 다음 와다는 책상 앞에서 다리를 달달 떨면서 한참을 망설이다가 시계를 확인한 다음, 비서인 야마시타 마사코에게 산은의 다카하시 상무에게 전화를 걸도록 명령했다.

시각은 오후 5시 20분. 다카하시가 사무실에 있을지 어떨지 미묘한 시간이다.

전화벨이 울리고 "다카하시 상무님과 연결되었습니다"라고 마사코가 보고했다.

"여보세요……."

"다카하시입니다."

"와다입니다. 바쁘신데 죄송하지만 오늘 다이요에서 융자액을 500억으로 늘리기로 기관결정했다는 연락을 받았습니다. 어떻게 하면 좋을까요? 다카하시 상무님의 의견을 듣고 싶습니다."

"다이요도 제법 강하게 나오네요."

"그만큼 메리트가 높은 프로젝트라는 말이죠. 다카하시 상무님께서 나카가와 행장님께 말씀드리는 편이 좋을 것 같습니다."

"그건 아니지요. 나카가와 행장님이 절 싫어한다는 것을 조지도 알잖아요?"

말투는 정중했지만 단호한 거절의 뉘앙스가 느껴졌다.

"제, 제가 실언을 했습니다. 죄송합니다."

와다가 웅얼웅얼 사과했다. 괜한 전화를 걸었다고 후회했다.

"이케지마 회장님을 번거롭게 할 수는 없으니 조지가 나카가와 행장님과 만나주셔야겠습니다."

"알겠습니다. 바쁘신 다카하시 상무님을 번거롭게 만들어서 죄송합니다. 안심하세요."

산은의 회장, 은행장씩이나 되면 편하게 전화를 걸 수도 없었다. 아니, 이케지마라면 지쿠호회라는 핑계가 있으니까 통화를 하는 것은 그렇게 부자연스러운 일도 아니었다. 두꺼비 같은 울룩불룩한 용모지만 거드름을 피우거나 묘하게 점잖은 체하는 나카가와보다 오히려 친근감이 느껴졌다.

와다는 다카하시와의 통화를 마치고 야마모토에게 사내전화를 걸었다.

"와다인데 잠깐 와주게."

와다가 직접 전화를 걸어온 것은 이걸로 두 번째다. 목소리에서 긴박감이 느껴져서 야마모토는 긴장된 표정으로 사장 집무실로 서둘렀다.

시각은 오후 5시 40분이다. 6시 반부터 식사 약속이 잡혀있기 때문에 와다는 6시에 퇴근하기로 되어 있었다.

8층의 사장실에서 9층의 사장 집무실로 갈 때까지 야마모토는 몹시 고민했다.

아까 와다와 아라이가 만나서 대화를 나눈 것은 알고 있다. 아마 그 대화와 관계된 일일 텐데 심의 담당인 내가 등장할 필요가 있다고는 생각하기 힘들다—.

"부르셨습니까?"

"산은의 비서에게 연락해서 나카가와 은행장과 약속을 잡아주게. 가능하면 내일이나 내일모레가 좋겠군."

"알겠습니다."

"오늘 안에 약속을 잡는데 성공하면 전화해. 내 행선지는 알고 있지?"

"알고 있습니다."

"나가보게."

"실례하겠습니다."

인사를 하고 등을 돌린 야마모토를 와다가 불러 세웠다.

"야마모토, 잠깐만."

"네."

"아직 시간 있지? 할 말이 있으니 거기 좀 앉게."

와다가 소파를 손짓했다. 야마모토는 긴장된 얼굴로 의자에 앉았다.

"야마모토는 다이요은행이 우리 회사의 메인뱅크 자리를 지키려는 것은 알고 있지?"

야마모토는 뜨끔했지만 고개를 끄덕일 수밖에 없었다.

소극적인 아라이를 부추긴 것은 자신이다. 시치미를 뗄 수는 없는 것이 당연하다.

"자네는 다이요은행의 파견 사원이지만 내 참모니까 평범한 파견 사원과는 차원이 달라."

"사장님이 저를 좋게 봐주시는 것은 분수에 넘치는 영광이라고 생각합니다."

"100퍼센트 내 참모 혹은 비서의 입장에서 생각해줬으면 하는데, 난 도와건설의 메인뱅크를 산은으로 바꾸는 것이 좋을 것 같네. 어떻게 생각하나?"

"무척 어려운 질문입니다. 다이요의 파견 사원으로서 입장을 완전히 배제하는 것은 불가능합니다. 솔직히 말씀드려서, 1퍼센트라도 다이요를 고려하면 사장님의 마음에 드는 대답을 드릴 수가 없습니다. 하지만 억지로 배제하면, 두 은행을 병립시키는 것이 좋을 것 같습니다. 대기업의 경우 메인뱅크를 두 은행, 세 은행으로 병립하는 곳이 많습니다. 주력은행을 산은과 다이요, 두 곳을 병립시켜도 지장이 없다고 생각합니다."

깊이 생각하지 않고 반사적으로 내뱉었지만 야마모토는 나쁘지 않은 대답이라는 생각이 들었다.

와다가 커다란 눈을 크게 뜨고 팔짱을 끼었다.

"메인뱅크를 두 은행으로 병립시킨다, 라……. 그만 나가보게나."

11

와다―나카가와의 회담은 23일 오전 8시부터 팔레스호텔의 특별실에서 조찬 형식으로 이루어졌다.

나카가와의 시간이 그때 말고는 비지 않았기 때문이다.

나카가와는 다이요은행이 메인뱅크의 자리를 고집한다는 말을 듣고 노골적으로 얼굴을 찡그렸다.

"와다 사상님은 괜찮습니까?"

"당연한 일이지만 어디까지나 산은의 승낙을 얻는 것이 전제입니다."

"사장은 산업은행에서 낼 거지요?"

"물론입니다. 그 문제는 다이요은행과 합의 중입니다."

"그러나 메인뱅크의 지위는 계속 유지하고 싶다는 것이죠?"

"선대 때부터의 오랜 협력관계이니까 구애를 받는 것도 충분히 이해가 갑니다."

나카가와는 프랑스 빵을 적당한 크기로 잘라서 입에 넣었다.

와다는 옥수수 스프를 떠먹으면서 힐끗 나카가와를 훔쳐보았다. 불쾌감을 느낀 나카가와의 뺨이 불룩한 것은 입안에 든 빵 때문이 아니라는 것이 일목요연했다.

"어느 쪽이 도와건설의 이득이 될까요? 메인뱅크가 산업은행인 것과 다이요은행인 것은 무척 다르다고 생각하는데요."

"맞는 말씀입니다. 다만 감정적으로 고참 사원들은 다이요은행에 향수가 있는 모양입니다."

도와건설의 상무회는 매주 화요일 오전 9시에 개최되고 있다.

어제 열린 상무회에서 와다는 은행에서 1천억 엔을 조달한다는 것, 산은과 다이요의 대응 그리고 교리쓰의 임원 철수에 대해서 명백히 밝혔다.

데라오 전무는 상무회에 출석하지 않고 12월 25일 퇴임하기로 결정되었다.

"산은은 너무 강대합니다. 메인뱅크는 친근감을 느낄 수 있는 다이요가 좋지 않을까요?"

대표이사 부사장으로 토목본부장을 맡고 있는 가와구치의 발언에 반대하는 사람은 한 명도 없었다. 설마 아라이가 사전에 교섭을 했다고는 생각할 수 없었다. 어쩌면 아라이의 인덕인지도 모른다고 와다는 생각했다.

"미야모토 상무를 사장으로 보내는 것은 중지하는 편이 좋을까요?"

"나카가와 행장님, 그런 말씀은 농담으로라도 하지 마세요."

와다는 환하게 빛나는 눈으로 나카가와를 쳐다보았다.

"사장을 내는 산은이 서브라는 것도 뭔가 어긋나지 않습니까?"

"미야모토 상무님은 동생 쇼지로의 둘도 없는 친구라는 사정도 있습니다."

"하지만 5대 5 융자를 수락했다고 이케지마 회장님께 말씀드리면 아마 기가 막힌다면서 절 비웃을 겁니다. 와다 사장님은 지쿠호회에서도 이케지마 회장님과 각별한 사이라고 들었습니다. 저는 오케이하지 않았던 걸로 하고 이케지마 회장님께 직접 말씀드리는 것은 어떨까요?"

"나카가와 행장님만 좋으시다면 제 쪽에는 이견이 없습니다."

와다는 문득 다케야마 수상에게 부탁하면 어떨까 하는 생각이 들었지만 그것은 아니다.

"그래도 산은 은행장의 체면이 말이 아닌데 어쩔 수 없는 일일까요."

나카가와가 대등 융자를 승낙할 리가 없다는 것이 확실해졌다.

슬슬 카드를 섞을 타이밍이라고 와다는 생각했다.

"다이요의 융자 잔액과 산은의 융자액을 대등하게 만들면 어떨까요? 메인뱅크가 두 군데가 되지만 힘 관계는 역력하니까 다들 실질적으로는 산은이 메인이라고 생각할 겁니다."

나이프와 포크를 쥔 나카가와의 손이 멈췄다.

"흐으—음."

나카가와는 팔짱을 끼고 천장을 올려다보았다.

"그걸로 다이요은행이 납득할까요?"

"납득해주지 않으면 곤란합니다. 나카가와 행장님, 반씩 출자하는 걸로 산은이 납득해주셨으면 합니다."

"알겠습니다. 그걸로 타협하죠. 와다 사장님께는 큰 빚을 졌습니다."

"빚을 졌다니요? 그 반대라고 생각합니다."

"설마요."

아무래도 도와건설과 산은의 최고경영자 회담은 성공리에 끝난 것 같다.

12

그 날 오전 9시 35분에 와다가 야마모토를 호출했다.

야마모토가 사장 집무실에 얼굴을 내밀자 와다와 아라이가 담소하고 있었다.

딱딱했던 야마모토의 얼굴에서 긴장이 풀렸다.

야마모토는 와다가 손짓하는 대로 소파로 다가갔다.

"앉게나."

"실례합니다."

야마모토는 아라이에게 묵례를 한 다음 아라이의 옆에 앉았다.

"나카야마 행장님과의 회담 결과를 아라이 부사장에게 보고하던 참이야. 야마모토에게도 알려주는 편이 좋을 것 같아서 오라고 했네."

"야마모토가 사장님께 지혜를 빌려줬나 보군."

"죄송합니다."

야마모토는 고개를 숙였다.

"자네 덕분에 원만하게 정리되었네. 우수한 참모를 가진 난 참 행복한 사람이라고 아라이 부사장에게 말하고 있었어. 궁지에서 구해줘서 정말로 고맙네."

"천만의 말씀입니다."

와다가 머리를 숙이는 바람에 야마모토도 덩달아 다시 머리를 숙였다.

노크 소리가 들리고 야마모토 마사코의 얼굴을 들이밀었다.

"사장님, 산은 다카하시 상무님의 전화입니다. 어떻게 할까요?"

"연결해줘."

"저는 이만 실례하겠습니다."

아라이가 일어났기 때문에 야마모토도 따라서 일어나려고 했다.

"두 사람 다 수고했습니다."

와다는 말리지 않았다.

야마모토가 문을 닫았을 때 아라이가 '잠깐 들렀다 가게'라고 말을 걸어왔다.

부사장실의 소파에서 마주앉자마자 아라이가 높다란 목소리로 말을 꺼냈다.

"어떻게 하면 주력은행 병립이라는 아이디어가 나올 수 있지? 너무 놀라고 감탄하는 바람에 난 아직도 가슴이 두근거려."

"그저께 저녁에 100퍼센트 사장님의 참모라는 입장에 서서 의견을 말해보라고 사장님이 명령하셨습니다. 그래서 순간적으로 메인뱅크가 둘이면 어떻겠냐고 말씀드렸습니다."

"나이요 파견 사원이라는 입장을 완전히 배제하는 것은 불가능하다고 말했다지?"

"그런 말을 했던 것 같습니다. 1퍼센트라도 다이요의 입장을 고려하면 다이요가 메인뱅크인 것은 바꿀 수 없다고, 고려하지 않으면 반씩 출자할 수밖에 없다고……."

"난 야마모토가 메인뱅크의 지위를 사수해야 한다고 독려한 것을 말해버렸어. 하지만 야마모토는 그보다 더한 이야기를 사장님께 말씀드린 셈이야."

"주제넘은 짓을 했습니다."

"무슨 소린가."

"……."

"다카하시 상무님이 사장님에게 전화를 건 것은 5대 5 융자를 받아들였기 때문이라고 생각해."

"그렇다면 좋겠지만 또다시 파란이 일어나는 것이 아닌지 걱정입니다."

"아니, 산은은 받아들일 수밖에 없을 거야."

아라이는 얼굴을 찡그렸지만 금방 웃는 얼굴이 되었다.

"앞으로 그 대역을 짊어져야만 해. 나카하라 행장님이 거부권을 발동하면 난 도와건설을 그만둘 수밖에 없어."

"확률은 어느 정도인가요?"

"반반일까? 빈손으로 돌아갈 수는 없다고 마음을 단단히 먹는 수밖에."

"어쩐지 가슴이 뛰기 시작합니다."

"나도 아직 가슴이 뛰어. 야마모토의 귀한 아이디어를 무위로 돌리는 짓은 안 해. 흥분으로 온몸이 떨려."

"나카하라 행장님과는 언제 만나십니까?"

"11시에 약속을 잡았네. 시간이 20분밖에 없다더군."

야마모토는 고개를 갸웃거렸다. 고작 20분으로 나카하라를 설득할 수 있을까. 오늘은 듣기만 하고 끝날지도 모른다.

게다가 500억 엔의 융자액 확대는 기관 결정된 상태다.

"엄청난 대역을 맡아서 도망치고 싶을 만큼 긴장되지만 자네에게 지지 않도록 마무리하고 오겠네."

"좋은 소식을 기대하겠습니다."

"제일 먼저 결과를 알려주겠네. 11시 반에 자리에 있을 건가?"

"책상에 딱 붙어 있겠습니다."

아라이는 흥분으로 귓불까지 시뻘게져 있었다.

"산은은 메인뱅크의 자리를 노리고 있을 거야. 산은이 굴욕적인 메인뱅크 병립을 허락하게 되었으니 다이요도 양보할 수밖에 없겠지."

"맞습니다. 메인 병립인가 서브가 될 것인가, 양자택일이라면 선택지는 하나밖에 없습니다."

"나도 그렇게 생각하네."

노크 소리와 함께 들어온 아베 유키코가 녹차가 담긴 찻잔을 테이블에 늘어놓았다. 아라이도 야마모토도 목이 말랐기 때문에 마치 물을 들이켜듯이 단숨에 녹차를 마셨다.

13

산은의 다카하시가 와다에게 전화를 걸었다. 아라이가 예상했던 대로 다이요와 절반씩 융자하는 것을 수락하겠다는 내용이었다.

산은과 다이요는 격이 다르다. 융자액이 대등하다면 사실상의 메인뱅크는 산은이라고 생각하는 것이 당연했다.

야마모토는 이것을 와다 본인에게 들었다.

같은 날의 오후 1시가 지나서 와다가 야마모토를 호출했다.

"아라이 부사장이 11시에 다이요의 나카하라 행장님을 만나기로 했다고 들었는데 아직 아무 연락도 없나?"

"네, 일이 손에 잡히지 않을 만큼 마음에 걸리는데 아직 연락은 없습니다."

야마모토는 점심시간에도 줄곧 사장실 심의 담당인 자기 책상에서 떨어지지 않고 대기했다.

'제일 먼저 결과를 알려줄게'라고 아라이는 말했다. 나카하라는 비어있는 시간이 20분밖에 없었기 때문에 11시 반에는 자동차 전화로 연락을 주겠다고 아라이는 말했다.

그런데 오후 1시 10분이 되도록 아라이에게서는 연락이 없었다.

"사장님도 아직 연락을 받지 못하셨습니까? 사장님께 호출을 받았을 때 다이요의 결론을 들을 수 있다고 생각했는데요."

'제일 먼저……'라고 했던 것을 와다에게 밝힐 필요는 없다.

"프라이드가 높은 산은 같은 은행이 양보해주었는데 다이요가 꾸물거리면 곤란해. 난 다카하시 상무님과의 신뢰관계를 망칠 수는 없으니까 나카가와 행장님과 조찬을 마치자마자 전화를 걸었어. 아마 다카하시 상무님은 나카가와 행장님과 이케지마 회장님을 만나기 전에 사전교섭을 해주었을 거야. 난 이케지마 회장님이 이해해주리라 믿었고 실제로 그렇게 되었어. 산은이 웨스턴 체인의 일대 프로젝트를 우리 회사에 소개준 것은 메인뱅크가 되는 것이 전제였기 때문이겠지. 그런 산은이 다이요와의 메인뱅크 병립을 인정해주었어."

"하지만 다이요에게 메인뱅크 병립은 굴욕적인 일일지도 모릅니다."

"어째서?"

사장 집무실의 소파에서 와다는 눈을 부릅뜨고 큰 목소리로 물었다.

"산은과 다이요의 힘 관계는 역력합니다. 병립은 명목에 불과합니다. 그리고 이미 기관결정을 했다는 사실이 있습니다. 아라이 부사장님과 나카하라 행장님이 의견 조정이 난항할 것은 충분히 예상됩니다."

와다는 다시 눈을 부릅뜨고는 얼굴을 찡그렸다.

"명목상이긴 해도 메인의 체면은 유지할 수 있잖나. 야마모토는 내 참모 중의 참모라고 감탄했었는데, 지금의 발언은 다이요의 파견 사원의 의견에 불과해. 다이요의 첩자라고 말하고 싶을 정도야. 기관결정을 바꾸는 것은 그리 어렵지 않다고 생각하네."

"외람되지만, 일전에도 말씀드렸듯이 파견 사원이라는 입장을 잊을 수는 없습니다. 무엇보다 다이요와 도와건설 사이에서 샌드위치 상태가 되어 있는 아라이 부사장님의 고충을 염려할 수밖에 없는 제 입장을 이해해주셨으면 합니다."

와다의 표정이 한층 험악해졌다.

야마모토는 서둘러 말을 이었다.

"하지만 아라이 부사장님은 다이요 수뇌부를 설득해주실 겁니다. 산은이 도와의 메인뱅크 자리를 노린 것은 1천억 엔을 융자하겠다고 의사표시를 한 것만 보아도 확실합니다. 설령 명목상이라고 해도, 굴욕적인 메인뱅크 병립을 수락한 셈이니까 다이요도 양보할 수밖에 없겠지요. 이것은 아라이 부사장님께도 말씀드렸습니다. 아라이 부사장님도 메인 병립인가 서브가 되는가, 양자택일이라면 선택지는 하나밖에 없다고 하셨고요. 특히 다이요가 어떤지는 모르겠지만 은행은 수속 등에 구애를 받는 경향이 있으니까 시간이 걸리는 것이라고 생각합니다. 아라이 부사장님의 낭보는 잠시 기다려주십시오."

무시무시했던 와다의 표정이 누그러졌다.

"첩자라니 내가 말이 너무 심했군. 미안하네."

"천만에요. 신경 쓰지 마십시오."

야마모토는 소파에서 일어나 머리를 숙였다.

14

야마모토와 와다가 대치하기 2시간 정도 전, 아라이의 보고를 들은 나카하라 은행장의 안색이 변했다.

"지금 농담합니까? 전 다이요은행의 은행장으로서 결코 승낙할 수 없습니다. 상무회의 결정을 뭐라고 생각하는 겁니까? 메인 병립은 말도 안 돼요. 다이요는 도와건설의 메인뱅크입니다. 신참인 산은이 갑자기 병립 메인뱅크라니 용납하기 어렵군요. 게다가 사장까지 산은에서 맞이하잖습니까. 왜 산은의 말을 들어야 하는 겁니까?"

"도와건설이 산은에서 사장을 맞이하는 것은 이미 결정된 일로, 미야모토 도시오 상무님은 돌아가신 와다 쇼지로의 친구이고 저도 그라면 불만이 없습니다. 본 건과는 관계가 없는 사항이니 부디 별개의 문제로 생각해주세요."

결코 관계가 없다고는 말할 수 없다. 아라이는 내심 다카하시 슈헤이가 아니라서 다행이라고 생각했지만 눈을 부릅뜨고 말을 이어나갔다.

"산은은 당연히 메인뱅크의 자리를 주장했습니다. 그런데 병립까지 양보했습니다. 와다 사장님은 그걸 위해서 다케야마 총리에게 머리를 숙이고 매달리는 것도 고려했을 정도로……."

턱이 뾰족한 나카하라의 얼굴이 아수라처럼 일그러졌다. 나카하라가 아라이의 말을 가로막았다.

"그런 말은 처음 듣습니다. 메인뱅크를 주장하다니 어이가 없군요. 도무지 상대를 못 하겠어요. 그만 돌아가시죠."

"빈손으로 돌아갈 수는 없습니다. 승낙하시지 않으면 가리타도 저도 도와건설을 그만둘 수밖에 없습니다. 교리쓰는 데라오라는 전무를 철수시켰는데 다이요도 감정만 앞세울 겁니까?"

핏발이 선 나카하라의 눈동자가 번득거렸다.

"행장님, 냉정하게 생각해보십시오. 와다 사장님은 행장님과 산은의 나카하라 행장님과 셋이서 의논하고 싶다고 했지만, 전 나카하라 행장님이라면 반드시 이해해주실 거라고 큰소리를 쳤습니다. 다시 한 번 상무회를 열어서 산은의 신규 융자와 다이요의 융자잔액과 신규 융자가 똑같아지도록 의논해주십시오. 필요하다면 제가 스즈키 회장님께 설명하겠습니다."

"……."

"유감스럽게도 우리 은행에는 산은 같은 능력이 없습니다. 산은을 끌어들인 와다 사장님의 역량은 높이 평가합니다. 다이요와 산은을 병립 메인으로 삼는 의의는 크다고 생각합니다. 교리쓰의 와타베 행장님은 감정만 앞세워 도와건설과의 결렬을 선택했지만, 나카하라 행장님은 와타베 행장님과는 다르다는 것을 보여주시길 바랍니다. 인물도 인격도 나카하라 행장님이 훨씬 뛰어나다고 믿고 있습니다."

"교리쓰는 융자도 철회시켰습니까?"

나카하라의 목소리가 얼마간 평정을 되찾았다.

"아직 확실히 결정하지 못한 것 같지만 가능성은 있다고 봅니다."

"결렬한다는 것은 그런 뜻이겠죠. 난 옛날부터 난폭한 녀석이 은행장이 되었다고 생각했습니다."

나카하라와 와타베는 1952년에 도쿄대학 경제학부를 졸업한 동창으로 라이벌 의식이 없다고 하면 거짓말이 될 것이다.

나카하라가 담배를 물었기 때문에 아라이는 서둘러서 탁상 라이터로 손을 뻗었다.

연기를 내뿜으면서 나카하라는 뚱한 얼굴로 테이블에 설치되어 있는 버저를 눌렀다.

비서가 달려왔다.

"오늘 일정은 전부 취소해주게. 그리고 회장님이 계시면 즉시 뵙고 싶다고 전해줘."

"회장님은 자리에 계십니다."

"5분 후에 아라이 부사장님과 찾아뵙겠다고 하게."

금속 테의 안경 너머로 신경질적으로 쉴 새 없이 눈을 깜박거리면서, 중년의 비서는 아라이에게도 묵례를 하고 나갔다.

"언제까지 대답을 하면 될까요?"

"가능하면 오늘 안에 주셨으면 합니다. 행장님과 회장님의 승낙만 받으면 상무회의 추인은 문제없을 겁니다."

"아라이 부사장님도 토건회사로 옮긴 후로 낯가죽이 두꺼워졌다고 할까요? 뻔뻔해졌다고 할까요? 배짱이 두둑해지셨군요."

나카하라는 농담으로 흘려들을 수 없는 말을 하면서 담배를 재떨이에 비벼서 껐다.

재떨이나 찻잔을 집어 던진다고 해도 이상할 것이 없을 만큼 격노했던 나카하라가 차분해진 것에 아라이가 얼마나 안심했는지 모른다.

15

"설명해 주십시오. 전 궁지에 몰린 아라이 부사장님이 안타까워서 오케이했지만 이런 터무니없는 이야기를 회장님이 승인하실지 어떨지⋯⋯."

아라이는 차분하게 말할 작정이었지만 기분이 고양되어 있었기 때문에 가끔 감정이 북받쳐서 눈물이 쏟아질 뻔했다. 하지만 감정을 억누르고 정중하게 이렇게 된 경위를 천천히 시간을 들여 설명했다. 30분은 넘게 걸렸을 것이다. 산은의 나카가와 은행장과 와다 사장이 회담을 가졌다는 것, 와타베 은행장이 와다 사장에게 저지른 언동 등도 자세하게 이야기했다.

그리고 '긍지 높은 산은이 억지로 메인뱅크의 자리를 빼앗지 않고, 다이요와의 병립을 수락한 것은 와다 사장님의 배후에 다케야마 총리가 진을 치고 있기 때문은 아닐까 짐작합니다. 회장님과 행장님의 승낙을 받지 못하면 저는 책임을 져야만 합니다. 오늘 와다 사장님께 사표를 제출하겠습니다'라고 마무리했다.

"그러고 보니 이케지마 회장님은 지쿠호회의 종신 회장이죠? 이케지마 회장님은 와다 사장님의 체면을 생각해서 양보할 생각일 겁니다. 저도 웨스턴 체인은 저렴한 매물이라고 생각하기 때문에 아라이 부사장님의 말씀처럼 산은의 능력에 감탄하고 있습니다."

스즈키는 과거 아라이를 부은행장으로 천거했지만 나카하라의 찬성을 얻지 못했다. 나카하라는 자신의 비위를 맞추려고 하지 않는 아라이를 배제한 것이다.

오후 12시 20분에 회장실에서 고급 도시락을 먹으면서 잡담을 나누다가, 아라이는 미야모토가 12월 25일 자로 산은 상무를 사임하고 도와건설의 고문으로 취임한다는 것을 밝혔다.

"그래서 오늘 중에 답을 주셨으면 합니다."

나카하라가 뚫어지게 쳐다보는 바람에 아라이는 작게 고개를 끄덕였다.

스즈키가 참견했다.

"이 사안의 긴급성을 고려해서 오늘 안에 임시 상무회를 열면 어떨까? 도쿄에 있는 부은행장, 전무, 상무들을 소집해서 아라이에게 설명하게 하는 편이 알기 쉽고 설득력도 있지 않을까?"

"상무회에 외부인을 출석시킬 수는 없습니다. 전에는 우리 은행 직원이었다지만 현재는 도와건설의 부사장입니다."

나카하라는 가끔 사람을 바보 취급하는 일이 있다. 아라이가 슬쩍 스즈키의 안색을 살피자 불쾌한 티를 드러내고 있었다.

스즈키의 얼굴에는 이런 놈을 후임 은행장으로 지명하는 것이 아니었다고 적혀 있었다. 현재의 인사권자는 나카하라다.

"농담이야. 하지만 긴급 상무회를 열든 일일이 찾아가서 설득하든 오늘 안으로 결론을 내도록 하게."

"회장님, 배려해주셔서 감사합니다."

아라이는 고개를 숙였다. 감정이 북받쳐 올라서 한동안 고개를 들 수 없었다.

"회장님 뜻이라면 그렇게 하겠습니다."

"응."

더이상 불꽃 튀는 일이 생기지 않아 아라이는 가슴을 쓸어내렸다.

"아라이 부사장님, 오늘 중으로 비서를 통해서 연락하겠습니다."

"잘 부탁드립니다."

아라이가 다이요은행 본점 건물의 지하 주차장에 세워둔 전용차에 올라탄 것은 오후 1시 40분이었다.

전용차가 출발하여 건물을 빠져나왔을 때 아라이는 야마모토에게 자동차 전화를 걸었다.

"네, 사장실의 야마모토입니다."

"아라이일세. 이제야 회장님, 행장님과의 면담이 끝났어. 오래 기다렸지?"

"아닙니다. 불길한 예감이 들었는데 부사장님의 목소리를 들으니 마음이 놓입니다. 안심해도 되는 거지요?"

"많은 일이 있었지만 잘 해결되었네. 돌아가서 천천히 이야기하지. 사장님은 뭘 하고 계신가?"

"외출하셨지만 오후 4시에는 돌아오실 겁니다."

"걱정 많이 하셨지?"

"네, 무척 안절부절못하셨습니다. 결과만이라도 먼저 알려드리고 싶은데 제가 말씀드려도 될까요?"

"물론이지. 회장님, 행장님의 오케이는 받았어. 오늘 안에 긴급 상무회를 열어서 정식으로 변경하기로 했어."

"용케 거기까지……."

"빈손으로 돌아가지 않게 되어서 나도 어깨가 한결 가벼워졌어. 회장실에서 도시락을 먹었는데 도통 넘어가질 않아서 국만 먹었어."

"저도 점심을 먹지 못했습니다. 메밀국수리도 주문해둘까요?"

"그거 좋지. 2시까지는 도착할 것 같으니까 내 방에서 야마모토의 몫까지 2인분 아니, 3인분을 주문하라고 아베에게 전해주게."

"3인분요?"

"야마모토가 2인분을 먹을 거잖아?"

"아니요, 1인분이면 충분합니다."

"그렇다면 2인분만 주문하도록. 이따가 보세."

"알겠습니다."

메밀국수가 아라이보다 늦게 도착하겠다고 생각하면서 야마모토는 아베 유키코에게 전화를 걸었다.

다행히 기타와키는 자리를 비우고 있었다. 와다를 제치고 기타와키에게 먼저 보고할 수는 없다.

유키코의 다음으로 야마모토는 수상 관저에 전화를 걸었다.

와다가 전화를 받을 때까지 4분이나 걸렸다.

"어떻게 되었나?"

초조한 것 같은 와다의 질문에 야마모토의 어조가 빨라졌다.

"스즈키 회장님, 나카하라 행장님의 승낙을 받았답니다. 아라이 부사장님은 다이요가 오늘 안에 긴급 상무회를 개최할 것이라고 말씀하셨습니다."

"그거 다행이야. 총리께도 보고해두겠네."

전화는 일방적으로 끊어졌다.

제6장 차기 사장

1

도와건설은 12월 25일 오후 2시부터 임시 상무회를 개최했다.

첫 번째 안건은 일본산업은행에서 거액의 융자를 받는 문제, 두 번째 안건은 같은 날에 산은의 대표이사 상무인 미야모토 도시오를 고문으로 맞이하는 문제다.

매주 화요일의 정례 상무회는 와다 사장의 독무대로 끝나는 일이 많았다. 와다의 친동생이자 부사장이었던 고 와다 쇼지로가 실무를 담당했던 시절, 쇼지로가 출석하면 형제끼리 격렬하게 논쟁하는 일도 있었고 발언자도 많았다. 그러나 최근에는 와다 세이이치로의 독불장군 같은 태도가 두드러져서 부사장진들도 발언을 삼가게 되었다.

"산은에서 웨스턴 체인의 매수자금을 500억 엔 이상 융자받기로 했네. 다이요은행에서도 상당액의 융자를 받을 예정이라 메인뱅크 병립이라는 형태를 취하게 되었어. 우여곡절은 있었지만 아라이 부사장의 노력으로 다이요은행이 양보해준 덕분에 메인 병립이 실현되었네. 무언가 질문 있나?"

와다는 임원 회의실의 가운데가 뚫린 장방형 테이블을 에워싸고 앉아있는 사람들을 돌아봤다.

기타와키 상무가 손을 들었다.

"말해보게."

"교리쓰 출신인 데라오 전무님의 사임은 정례 상무회에서 승인되었다지만 융자 철회 문제는 어떻게 되어있습니까?"

기타와키의 질문은 짜고 치는 것이나 마찬가지다.

"미정이야. 그 건은 아라이 부사장에게 맡길 생각일세."

와다는 옆에 앉은 아라이 쪽으로 고개를 비틀어 "잘 부탁하네"라고 말한 다음 다시 주위를 둘러보았다.

"교리쓰가 어떻게 나오느냐에 달렸지만, 산은과 다이요의 융자액에 대해서는 아라이 부사장과 미야모토 고문이 조정하기로 했어."

와다는 아리이에게 가볍게 고개를 까닥이고 나서 말을 이어나갔다.

"그러면 두 번째 안건으로 들어가기 전에 미리 말해두겠는데, 산은은 우리 회사의 주식 2.6퍼센트를 취득했어. 한편 다이요는 4.4퍼센트를 소유하고 있으니까 융자액은 동등해도 다이요가 메인뱅크라는 사실에는 변함이 없을 거라고 보네."

와다는 기침을 한 번 하고 두 번째 안건으로 들어갔다.

"오늘부터 일본산업은행 대표이사 상무인 미야모토 도시오 씨를 고문으로 맞이하게 되었네. 내년 6월 말의 정기 주주총회에서 이사로 임명한 다음 총회 후의 이사회에서 사장으로 선임하고 싶다고 생각하는데 이의 있나?"

이의가 있을 리가 없다.

"그러면 미야모토 씨를 소개하겠네."

상무회의 사무국이기도 한 사장실 실장 기타와키가 와다에게 묵례를 하고 자리를 떴다.

다른 방에서 대기하고 있던 미야모토가 임원 회의실에 들어온 것은 그로부터 2분 후였다.

온후해 보이는 외모에 신장도 175센티미터는 되는 것 같았다. 윤곽도 뚜렷하다.

"오늘 자로 일본산업은행 대표이사 상무에서 물러나 도와건설의 고문으로 취임하게 된 미야모토 도시오 씨를 소개하겠습니다."

와다는 미야모토를 위해서 왼쪽 자리를 비워두고 있었다.

"앉으시게."

선 채로 인사하려던 미야모토는 와다의 권유로 "실례합니다"하고 고개를 숙인 다음 착석했다.

"미야모토라고 합니다. 부족한 점이 많지만 앞으로 잘 부탁드립니다. 저는 제네콘, 건설업계를 담당한 경험이 없습니다. 완전히 문외한입니다. 그래서 일찌감치 고문으로 나와 열심히 배우라는 산업은행 최고경영자의 배려라고 생각합니다. 돌아가신 와다 쇼지로 씨와는 고등학교, 대학교에서 친분이 있었습니다. 또 즈시의 저택에도 여러 번 놀러 갔었기 때문에 선대이신 와다 다로 사장님을 고교 시절부터 뵈어왔습니다. 유리코 부인께서도 따뜻하게 맞아주셨습니다. 명문 도와건설에 입사하게 되다니 기대 이상의 기쁨입니다. 이번 일이 그런 인연과 관계가 없다고는 생각되지 않습니다. 와다 세이이치로 사장님은 저보다 5년 선배입니다. 아버님과 마찬가지로 후지 산처럼 까마득한 존재였는데도 즈시에서 뵐 때마다 항상 친절하게 말을 걸어주신 것을 기억합니다. 와다 사장님의 리더십 덕분에 도와건설의 미래는 밝다고 봅니다…….”

미야모토는 와다 너머의 아라이를 보면서 말을 이어나갔다.

“아라이 부사장님과는 학생 시절부터 친하게 지냈습니다. 일전에 와다 사장님으로부터 일본 국내는 아라이 부사장과 자네에게 맡기겠다, 오늘부터 사장이 된 마음으로 열심히 일해 달라고 격려해주셨습니다. 당연히 농담이지만 아라이 선배의 지도와 지시에 따라 미력하나마 힘을 보태고자 합니다. 감사합니다.”

미야모토는 일어나서 사방을 향해서 머리를 숙였다.

아라이의 박수를 시작으로 전원이 미야모토에게 박수갈채를 보내며 임시 상무회는 30분 만에 종료했다.

2

사장실로 돌아온 기타와키가 전원에게 이야기했다.

“미야모토 고문은 산은의 상무치고는 겸손한 사람이더군. 산은은 자존심으로 똘똘 뭉친 사람이 많다고 들었는데 어쩐지 친근감이 느껴졌어. 오만한 성격일 거라고 생각했는데 말이야.”

야마모토는 다카하시 상무에게서도 위압감을 느낀 적이 없었다. 그것을 말해야 하나 망설이는 와중에 자기 책상 위의 전화가 울렸다.

사장의 직속 비서인 야마시타 마사코였다.

“사장님이 부르십니다. 오실 수 있습니까?”

“바로 가겠습니다.”

야마모토는 "사장님이 부르십니다."하고 기타와키에게 양해를 구한

다음 양복 상의를 걸치면서 자리를 떴다.

와다는 책상에 앉은 채로 소파를 권하지 않았다.

"부르셨습니까."

"야마모토는 내 참모지만 일단 미야모토 고문의 비서로서 연락 담당을 맡아주게. 3월까지는 일주일에 두 번 출근하겠지만 4월에는 한 달간 산은의 때를 벗어버리기 위해서 부인과 유럽여행을 할 생각이라는군. 우리 회사에는 야마모토만큼 눈치가 빠른 사람은 없으니까 잘부탁하네."

야마모토는 잠자코 머리를 숙였다.

"내 앞의 방이 미야모토 고문의 사무실인데 지금 혼자 있을 테니 잠깐 들려서 인사라도 드리게."

"네, 그렇게 하겠습니다."

야마모토는 책상 앞과 문 앞에서 한 번씩 인사를 한 다음 사장 집무실을 나갔다.

맞은편의 임원실은 와다 쇼지로 부사장이 생전에 사용했던 곳이라고, 야마모토는 누군가에게 들은 기억이 있었다.

노크를 하자 들어오라는 대답이 돌아왔다.

"실례합니다."

"아, 야마모토. 와다 사장님이나 아라이 부사장님께서 자네 이야길 많이 하시더군. 이것저것 번거롭게 하겠지만 아무쪼록 잘 부탁하네. 혹시 시간 괜찮나?"

"네."

"앉게나."

"실례합니다."

미야모토는 책상을 벗어나 소파에 자리를 잡았다.

고문실은 곧 사장 집무실로 바뀔 것이다. 기분 탓인지 아라이의 사무실보다도 넓은 것처럼 보였다.

주위를 둘러보면서 미야모토가 쉰 목소리로 말했다.

"이 방은 쇼지로가 사용했던 곳이라지? 감개무량하다고 할까 가슴이 먹먹하군. 나에게는 둘도 없는 친구였어. 쾌남에 나이스 가이였지. 쇼지로 같은 친구는 다시 만날 수 없을 거야."

미야모토의 눈이 촉촉해졌다.

"병약하신 분이었다고 들은 적이 있습니다."

"병약?"

미야모토의 목소리가 한층 낮아졌다.

"천만에. 아주 건강한 친구였어. 도와건설의 해외부문은 쇼지로가 혼자서 일으킨 것이나 다름없어. 게다가 싱가폴이나 홍콩에서 본업인 토목 관계 업무를 맹렬하게 해치웠어. 타이완에서 쓰러졌는데 굳이 따지자면 과로사야. 체력을 과신하고 있었겠지. 일밖에 모르는 사람이었으니까. 한때는 상태가 안정되어서 회복될 수 있을 거라고 기대하고 있었는데……."

미야모토는 손수건으로 눈물을 닦으면서 울먹거렸다.

"도대체 누가 쇼지로가 병약하다고 했나?"

"다이요은행의 동료에게 들었습니다. 실례했습니다."

"세이이치로 사장님은 대장성 관료 출신으로 좋게 말하면 야심가에 엘리트 의식도 강하지만 쇼지로는 본업인 토목에 좀 더 힘을 쏟아야 한다는 의견을 가지고 있었어. 에미코 부인과의 만남이 와다 사장님께 호텔업에 뛰어들게 만든 동기를 부여한 것 같지만."

미야모토는 해외에서의 호텔 사업 전개에 회의적인 모양이라고 야마모토는 생각했다.

"아까 아라이 부사장님과 이야기했는데 웨스턴 체인은 아마 잘 풀리리라 생각하고 큰 리스크도 없을 거야. 해외 사업을 더 크게 확대해도 좋을지 어떨지 우리는 브레이크 역할도 겸할 필요가 있다고 생각해. 와다 사장님의 참모로서 엄청난 파워의 소유자 같은데 나에게도 힘을 빌려주게."

"과찬의 말씀이십니다. 아직 한참 모자랍니다만. 오히려 미야모토 고문께 여러모로 배우고 싶습니다. 잘 부탁드리겠습니다."

미야모토는 아직 할 말이 더 있는 것 같았지만 야마모토는 재빨리 물러났다.

3

야마모토는 본인의 책상에서 가와하라 료헤이에게 전화를 걸었다. 가와하라는 자리에 있었다.

"나 야마모토야."

"오랜만이네. 산은에 메인뱅크를 빼앗기고 낙심한 것은 아닌가 걱정했어. 그런데 어쩐 일이야?"

야마모토는 심호흡을 한 번 한 다음 나지막한 목소리로 말했다.

"가와하라의 정보도 믿을 게 못 되더군."

"무슨 소리야? 결론부터 말해봐."

"너 와다 쇼지로의 몸이 약하다고 했었지? 도대체 누구에게 들은 거야?"

"기억이 안 나는데. 그게 왜?"

"오늘 산은의 미야모토 상무님이 도와건설의 고문이 되었어. 미야모코 고문은 쇼지로 씨의 둘째가라면 서러운 친구로, 쇼지로 씨는 체력을 과신하는 경향은 있을 만큼 건강한 사람이었대. 너무 일만 하다가 과로사한 것이나 다름없다더군. 게다가 해외사업을 담당하고 있었던 모양이던데?"

반응이 없었다.

"여보세요……?"

"듣고 있어."

"엉터리 정보를 가르쳐주면 어떡해. 난 차기 사장님 앞에서 창피해 죽을 뻔했다고."

"묘하게 시비조다 싶었더니 그런 일이 있었나."

"얼렁뚱땅 넘어가지 마. 내가 몸이 약한 분이었다고 들었다니까 미야모토 고문이 어이없어하더라. 유족 앞에서 말실수한 것이 아니라 다행이지. 회사 업무 때문에 과로사한 사람을 보고 몸이 약했다고 떠들어댔다면 날 가만두지 않았을 거야. 입은 재난의 근원이라니까 조심하라고. 내 이름을 밝혀도 좋으니까 너에게 그런 정보를 준 사람에게 강력한 클레임을 걸어줘."

야마모토는 전화를 끊으려고 했지만 가와하라가 제지했다.

"그 일은 알았어. 그런데 너한테 그런 말까지 들어야 하다니 뭔가 찜찜한데. 지금 도와건설 해외부문의 주력사업은 호텔이잖아. 해외사업도 토목에서 호텔로 옮겨가기 시작한 것이 분명하고 그 구심점은 와다 사장이잖아. 쇼지로 씨가 국내를 총괄하던 시절이 있었던 것은 확실해. 세이이치로 사장과 달리 토박이니까."

"……."

"무엇보다 병약했다는 내 정보가 믿을 게 못 된다는 말은 흘려들을 수가 없구나. 생각해봐라. 산은이 도와에 주선해준 대형 프로젝트의 정보를 알아낸 것은 내가 가장 빨랐을 거야. 게다가 교리쓰는 그것마저 입수하지 못했다면서."

야마모토는 수화기를 오른손에서 왼손으로 바꿔 잡으면서 쓴웃음을 머금었다.

"그건 인정하지. 그것 때문에 너와 나의 신뢰관계에 금이 갈 일은 없으니까 안심해라."

"따지려고 전화를 걸어놓고 무슨 헛소리야."

"신경이 곤두서 있거든. 무엇보다 차기 사장님께 엄중한 주의를 받았어. 내 입장도 이해해줘."

"너야말로 병약했다는 말을 왜 차기 사장에게 한 거야?"

"대화 도중에 어쩌다 보니 나왔어. 반대로 난 말하길 잘했다고 생각해. 잘못된 견해를 가지고 있었던 것이니까."

"생각났다. 병약하다는 말은 도와건설의 직원에게 들었어. 토건업자 중에는 뭐든지 대충대충 넘어가는 녀석이 많거든."

야마모토는 문득 '안경 쓴 저팔계' 후쿠타 준의 얼굴이 뇌리에 떠올랐다. 그 남자라면 충분히 그러고도 남았다.

"후쿠다 상무를 알고 있나?"

"이름 정도는. 무법세계를 혼자서 맡고 있는 사람이지? 그 후쿠다가 왜?"

"아니, 아무것도 아니야. 너한테 엉터리 정보를 흘린 사람이 후쿠다 상무인가 싶어서."

"그런 사람이랑 친할 리가 없잖아. 이렇게 보여도 돌다리도 두들겨 보고 건너는 은행원이라고."

"알았어. 어쨌거나 내 이름을 내세워서 주의를 주라고."

"그렇게까지 할 필요는 없다고 생각하지만 야마모토의 이름을 밝히고 말해둘게. 너에게 피드백해도 될까?"

"물론이지."

"상당한 거물이야."

"그렇다면 정말로 터무니없는 놈이잖아."

"야마모토가 사장님의 총애를 받고 있다는 것은 도와건설 내부에도 널리 알려져 있으니까 좀 생각해봐야겠지."

"아니, 단단히 주의를 줘."

"알았어."

야마모토와 가와하라의 긴 통화가 겨우 끝났다.

4

가와하라와의 통화가 끝나고 얼마 안 있어, 야마모토는 사내전화로 아라이 부사장에게 호출되었다.

시계를 보자 오후 4시 25분이었다.

아라이는 굳은 표정으로 야마모토에게 소파를 권했다. 야마모토도 덩달아 긴장하기 시작했다.

"야마모토의 의견을 듣고 싶어. 교리쓰와의 관계를 어떻게 하면 좋겠나?"

야마모토는 즉각은 대답할 수가 없었다.

교리쓰는 산은에서 사장을 맞이하는 것이나 대형 프로젝트에서 소외된 것에 앙심을 품었다. 상층부는 감정적으로 반응하여 파견 임원을 12월 25일 오늘 자로 철수시켰다.

남은 문제는 약 250억 엔에 달하는 융자 잔액이었다. 상식적으로 생각하면, 과잉유동성의 시대에 심의 담당이 참견할 문제는 아니었다.

"사장님은 내버려두고 하셨네. 미야모토 상무님을 고문으로 맞이한 것을 신문에 발표했나?"

"아닙니다. 일일이 발표할 만한 일이 아니라는 것이 기타와키 상무님의 판단입니다. 본인도 시기상조라고 하시더군요. 당분간 조용히 있고 싶다고 기타와키 상무님께 말씀하신 것 같습니다."

"그래. 사장으로 취임하는 것은 반년 후고 상근 고문인 것도 아니니까."

"……."

"다만 산은과 다이요의 조정은 서두르지 않으면 안 돼. 사장님 명령이 미야모토 고문과 내게 맡기셨는데, 교리쓰를 어떻게 카운트할 것인지 전제가 확실하지 않은 이상 조정할 방법이 없으니까."

"교리쓰의 스미토모 회장님과 와타베 행장님이 필요 이상으로 감정적으로 나오는 모양이지만 일단 제로로 괜찮지 않을까요?"

야마모토는 자기 의견과 반대되는 말을 늘어놓았다.

아라이는 뚱한 얼굴로 팔짱을 끼고 다리를 꼬았다.

"난 사장님과는 반대로 교리쓰가 융자를 한꺼번에 철회할 리가 없다고 생각해. 돈이 남아도는 세상이야. 그것이 은행의 논리지. 기한이 다 된 융자를 연장해주지 않을 가능성은 있지만."

야마모토는 속으로 히죽 웃었다.

와다는 지나치게 기고만장해 있었다. 그러나 입장 상 그런 말을 할 수는 없었다.

"교리쓰에서 도와건설을 담당하는 부서는 도쿄영업본부 제3부입니다. 가리타 상무님에게 제3부장인 다니구치谷口 이사와 만나보라고 하면 어떨까요?"

"담당과 이야기하는 걸로 괜찮을까? 가리타 상무에게 맡겨도 될지 어떨지가 문제군."

아라이의 뺨에서 긴장이 풀려갔다.

야마모토도 덩달아서 표정을 누그러트렸다.

둘 다 가리타를 높이 평가하지 않았다. 해결된 문제를 도로 망쳐버리고도 남을 남자였다.

"내가 도쿄영업본부 부장인 야마카와山川 전무를 만나볼까? 그와는 대학 동창이고 저자세로 대화할 필요도 없으니 괜찮겠지."

"저자세로 나갈 필요는 애초에 없다고 생각합니다."

"아니야. 도와건설과 교리쓰는 오랜 협력관계잖아. 대주주이기도 하고."

아라이가 표정을 굳히면서 말을 이어나갔다.

"사장님이 세게 나가는 것은 결코 바람직하지 않아. 벼는 익을수록 고개를 숙인다는 속담을 떠올려주시면 좋겠군. 그런 말을 할 수 있는 사람은 다케야마 수상이나 산은의 이케지마 회장밖에 없겠지만."

"차기 사장님이라면 완곡하게 말씀드릴 수 있지 않을까요?"

"무리야. 그런 배짱도 없을 테고 산은에서는 보기 드문 조정형의 신사야. 그렇기 때문에 도와건설의 사장으로 적임인 거지."

대학 1년 후배인 미야모토가 사장으로 취임한다는 사실에 아무런 반감도 없다고 한다면 거짓말일 것이라고 야마모토는 생각했다.

"부사장님은 올해 안에라도 산은과의 조정을 끝낼 작정이십니까?"

"거기까지는 모르겠군. 하지만 하루라도 빨리 야마카와 전무를 만나볼 생각이네."

산은은 전무를 두지 않기 때문에 상무 이상의 임원이 대표권을 가지고 있다. 교리쓰와 다이요는 전무 이상이 대표권을 가진다.

"메인 병립의 아이디어를 짜낸 사람은 야마모토니까 앞으로도 의논 상대가 되어주게."

아라이는 웃으면서 소파에서 일어났다.

야마모토는 와다 사장이 미야모토 고문과의 연락 담당을 맡겼다는 사실을 아라이에게 밝혀도 될지 살짝 주저하다가, 일어선 김에 털어놓자 아라이는 또다시 웃음을 터트렸다.

"사장님과 미야모토 고문에게 들었네. 모두가 야마모토만 믿고 의지하는 바람에 몸이 열 개라도 모자라겠어."

"그렇지도 않습니다. 다만 사장실에서는 두드러진 존재가 되었습니다."

"다들 자네 실력을 높이 사고 있겠지."

"그런 것이 아닙니다. 질투하는 사람은 어떤 세계에나 존재하는 법이지만 시선이 너무 따갑습니다."

"그런 것을 일일이 신경 쓸 야마모토가 아니잖나."

"뻔뻔하다고 말씀하고 싶으신 거지요?"

"천만에. 하지만 야마모토의 경우 유능하다는 이유로 미운털이 박힐 리가 없어. 다이요의 파견이라는 입장이 있으니까. 그 점이 나와는 많이 다르지."

"무슨 뜻입니까?"

"이렇게 보여도 사방팔방에 신경을 쓰고 있거든."

"실례지만 그렇게는 보이지 않습니다. 부사장님은 언제나 마이 페이스라는 느낌입니다."

"그건 터무니없는 오해야."

아라이는 껄껄 웃었다.

5

다음 날 아침, 평소보다 1시간 늦은 7시 반에 기상한 야마모토는 A신문을 들고 화장실로 들어갔다.

1면의 칼럼을 읽은 다음 경제란을 펼쳤다가 깜짝 놀랐다.

'미야모토, 사장으로 취임', '산은이 도와건설의 메인뱅크로'라는 3단 제목이 눈에 띄었다.

도와건설(와다 세이이치로 사장, 자본금 217억 엔)은 25일 상무회를 열어 일본산업은행의 상무이사를 사임한 미야모토 도시오 씨를 고문으로 맞이하기로 결정했다. 미야모토 씨는 내년 6월에 도와건설의 사장으로 취임한다.

도와건설은 기계화 토목에 강한 중견 제네콘으로 9기 연속 증수증익을 달성했으며, 웨스턴 호텔 체인을 매수한 것을 계기로 산은과의 제휴를 강화하여 산은에서 사장을 맞이하기로 했다고 밝혔다.

도와건설의 수뇌진에 따르면 산은에서 웨스턴 호텔 체인의 매수자금을 융자(5백억 엔 이상)받은 결과, 사실상의 메인뱅크가 다이요은행에서 산은으로 바뀌었다.

웨스턴 체인은 미국을 중심으로 호텔업을 전개하고 있으나 도와건설은 호텔 사업을 수익원의 주축으로 삼는 경영전략을 내놓았다.

미야모토 씨는 1958년에 도쿄대를 졸업. 같은 해 4월에 산은에 입사하여 1984년에 6월에 이사, 1986년 6월에 상무로 취임했다.

야마모토는 나오려던 것이 쑥 들어가 버렸다. 화장실에서 나와 심각한 표정으로 다리를 떠는 야마모토에게 미유키가 물었다.

"어쩐 일이에요? 항상 20분은 걸리는 사람이?"

"뱃속 상태에 이변을 일으킬만한 기사가 실렸어. 오늘은 토요일이라 쉬는 날이지만 바빠질지도 모르겠어."

야마모토는 A 신문을 식탁 위로 던졌다.

두 사람 모두 파자마 위에 카디건을 입고 있었다.

"어디에 실렸어요?"

야마모토는 3단 제목을 오른손 중지로 두드렸다.

미유키는 신문기사를 대충 훑어보고 이상하다는 듯이 고개를 갸웃했다.

"이 기사가 왜요? 오보는 아니잖아요?"

"발표한 타이밍이 문제야. 상근 고문이 된 다음에도 괜찮았는데 A 신문에 누설하고 싶어 하는 바보가 있었어. 어쩌면 사장님일지도 모르지."

"오너 사장이 흘린 것이라면 전혀 문제없잖아요?"

"우리 같은 말단의 입장을 모르니까 곤란한 거야. 이 기사 때문에 고생할 사람이 너무 많아."

"당신도 그중 한 명이라는 거네요."

"바로 그거야. 하지만 가장 당황한 사람은 아라이 부사장님이 아닐까. 아직 기사를 읽지 않았을지도 모르지만."

6

7시 45분에 야마모토의 집으로 전화가 걸려왔다.

벨 소리를 들으면서 '호랑이도 제 말 하면 온다더니'라고 야마모토는 중얼거렸다.

"내가 받을까요? 집에 없다고 하면 되잖아요."

"아니야. 내가 받을게."

야마모토는 수화기를 들었다.

"네, 야마모토입니다."

"여보세요. 내가 깨웠나?"

"뭐야? 가와하라잖아."

"무슨 반응이 그래?"

"미안, 미안. 아라이 부사장님 전화라고 생각했거든."

"그렇다면 벌써 기사를 읽었구나."

"가정의 사정이란 거지. 너니까 말해주는 건데 원래는 발표하지 않기로 되어 있었어. 경영자가 정보를 흘린 걸까?"

"그럴 가능성이 크지만 산은일 가능성도 부정할 수 없겠지."

"범인이 누구든 귀찮게 됐어. 신문을 보고 머리에 피가 솟구친 사람이 잔뜩 있겠지."

"야마모토는 가장 노한 사람이 누구일 것 같아?"

"교리쓰의 경영자 두 사람이겠지. 설마 융자를 철회한다고 말을 꺼내지는 않겠지만. 다이요의 상층부도 단단히 뿔이 났을걸?"

"산은이 누설했다고 짐작하는 것은 교리쓰를 무시하고 싶기 때문이야. 그 점에서 산은과 도와건설의 이해가 일치하지 않을까? 장기신용은행인 산은 쪽이 금리는 살짝 높지만 정보량 등의 플러스알파를 고려하면 우리나 산은보다도 차용인에게 메리트가 있다고 생각할 수도 있어."

야마모토는 가와하라의 의견은 조금 틀리다고 생각했다. 애초에 와다는 교리쓰의 와타베 은행장을 만나 융자액의 확대를 부탁한 사실이 있다. 와타베가 승낙했다면 일이 더 복잡해졌을지도 모른다. 물론 시점은 어긋나지만.

"여보세요……."

"응. 가와하라의 말이 무슨 뜻인지는 알겠는데, 교리쓰 같은 은행이 250억 엔이나 되는 융자액을 한꺼번에 변제하라고 하진 않을 거야. 빚은 많아도 도와건설은 엄연한 우량기업이니까."

대기업은 금융기관에서 돈을 빌릴 때 단기융자는 약속 어음, 장기융자는 증서대부 계약을 맺는다.

증서대부는 어음대부와 달리 계약서를 고치는 등의 복잡한 수속을 밟을 필요가 없다. 그 밖에는 당좌대월 계약이 있지만, 이 시점에서 건설업에는 거의 적용되지 않았다.

당좌대월이란 당좌예금의 거래처에 대해서 미리 약정한 일정금액(대월 극도액)의 범위 내라면 언제든지 당좌예금의 잔액을 초과하여 발행된 수표에 대하여 지급한 채권을 말한다.

교리쓰가 융자를 철회한다고 결정하면 결제계좌에 예금을 제외한 금액을 입금하지 않으면 안 되는데, 산은은 기꺼이 대신 지급해줄 것이다.

"결국 방은邦銀(외국 주재 일본 은행) 중에서 유일한 국제투자은행인 산은의 제안력에 다이요도 교리쓰도 패배한 셈이군."

"교리쓰는 모르겠지만 다이요는 아직 진 것이 아니야. A 신문의 기사는 오보야. 메인은 다이요다. 출자비율을 보면 바로 나오잖아. 다이요는 4.4퍼센트, 산은은 2.6퍼센트야.

"융자액은 어떻게 되는데?"

"귀가 밝기로 유명한 가와하라가 모르다니 별일이네. 흐응, 그렇구나."

야마모토는 과장되게 악센트를 넣어가며 말했다.

가와하라가 속사포처럼 대꾸했다.

"애태우지 말고 빨리 말해봐."

"최종적으로는 어떻게 될지 모르겠지만 대등해질 거야. 굳이 말하자면 메인 병립이지."

"사장이 산은 출신인데 그럴 수는 없지. 메인은 산은, 서브가 다이요야. A 신문은 오보를 낸 것이 아니야. 네 주장은 임기응변에 불과해."

"마음대로 지껄여라. 우리가 얼마나 고생하는지도 모르면서 함부로 말하는 게 아니야."

"아픈 곳을 찔렸나 보지?"

"천만에. 가와하라와 내 손익이 대립하는 것도 아니니 너와 입씨름을 벌일 이유가 없어. 따라서 찔릴 것도 없지."

가와하라의 목소리가 갑자기 부드러워졌다.

"28일의 망년회는 어쩔 거야?"

"현재로썬 전혀 약속할 수 없는 상태야. 잘난 척을 할 생각은 없지만 난 사장님과 부사장님, 차기 사장님의 참모라서 말이지."

야마모토는 농담조로 말했지만 입사 동기들과의 망년회는 취소할 수밖에 없었다.

"2차만이라도 상관없으니까 얼굴을 내밀어라."

"알았어. 그럴게."

가와하라와의 긴 통화를 끝낸 야마모토의 등을 미유키가 찰싹 때렸다.

"완전히 밀리는 것 같았어요."

"당신까지 왜 이래? 내 완승이야. 끽소리도 못하게 꺾어버렸다고."

"거짓말하지 말아요."

또 전화벨이 울렸다.

기타와키였다.

"통화 중이더군. 사장님은 아니겠지?"

"아닙니다, 다이요의 동기와 통화했습니다."

"신문은 읽었나?

"네, 입이 간지러운 사람이 있는 모양입니다."

"설마 야마모토는 아니겠지?"

"농담이라도 그런 말씀은 마세요. 저는 사장님이 수상하다고 생각합니다."

"동감일세. 월요일에라도 자네가 슬쩍 물어봐 주게. 야마모토에게는 뭐든지 말할 테니까."

"알겠습니다."

"A 신문의 기사에 대해서 내가 사장님께 여쭤보는 것이 좋을 것 같나? 자네가 내 입장이라면 어쩌겠나?"

"여쭤보지 않을 겁니다."

야마모토는 울화가 치밀어서 내뱉듯이 대답했다.

7

A 신문에 '미야모토, 사장으로 취임', '산은이 도와건설의 메인뱅크로'의 정보를 흘린 사람은 다른 누구도 아닌 기타와키 상무였다.

물론 야마모토는 알 방도가 없었지만, 범인을 찾아봤자 헛수고로 끝날 것은 명료했다. 정보 제공자를 숨기는 것은 신문기자의 기본이다. 기타와키가 입을 다무는 한 결코 들킬 리가 없다.

야마모토는 기타와키와의 통화를 끝낸 다음 식탁에 앉아 턱을 괴었다.

미유키는 식사 준비를 시작했다.

야마모토는 아라이 부사장에게 전화를 걸어야 할지 망설였다. 계기가 기타와키와의 통화라는 점은 엄청 짜증스러웠지만, '나도 회사원'이라고 속으로 중얼거리면서 아라이의 자동차 전화의 번호를 눌렀다.

야마모토는 아라이가 지바 현千葉県의 유명 골프장에 간다는 것을 파악하고 있었다. 10시쯤 느지막이 스타트한다고 들었기 때문에 8시 5분인 현재는 아직 차 안이라고 봐도 지장이 없을 것이다.

하지만 A 신문을 읽었을 가능성은 높다고 야마모토가 예상했던 대로 아라이는 기사를 읽은 상태였다.

"쓸데없는 짓을 하는 사람이 있군. 교리쓰를 자극한 데다 다이요의 윗선도 불쾌하겠지."

"저에게도 전화가 두 통이나 걸려왔습니다. 한 명은 다이요의 동기고 또 한 명은 기타와키 상무님입니다. 제가 정보를 흘린 것이 아닌지 의심하는 바람에 화가 나더군요. 농담도 정도가 있지요."

"확실히 악질적인 농담이군. 기타와키 상무도 골프를 치고 있을 텐데 골프장에서 일부러 야마모토에게 전화를 걸 줄은 몰랐어. 도대체 무슨 속셈일까?"

"사장님께 슬쩍 물어보라고 지시하더군요."

"아무리 오너 사장이라도 본인이 누설했다고 고백하지는 않겠지. 교리쓰와의 관계가 꼬일 가능성도 있고 다이요도 불쾌해 할 테고. 득이 될 게 하나도 없어."

"글쎄요, 어떨까요…?"

전파 상태가 나쁜지 전화에 잡음이 섞여서 야마모토는 "여보세요" 하고 아라이를 불렀다.

"응, 듣고 있네."

"와다 사장님이 그만큼 산은을 편애한다고 봐야할까요?"

"으—음. 그것은 있지. 최고경영자가 그렇게까지 균형을 잃어도 되는지 모르겠군. 월요일이 골치 아프겠어."

"동정합니다."

"무슨 일이 있다면 내일 전화해 주게."

운전사가 들을까 봐 신경이 쓰이는지 아라이는 서둘러 전화를 끊었다.

야마모토가 아라이가 통화하고 있던 바로 그 순간, 기타와키도 와다와 전화로 대화를 나누고 있었다. 와다도 사이타마埼玉의 유명 골프장에 도착해 있었다.

"A 신문을 보셨습니까?"

"물론 읽었네."

"어떻게 하면 될까요?"

"내버려두면 되네."

와다의 목소리는 평소와 다름이 없었다. 오히려 밝다고 볼 수도 있을 것이다.

"홍보부문 담당자로서 책임을 느낍니다. 저는 야마모토가 흘린 것이 아닐까 추측했습니다."

"그렇다면 야마모토는 거물이야. 진짜 도와맨 이상이 아닌가. 칭찬해주고 싶을 정도야."

"저도 그렇게 생각합니다."

기타와키는 당황해서 대꾸했다.

"하지만 그럴 리가 없어. 야마모토는 균형감각은 뛰어나지만 결국은 은행원이니까. 야마모토가 이류은행 따위 때려치우고 진짜로 도와맨이 되어준다면 기쁘겠군."

"사장님, 그것은 있을 수 없는 일입니다."

"하지만 모르는 일이잖나. 야마모토는 완벽하게 날 도와주고 있어. 우리 사장이 영원히 산은 출신일 것도 아니잖아. 다이치에게 물려주기 전에 야마모토를 사장으로 두는 시기가 있어도 나쁘지 않다고 생각하네. 기타와키니까 이런 말도 털어놓는 거지만."

기타와키는 아연해졌다. 쇼크였다. 와다가 야마모토를 그렇게까지 높이 평가하고 있었다니.

"저도 사장님의 심정을 모르는 것은 아니지만 급여 수준이 역력하게 다르고 이류은행이라고는 해도 다이요는 엄연한 도시은행이잖습니까."

"시작할 시간이야. 이만 끊겠네."

철컥, 수화기를 내려놓는 소리가 묘하게 크게 들렸다. 기타와키는 한동안 프런트의 빨간 전화기 앞을 떠나지 못했다.

와다 다이치는 세이이치로의 장남이다. 유명 사립대를 나와 작년 4월에 도와건설에 입사했다.

지금은 영업부의 말단사원이다.

자신에게는 사장이 될 가능성이 없다. 그만한 역량이 없다는 것은 자각하고 있었지만, 주력은행의 파견사원에 불과한 저런 애송이를 그렇게까지 높이 평가하다니 와다는 미쳤다―. 기타와키는 야마모토에게 질투했다.

8

아침 식사를 마치고 오전 9시가 지났을 무렵 야마모토의 아파트로 전화가 걸려왔다.

손짓으로 미유키를 제지한 야마모토는 신문을 놓고 식탁에서 일어났다.

"네, 야마모토입니다."

"미야모토일세. 휴일에 전화해서 미안하네. A 신문을 보고 쇼크를 받았어. 여기저기서 전화가 와서 난처하다네. 누가 흘렸는지 모르겠지만 어떤 의도가 있는 걸까?"

"저도 미야모토 고문을 포함해서 3통의 전화를 받았을 정도니까 고문은 더 힘드셨을 겁니다."

"맞아. 이럴 줄 알았으면 골프를 거절하는 것이 아니었다고 후회해. 그만큼 집사람이 고생했겠지만⋯⋯."

미야모토는 가마쿠라鎌倉에 살고 있다. 어제까지 요코스카 선의 그린차로 통근하고 있었다.

"유리코 사모님까지 전화를 주셨네. 세상을 뜬 쇼지로의 이야기도 포함해서 장시간 통화를 했어."

미야모토와 유리코의 통화 내용은 다음과 같았다.

"신문을 읽고 나는 기뻐 어쩔 줄을 모를 지경이야. 이게 다 천국에 있는 쇼지로 덕분이라고 생각해. 자네가 사장이 되어준다면 도와건설의 미래는 창창할 거야."

"아직 한참 앞의 일이고 제가 도움이 될지 어떨지 모르겠습니다. 어제도 쇼지로가 병약했다는 등 터무니없는 소리를 하는 사원이 있어서 단단히 야단을 쳤습니다."

"어머나, 기가 막혀라. 도대체 누가 그런 말을 했지?"

"다이요은행에서 나온 파견사원입니다."

"설마 야마모토라는 젊은이는 아니겠지?"

"야마모토가 맞습니다. 하지만 야마모토도 다른 사람에게 들었다고 하니까 그에게는 아무 잘못도 없습니다. 엄중하게 주의를 주었고요."

"쇼지로가 얼마나 노력했는지는 내가 제일 잘 안다네. 세이이치로 보다 쇼지로가 훨씬…….."

"어머님, 딱히 어떤 속셈이 있는 발언이 아니라 단순한 오해라고 생각합니다. 쇼지로는 도와건설을 위해서 애를 쓰다가 과로사한 것이나 다름없고…….."

유리코의 울음 섞인 목소리에 미야모토의 눈시울도 덩달아 뜨거워졌다.

"쇼지로는 지기 싫어하는 성격이었으니까 형인 세이이치로와 대립하는 경우가 있었을지도 몰라."

"말씀하시는 대로입니다. 도와건설의 해외사업의 기초를 닦고 발전시켰지요."

"난 호텔 같은 사업에 열중하는 세이이치로가 제정신이 아닌 것 같아."

"그것은 그것대로 의미가 있는 사업입니다."

"어머, 내가 괜한 소리를 했네. 산은 덕분에 사업이 잘된다는 걸 깜박했어. 생각해보면 그래서 미야모토가……."

"천만의 말씀입니다."

"조만간 이케지마 회장님께 인사를 드리러 가고 싶어."

"그럴 필요는 없습니다. 반년 간 고문으로 열심히 공부 하겠지만 세이이치로 사장님께 쓸모가 없다는 소리를 들을지도 모릅니다. 그렇게 되어도 부디 용서해주십시오. 정중하게 전화까지 주셔서 감사합니다."

"히로코나 손자들도 얼마나 기뻐하는지 몰라."

"이만 실례하겠습니다."

유리코는 더 통화를 하고 싶어 했지만 미야모토의 쪽에서 끊었다.

야마모토는 자기 이름이 거론된 줄 꿈에도 몰랐었지만, '여보세요……' 하고 부르는 소리에 미야모토에게 물었다.

"사장님께서 전화를 하셨습니까?"

"아니야. 자네에게 전화한 이유는 만약 나와의 인터뷰를 요청하는 매스컴 관계자가 있어도 전부 거절해 달라는 말을 해두고 싶어서일세. 다른 사원들에게도 철저하게 지시해두게."

"알겠습니다. 기타와키 상무님 이하 전원에게 거절하도록 알려두겠습니다."

확실히 인터뷰 요청이 올 가능성이 있다. 다케야마 종목이기도 한 도와건설을 주목하는 사람들이 많다는 사실을 잊어서는 안 된다고 야마모토는 생각했다.

"28일 월요일에 출근하십니까?"

"괜찮다면 이번 주는 출근하지 않을 생각이네."

"알겠습니다."

미야모토가 12월의 다섯 번째 주에 출근하지 않겠다고 결정한 것을 야마모토는 처음으로 알았다.

9

28일 월요일 조회시간에 기타와키가 잘난 척 말했다.

"A 신문에 정보를 흘린 범인이 사장실에 있다고는 생각하지 않지만 앞으로도 충분히 주의하도록. 사장님은 범인을 찾지 말라는 의견이셨네. 야마모토, 뭔가 다른 의견은 있나?"

고바야시 차장 같은 사람들을 제치고 말단인 나를 가장 먼저 지명하는 것은 이상하다고 생각하면서 야마모토는 말했다.

"엊그제 아침 미야모토 고문이 집으로 전화를 거셨습니다. 매스컴에서 인터뷰 요청이 들어와도 전부 거절해달라고 지시하셨습니다. 다들 그 점을 철저히 명심해주셨으면 합니다."

"철저히 명심? 자네는 마치 사장님이라도 된 양 큰소리를 치는군."

비아냥거리는 기타와키의 말투에 야마모토는 발끈해서 대꾸했다.

"외람되지만 무슨 뜻입니까? 머리가 나쁜 저도 이해할 수 있도록 자세히 설명해주십시오."

"자네는 사장님의 참모 역할도 맡고 있는데, 사장님이 그런 명령을 내리셨나?"

"아니요."

"그렇다면 내가 하는 말이 이해될 텐데?"

"전혀 모르겠습니다. 상무님은 뭔가 오해하시는 것 같습니다. 저에게 철저히 지시하라고 말씀하신 분은 미야모토 고문입니다. 그리고 미야모토 고문은 차기 사장으로 취임하실 분이고요."

"그런 것쯤은 굳이 말하지 않아도 알고 있어."

기타와키는 더 흥분했다.

괜한 말을 한 것 같다고 생각하면서도 야마모토는 한 발짝도 물러나지 않았다.

"다시 말씀드리겠지만, 철저히 지시하라는 말씀을 하신 분은 미야모토 고문 본인입니다. 믿어지지 않는다면 확인해 보십시오."

기무라 홍보 담당부장이 야마모토를 돕기 위해서 끼어들었다.

"이미 홍보 쪽으로 몇 건인가 인터뷰 요청이 들어왔지만 전부 거절해두었습니다."

"잘 부탁드립니다."

야마모토는 뺨을 누그러트리며 기무라에게 묵례했다.

고바야시 차장이 천장을 올려다보며 날카로운 목소리로 말했다.

"그나저나 도대체 누가 누설한 걸까요?"

야마모토는 살짝 험악한 눈초리로 기타와키를 노려보았다.

기타와키는 야마모토의 시선을 피하며 딴청을 피웠다.

역시 '사장님이 수상하다'는 말은 하기 곤란한 모양이었다.

기무라가 무언가 발언하려는 순간 노크 소리와 함께 '실례합니다'라면서 도미나가 가오리가 회의실로 들어왔다.

그리고 야마모토에게 쪽지를 건넸다.

"알겠습니다. 즉시 가겠습니다. 사장님이 부르셔서 가봐야겠습니다."

야마모토는 느슨하게 풀어둔 넥타이를 고쳐 매면서 가오리를 따라 회의실을 나갔다.

최악의 타이밍이라고 생각하면서 야마모토는 등 뒤로 따가운 시선을 느꼈다.

사장 집무실의 책상 앞에 선 야마모토를 와다가 불쾌한 표정으로 올려다보았다.

"방금 아라이 부사장과 이야기했는데 A 신문의 기사에 대해서 신경질적으로 반응할 필요는 없다고 생각하네. 아라이 부사장은 교리쓰에 어프로치 하고 싶다고 했지만, 난 그쪽이 무슨 말을 할지 한동안 사태를 관망해보자고 했으나 반대하더군. 야마모토는 어떻게 생각하나?"

"연말의 다망한 시기에 산은과 다이요의 융자액에 대해 결론을 내리지는 않겠지만 우리 쪽에서 어프로치 하는 편이 좋다고 생각합니다."

"자네도 아라이 부사장과 같은 의견인가."

"……."

"기타와키는 토요일 아침에 골프장까지 전화를 걸어왔지만 허둥거릴 필요는 없다고 생각하네."

예상했던 대로 기타와키가 와다에게 전화를 걸었다는 것을 알았다.

"미야모토는 뭐라고 하던가?"

"네, 보고가 늦어져서 죄송합니다. 사장실의 조회가 끝나는 대로 보고드릴 생각이었습니다……."

"결론부터 말해보게."

"매스컴의 인터뷰는 일절 응하지 않겠다고 하셨습니다. 그리고 이번 주에는 출근하지 않겠다고."

"역시 긍지 높은 산은맨 답군. 그것뿐인가?"

"여기저기서 전화가 걸려오는 바람에 난처하신 것 같았습니다."

"어머니도 전화를 하셨지?"

"네."

"나한테도 전화하셨어. 쇼지로가 인도해준 거라는 둥 말도 안 되는 소리를 늘어놓던데 어머니가 왜 그렇게 신이 나셨는지 모르겠어."

와다는 조금 불쾌한 표정을 했지만 금방 무표정이 되었다.

"29일부터 1월 3일까지 상파울루에 간다고 말했던가?"

"아니요."

"이런 내가 깜박했나 보군. 야마모토와 같이 간다면 기쁘겠지만 아마 힘들겠지."

"감사합니다. 사장님 혼자 가십니까?"

"응. 익숙한 일이라네. 나중에 야마시타에게 일정표를 받아가. 무슨 일이 있으면 언제든지 연락하게."

"알겠습니다."

"10시부터 정부 인사들을 만나기 위해서 외출하는 것은 알고 있지?"

"알고 있습니다. 지하주차장에서 기다리겠습니다."

"그만 가보게."

"실례하겠습니다.

야마모토는 묵례를 하고 책상 앞을 떠났다.

문 앞에서 다시 한 번 머리를 숙였지만 와다는 이쪽을 보고 있지 않았다.

10

12월 28일에는 관청의 종무식이 있다. 오전의 '가스미가세키霞が関'는 연말인사를 하러 들른 출입업자들로 복작복작했다.

건설성에서도 개인사무실이 주어진 차관이나 국장급 간부들의 경우 여비서에게 명함만 남기고 가는 손님도 많았다. 하지만 어떤 간부라도 와다에게는 6분 정도 시간을 할애하여 대화를 나누었다. 인사만 하고 물러가려는 와다를 억지로 붙잡아 소파에 앉혀졌다고 말하는 것이 정확할지도 모른다.

대장성에서도 똑같았다.

그 사이 야마모토는 복도에서 대기한다. 당연히 의자가 있을 리는 없고, 계속 서 있을 수밖에 없었다.

다케야마의 대표적인 종복이라고 불리는 도와건설의 오너 사장답다고 야마모토는 감탄했다.

12시가 가까워지면 모든 관청이 과 단위로 망년회를 벌이는 것이 관례였다. 맥주, 일본주, 양주는 선물로 들어와서 남아돌 정도였지만 안줏거리는 직접 준비하지 않으면 안 된다.

건설성, 대장성의 인사만으로 오전 내내 걸렸다.

간부급만이 아니라 과장 보좌, 계장급까지 와다는 빼놓지 않고 인사를 했기 때문이다.

"올해도 신세를 많이 졌습니다. 좋은 연말을 보내십시오."

그것이 겉치레에 불과하다고 해도 현재 이름을 드날리고 있는 도와건설의 사장이 정중하게 인사하는데 기분 나빠할 사람은 없다.

와다는 커리어와 논 커리어(1종 시험에 합격하지 않은 국가 공무원의 속칭)를 구분하지 않고 겸손하게 대했다.

비서인 야마모토로서는 훌륭한 마음가짐이라는 생각이 들었다.

점심시간을 넘겨서 일단 회사에 돌아온 야마모토는 사장 집무실에서 장어 덮밥을 얻어먹었다.

첫 경험이지만 겁을 먹을 야마모토는 아니었다.

"오후 1시 50분에 수상 관저에 들렀다가 은행을 돌 건데 교리쓰는 어떻게 할까? 취소할까?"

장어 덮밥을 먹던 야마모토는 사레가 들릴 뻔한 것을 필사적으로 참으면서 천천히 장어의 간을 넣어 끓인 국물을 마셨다.

"당연히 와타베 행장님께 인사를 드려야 한다고 생각합니다."

"아라이 부사장이 가면 충분하지 않을까?"

"사장실에서 작년의 사례를 조사했는데 다이요, 교리쓰, 산은 등 은행에는 29일 오전에 예방했습니다. 올해는 해외출장 때문에 하루 일찍 교리쓰의 와타베 행장님과 약속을 잡아두었습니다."

"내가 얼굴을 내밀어도 괜찮을지 망설여지는군. 만나면 서로 계면쩍지 않을까? 와타베 행장은 틀림없이 내 얼굴을 보기도 싫어할 거야."

"설령 그렇다고 해도 의례적인 인사이니 가는 것이 옳다고 봅니다."

와다는 불쾌한 얼굴을 하면서 장어 덮밥을 입안에 밀어 넣었다.

야마모토도 장어 덮밥을 먹는 데 집중했다. 이렇게 맛있는 최고급 장어 덮밥을 먹는 것 또한 첫 경험일지 몰랐다.

장어 덮밥을 다 먹은 와다는 이쑤시개로 이를 쑤시면서 은근히 말했다.

"교리쓰는 아라이 부사장에게 맡기지. 다이니치생명 같은 대주주에게도 인사하러 가야 하니 시간이 모자라."

"산은과 바로 코앞이니까 이동시간을 포함해도 30분이 걸리지 않습니다."

"가스미가세키에서 아카사카까지 몇 분이 걸렸다고 생각하나? 28일은 여기고 저기고 길이 막힐 거야. 어쨌거나 교리쓰에는 내가 얼굴을 내밀지 않는 편이 나아. 아라이 부사장에게 내 뜻을 전하게."

사장 명령이다.

야마모토는 한 박자 늦게 작은 소리로 대답할 수밖에 없었다.

장어 덮밥은 이런 명령을 내리는 보상이라는 생각이 들 수밖에 없었다. 와다는 제정신이 아니다—.

'차기 사장'을 A 신문에 흘린 것은 와다가 틀림없다고 야마모토는 거의 확신했다.

야마모토가 사장 집무실을 나와 아라이 부사장실로 향한 것은 오후 1시 10분이 지나서였고, 아라이는 외출 중이었다.

"부사장님은 미야모토 고문과 함께 교리쓰은행에 가셨습니다."

아베 유키코의 말에 야마모토는 "설마!"하고 기묘한 목소리를 냈다.

이번 주는 출근하지 않겠다는 미야모토의 말을 들은 것이 엊그제였다.

"미야모토 고문은 언제 출근하신 겁니까?"

"11시쯤이요. 두 분이서 장시간 대화를 나누셨어요."

11

아라이가 미야모토의 자택으로 전화를 건 것은 9시가 지났을 때였다.

인사를 건넨 다음 아라이가 용건을 꺼냈다.

"이번 주는 출근하지 않는다고 야마모토에게 들었지만 오늘 하루만 특별히 내 부탁을 들어주지 않겠나?"

"어떤 부탁입니까?"

"방금 오후 1시 반에 교리쓰의 야마카와 전무님과 만나기로 약속했는데, 미야모토 고문이 꼭 동행해주었으면 하네."

"A 신문에 실린 기사의 뒤처리군요."

"조금 달라. 연말 인사를 핑계로 융자에 관한 의견조정을 해두고 싶어서."

"아라이 부사장님께 맡기겠습니다. 비상근 고문인 제가 너무 나서는 것은 보기가 안 좋을 것 같습니다."

"그러지 말고 내 체면 좀 세워주게."

"알겠습니다. 11시까지 도와건설로 가겠습니다."

"고마워. 그럼 기다리겠네."

그리고 부사장실의 소파에 두 사람이 마주 앉은 것은 오전 11시 10분이 지났을 때였다.

"사장님이 나와 자네에게 융자액 조정을 맡겼네. 솔직히 말해서 교리쓰가 어떻게 나오는가에 따라 산은의 융자액도, 다이요의 융자 확대금도 변할 거야."

"맞는 말씀이지만 연말도 임박한 데 꼭 지금 해야 할까요? 아라이 부사장님이 그렇게 성급한 분인 줄은 몰랐습니다."

미야모토의 빈정거리는 말투에 아라이가 쓴웃음을 지었다.

"A 신문에 저런 기사가 실리지 않았더라면 나도 연초에 시작하는 것이 좋다고 생각했을 거야. 그런 의미에서는 자네 말처럼 뒤처리라는 느낌이 없지는 않지만, 반대로 물실호기勿失好機(좋은 기회를 놓치지 아니함)라는 생각이 들지 않는 것이 아니라서 말일세."

"물실호기라."

미야모토가 고개를 갸웃거리는 바람에 아라이는 다시 쓴웃음을 머금었다.

"말이 너무 과했나. 하지만 애매모호한 상태를 하루라도 빨리 정리해두는 것도 나쁠 것이 없지."

미야모토가 고개를 끄덕이며 수긍하는 것을 확인한 아라이는 상체를 앞으로 내밀었다.

"산은의 손익은 일단 제쳐놓고, 교리쓰가 감정만 앞세워서 250억엔의 융자 잔액을 거둘 리가 없다고 보는데 미야모토는 어떻게 생각하나?"

"동감입니다."

"그렇다면 같이 야마카와 전무를 찾아가서 융자 잔액은 건드리지 말아 달라고 머리를 숙이는 편이 원만하게 수습되지 않을까?"

미야모토는 심각한 얼굴로 팔짱을 꼈다.

"비상근 고문의 입장을 벗어난 행동이 아닐까요?"

"차기 사장이라는 입장도 있지 않은가. 산은도 와다 사장님도 진심으로 교리쓰를 배제할 속셈인 것 같지만 그것은 잘못된 판단이라고 생각해. 나와 자네가 교리쓰에 얼굴을 내민 것이 알려지면 곤란해지나?"

아라이에게는 도발할 의도가 없었지만 미야모토는 산은맨의 프라이드가 구겨졌다고 생각할지도 모른다.

찌푸린 얼굴로 녹차를 벌컥벌컥 들이켰다.

"그렇지 않습니다. 이케지마 회장님도 나카가와 행장님도 교리쓰를 배제할 생각은 없을 겁니다. 설마하니 와다 사장님도 거기까지는 생각하지 않겠죠."

아라이의 얼굴이 꿈틀거렸다. 미야모토가 진심인지 의심한 것이다.

"거기까지는 잘 모르겠지만 교리쓰와 원만하게 지내는 편이 좋다고 생각하네. 차기 사장이 연말 인사를 하러 찾아가면 그만큼 교리쓰의 감정도 누그러지겠지."

"알겠습니다. 아라이 부사장님의 말씀대로 하지요. 산은에서 뭐라고 하면 아라이 부사장님에게 억지로 끌려갔다고 하지요 뭐."

웃어넘겼지만 진심일지도 모른다. 또 이케지마 회장이 압력을 가하고 있다는 사실은 부정할 수 없다고 아라이는 생각했다.

12

야마모토는 일단 자기 자리로 돌아와 아라이의 자동차로 전화를 걸었다.

운전사가 전화를 받았지만 금방 아라이의 목소리로 바뀌었다.

"야마모토입니다. 사장님의 전언이 있습니다. 와타베 행장님께 인사를 드리는 것은 아라이 부사장님께 맡긴다고 하십니다."

"다른 곳은 어떻게 하시고?"

"산은, 다이요, 그 밖의 대주주에게는 예정대로 인사하러 가신답니다."

"어쩔 수 없는 사람이야. 만나줄지 어떨지는 모르지만 내일부터 해외출장이라는 것을 구실로 삼을 수밖에 없지. 그러나 명함만 놓고 와도 충분할 거야."

"그렇게 생각합니다. 제가 약속을 잡았기 때문에 마음에 걸립니다만 사장님 명령에는 거역할 수 없어서요."

"그건 그렇지만 조금은 저항했나?"

"다소는요. 불쾌해 하셨습니다."

"야마모토의 성격으로 봐서 다소의 저항으로 끝나지 않았겠지만, 야마카와 전무에게 인사를 전해달라고 부탁하는 것이 고작일지도 몰라."

"네, 그럼 잘 부탁드립니다."

사장실은 여사원 한 명만 남아있고 텅 빈 상태였다.

기타와키를 포함하여 전원이 인사를 하러 다니느라 바쁜 모양이었다.

야마모토와의 통화를 마친 아라이는 자동차 뒷좌석의 왼쪽으로 고개를 비틀었다.

"와다 사장님이 자신은 교리쓰에는 안 가겠다, 나에게 대신 인사를 가라고 하셨다는군. 이 인사는 미야모토 고문이 맡는 편이 나을지도 몰라. 오히려 전화위복이 될 수도 있으니까."

미야모토는 오른손을 내저으며 거절했지만, 아라이는 와다가 인사하는 것보다 훨씬 나을 것 같다는 생각에 미소를 띠었다.

"제가 가는 것을 와다 사장님도 아십니까?"

"아니, 내 독단일세. 야마모토의 말투로 보아 아직 모르는 것 같지만 바로 전하겠지. 사장님은 미야모토 고문을 높이 평가할 테고 내 판단에 불평할 이유는 없을 거야."

미야모토는 대답을 하지 않고 창밖으로 시선을 돌렸다.

야마모토는 사장 집무실로 돌아갔다.

시각은 1시 20분. 슬슬 수상 관저로 출발하지 않으면 안 된다.

엘리베이터 안에서 야마모토는 와다에게 보고했다.

"아라이 부사장님은 외출하시고 자리에 안 계셨습니다."

"그럼 전달하지 못했나?"

"아니요. 출발하신 지 얼마 안 돼서 자동차 전화로 걸었습니다."

"그걸로 충분해. 야마모토는 은행원치고는 눈치가 빠르단 말이야."

"은행원이기 때문이라고 생각합니다."

와다는 불쾌한 표정을 지었다. 괜한 말을 덧붙인 것 같았다.

야마모토는 미야모토가 출근한 것과 아라이와 교리쓰에 간 것을 와다에게 말할지 덮어둘지 망설였다. 결국 이것도 괜한 말이 될 것 같다고 멋대로 해석하고는 입을 닫았다.

야마모토는 수상 관저 안에 처음으로 발을 들였지만 주차장의 자동차 조수석에서 대기했기 때문에 빨간 융단이 깔린 관저에 들어가는 일은 없었다.

그런데도 소원이 이루어졌다고 말할 수 있을까. 저도 모르게 웃음이 나왔지만 운전사에게 들키지 않아서 마음을 놓았다.

와다가 연락 담당으로서 수상 관저에 출입하라고 명령했던 것이 언제였던가. 먼 옛날 일처럼 느껴졌지만 고작 2개월 전의 일이었다.

수상관저에서 얻은 정보는 크든 작든 무조건 보고하라고 우기던 바보가 몇 명 있었다.

'안경 쓴 저팔계' 후쿠다 상무도 그중 한 명이었다. 후쿠다는 야마모토에게 술을 대접했다. 거기다 후쿠다의 정부로 보이는 여성이 경영하는 긴자의 클럽 '마리코'에서 2차까지 상대해야 했다.

그 후 후쿠다가 뭐라고 하는 일은 없었지만 내심 관저 정보를 기다리고 있었을지도 모른다. 그렇게 생각하니 웃기는데 반쯤 장난삼아 내 쪽에서 어프로치 해볼까?

수상 관저도 관청 못지않게 북적인다는 것은 혼잡한 주차장만 보아도 알 수 있었다.

와다는 20여 분 뒤에 수상 집무실에서 나왔다.

한 나라의 수상과 면회하려면 소정의 수속이 필요해서, 아무리 와다라도 자기 편리할 대로 만날 수 없다. 수상의 스케줄을 관리하는 비서관의 승낙 없이 관저에서 다케야마 수상을 만나는 것은 불가능하다.

무엇보다 와다는 관저에서의 면회는 최대한 피하고 핫라인으로 다케야마 수상과 대화하는 일이 많았다.

야마모토가 예측한 대로 수상 관저와의 연락 담당은 필요가 없었다. 이 점을 와다가 어떻게 생각하고 있는지, 물어볼 수 있다면 물어보고 싶을 정도였다.

차가 관저를 빠져나갈 때까지 10분가량이 걸렸다.

"다케야마 수상은 정말 배려심이 많은 사람이야. 오늘 이케지마 회장님과 만난다고 했더니 아저씨에게도 안부를 전해달라고 하더군. 다케야마 수상의 성격상 이케지마 회장님과는 자주 통화를 할 텐데도 전혀 티를 내지 않고 나에게 그런 부탁을 한단 말이지."

와다는 희희낙락이었다.

야마모토가 시계를 보면서 말했다.

"현재 2시 20분인데 길이 많이 막혀서 10분 만에 산은에 도착하기는 어려울 것 같습니다. 비서실에 조금 늦어진다고 전화해둘까요?"

"그러게나. 관저를 나와 마루노우치의 산은으로 가는 도중이라고 하게."

"알겠습니다."

야마모토는 수화기를 손에 들었다.

이케지마 회장의 여비서와 전화가 연결되었다.

"도와건설 사장비서인 야마모토입니다. 와다 사장님이 이케지마 회장님과 오늘 오후 2시 30분에 만나기로 약속했습니다만……."

"알고 있습니다."

"지금 수상 관저에서 산은으로 가는 길이지만 도로가 막혀서 10분 정도 지각할 것 같습니다. 대단히 죄송하지만 그렇게 전해주시겠습니까."

"알겠습니다."

조수석에서 수화기를 내려놓은 야마모토에게 와다가 몸을 기울였다.

"30분을 잡아놓았지만 지각한 만큼 시간이 단축되어도 할 수 없지."

13

와다가 산은 본점 건물의 지하 주차장에 내려선 것은 오후 3시 40분이었다.

이케지마 회장과 20분가량 대화를 나눈 다음 나카가와 은행장, 미즈하라 부은행장, 영업4부 담당인 요시이 상무, 그리고 다카하시 상무를 만나기로 되어 있었다. 당연히 예상했던 일로, 적당한 타이밍을 가늠하여 야마모토는 사장 전용차인 벤츠의 조수석에서 내려 밖에서 대기했다.

오후 4시에는 다이요은행을 방문하기로 되어 있었다.

벤츠가 달리기 시작하자 와다가 야마모토에게 말을 걸었다.

"놀랍게도 아침 10시에 어머니가 산은에 나타났다는군. 과자를 들고 이케지마 회장님과 나카가와 행장님께 감사 인사를 하러 왔던 모양이야. 나에게는 아무런 언질 없이 그런 쓸데없는 짓을 하다니."

"미야모토 고문께서 차기 사장이 되는 것이 어지간히 기쁘셨나 봅니다. 훈훈한 이야기가 아닙니까."

"난 야마모토와 의견이 다르네."

야마모토는 상체를 비틀어서 의아하다는 표정으로 뒷좌석을 돌아보았다.

"이케지마 회장님과 나카가와 행장님도 깜짝 놀랐을 거야. 천하의 산은 회장, 은행장에게 그런 실례가 어디 있나."

"사모님은 약속 없이……?"

"거기까지 실례를 저지르진 않았지만 어머니는 세상 물정을 몰라도 너무 모르셔. 이케지마 회장님과 나카가와 행장님은 내가 미리 알고 있다고 생각했는지 말의 앞뒤가 맞지 않는 바람에 너무 창피했어."

그것이 마음에 걸리긴 했지만 그렇다고 눈살을 찌푸릴 정도의 일은 아니다. 역시 훈훈한 이야기라고 야마모토는 생각했지만 와다가 뿔이 나 있었기 때문에 잠자코 있었다.

"아까 말씀드리는 것을 잊었는데 오전에 미야모토 고문이 출근하셨다고 합니다."

"누구에게 들었나?"

"아라이 부사장님의 비서인 아베 씨입니다."

"흐으—응."

"두 분은 교리쓰에 가신 모양입니다. 와타베 행장님께 인사를 드릴 생각이 아닐까요?"

A 신문의 기사에 반응한 것은 와다 유리코만이 아니었다. 아라이도 미야모토도 그렇다고 야마모토는 생각했다.

그러나 아라이가 무슨 생각을 하는지는 짐작이 되지 않았다.

"아라이 부사장은 다이요에도 미야모토 고문과 인사하러 갈 작정일까?"

"잘은 모르겠지만 아마 그렇지 않을까요?"

"교리쓰를 신경 쓸 필요가 있다고 생각하나?"

"A 신문에 저런 기사가 나왔으니 아라이 부사장님의 입장을 생각하면 충분히 이해가 가도고 남습니다. 그나저나 누가 정보를 흘린 걸까요?"

말을 하면서 야마모토의 가슴이 세게 뛰었다.

와다가 본인이 흘렸다고 순순히 털어놓을 것 같은 기분이 들기도 했다.

"이케지마 회장님도 나카가와 행장님도 전혀 신경 쓰지 않았어. 언급하지도 않더군. 다카하시 상무님과는 복도에서 잠깐 이야기했지만, 연초에 발표된 편이 미야모토 고문에게 좋지 않았을까 동정하던데 확실히 맞는 말이야. 당장 교리쓰에 끌려간 셈이니까."

백미러에 비친 와다의 표정으로는 범인인지 어떤지 알 수가 없었지만, 와다가 A 신문의 기사를 신경 쓰지 않는 것만은 분명하다고 야마모토는 생각했다.

14

벤츠가 마루노우치에서 오테마치로 향하기 2시간 전, 아라이와 미야모토는 교리쓰은행의 임원 응접실에서 기다리고 있었다.

야마카와 전무가 나타난 것은 약속한 1시 반을 20분이나 지나서였다.

대형은행의 전무와 중견은행 출신의 부사장은 격이 다르다지만, 대형은행보다 훨씬 격이 높은 산은의 전직 상무이자 도와건설의 차기 사장을 20분이나 기다리게 하다니 너무 비상식적이었다.

짜증을 내는 미야모토를 아라이가 달렸다.

"강인하게 끼어든 이상 참게나. 교리쓰의 입장을 고려하면 면회를 거절당해도 할 말이 없지 않나."

"그래도 20분은 너무 심하지 않습니까?"

시계를 보면서 미야모토가 대꾸했을 때 노크 소리와 함께 야마카와가 얼굴을 내밀었다.

"기다리시게 해서 죄송합니다. 와타베 행장님과의 회의가 길어지는 바람에 늦었습니다."

야마카와는 미안한 기색은 하나도 없이 뻔뻔하게 말했다.

"소개하겠습니다. 산은 전무에서 우리 회사 사장으로 취임하게 된 미야모토 고문입니다. 이쪽은 야마카와 전무님입니다."

"처음 뵙겠습니다. 도와건설의 고문인 미야모토입니다. 잘 부탁드립니다."

"야마카와입니다. 말씀은 많이 들었습니다."

소파에 앉은 다음에도 야마카와가 비아냥이 담뿍 담긴 어투로 말을 이어나갔다.

"내년 6월에 사장이 되실 분이 연말의 이 시기에 인사를 하러 오실 줄은 꿈에도 생각하지 못했습니다. 와타베 행장님이 영광스런 일이라고 말씀하셨습니다."

"교리쓰는 특별하니까요. 도와건설의 대주주이자 서브 메인뱅크가 아닙니까. 그래서 미야모토 고문을 힘들게 데리고 왔습니다."

"우리 은행이야 도와건설에서 따돌려지고 있지 않습니까. 결코 서브메인이라고 말할 수는 없지요."

숱이 적은 모발은 7대 3으로 정확하게 가르마가 타져 있었다. 금테 안경 너머로 보이는 야마카와의 작은 눈은 험악했다.

아라이는 온화하게 대꾸했다.

"그런 말씀 마십시오. 와다 사장님은 교리쓰를 중요한 거래은행이라고 생각하고 있습니다. 그렇기 때문에 융자 잔액의 증액과 데라오 전무님을 대신할 임원의 파견을 와타베 행장님께 부탁드린 겁니다. 단칼에 거절하시는 바람에 크게 실망한 것 같았습니다."

아라이는 찻잔을 잡으려던 손을 거두고 자세를 바로 고쳤다.

"연말의 한창 바쁠 때 시간을 내주셔서 다시 한 번 감사드립니다. 미야모토 고문과 같이 찾아뵌 이유는 교리쓰의 융자 잔액에 대한 증액은 포기했지만, 250억 엔의 융자 잔액은 건드리지 말아 달라고 부탁드리기 위해서입니다."

"흐음."

야마카와는 놀랍다는 얼굴을 했다.

"산은은 그래도 좋습니까?"

미야모토가 고개를 끄덕였다.

"물론입니다."

"와타베 행장님은 융자 잔액을 줄이러 찾아올 거라고 하셨는데 그런 부탁이라면 우리도 이견은 없습니다."

"감사합니다."

아라이는 머리를 깊이 숙였지만 미야모토는 무시했다.

"그리고 와다 사장님이 내일부터 해외 출장이라 직접 연말 인사를 드리러 오지 못한다고, 와타베 행장님께 아무쪼록 양해 말씀을 전해 달라고 했습니다. 복도에서라도 좋으니 미야모토 고문에게 인사드릴 기회를 주신다면……."

"그렇군요. 잠시만 기다려주세요."

야마카와는 일단 임원 응접실에서 나갔다.

"아라이 부사장님, 상당히 저자세이시네요. 부사장님이 의기양양한 타입이 아닌 것은 알고 있었지만."

"그렇게 비꼴 필요 없지 않나. 교리쓰의 감정을 고려하면 이 정도는 참아야지."

"반년 먼저 사장이 되는 분이니, 하고 빈정거리실 작정이라면 참기 힘든데요."

"여기는 참아야 할 때일세."

"저는 아라이 부사장님의 인형이나 다름없으니 뭐든지 말씀만 하십시오."

"너무 비약하지 말게."

"이 정도 말을 해도 벌을 받지 않을 거라 생각합니다."

노크 소리가 들렸다.

야마카와가 뒷머리를 쓸면서 말했다.

"와타베 행장님은 손님과 면담 중이지만 잠시 시간을 내서 만나 뵙겠답니다."

"감사합니다."

아라이와 미야모토는 야마카와의 안내로 엘리베이터를 타고 21층에서 22층으로 이동하여 은행장 응접실 앞에서 기다렸다.

야마카와가 노크를 하자 몇 초 후에 와타베가 얼굴 내밀었다.

"미야모토라고 합니다. 잘 부탁합니다."

"와타베입니다. 앞으로 잘 부탁합니다. 신문에 크게 실렸더군요."

"감사합니다."

와타베가 미야모토에게서 아라이에게로 시선을 옮겼다.

"와다 사장님은 해외 출장이라고요?"

"네, 내일부터 브라질에 갑니다. 그 준비 때문에 직접 행장님께 인사를 드리지 못해서 죄송하다고 전해달라고 하셨습니다."

"제 인사를 전해주세요."

"실례했습니다."

2분도 안 돼서 와타베는 은행장 응접실로 돌아갔다.

아라이는 와타베에게서 위압감을 느꼈지만 미야모토는 전혀 동요하지 않았다. 과연 산은맨은 다르다고 아라이는 생각했다.

15

아라이와 미야모토는 회사로 돌아온 다음 아라이의 사무실에서 대화를 나누었다.

"내 복안을 밝히자면 교리쓰의 융자 잔액을 고려해서 산은에서는 7백억 엔의 융자를 받으면 어떨까 싶네."

"다이요의 융자 잔액이 대충 3백억이었죠."

"그래. 그러니까 4백억 엔 늘리면 7백억 엔으로 동등해지지. 그렇게 하면 되지 않을까?"

"이케지마 회장님은 1천억 엔을 예상한 모양이니까 마이너스 3백억 엔이군요."

"다이요는 5백억 엔이니까 마이너스 100억 엔이야. 다이요 쪽이 너무 기를 쓴다는 것은 잘 알고 있지만 메인 병립의 체제를 유지하는 것에 무언가 의미가 있다고 생각하네."

미야모토는 고개를 숙이고 팔과 다리를 꼬고 한동안 눈을 감고 있었다.

"산은이 꼭 양보해주셨으면 하네."

"……"

"다이요는 이 건으로 두 번이나 상무회를 열었으니만큼 나로서는 최고경영자에게 내정되었다고 보고하지 않으면 안 돼."

"알겠습니다. 이케지마 회장님과 나카가와 행장님께서 이 안건에 대해서는 저에게 전부 일임하셨습니다."

"와다 사장님도 우리 둘에게 맡기겠다고 약속하셨으니까 문제는 없다고 보네. 7백—7백으로 똑같아지지만 사실상의 메인뱅크는 산은이야."

"과연 그럴까요? 출자비율은 다이요가 훨씬 크지 않습니까."

"천만에……"

아라이가 말을 끝내기 무섭게 대답했다.

"산은과 다이요는 레벨이 달라. A 신문의 기사는 정확해."

"저는 이만 실례하지요. 이대로 산은에 들렀다가 가마쿠라로 돌아가겠습니다. 와다 사장님께 보고드리는 것은 아라이 부사장님께 맡겨도 될까요?"

"알겠네. 내 차를 사용하게나."

"그거 고맙습니다. 산은까지 신세를 지겠습니다."

"괜찮다면 가마쿠라까지 타고 가게."

"호의는 고맙지만 전차가 훨씬 빠르니까 괜찮습니다."

"난 회사에 있을 테니까 무슨 일이 있으면 연락하게."

"결과가 어떻게 되든 전화드리죠."

아라이가 미야모토의 전화를 받은 것은 40분 후인 3시 25분을 넘어서였다.

"나카가와 행장님은 뵙지 못했지만 이케지마 회장님께는 말씀드렸습니다. 조금 불쾌해 하셨지만 어쩔 수 없는 일이니까 승낙하셨습니다."

"감사합니다."

"그럼 실례하겠습니다. 연말 잘 보내세요."

"즐거운 연말연시 되게나."

아라이는 다이요의 비서실장에게 전화를 걸었다. 나카하라 은행장에게 면회를 요청하자 5시부터 10분간 시간을 낼 수 있다는 대답을 받았다.

나카하라는 아라이의 얼굴을 보자마자 "어떻게 되었나?" 하고 물었다.

"4백억 엔의 신규 융자를 부탁드립니다."

"우리는 7백억 엔이 되겠군."

"네, 그래서 산은도 7백억 엔을 융자하기로 했습니다."

"메인 병립으로 체면은 유지하게 된 셈인가."

"와다 사장님은 출자비율이 4.4퍼센트 대 2.6퍼센트니까 메인은 여전히 다이요라고 했습니다."

말하면서 아라이는 입이 보배라고 생각했다.

나카하라도 썩 나쁘지 않다는 표정이었다.

"교리쓰는 융자를 철회하지 않으려나 보군."

"물론입니다. 본심은 늘리고 싶었던 것이 아닐까요? 감정이란 어떻게 하기 힘든 것이라 다스리기가 어렵습니다."

"명심해야겠군."

"회장님께 잘 말씀해주세요."

"사무실에 계실 거야. 만나 뵙고 가지?"

"그럼 인사만 드리죠."

아라이는 20분 정도 스즈키의 말상대가 되어야 했다.

돌아가는 길에 한잔 하자는 권유가 있었지만 아라이는 와다에게 보고할 것이 있어 거절했다.

와다와 아라이는 같은 시간에 회사에 돌아왔기 때문에 야마모토를 포함한 세 명은 엘리베이터에서 마주쳤다.

시각은 오후 6시 10분이 지나있었다.

"교리쓰에 미야모토 고문과 함께 갔다지?"

"네. 둘이 함께 사장님 대신 와타베 행장님께 인사를 드렸습니다."

"그거 고맙네."

엘리베이터에서의 대화는 사장 집무실로 옮겨졌다.

"야마모토도 여기 있게."

사장 명령으로 야마모토도 소파에 앉았다.

"교리쓰와의 관계는 어떻게 되었나?"

"250억 엔은 건드리지 않기로 합의했습니다."

"미야모토 고문도 그걸로 좋다던가?"

"네, 바로 이케지마 회장님의 허가를 받아냈습니다."

"흐으—응."

와다는 눈썹을 찌푸리고 고개를 갸우뚱했다.

"산은 7백, 다이요 7백으로 미야모토 씨와 의견의 일치도 보았으니 승낙해주십시오."

"두 사람에게 맡겼으니까 내가 제가 참견할 여지는 없네."

와다의 말투로 짐작하건대 기분이 단단히 틀어졌다고 야마모토는
느꼈다.

16

와다가 퇴근한 다음 아라이가 야마모토에게 한잔 하자고 권해왔다.
저녁 7시를 지났을 무렵이다.

아카사카의 요릿집 '고즈에'의 2층에 있는 작은 개별 룸. 물수건으
로 손을 닦으면서 아라이가 말했다.

"아까 스즈키 회장님이 한잔 하자고 했지만 거절했어. 야마모토와
이야기가 하고 싶었거든."

"황송합니다."

"혹시 선약이 있었나?

"다이요의 동기 몇 명과 망년회를 가지기로 했는데 오늘은 무슨 일
이 생길지 몰라서 취소했습니다. 2차회에는 얼굴을 내밀 생각이지만."

"그건 미안하게 되었군."

"아니요. 저도 부사장님의 이야기를 듣고 싶었습니다."

두 사람은 종업원이 채워준 맥주 글라스를 부딪쳤다.

"수고했네. 소소하지만 오늘 밤은 둘이서 망년회를 하지. 건배!"

"감사합니다. 건배!"

아라이도 야마모토도 작은 글라스를 단숨에 비웠다.

중년의 종업원은 요리를 늘어놓고는 물러갔다. 가게가 붐비고 있어
서 눈이 핑핑 돌 정도로 바쁜 모양이었다.

은밀한 대화를 나누기에는 안성맞춤이었다.

야마모토가 따라주는 술을 받으면서 아라이가 차분한 말투로 말했다.

"올해는 많은 일이 있었지. 야마모토에게는 많은 도움을 받았어."

"천만에요. 저야말로 부사장님께 많은 신세를 졌습니다."

아라이는 글라스를 테이블에 놓고 오른손을 내저었다.

"야마모토 덕분에 산은과의 조정도, 교리쓰와의 조정도 예상보다 아주 수월하게 해결되었어. 미야모토 고문이 나와 줄지 어떨지 마음에 걸렸었는데 자존심 강한 산은 상무치고는 겸손하고 스마트한 사람이야."

"미야모토 고문이 출근해서 교리쓰에 갔다는 말에 깜짝 놀랐습니다. 부사장님의 열의에 넘어간 것이겠지요."

"반강제로 끌고 간 셈이지만 결과적으로는 A 신문의 특종이 등을 밀어준 것이나 마찬가지 아닐까?"

듣고 보니 그럴지도 모르겠다는 생각이 들었다. 누가 누설했는지는 수수께끼지만 나쁜 결과가 나오지 않은 것은 역시 아라이의 판단이 정확했기 때문이다.

"A 신문이라니 생각이 났는데 사장님의 자당이신 유리코 사모님이 오늘 산은의 이케지마 회장님과 나카가와 행장님을 방문하셨답니다. '미야모토 사장'에 크게 감격하셔서 꼭 인사를 하고 싶었던 것이 아닐까요."

"그런 일이 있었는지 전혀 몰랐어……."

아라이는 천장을 올려다보면서 말을 이었다.

"쇼지로의 장례식 문제로 야마모토가 유리코 사모님을 설득하던 장면이 눈에 선하네."

"부끄러울 따름입니다."

"유리코 사모님이 산은을 방문한 것에 대한 사장님 반응은 어땠나?"

"그게, 너무 지나치게 나선다면서 몹시 불쾌해 하셨습니다."

"어째서일까? 훈훈한 이야기이인데?"

야마모토는 술잔을 비운 다음 아라이를 똑바로 쳐다보았다.

"지금 부사장님이 하신 말씀과 완전히 똑같은 말을 저도 사장님께 했습니다."

"유리코 사모님과 사장님의 관계는 사장님의 이혼과 재혼 이래 미묘해졌어. 유리코 사모님께 쇼지로의 타계는 몸을 에는 것처럼 원통한 일이었을 거야. 쇼지로의 친구인 미야모토 고문이 도와건설의 사장에 된다는 사실이 정말로 기뻤던 것이 아닐까?"

"사장님은 유리코 사모님의 행동이 자신에게 유세를 떠는 것처럼 느껴지셨나 봅니다."

"이해가 안 되는 것은 아니지만 과연 어떨까?"

"그런데 말입니다, 부사장님은 쇼지로 씨가 병약했다든가 신경질적이라는 소문을 들어보신 적이 있습니까?"

"갑자기 무슨 소린가?"

"전 동기 녀석에게 그런 말을 들은 적이 있습니다. 하지만 사실은 소문과는 반대로 건강을 과신한 나머지 과로사하신 모양입니다."

17

야마모토는 7시 반에 아라이와 헤어지고, 10시에 가와하라를 긴자의 클럽 '마리코'로 불렀다.

"이런 고급 클럽은 처음이야. 혼자 오길 잘했다."

"당연하지. 혼자 와달라고 신신당부를 했잖아."

"끈질기게 달라붙는 녀석이 둘이나 있어서 따돌리느라 고생했어."

"망년회에는 몇 명이나 왔어?"

"17명. 본부에 있는 것은 21명이니까 많이 모인 편이지."

'마리코'의 박스석은 만석이라 비어있는 자리는 카운터밖에 없었다.

마리코는 로열 살루트의 보틀로 만든 미즈와리와 안주를 내면서 야
마모토의 오른편에 앉았다.

"야마모토 씨, 또 와주셔서 기뻐요."

"마담이야말로 날 기억하는군요. 모르는 사람이라고 하면 어쩌나
걱정했습니다."

"전 머리가 나쁘지만 그렇게까지 바보는 아니에요. 같이 오신 분이
나 소개해주세요."

"가와하라, 명함 꺼내봐. 애초에 네가 올 수 있을 만한 가게가 아니
지만."

가와하라는 명함을 꺼내면서 얄밉게 대꾸했다.

"자기는 잘도 드나들면서 난 안 된다는 법이 어디 있어? 그 반대라
면 또 모를까. 다이요은행의 가와하라입니다. 도와건설의 메인뱅크이
니까 야마모토보다 훨씬 격이 높아요."

야마모토 너머로 명함 교환을 끝낸 마리코가 "자주 놀러 오세요. 다이
요은행 분들은 아무도 안 오시니까요."라고 말하면서 요염하게 웃었다.

"여기는 도와건설이라면 상무 이상, 다이요라면 부은행장 이상은
되어야 올 수 있지 않을까? 난 수상 관저에도 출입할 수 있는 신분이
니까 특별이야."

"잘난 척은. 웃기지 마라."

마리코가 작은 목소리로 끼어들었다.

"저희 가게에서는 제 마음에 드는 손님에 한해서 학생 할인 제도가 있어요. 예를 들면 야마모토 씨, 그리고 많은 손님을 소개해주신 후쿠다 상무님도. 그렇지만 최근 오시질 않으세요. 오늘 밤쯤은 들를지도 모르지만."

"그거 기대해보죠. 마담, 우리는 내버려둬도 괜찮아요. 잠시 비밀 이야기도 하고 싶고요."

"즐거운 시간 보내세요."

마리코가 카운터에서 멀어진 다음 가와하라가 오른쪽으로 고개를 기울였다.

"후쿠다 상무라면 '이쪽'에 강하다는 예의 그 사람?"

그 말을 하면서 가와하라는 오른손 검지로 뺨 부근을 문질렀다.

"응."

"나무아미타불 관세음보살."

"이 가게에 그쪽 사람은 안 올걸? 슬쩍 둘러봐. 아무리 봐도 회사 돈으로 노는 회사원들뿐이잖아."

가와하라는 뒤를 돌아보았다.

"그렇구나. 너 후쿠다 상무와 친해?"

"한 번 얻어먹은 적이 있는데, 2차로 이 가게에 데리고 오더군. 언제든지 사용해도 좋다고 했으니까 도와건설 담당자인 가와하라를 대접하는 것이라면 한 번쯤 용서해주겠지. 학생 할인의 청구서를 받는다는 방법도 있지만."

"후쿠다 상무는 멀리하는 편이 좋지 않을까? 그것보다 비밀이야기란 뭐야?"

"거물에게 들었다고 하는 '병약하다'는 소문 말인데 그 거물이 도대체 누구야?"

"너무 구애받는 것 아닌가?"

"말하기 싫어?"

"딱히 입막음을 당한 것도 아니고 문제 될 것은 없다고 생각하지만."

"나만 알고 있을 테니까 가르쳐줘."

"다음의 다음인가? 다음의 다음의 다음인가? 어쨌거나 도와건설의 사장이 될 사람이야."

"그렇다면 와다 다이치 씨겠구나."

"작년에 입사했지만 와다 사장이 멀쩡한 동안 점점 승진시키다 적당한 시기에 사장으로 삼지 않을까?"

"네가 다이치 씨에게 어프로치 했어? 아니면 그 반대인가?"

"후자야. 지금은 영업부에 있지만 본인의 말에 따르면 1, 2년 간격으로 다른 부서의 일도 배우라는 사장의 엄명을 받은 것 같아."

"가와하라에게 눈독을 들인 것으로 보아 완전히 바보는 아니겠구나."

"완전히 바보도 아니지만 날카로운 타입도 아닌, 평범한 부잣집 도련님이야."

야마모토는 생각에 잠긴 얼굴로 미즈와리 위스키를 홀짝였다.

평범한 부잣집 도련님이 회사를 위하다 순직한 숙부를 중상할까?

세이이치로―쇼지로 형제는 사이가 좋았던 모양이지만 형제 관계란 복잡 미묘한 법이라 라이벌이었던 것도 틀림이 없다. 숙부인 쇼지로를 중상하는 것이 부친인 세이이치로를 지지하는 것이다―. 다이치는 이렇다 할 생각도 없이 그렇게 말한 것처럼 여겨졌다.

"이봐, 왜 그래?"

가와하라가 부르는 바람에 야마모토는 정신이 들었다.

"너, 와다 다이치와 만났나?"

"아니. 소개해주는 사람도 없고 파견사원인 심의 담당이 일부러 만나러 가는 것도 이상하잖아."

"그것도 그렇지. 장차 그가 사장이 된다고 해도 아버지가 현재 권력의 절반 정도 유지하고 있던가, 어지간히 우수한 브레인을 만나지 못하면 아무래도 어려울지도 몰라. 아무리 유명한 기업이라도 제네럴 콘트랙터, 즉 제네콘 지휘관의 그릇이 아니야."

와다 다이치에 대한 가와하라의 견해는 신랄했다.

18

등 뒤로 양어깨를 붙잡힌 야마모토가 뒤를 돌아보자 '안경 쓴 저팔계' 후쿠다가 있었다. 번쩍번쩍한 목걸이, 롤렉스의 손목시계. 스트라이프의 양복도 몇십만 엔은 하는 고급품처럼 보였다. 지금까지는 딱히 알아차리지 못했지만 상당히 화려한 복장이었다.

야마모토는 일어나서 인사했다.

"지난번에는 감사했습니다. 오늘 밤은 은행의 망년회에 출석하지 못하는 바람에 간사인 가와하라를 고급 클럽에 접대하고 있었습니다. 물론 상무님께 폐를 끼치지는 않겠습니다."

가와라하도 자리에서 일어났다.

"야마모토, 이건……?"

가와하라는 '로열 살루트'의 보틀을 손가락질했다.

"죄송합니다. 상무님 보틀입니다."

"마음껏 마시게. 새로 한 병 선물하지."

후쿠다는 바텐더에게 새 보틀을 주문했다.

"그럴 수는 없습니다."

"괜찮아, 괜찮아. 내게 맡기게. 다이요가 있어야 도와건설도 있지."

후쿠다가 회사 돈을 쓰고 있다는 것은 의심할 여지가 없고, 교제비도 장난이 아닐 것이라는 생각이 들었다. 그러나 후쿠다와 거리를 두기는 어려웠다. 긁어 부스럼을 만들면 안 된다고 생각해야 하겠지만 이 정도는 허용범위일 것이라고 야마모토는 편할 대로 해석했다.

"감사히 마시겠지만 로열 살루트는 우리 같은 놈들에게는 너무 고급입니다."

"그렇게 사양할 필요 없어. 그것보다 망년회의 간사를 소개해주게나."

가와하라가 먼저 명함을 내밀었다.

"다이요은행의 가와하라입니다. 도와건설을 담당하고 있습니다."

"만나서 반갑소이다. 도와건설의 후쿠다일세."

후쿠다는 야마모토의 옆에 앉았다. 동행 없이 혼자서 '마리코'에 온 것이다.

"어쩌면 야마모토와 만날지도 모르겠다는 예감이 들었어. 많이 망설였지만 '마리코'를 생각해내길 잘했군. 내 예감은 거의 백발백중이야. 게다가 가와하라 씨까지 만나게 될 줄은 몰랐어."

후쿠다는 소리 높여 말하고는 껄껄 웃었다.

핑계처럼 들리지는 않았지만 야쿠자 대책 본부장이라고 불리는 사람답게 역시 신경이 두껍다고 야마모토는 감탄했다.

시각은 11시 20분.

시계를 보면서 가와하라가 야마모토에게 말했다.

"슬슬 돌아갈까."

"아직 괜찮지 않나. 콜택시로 데려다줄게."

"천만의 말씀입니다. 택시로 돌아갈 테니까 걱정하실 것 없습니다."

가와하라의 대답에 야마모토도 "상무님, 거기까지는." 하고 작은 소리로 거절했다.

입장, 입장이 있다. 조사 담당에게 콜택시는 분에 넘쳤다.

"오늘 처음으로 사장님을 모시고 수상 관저에 갔습니다. 건설성과 대장성에 연말 인사하러 가실 때도 동행했는데 역시 와다 사장님은 다르더군요. 두 군데 모두 차관, 국장급 거물이 직접 응대했어요."

"그야 그렇겠지. 다케야마 총리와 척하면 통하는 사이니까. 하긴 기타와키 상무가 야마모토를 질투하더군. 사장님의 참모는 자기밖에 없는 줄 알았는데 사장님이 야마모토를 높이 평가하고 있으니까."

기타와키와 후쿠다가 그런 이야기를 했다는 것에 놀랐지만 기타와키의 심정은 이해가 가고도 남을 것 같았다.

"기타와키 상무님이 저 같은 놈에게 질투하실 리가 없습니다. 기타와키 상무님의 발목을 잡지 않도록 열심히 노력하고는 있지만."

"사장님은 진심으로 야마모토를 스카우트하고 싶어 하셔."

"그런 이야기가 나왔습니까? 아마 농담을 하신 거겠죠."

아라이에게 그런 말을 들은 기억이 있지만 야마모토는 웃어넘겼다.

후쿠다가 야마모토의 귓가에 속삭였다.

"주니어가 변변치 않으니까 사장님은 야마모토에게 눈독을 들인 것이 아닐까? 솔직히 말해서 정직원들 가운데서 도와건설을 짊어질 수 있을만한 인물은 한 명도 없어. 고려해볼 가치가 있지 않을까?"

"상무님까지 왜 이러십니까. 농담을 진담으로 받아들이시면 곤란합니다."

야마모토는 이번에는 정색을 하고 말했다.

가와하라가 소매를 잡아당기는 바람에 야마모토는 두 잔째의 미즈와리 위스키를 비우고 재빨리 일어났다.

"오늘 밤은 감사했습니다. 상무님, 신세를 졌습니다."

가와하라는 후쿠다와 눈인사를 나누었을 뿐이었다.

후쿠다는 붙잡지 않았다.

'마리코'는 어느 틈엔가 손님들이 빠져나가 3인조 팀 하나밖에 남아 있지 않았다.

제7장 담합 체질

1

1988년 2월 9일의 오전 9시가 지났을 무렵 도쿄역 인근 육교 아래에 있는 초라한 찻집에 검은 양복을 입은 십여 명의 회사원이 콜택시나 택시로 도착했다.

얼핏 신사처럼 차려입은 남자들의 표정은 극도의 긴장감으로 경련하듯이 굳어 있었다.

시미즈건설, 가지마건설, 다이세이건설, 오모리조大森組, 구마노조熊野組, 가토공업加藤工業, 오쿠다조奧田組, 고치조高地組 등 제네콘 대기업, 중소기업의 영업 담당 부, 과장급의 면면이었다.

남자들은 삶은 달걀을 곁들인 토스트와 커피로 이루어진 모닝 서비스를 주문한 다음, 한 장의 종이를 돌려 보고는 나직한 목소리로 지명 경쟁 입찰의 최종 확인을 하고 있었다.

이날 오전 10시부터 도쿄시가 신주쿠 부도심에 건설하는 신도청사(시티홀)의 지명입찰이 도쿄 마루노우치의 시청 제1 홀에서 개최될 예정이었다.

세기의 사업이라고 불리는, 총 건설사업비가 약 1천500억 엔에 달하는 빅 프로젝트의 수주경쟁 입찰에 7개 그룹 78개사의 건설공동기업체(조인트 벤처=JV)가 참가했다. 당연한 일이지만 담합에 의해 입찰 순위는 결정되어 있었다. 공공사업을 둘러싼 건설업의 담합 체질은 오랜 세월에 걸쳐서 제네콘은 물론 지방의 건설업자에게 깊숙이 배어들었다. 이렇게 경쟁 원리가 극단적으로 기능하지 않는 업종은 건설업을 제외하면 유례를 찾아보기 힘들었다.

당연한 일이지만 정관업政官業이 일체화된 트라이앵글, 유착 구조가 없으면 담합은 성립되지 않는다. 그러나 신도청사만큼은 사정이 달랐다.

단노 겐지丹野建二라는 카리스마 건축가를 빼고는 신도청사 문제를 논할 수 없고, 스즈키 순지鈴木俊次 도지사와 단노와의 맹우 관계가 이 건설을 가능하게 만들었다는 것 또한 사실이었다.

1910년에 태어난 스즈키는 전직 내무성 관료로 자치성 사무차관을 거쳐 1979년에 도지사가 되었다.

파산 직전의 재정을 재건하는 수완을 발휘하여 3년 만에 적자를 해결, 일본경제의 호황을 등에 업고 도쿄 개조를 목표로 삼았다. 그 핵심이 도청을 신주쿠 부도심으로 이전한다는 계획이었다.

스즈키보다 세 살 연하로 1913년 출생인 단노는 도쿄대 조교수였던 1961년 단노 겐지 도시건축설계연구소를 개설한 실력파 건축가로, 스즈키가 도지사 선거에 입후보했을 때는 후원회 회장을 맡았다. 그리고 스즈키가 도지사로 당선된 후 도의 고문으로 취임한 단노의 주선으로 1985년 10월에 도쿄도 신도청사 설계경기심사회가 도청 내에 설치되고, 위원은 단노의 입김이 미치는 건축가 등 지식인들로 구성되었다.

다음 해인 1986년 4월 도청설계공모전이 실시되었고, 당연하게도 단노의 공모안이 채용되었다.

기능적으로 단노의 설계안보다 뛰어나다는 평가를 받았던 시모야마 설계안이 애초부터 위원들의 눈에 들어오지 않았던 것은 말할 것도 없었다.

2

C 신문은 2월 9일 자의 석간에서 '신도쿄도청건설 제1청사는 다이세이, 시미즈', '대공사 낙찰결정'이란 제목으로 다음과 같이 보도했다.

1991년 봄에 신주쿠 신도심으로 이전할 신도청사 '시티 홀' 건설공사의 지명경쟁 입찰이 9일 오전 도쿄 마루노우치의 도청에서 열렸다. 3동으로 총 공사비는 1,448억 엔, 그중 초고층 2동을 동시 착공하는 '세기의 빅 프로젝트'. '도쿄의 새로운 얼굴은 우리 회사가 맡겠다'면서 입찰 전 대기업 그룹이 물밑 아래서 기염을 토했다고 한다. 이 날의 입찰로 일본에서 가장 높은 건물이 될 제1 본청사(48층) 건물은 다이세이─시미즈건설 그룹이, 제2 본청사(34층) 건물은 가지마─오모리 그룹이 낙찰, 예상했던 대로의 결과가 나왔다.

"다이세이, 시미즈…… 건설공동기업체 474억 엔. 최저가격으로 낙찰되었습니다." 넓은 도청 세1 홀에 참가 기업체의 이름이 차례차례 호명되고 낙찰 결과가 발표되었다. 약 150명의 건설회사 영업 담당자가 앉아있는 자리에서는 기침 소리 하나 들리지 않았다. 약간의 텀을 두고 낙찰한 공동기업체의 멤버 수십 명이 일제히 일어나 '감사합니다'하고 머리를 숙였다.

이어서 제2 청사에서는 가지마, 오모리조의 공동기업체가 293억 엔에 낙찰. 다양한 소문이 떠돌았던 빅 프로젝트의 낙찰은 오전 10시에 시작하여 겨우 8분 만에 끝났다.

이 입찰에 앞서서 도청 재무국의 오이시 미노루大石稔 경리부장이 "이 공사는 과거 전례가 없는 초대형 공사. 엄정하면서도 공정하게 계약 사무를 진행해왔다는 것을 부디 이해해주십시오"라고 인사. 이어서 제1 청사, 제2 청사의 7 JV(건설공동기업체)의 대표가 중앙에 설치된 '상자'에 금액을 적은 입찰서를 투함했다. 담당자가 개봉하여 차례로 각 JV의 금액을 읽고, 재무국이 준비한 예정가격과 조합한 다음 최저 가격의 낙찰자가 결정되었다.

신도청사는 건축가 단노 겐지 씨가 작년 10월 실시설계를 완료. 양 본청사와 의회동(7층) 건물 중 공사기간이 825일이나 걸리는 양 청사가 입찰대상이 되어, 제1 본청사에는 JV 4조(12개사 구성), 제2 본청사에 JA 3조(10개사 구성)가 참가했다.

각 신문이 이 뉴스를 대대적으로 보도했다. 같은 날 A 신문의 석간도 '신도청사를 포함한 건설기업 결정', '다이세이 그룹과 가지마 그룹'이라는 제목으로 크게 다루었다.

이 중에서 A 신문에는 다음과 같이 실려있었다.

이번에 입찰 된 것은 공사기간이 짧은 의회동을 제외한 제1 본청사와 제2 본청사. 도청 재무국에서는 선샤인 빌딩을 제외하면 일본에서 최고층 건물이 되는 높이 243미터의 제1 본청사는 대기업 5개사, 중견기업 4개사, 도내의 중소기업 3개사 등 12개사로 구성, 높이 163미터의 제2 본청사는 대기업 4개사, 중견기업 3개사, 중소기업 3개사 등 10개사로 구성된 JV가 맡는 발주방식을 채용했다. 이 결과 제1 본청사에 4개 그룹, 제2 본청사에 3개 그룹이 이름을 올리고 있었다.

입찰 회장에는 오전 9시 반 지나서부터 업계 관계자와 보도진 등 약 200명이 몰려들었다. 오전 10시에 일제히 입찰서를 제출, 그리고 개봉. 먼저 제1 본청사의 입찰서를 발표하고 가장 낮은 가격을 제시한 다이세이건설 그룹(JV를 구성한 12개사 중 대기업 5개사는 다이세이건설, 시미즈건설, 다케시타공무점, 마에야마건설공업, 닛토건설)의 낙찰이 먼저 결정되었다.

그 순위는 ①다이세이건설그룹 474억 엔, ②가토공업그룹 482억 엔, ③도무라건설그룹 485억 엔, ④구마노조그룹 490억 엔.

이어서 제2 본청사는 ①가지마건설그룹 293억 엔, ②오쿠다조그룹 294억 엔, ③고치조그룹 294억 7천만 엔으로, 가장 '유력'하다고 예상되었던 가지마건설그룹 (JV 10개사 중 대기업 4개사는 가지마건설, 오모리조, 기타마쓰건설, 스미노에건설)이 낙찰. 입찰가격의 차이가 너무 작았기 때문에 회장에서는 자연스럽게 실소가 새어나왔다.

낙찰한 그룹은 일제히 일어나서 '감사합니다'라고 외쳤다. 그러나 회장을 나갈 때 보도진이 감상을 물어봐도 아무도 입을 열지 않고 묘한 침묵을 지켰다. '아무 말도 하지 않는 것은 이상하지 않은가'라는 추궁에 한 명이 '무척 기쁩니다'라는 틀에 박힌 대답을 했다.

3

　야마모토도 고치조 그룹에 들어있는 도와건설이 '시티 홀'은 거들떠
보지도 않는다는 것을 이미 알고 있었지만, 마음에 걸렸기 때문에 석간
몇 가지를 살펴보았다. 신문을 볼 차례가 된 것은 가장 최후였지만.

　책상 위의 전화가 울린 것은 오후 5시 40분이 지나서였다.

　야마시타 마사코였다.

　"사장님이 부르십니다."

　"알겠습니다. 곧 가겠습니다."

　야마모토는 양복 상의를 걸치면서 책상을 벗어났다.

　예상했던 대로 와다는 소파에 앉아 신문을 읽고 있었다.

　"앉게나."

　"실례합니다."

　"야마모토, 석간은 읽었나?"

　"네."

　"어느 신문이나 비아냥으로 가득한데 제네콘의 담합 체질을 어떻게
생각하나?"

　야마모토는 솔직하게 대답했다.

　"답함이라는 단어는 너무 심하다고 느껴지지만 예정조화라고 바꿔
말하면 대단할 것이 없는 것처럼 생각됩니다. 과당경쟁이 이어지면
다 같이 망할 수도 있으니까요."

　"즉 필요악이라는 의견이군."

　조금 다르다는 기분이 들었지만 야마모토는 살짝 고개를 끄덕였다.

　"그러나 경쟁원리가 지나치게 과열되었다고 생각하지 않나? 대기

업이 되려고 도코건설과의 합병을 하려고 했던 적도 있지만 우에무라 마사오 씨가 심하게 꾸짖더군. 그 사람은 해결사의 대보스인데, 우리 회사 부사장이었던 시절도 아스카건설의 회장이 되어서도 자사에 이익 유도를 하지 않았던 것이 감탄스러워. 그 덕분에 오랫동안 대보스로 있을 수 있었어."

해결사란 공공사업을 통괄하는 사람을 부르는 업계용어다.

"우에무라 씨가 토공협의 부회장이었을 때의 일인데, 공정거래위원회가 시즈오카 현의 4개 건설업단체를 적발한 것이 계기가 되어 매스컴의 담합 비판이 일어난 적이 있어. 강인한 우에무라 씨도 토공협 부회장직을 그만두겠다는 말을 꺼낼 정도였지."

공정거래위원회가 시즈오카 4개 단체의 입찰 전의 담합을 독금법위반(경쟁의 실질적 제한 금지)이라고 판단한 것은 1982년 9월의 일이다.

토공협이란 일본토목공사협회의 준말로 대기업, 중소기업의 제네콘 32개사를 중심으로 구성된 임의단체다. 토공협은 공식조직으로 업자 간의 정보교환은 비공식조직인 건설동우회에서 이루어졌다.

우에무라는 건설동우회의 중심인물로 와다의 말처럼 해결사의 보스지만 1981년 12월에 토공협 부회장 외 일본댐협회 회장직을 사임하고 건설동우회를 해산시켰다.

매스컴의 대대적인 담합 비판에 공직을 그만두지 않을 수가 없었다.

그러나 1982년이 되자 입찰에 조직폭력단의 그림자가 어른거렸다. 또 대기업이 싼값에 수주하기 위해서 움직이는 등 건설업계가 점점 혼란스러워지는 바람에 '제발 도와달라'고 우에무라에게 울며 매달리는 업자가 많아서 우에무라로서는 자신이 나설 수밖에 없다는 심경에 사로잡혔다.

우에무라는 파벌의 영수 등 정치가들과 만나 '국가나 지방공공단체가 예정가격을 설정하므로 그 이상 높아지면 곤란합니다. 전국에 50만이 넘는 업자가 존재하는 건설업계에서 입찰제를 자유화하면 대기업이 유리해져서 중소업자는 망하게 됩니다. 업계의 특수사정을 고려해서 건설업은 독금법의 적용 대상에서 제외해주십시오'라고 호소했다.

우에무라의 정치공작이 효력을 발휘하여 1984년 2월 공정거래위원회는 공공사업에 관한 독금법 상의 지침, 이른바 가이드라인을 제시했다.

가이드라인은 낙찰업자를 얽매는 조정행위를 인정하지 않지만 발주예정공사나 업자의 수주실적 등의 정보교환은 일정 범위 안에서 인정한다는 내용으로, 이것 덕분에 업계 질서는 회복되었다.

가이드라인의 확대 해석은 다시 말해서 담합 체질 강화의 구도다.

야마모토가 화제를 '시티홀'로 돌렸다.

"신도청사에 대해서 말씀드리자면 경쟁원리가 전혀 작용되지 않았다는 것이 자명하지만, 스즈키 지사와 단노 겐지 씨가 이인삼각으로 진행시켰다는 특수한 사정이 있다고 봅니다."

"맞는 말이야. 기본 설계료가 3억7300만 엔, 실시설계료가 12억 7800만 엔, 다 합해서 17억5100만 엔이 단노 겐지의 지갑에 들어가는 셈이니까 최소한 10억 엔은 벌어들이지 않았을까? 내무성 관료였던 스즈키 지사는 난폭한 짓을 하지 않는 사람 같지만, 단노 대선생의 말에 놀아나는 꼴로 보아 죄가 없다고 말할 수는 없지."

관료 중의 관료인 전직 대장성 관료의 프라이드가 얼마나 높은지 드러낼 속셈도 있는 것 같았다. 와다는 펼쳐놓은 신문을 힐끗 쳐다본 다음 말을 이어나갔다.

"토목본부장은 다이세이—시미즈 그룹에 낄 방법이 없는지 내게 물어보더군. 다케야마 수상의 힘을 빌려서라도 '세기의 대사업'에 관여하고 싶다는 기분을 모르는 것은 아니야. 다이세이건설의 사타 회장은 지쿠호회의 멤버니까 내가 직접 말하는 방법도 있지만 난 시티 홀에는 관심이 없어."

와다가 다이요은행의 파견 사원에 불과한 나에게 이렇게까지 흉금을 터놓는 것은 기쁜 일이지만 조금 걱정스러웠다—.

대표이사 부사장으로 토목본부장을 위촉받을 가와구치는 고졸의 출세주로 도와건설의 담합 전문 우두머리이기도 했다.

"내가 신도청사에 흥미가 없는 것은 단노 대선생이 해결사 노릇을 하고 있는데다 단노 부인이 루멜다 부인이라고 불린다는 소문을 들었기 때문이야. 도쿄의 공공사업은 질이 좋다고 할 수 없는 일도 있어. 토목본부장은 분한 모양이지만 아무래도 다케야마 수상을 번거롭게 만들고 싶지 않았어."

루멜다는 필리핀 영부인으로 여제라고 불리고 있는 권력자다.

노크 소리가 들렸다.

마사코가 얼굴을 내밀었다.

"와다 다이치 씨가 오셨습니다."

와다가 대답했다.

"들여보내게."

"네."

다이치는 사장 집무실로 우물쭈물 들어왔다. 그리고 일어나서 맞이하는 야마모토에게 고개를 끄덕였다.

"야마모토, 장남인 다이치일세. 자네에게 언제 소개하면 좋을지 고민하다가 기타와키에게 의견을 물어봤는데, 그럴 필요는 없다고 하는 바람에 오히려 소개할 마음이 들었어."

"사장실 심의 담당 야마모토입니다. 잘 부탁합니다."

야마모토는 정중하게 인사를 했다.

부친만큼 덩치가 크지는 않았다. 모친을 닮아서 부드러운 외모였다. 부친보다 훨씬 잘생겼다. 물론 얼굴은 알고 있었다.

야마모토는 직원식당에서 몇 번인가 다이치를 본 적이 있지만 시선이 마주친 적은 없었다. 즉 초대면이라고 할 수 있다.

"……."

다이치는 다시 한 번 고개를 끄덕였다. 아무래도 인사도 제대로 할 줄 모르는 모양이었다.

"둘 다 서 있지 말고 앉게."

"실례하겠습니다."

"……."

이걸로 세 번째다.

도련님으로 머리가 좋은 편은 아니라던 가와하라의 말이 생각나서 야마모토는 느슨한 뺨의 근육을 서둘러서 조였다.

4

"신도청사는 아무래도 좋아. 야마모토에게 다이치의 후견인 역할을 부탁하고 싶어서 불렀네."

와다는 가늘게 뜬 눈으로 다이치와 야마모토를 번갈아 바라보면서 이야기를 계속했다.

"아직 입사 2년 차라서 신입이나 다름없지만 야마모토는 살살 봐주는 타입이 아니니까 기타와키보다 믿고 맡길 수 있다고 보네. 사장실은 경영 전반이 보이는 부서이니 3월 1일 자로 사장실 실장 직속으로 배치할 거지만 사실상은 야마모토의 부하라고 생각하고 혹독하게 교육시켜 주게."

야마모토는 애매하게 응답했지만 귀찮게 되었다고 생각했다.

와다가 다이치에게 무르다는 것을 모르는 사람은 회사에 없었다.

젊은 여자와 바람을 피우다 아무런 잘못도 없는 다이치의 모친과 이혼했다는 죄책감 때문인지, 다이치가 학생일 적부터 고급 차를 사주는 등 원하는 것은 뭐든지 들어주었다.

주니어라고 불리며 과보호를 받고 있는 탓에 부친이 너무 위대해 보이는지 다이치는 어딘지 모르게 주눅이 들어있는 것처럼 보였다.

어쨌거나 파견 사원의 입장에서 후견인 역할은 천부당만부당하다고 야마모토가 생각하는 것도 당연했다.

"전 파견된 신분이고 그 기간도 2, 3년이라고 들었기 때문에 별 도움이 되지 않을 것 같습니다. 그런 뜻에서 기타와키 상무님의 의견이 타당하다고 봅니다."

"기타와키는 본인이 맡고 싶어 하는 것 같지만, 그는 내 눈치를 보느라 다이치를 엄하게 교육시키지 못할 게 뻔해. 후견인으로서는 적임이 아니지. 그래서 야마모토에게 부탁하고 싶은 걸세."

자신이 다이치에게 약한 것은 제쳐놓고 무슨 소릴 하는가 싶었지만 야마모토는 일단 수락할 수밖에 없었다.

"별 도움이 될 것 같지는 않지만 제가 다이치 씨보다는 다소 선배니까 생각나는 것이 있으면 조언을 하겠습니다."

"다소라니? 띠동갑 이상의 차이가 나는 선배니까 엉덩이를 마구 때려주지 않으면 곤란해."

와다는 시선을 야마모토에게서 다이치에게로 옮겼다.

"야마모토는 사장인 나에게도 거리낌 없이 대들면서 자기 의견을 확실히 밝히는 사람이니까 너도 그렇게 알고 많이 배우도록 해라."

다이치는 대답하지 않았다. 그렇다고 기분이 상한 것도 아닌 모양이었다.

"알았느냐?"

"……."

"알았으면 대답을 해야지."

와다의 언성이 조금 높아지자 다이치는 '네' 하고 작게 대답했다.

"다이치는 그만 나가 보거라."

"실례하겠습니다."

다이치는 야마모토에게 묵례를 하고 물러났다.

"저런 녀석이지만 성격은 착하다네. 야마모토에게만 하는 말인데, 내가 에미코와 재혼했을 때 행여 삐뚤어지지 않을까 걱정했지만 그렇게 되진 않았어. 내 마음을 이해해주더군. 팔불출이라고 생각해도 할 수 없지만, 다이치는 연마하면 대성할 소질이 있다고 믿고 있다네. 솔직히 말해서 야마모토라면 다이치를 성장시켜줄 수 있을 것 같은, 다이치의 소질을 끌어내 줄 것 같은, 그런 기분이 든다네."

마침내 묘한 일이 벌어졌다. 농담이 아니다. 최근 야마모토를 대하는 기타와키의 태도는 거의 괴롭힘에 가까웠다.

나이도 먹을 만큼 먹은 성인이 이 무슨 바보 같은 짓인가. 못 들은 척 무시하고 있지만 나나 되니까 참고 넘어가는 것이다―.

"사장님께 그런 말씀을 들으니 대단한 영광이지만 절 너무 높이 평가하시는 겁니다. 저는 그런 그릇이 못 됩니다. 다이치 씨의 후견인이랄까, 교육 담당은 기타와키 상무님이 적임입니다. 물론 저도 응원하겠지만요."

"물론 기타와키는 도와건설에서는 유능한 편이야. 자타공인 내 참모, 측근 중의 측근이지만 야마모토와 능력이 너무 달라. 사람의 안색만 살피는 점도 마음에 들지 않아."

노크 소리가 들리고 야마시타 마사코가 얼굴을 내밀었다.

"사장님, 시간이 다 됐습니다."

야마모토가 시계를 보자 6시 10분을 지나고 있었다.

와다가 6시 반에 아카사카의 요정에서 다케야마파 국회의원들과 만나기로 되어있다는 것을 야마모토도 알고 있었다.

"정면 현관 앞에 차를 대기시키게. 5분 후에 나갈 테니까."

와다는 마사코에게 지시를 내리고 일어나려는 야마모토를 손으로 제지했다.

"한마디 더 함세. 기회를 봐서 말하려고 했는데, 파견 사원이 아니라 다이요은행을 그만두고 우리 회사로 와주지 않겠나? 도와건설에는 건설성의 낙하산도 은행의 퇴직자도 있지만 야마모토처럼 진취적인 사람은 한 명도 없어. 야마모토라면 다이치가 물려받을 때까지 사장 자리를 맡길 수 있다고 보네. 은행은 인재가 넘쳐나니까 야마모토 한 명 정도는 빼내 와도 벌을 받지 않을 거야."

"분에 넘치는 영광입니다. 하지만 그런 큰 역할을 제가 해낼 수 있을 리 없습니다."

"난 포기하지 않겠네."

"실례하겠습니다."

야마모토는 소파에서 일어나 머리를 숙였다.

5

야마모토가 자기 자리로 돌아가니 홍보 담당부장인 기무라가 혼자서 야마모토를 기다리고 있었다.

오랜만에 둘이서 한잔 하자고 기무라가 제안했던 것은 1주일쯤 전의 일이었다.

둘이서 택시로 신바시의 가라스모리로 향했다.

"실장님이 야마모토 씨를 신경 쓰고 있더군요. 사장님과 뭔가 의견 충돌이라도 있었던 것 같아요."

사장실에서 야마모토에게 함부로 구는 사람은 기타와키뿐이다. 사장실 차장인 고바야시를 비롯한 전원이 야마모토에게 정중하게 행동했다.

"기무라 부장님은 충돌한 이유를 아십니까?"

"아뇨. 다만 실장님이 엄청 저기압인 것만 알지요. 야마모토 씨에 대한 실장님의 질투는 도가 지나쳐요. 제가 야마모토 씨였다면 옛날에 우울증에 걸렸을 겁니다."

"그럴 리가요. 저도 신경이 질긴 편이지만 기무라 부장님께 대면 어림도 없습니다."

"천만에요. 말도 안 됩니다."

기무라는 야마모토를 가볍게 찔렀다.

야마모토가 오른쪽 팔꿈치로 반격했다.

"다만 기무라 부장님은 부하에게 친절하시지요. 스즈키 씨에 대한 배려에는 감동했습니다."

"실장님이 저런 사람이다 보니 스즈키도 처음에는 야마모토 씨에게 냉정했지만 이미 오래전에 이길 방법이 없다고 두 손을 든 상태에요. 게다가 2, 3년 후면 은행으로 돌아갈 사람과 맞서봐야 소용이 없다고 생각하는 게 당연하죠. 실장님이 너무 이상한 겁니다."

"기타와키 실장님의 입장에서 생각해보면 저는 어느 정도 이해가 갑니다. 저를 비서처럼 취급하는 사장님에게 문제가 있어요. 말씀하시는 대로 저는 파견사원이니까요."

야마모토는 3월 1일 자로 와다 다이치가 사장실에 배속된다는 것을 기무라에게 털어놓아야 하나 고민했다.

택시는 소토보리 거리에서 히비야 거리로 들어갔다.

창밖의 풍경을 바라보는 야마모토에게 기무라가 질문을 던졌다.

"아까 충돌한 이유를 아냐고 물었는데 야마모토 씨는 알고 있나요?"

야마모토는 사실을 밝히기로 마음먹었다.

"와다 다이치 씨가 3월 1일 자로 사장실 실장 직속으로 들어온답니다."

"뭣?!"

기무라는 날카로운 비명을 질렀다가 서둘러 목소리를 낮췄다.

"주니어가 사장실로? 놀라운 일이네요."

"기타와키 실장님이 다른 사람들에게는 아직 발표하지 않은 모양이니까 혼자만 알고 계세요. 사전에 소문이 나면 제가 왕따를 당합니다. 심하면 목이 날아갈 수도 있고요."

"무슨 그런 농담을."

"사장님과 기타와키 실장님이 충돌한 이유는 그것을 저에게 밝힐 타이밍 때문일 겁니다."

"무슨 뜻이지요?"

"요컨대 사장님은 기타와키 실장님에게 다이치 씨의 새로운 직위에 대해서 오늘 말씀하시지 않았을까요? 개인적으로는 저에게 말하겠다는 사장님을 말린 기타와키 실장님의 판단이 옳다고 생각합니다."

야마모토는 후견인, 교육 담당에 관한 이야기는 생략했다. 이것까지 털어놓으면 이야기가 복잡해져서 수습이 안 된다.

"실장님은 사장님이 야마모토 씨를 아끼는 것이 그렇게까지 마음에 안 드는 걸까요? 거듭 말하지만 파견사원인 야마모토 씨의 입장을 고려하지 않는 것이 희한하단 말이에요."

와다가 나에게 다이요를 그만두고 사원이 되라고 권한 것을 밝힌다면 기무라도 기타와키의 심상 풍경을 이해할 것이다. 그러나 나는 그럴 마음이 눈곱만큼도 없다. 쓸데없는 소리를 해서는 안 된다—.

"감정적인 면을 생각하면 이해가 안 되는 것은 아닙니다. 참모총장인 기타와키 실장님의 입장을 사장님은 좀 더 배려하셔야죠."

"야마모토 씨는 대단하네요. 틀림없이 다이요의 차세대 은행장이 될 겁니다."

"천만에요. 저 같은 일언거사—言居士(말참견하기를 좋아하는 사람)는 은행원으로서는 이단아입니다."

"그렇지 않아요. 저는 야마모토 씨를 존경합니다. 정말이지 실장님이 바보처럼 보여요."

택시가 갓포요리점 '다케우치'의 근처에서 정지했다.

6

'다케우치'의 개별 룸에서 맥주를 홀짝이면서 기무라가 질문을 던졌다.

"신도청사 낙찰에 대해서 사장님은 뭐라고 하시던가요?"

"스즈키 도지사와 단노 겐지의 유착의 산물이라 올바른 사업이 아니다, 신경 쓰지 않는다고 하시더군요. 하지만 토목본부장은 아쉬워할 거라고 덧붙이신 걸로 보아 신경이 쓰이지 않는다는 말은 본심이 아니겠지요."

"저도 그렇게 생각합니다. 물론 사장님은 다이세이─시미즈 그룹, 가지마─오모리 그룹이 낙찰받으리라는 것은 사전에 알고 있었어요. 그나저나 토목본부장이 우리 담합 전문 보스인 걸 알고 있었군요?"

"파견사원이라고는 해도 저는 사장님 비서입니다. 물론 모르는 것이 아는 것보다 훨씬 많다고 생각하지만요."

야마모토가 맥주병을 기울여 잔을 채우면서 질문했다.

"도와건설은 신도청사의 입찰을 보이콧했습니까?"

"우리는 유명한 중견기업이에요. 보이콧할 수 있을 리가 없지요. 토목본부의 과장급 한 명이 도청의 대홀에 갔을 겁니다. 확인해보진 않았지만요."

"흐으─음, 그렇습니까. 사장님은 단노 겐지 씨를 좋게 생각하지 않는 것 같던데요."

기무라는 야마모토의 글라스를 빈 것을 보고 다시 채워줬다.

"오늘 밤은 우리 둘만 있으니까 하는 말인데, 사장님은 단노 겐지에게 복잡한 감정을 품고 있는 것이 아닐까요? 나이는 저쪽이 훨씬 많지만 루멜다 부인을 보면 도찐개찐이지요. 아마 단노 루멜다도 남편보다 20살 정도 젊을 거예요."

"루멜다란 여제라는 의미의 대명사인데 에미코 부인도 여제일까요?"

"브라질, 미국, 파나마 등지의 해외에서는 상당할 겁니다. 미국에서 만났을 때 눈치채지 못했나요?"

와다가 에미코의 눈치 보기에 급급한 것은 분명했다. 더 많이 반한 사람이 약할 수밖에 없는 것일까.

야마모토는 나이아가라의 호텔에서 유혹을 받았던 것이 떠올라서 뺨이 뜨거워졌다. 그것이 본심이었다면 악질적인 여제다.

에미코는 브라질과 일본을 오가며 지내는데 상파울루의 호텔 경영은 그녀가 도맡고 있다. 그녀의 성격으로 봐서는 여제 기질을 아낌없이 발휘하고 있을 것이 틀림없었다.

"말씀을 듣고 보니 그런 느낌이 들긴 했지만 단노 루멜다에 대해서는 전혀 몰랐습니다. 역시 홍보 담당부장님답게 기무라 부장님은 정보통이네요."

"업계 기자에게 들은 이야기인데, 17~8년 전에 단노 씨가 업무차 가던 파리행 비행기 안에서 루멜다와 만났다는 것이 정설인 모양이에요. 단노 선생이 한눈에 반할 만큼 굉장한 미인이라더군요. 전 부인과 억지로 이혼한 것도 어디의 '이것'과 닮았지요."

'이것'이라고 말할 때 기무라는 오른손 엄지를 내밀었다.

"남녀관계, 아랫도리에 관한 소문은 다들 재미삼아 마구 떠들어대기 마련이지만 단노 루멜다도 와다 루멜다도 대단한 여자들이에요. 남자야 처음에는 약간의 호기심, 바람 정도로 생각했겠지만 몸도 마음도 흐물흐물 녹여서는 어느 틈엔가 정처 자리를 차지해버렸으니까요."

맥주 다음은 히레자케[鰭酒(복의 지느러미를 말려 구워서 청주에 담가 먹는 술)를 주문했다.

"이 가게는 처음 와보지만 요리가 맛있군요. 특히 이 큼직한 고등어 구이가 둘이 먹다 하나가 죽어도 모를 정도입니다."

"정통 후쿠이[福井 요리입니다. 이 집 여사장은 머리가 아주 좋은 사람이에요. 나중에 인사를 하러 오겠지만 머리가 팽팽 돌아가고 눈치가 빨라서 인기가 많거든요. 미인이 아니라 꼬실 마음은 안 들지만."

두 사람은 한동안 식사에 집중했다.

불쑥 야마모토가 질문했다.

"오늘 밤 기무라 부장님과 따로 만난 것은 비밀입니까?"

"그렇게 해주세요. 전 모 은행에 다니는 친구와 만나는 걸로 되어 있습니다. 새빨간 거짓말은 아니잖아요?"

기무라는 혀를 쏙 내밀고 어깨를 으쓱였다.

"회사 돈으로 먹어도 괜찮은 겁니까?"

"물론이죠. 엄연한 정보 수집이니까. 앞으로 한 달에 한 번의 페이스로 정보를 교환할까요. 실장님에게 들키면 좌천당하겠지만."

"……"

"신도청사의 낙찰 때문에 지금쯤 아카사카나 신바시, 무코우지마의 요정에서 기염을 토하고 있는 놈들이 잔뜩 있을 겁니다. 우리야 귀여운 수준이죠."

"화풀이 술입니까?"

"그건 아니지 않을까요. 단노 대선생에게 당했다고는 생각하지만요."

"와다 사장님이 대선생의 비위를 맞췄다면 우리도 가능성이 있었을까요?"

"아무래도 그렇겠죠. 토목본부장은 기도하는 마음으로 그걸 기대했을 겁니다. 참고로 4월이나 5월에 입찰하는 신도청사의 회의동에서도 우리 회사는 제외되기로 정해져 있어요."

"어디가 낙찰할까요?"

"아마 구마노조 그룹의 JV일 겁니다."

"설마하니 낙찰가격까지는 모르시죠?"

"그렇죠. 앞으로 차차 결정되겠지만 이미 결정되어 있을 가능성도 있습니다."

작은 건물의 2층에 자리한 '다케우치'는 카운터석도 의자석도 만원이었다. 야마모토는 화장실에 갈 때 그것을 알았다.

"오늘의 낙찰은 담합의 결과지만 총괄 담당, 이른바 해결사 역할을 도맡은 사람이 단노 루멜다라고 하더군요. 이건 업계 상식입니다. 본명은 단노 타카코丹野隆子, 타카의 한자는 클 륭자……."

기무라는 테이블에 손가락으로 륭隆이라고 적고 나서 이야기를 계속했다.

"지난달 19일에 마루노우치의 도청 제1홀에서 JV의 멤버 72개사의 담당자 약 180명이 도청 재무국의 신도청사 건설실의 협외 담당 주간, 아마 부장급이라고 생각하지만, 오늘 2월 9일에 입찰해서 3월 중에 착공한다는 설명을 들었습니다."

"신문에서 읽었습니다"하고 야마모토가 대꾸했다.

"도민의 기대도 큰 빅 프로젝트이므로 입찰에 참가한 건설업자는 사업에 오점을 남기지 않기 위해서 정신을 바짝 차리라는 이례적인 주문을 했다고 적혀 있었습니다."

"야마모토 씨는 기억력이 좋네요. 그 기사에 대해서 어떻게 생각했습니까?"

기무라가 눈을 가늘게 뜨고 테이블에 턱을 괸 자세로 야마모토를 올려다보았다.

"매스컴용 겉치레에 불과합니다. 뻔뻔하다고 할까, 이런 일로 담합 체질이 은폐될 리가 없다는 거겠지요."

"맞아요. 단노 루멜다가 이미 전부 처리한 다음이니까."

기무라는 양팔을 테이블에서 내리고 히레자케를 홀짝거렸다.

"1986년 가을에 단노 부처가 주최한 골프 경기에 대한 것은 알고 있습니까?"

"모릅니다."

"업계에서는 모르는 사람이 거의 없습니다. 평일에 사이타마 현 한노 시飯能市의 유명 골프 코스를 전세 내서 큰 경기를 열었지요. 가지마 건설, 시미즈건설, 다이세이건설 등 대형 제네콘의 사장이나 단노사무소의 관계자 등 약 150명이 참가했다던데 다들 단노 부처의 실력에 혀를 내둘렀다고 하더군요."

"물론 도와건설도 초대받았겠지요?"

"아뇨. 와다 사장님은 브라질과 파나마 출장 중이었습니다. 사실은 초대 명부에 없다는 것을 사전에 알았기 때문에 해외 출장을 갔을 가능성도 있고요."

신빙성이 있는 이야기다. 프라이드가 높은 와다 세이이치로라면 그 정도의 허세를 부릴지도 모른다. 그러나 초대 명부에 자기 이름이 기재되어 있지 않다는 것을 와다는 어떻게 알아낸 것일까? 아니, 그 정도의 정보를 알아내는 것은 식은 죽 먹기라고 해야 옳을 것이다.

"1인당 5만 엔으로 잡을 경우 150명이라면 750만 엔입니까. 단노

사무소로서는 대수롭지 않은 비용이군요."

"초대라기보다는 단노 부처의 소집이라고 표현하는 사람도 있습니다. 나는 새도 떨어트린다는 권세란 이런 것을 말하는 거겠죠."

"신도청사 입찰을 둘러싼 제1회 담합 같은 것이었겠군요."

"네, 골프경기는 세 번 열렸다고 들었습니다. 상품을 수여한 것은 단노 부처인데, 그때 의기양양해 했을 단노 루멜다의 표정이 눈에 선하군요."

단노 부처가 스즈키 도지사와의 견고한 유착 관계를 이용하여 신도청사 건설이란 세기의 프로젝트를 위해 얼마나 막대한 자금을 끌어냈는지 상상을 초월했다.

그런 속물 몬스터인 단노 겐지가 1980년에 문화훈장을 수여받았으니, 당국은 그에게 겉의 얼굴과 뒤의 얼굴이 있다는 것을 전혀 모르고 있다고 해석할 수밖에 없었다.

C 신문은 1987년 3월 11일 자 조간에서 '도쿄도청 이전으로 신주쿠 땅값 4배 상승'이라는 제목으로 다음과 같은 기사를 실었다.

신주쿠의 신도청사 건설 예정지 부근의 공시지가가 4년 사이에 4배 이상 상승한 것과 관련하여 10일 열린 도회의 재무주세위원회에서 기하라 요지木原陽二 의원(공산당)이 '도청 이전이 신주쿠의 땅값 상승을 초래한 것은 명백하다'고 몰아세웠다.

재무국의 자료에 따르면 1983년에는 683만 엔이었던 니시신주쿠 7-3의 공시지가가 1987년에는 2860만 엔으로 4.1배나 치솟았다. 근처의 기준지가도 1983년 491만 엔이었던 것이 1987년에는 2100만 엔으로 4.27배로 인상되었다.

이 질문에 대해서 가와바타게 미즈오川畑瑞夫 용지부장은 '1983년을 기준으로 약 4배의 상승률은 지요다구 오테마치, 주오구 니혼바시 등 상업지에서도 볼 수 있는 현상으로 니시신주쿠만 지가가 상승한 것은 아니다'라고 부정했다.

또 기하라 의원은 '신도청의 입찰에 담합 의혹이 있다'고 질문. 이시다테 미노루石立実 경리부장은 '과거에 전례가 없는 대규모 공사로 의혹을 사는 일이 없도록 업자에게 3번이나 엄중하게 주의를 줬으며 공정하게 이루어졌다고 믿는다'면서 의혹을 부정했다.

7

도청 간부가 아무리 부정해도 신도청사가 담합의 산물이라는 것은 의심할 여지가 없었다.

그렇기는커녕 도쿄청사(니시신주쿠)의 설계를 맡은 단노 겐지 사무소의 하청설계회사에 직원들을 파견하여 설계작업을 돕게 했고, 이 일은 담합을 유리하게 이끌려는 가지마에게 비장의 카드가 되었다고 볼 수 있다.

이 사실을 폭로한 것이 C 신문이다. 훗날 가지마는 제네콘 담합 비리로 부사장들이 체포되기도 한다.

1993년 11월 2일자 C 신문의 조간에 '가지마 도청설계 거들다', '단노사무소 하청에 사원', '담합 수주의 비장의 카드'라는 제목의 보도기사를 아래에 인용해보겠다.

가지마는 '설계를 거든다'는 등 '담합필승법'을 사내에 전수했으나, 하청설계회사로 사원을 파견하는 등 복잡한 방식으로 이를 실천하고 있었다. 설계사무소와 자본이나 인사 관계가 있는 건설회사는 입찰에 참가할 수 없다는 공공공사의 원칙을 교묘하게 빠져나간 수법이라고는 해도 논란을 일으킬 것 같다.

가지마가 사원들을 파견한 설계회사는 유한회사 '무토 어소시에이트'. 가스미가세키 빌딩을 담당했던 구조설계의 대가 고 무토 기요시武藤清 씨를 대표이사로, 자본금 200만 엔으로 설립된 회사다.

도청사의 설계는 공모한 결과 '단노 겐지 도시건축설계연구소'가 뽑혔고, 무토 어소시에이트는단노사무소의 설계도가 채택된 직후인 1986년 6월에 설립되었다. 그 후 초고층빌딩 건설의 키포인트가 되는 구조설계를 단노사무소에서 위탁받았다.

도청사 건설을 둘러싸고 이미 물밑에서는 격렬한 수주경쟁이 펼쳐지고 있고, 결국 대형 제네콘끼리 담합한 결과 1988년 2월의 입찰에서 제1 청사는 다이세이, 제2청사는 가지마가 각각 공동기업체(JV=조인트 벤처)의 간사회사가 되었다.

관계자에 따르면 구조설계를 맡은 주요 멤버 전원이 당시 가지마의 설계부문에 있던 6명으로, 그중 3명은 일단 가지마를 사직하고 무토 어소시에이트로 이직했지만 다른 3명은 가지마에 적을 둔 상태로 사직한 사람들과 똑같은 일을 했다. 이 기간 동안 무토 어소시에이트의 업무에 전념하고 있었음에도 불구하고 3명의 급료는 가지마가 지불하고 있었다.

더군다나 가지마는 본사의 대형 컴퓨터를 사용하여 구조설계작업을 할 수 있도록 허가했는데, 관계자는 '실비나 다름없는 저렴한 사용료를 낸다고 들었다'면서 가지마가 편의를 봐줬다는 것을 인정했다.

신청사의 완성 전후로 스태프 6명은 전원 가지마로 돌아가 현재는 본사의 설계 엔지니어링 총사업본부 등에서 근무하고 있다.

이러한 경위에 대해서 스태프 중 연장자 2명은 '무토 선생님의 권유로 도청사 작업만 한다는 조건으로 가지마를 사직했지만 선생님이 돌아가신 다음 가지마에 재취직했다'고 설명한다.

무토 씨는 도쿄대학 교수직을 퇴임한 후 가지마의 부사장이 되었고, 무토 어소시에이트 설립 당시에는 가지마의 고문이었다. 무토 씨의 관계자는 '무토 씨는 공공공사를 맡은 후 오해를 받지 않도록 가지마를 퇴사, 새로 회사를 설립했다. 자본금이나 사무소 임대료 등은 전부 무토 어소시에이트가 부담했다'고 말했다.

그러나 복수의 제네콘 간부는 '가지마는 설계 단계에서부터 공헌했던 것을 히든카드로 내세우며 JV의 간사회사를 노리고 영업을 펼쳤다'고 증언했다. '제네콘 사원이 몰래 설계를 돕는 것은 상식이지만 이렇게까지 하는 것은 이례적'이라고 말하는 간부도 있었다.

건설성 사무차관의 통달에 따르면 설계 서류의 사전입수 등 불공평을 방지하기 위해서 공공공사에서 설계회사와 친한 업자가 입찰에 참가하는 것을 금지하고 있다. 도청도 재무국장의 통달로 설계회사에 출자하거나 임원을 파견하고 있는 시공업자의 입찰 참가나 수주에 제동을 걸고 있다.

도청 재무국에 따르면 이 통달은 도청과 직접 계약을 맺은 설계 회사를 대상으로 한 것이라 설계 하청회사는 해당하지 않지만, 건설성은 '사실이라면 바람직하지 않다'(지방후생과)고 말했다. 또 도쿄에 사무소가 있는 건축가는 '통달을 어기지 않고 공사를 수주하기 위해서 가지마가 짜낸 편법이다'라고 비판했다.

　가지마 홍보실은 '가지마의 직원이 설계를 거들었다고 해도 시공을 수주할 때 딱히 유리하진 않았다'고 말했다.

　8

　석 잔째의 히레자케를 마시면서 기무라가 화제를 바꾸었다.

　"우리 회사는 신도청사에서는 '이것'이 적극적이 아니었기 때문에 참가할 수 없었지만 간사이신공항에서는 제법 좋은 선까지 갔습니다."

　기무라는 '이것이……'하고 오른손 엄지를 내밀고 말을 이어나갔다.

　"상당히 의욕적이었거든요. 토목본부장이 간사이신공항 대책부장을 겸하고 있다는 것은 알고 있습니까?"

　"아니요, 몰랐습니다. 그리고 보니 가와구치 부사장님은 거의 도쿄에 안 계시네요. 담합 전문의 우두머리가 직접 간사이신공항에 매달려있는 셈이군요."

　"작년 1월에 착공한 호안공사를 낙찰한 것은 6JV지만 우리는 중핵중 하나입니다."

　"하지만 신도청사 제2청사의 중핵이 된 가지마도 오모리도 간사이신공항에서 JV에 들어있잖아요. 대기업과 중견기업의 정치력은 차이가 크지 않습니까?"

　기무라는 눈살을 찌푸렸다.

　"간사이신공항에서 우리는 대기업과 호각으로 맞섰습니다. 아무리 가지마라도 다케야마 종목의 필두에는 한수 접을 수밖에 없지 않나요."

　그럴까? 가지마나 시미즈는 감당하기 벅찬 상대라고 말하고 싶었지만 야마모토는 그 말을 목 안쪽으로 꾹 눌렀다.

그리고 화제를 와다 다이치로 되돌렸다. 아무래도 마음이 걸렸기 때문이다.

"와다 다이치 씨가 사장실 실장 직속으로 배치된 것을 어떻게 생각하십니까?"

"아직 입사한 지 2년도 지나지 않았지만 주니어의 평판은 그저 그런 편입니다. 처음부터 우리 회사에 입사시키지 말고 다른 회사에서 경력을 쌓게 하는 편이 좋지 않았을까 해요."

"어차피 다음다음이나 그다음 대의 사장이 될 사람이니 처음부터 제왕학을 가르치고 싶다는 기분도 이해가 됩니다. 사장님은 경영자의 소질은 있다고 보시는 모양이고."

야마모토는 마음에도 없는 소리를 할 생각은 없었다.

문제는 다이치와의 거리를 두는 방법이다. 기타와키에게 후견인 역할과 교육을 맡겨도 괜찮을지 우려되었다. 기타와키의 성격상 다이치를 인질로 내세워서 전무, 부사장으로 출세를 노릴 것이 틀림없었다.

응석을 받아주는 것은 가장 나쁜 방법이었지만 기타와키는 그렇게 하고도 남을 것이다. 그런 점은 와다 본인도 간파하고 있지만, 와다역시 상당한 팔불출이었다.

다이치라는 이물질 때문에 사장실이 혼란스러워질지도 몰랐다.

"기무라 부장님은 다이치 씨의 교육을 담당하라는 명령을 받으면 어떻게 하시겠습니까?"

"일어나지도 않을 일을 물어보면 답변하기가 곤란한데요. 실장님이 놓아주질 않을 겁니다. 실장님의 꼭두각시가 되지 않아야 할 텐데."

기무라의 눈은 옹이구멍이 아니었다. 세상의 주목을 받고 있는 기업에서 홍보 담당 부장의 임무를 무난하게 완수하고 있는 사람답다고 야마모토는 감탄했다.

"야마모토 씨는 그렇게 주니어가 마음에 걸립니까?"

의표를 찔리는 바람에 야마모토는 가슴이 뜨끔했다.

"다이치 씨의 교육을 가와구치 부사장님이나 후쿠다 상무님이 담당하시면 어떨까요?"

말하자마자 야마모토는 쓸데없는 소리를 했다고 후회했다. 아무리 술이 들어갔다고는 해도 너무 뜬금없는 말이었다.

야마모토는 기무라가 대꾸하기 전에 서둘러 부정했다.

"차세대 사장에게 지저분한 일을 시킬 리는 없겠죠. 모두 힘을 합쳐서 가마를 짊어진다는 마음으로 제왕학을 익히도록 이끌어주면 됩니다."

"하지만 짊어진 가마가 볼품없으면 짊어질 기분이 나지 않지요."

"와다 사장님은 창업자가 아니시지만 그에 못지않은 파워를 가지고 계시니까 와다 사장님이 건재하신 이상 다이치 씨가 사장이 되는데 아무 문제도 없을 겁니다.

요리를 가져온 종업원에게 기무라가 히레자케를 추가 주문했다.

"야마모토 씨도 히레자케로 괜찮습니까?"

"물론입니다."

종업원이 서둘러 물러났다.

"산은에서 맞이하는 사장님은 쇼지로 부사장님의 친구라니까 우리도 친근감을 느끼고 있지만 전 '이것'이 브라질과 미국의 호텔 사업에만 집중하는 것이 아닐까 걱정스럽습니다. 그러니까 파워가 있는 산은 상무를 사장으로 들이려고 삼고초려 한 게 아닐까요. 주니어는 다음다음 인지 뭔지 모르지만 역시 성에 차질 않네요. 사람이 너무 가볍습니다."

"아무리 연마해도 물건이 되기 힘들까요?"

"주니어와 이야기해본 적 있습니까?"

야마모토의 애매한 긍정을 기무라는 없다고 멋대로 해석한 모양이다.

"인사도 제대로 할 줄 모르는 철부지입니다."

"그거야 교육하면 해결될 문제 아닙니까."

"여기서만 하는 이야기지만 전 돌아가신 쇼지로 부사장님의 장남에게 기대하고 있습니다. 올해 도쿄대 법학과 4학년이에요. '이것'한테 제대로 된 안목과 도량만 있으면 그에게 눈독을 들일 거라 생각합니다."

정곡을 찌르는 발언이라고 생각한 야마모토는 기무라를 달리 보게 되었다.

9

2월 15일 아침 8시 반, 후쿠다가 야마모토에게 사내전화를 걸어왔다.

"안녕한가, 후쿠다일세."

"야마모토입니다. 일전에는 신세를 졌습니다."

"오늘 밤에 시간 있나?"

야마모토는 한 박자 늦게 대답했다.

친해지긴 싫은 남자지만 이미 말려들었다고도 말할 수 있었다.

"무슨 일이 있습니까?"

"사장님과 주니어 때문에 좀."

후쿠다의 날카로운 후각에 혀를 내둘렀다.

와다 다이치가 3월 1일 자로 사장실 실장 직속이 된다는 것을 이미 알고 있는 것 같았다.

"알겠습니다."

"그럼 7시에 히가시긴자의 '하시다'에서 보기로 하지."

통화 시간은 아주 짧았다.

그날 밤 야마모토가 6시 50분에 '하시다'에 도착하자 후쿠다가 먼저 와있었다.

"바쁜 사람을 갑자기 불러내서 미안하네. 이번 주는 오늘 밤밖에 비어있질 않거든. 무리한 부탁을 들어줘서 고마워."

후쿠다의 정중한 말투에 야마모토는 경계심이 강해졌지만 온순하게 대답했다.

"파견사원인 제가 바쁠 일이 뭐 있겠습니까. 다망하신 후쿠다 상무님이야말로 저 같은 놈을 상대하실 시간이 있을지 모르겠네요."

"야마모토가 여간내기가 아니라는 것쯤은 충분히 알고 있어. 이것이 야마모토에게 홀딱 반해있다는 건 사내에서도 유명해."

엄지를 세우고 이것이라고 말하는 사람이 많은 이유는 와다 세이이치로가 오너 사장이기 때문일 것이다.

"농담도 잘하십니다."

"자, 한 잔 받게."

후쿠다는 이미 맥주를 마시고 있었다.

술을 받고, 야마모토는 큰 글라스를 눈높이까지 들어 올렸다.

"감사합니다."

"건배."

야마모토는 단숨에 글라스를 비웠다.

"서둘러 오느라 목이 말랐어요."

테이블에는 맥주 2병이 놓여 있었는데 1병은 이미 비어있었다. 2잔째는 후쿠다의 글라스를 채운 다음 야마모토의 자작이 되었다.

"내 업무가 기획경영, 즉 우리 회사에서 수주공사를 만들어내는 비즈니스라는 것을 언젠가 여기서 말한 적이 있지? 이것이 일대 프로젝트를 드디어 오케이했어. 야마모토에게 그걸 보고하고 싶었네."

"일대 프로젝트요? 산은의 주선으로 웨스턴 호텔 체인을 매수한 프로젝트와 필적할 만한……?"

"천만에. 그 정도로 대단하지는 않지만 대충 500억 엔 정도의 규모가 되리라 보네."

후쿠다는 은테 안경을 벗어서 흔들면서 히죽히죽 웃었다.

"500억 엔. 엄청난 대형 프로젝트가 아닙니까. 기획경영으로 그런 대규모 프로젝트라면 골프장 개발밖에는 안 떠오르는데요."

후쿠다는 왼손으로 안경을 쓰면서 오른손 검지를 권총처럼 야마모토의 눈앞에 들이대었다.

"정답! 과연 야마모토야."

"……."

"5천만 엔의 회원권으로 천 명이 모이면 500억 엔이지. 나리타 근처에 골프장 용지를 물색하고 있었는데 토지 확보도 현의 인허가에 관해서도 전망이 섰어."

새빨개진 귓불을 통해서 후쿠다의 고양감이 손에 잡힐 듯이 느껴졌지만 야마모토는 반대로 눈살을 찌푸렸다.

틀림없이 어중이떠중이의 무법자들이 후쿠다의 주위로 몰려들 것이다.

"한 명당 5천만 엔요? 아무리 세상이 인플레이션이라도 신흥 골프 코스치고는 비싸지 않습니까?"

"그만큼 훌륭한, 호화로운 골프 클럽으로 만들면 되네."

후쿠다가 다시금 엄지를 내밀었다.

"이것은 산은의 이케지마 회장과 의논한 후 성공하리라 확신한 것 같아. 지쿠호회 멤버로 이사회를 구성하기만 해도 정평이 날 거야. 호객용 판다 같은 이사들에게는 공짜로 회원권을 주면 그만이야."

"다케야마 수상도 이사가 되십니까?"

"현직 총리, 총재니까 아무래도 무리야. 명예 이사장 정도가 되겠지. 유력한 일부 상장기업은 반드시 회원권을 구입할 거야. 고가네이 小金井처럼 몇 억 엔까지는 무리라고 해도 두 배인 1억 엔까지는 갈지도 모르지. 나에게는 일생일대의 대대적인 프로젝트가 될 거야."

"전 골프를 안 해서 잘 모르겠지만, 다이요은행에도 빚을 져가면서 골프 회원권을 사는 사람들이 제법 있습니다. 조금 과열 기미가 아닌가 걱정입니다."

"그렇게 찬물을 끼얹지 말게. 골프 코스의 자산 가치는 높으니까 투자하는 것도 나쁘지 않다고 생각해."

새하얀 '저팔계'의 얼굴이 삶은 문어처럼 시뻘게졌다.

10

야마모토도 후쿠다도 알코올에 강한 체질로 어느새 2홉 5작의 호리병이 세 병으로 늘어나 있었다.

후쿠다의 흥분은 점점 커지기만 했다.

반대로 야마모토는 냉정해졌다.

반쯤 에누리하더라도 250억 엔이니까 대형 프로젝트라고 말할 수 있지만, 후쿠다와 무법자들과의 관계를 생각하면 찬물을 끼얹어주고 싶다는 충동을 참을 수가 없었다.

"일전에 신도청사의 입찰과 낙찰의 조작이 동료들 사이에서 화제가 되었는데, 제네콘의 담합 체질은 공공공사에만 해당되는 일입니까? 예를 들어서 500억 엔의 대형 프로젝트라면 그 비슷한 일은 얼마든지 있겠지요. 도와건설의 담합 담당의 우두머리는 토목본부장이라고 들었습니다만, 골프장은 후쿠다 상무님이 전부 총괄하게 됩니까?"

후쿠다의 작은 눈이 날카롭게 빛났다.

"그렇게 작은 프로젝트와는 다르네. 당연히 내가 총괄하겠지만 토목본부나 영업부도 얽히게 되어있어. 회사 전체가 관련되는 프로젝트이기 때문에 대형 프로젝트라고 하는 거야."

"담합은 어떻습니까?"

"기획경영에서도 없을 수가 없어. 아니, 있는 것이 당연하지."

"제네콘의 숙명입니까?"

"직설적으로 자기 의견을 늘어놓는 야마모토의 성격을 이것은 높이 사는 것이겠지."

"입이 화를 부를까 봐 최대한 조심하고는 있지만 죽기 전에는 못 고칠 것도 같습니다."

야마모토는 입꼬리를 비틀면서 두 개의 잔에 호리병을 기울였다.

"전화로 주니어에 관한 일이라고 하셨는데?"

"3월 1일 자로 사장실 실장 직속으로 배속되는 모양인데 기타와키가 사주했을 거야. 주니어를 떠맡아서 이것의 비위를 맞추려는 속셈이겠지. 흉계를 꾸미기 좋아하는 기타와키 다운 발상이야."

뱉어내는 것 같은 후쿠다의 말투에 야마모토는 눈을 부릅떴다.

후쿠다가 기타와키에게 대항의식을 가지고 있을 줄은 꿈에도 몰랐기 때문이었다. 입사 연차는 후쿠다가 1년 선배지만 양측의 역학관계는 확연하다고 야마모토는 보고 있었다.

"이것은 야마모토가 사장실에 없었다면 기타와키의 진언을 받아들이지 않았을 거라고 생각해. 오늘 밤 자네를 부른 것은 대형 프로젝트 때문이 아니라 주니어의 교육을 잘 부탁하다고 말하고 싶었기 때문일세."

"저는 파견 사원에 불과하다는 것을 기억해주셨으면 좋겠군요."

후쿠다는 입으로 가져가던 술잔을 테이블에 도로 내려놓았다.

"지난주 금요일에 사장님과 마셨는데 야마모토의 칭찬을 아끼지 않더군. 취한 탓도 있겠지만 야마모토의 목에 밧줄을 걸어서라도 다이요에서 빼내 오겠다고 말씀하셨어."

12일에 와다는 야마모토에게 '친구와 약속이 있다'는 말밖에 하지 않았다. 누군지 밝히지 않았던 것은 그 상대가 후쿠다였기 때문이었던 모양이다.

후쿠다가 지저분한 비즈니스를 담당하고 있는 것과 관계가 있지 싶었다.

"기타와키 같은 인간에게 맡기면 주니어는 망나니가 되고 말 거야. 야마모토, 아무쪼록 잘 부탁하네."

후쿠다는 테이블에 양손을 짚고 고개를 숙였다.

어쩐지 뭔가 야쿠자 같은 동작이지만 기특하게 보이지 않는 것도 아니었다.

"난 사장님과 주니어를 목숨을 걸고 지켜야 한다고 생각해. 사장님의 소원을 이룰 수 있도록 야마모토도 부디 힘이 되어주게."

이야기가 묘한 방향으로 흘러갔다.

시계를 보자 오후 10시를 지나고 있었다. 야마모토는 2차를 거절했지만 후쿠다는 콜택시를 불러주었다.

11

2월 20일 토요일 저녁 7시가 지나서, 가와하라가 골프에서 돌아오는 길에 다카이도에 있는 야마모토의 아파트를 방문했다.

어제 통화를 하면서 야마모토가 '가끔은 보고 싶다'고 말하자 가와하라는 '동기들하고 개인적으로 치는 골프니까 끝나면 같이 밥을 먹지 않고 들를게'라는 대답을 했다.

가와하라는 가방 안에서 꾸러미를 꺼내서 미유키에게 건넸다.

"말린 전갱이입니다. 맛이 괜찮을 거예요."

"댁으로 가져가실 선물을 가로채는 것이 아니면 좋겠는데요."

"두 개 사 왔으니까 걱정할 것 없어요. 여전히 아름다우십니다."

야마모토가 끼어들었다.

"입만 살았다니까. 가와하라가 항상 칭찬만 해대니까 와이프는 신바람이 나서 요리를 하는 거야."

"미인에게 못생겼다고 할 수는 없잖아. 내가 빈말을 하는 성격이 아니라는 것은 네가 더 잘 알 텐데."

가와하라는 재킷과 두꺼운 스웨터를 벗고 스포츠셔츠 차림으로 식탁에 앉았다. 야마모토는 스포츠셔츠에 조끼, 미유키는 스웨터에 바지를 입고 있었다.

미유키의 요리 솜씨를 자랑할 만하다고 야마모토는 생각했다.

맥주를 마시면서 야마모토는 말을 꺼냈다.

"아직 비밀이지만 와다 다이치가 사장실로 오게 되었어. 사장님이 혹독하게 교육시켜달라고 부탁하셔서 난처한데, 쓸 만한 인물이 될 것 같나?"

"되건 안 되건 상관없지. 도와건설의 사장 자리가 약속되어 있으니까. 다이치를 만나봤나?"

"응. 뭔가 쭈뼛쭈뼛하고 믿음직한 구석이 없더군."

"사장님과 함께였어?"

"응. 열흘쯤 전에 사장님께 소개받았어."

가와하라는 몹시 시장했는지 체면을 차리지 않았다.

'맛있다'는 말을 연발하면서 걸신들린 듯이 먹어댔다.

잘 먹으니 미유키도 만족스러운 것 같았다.

맥주와 함께 오징어를 명란젓에 버무린 반찬을 삼키고서 가와하라가 대답했다.

"다이치는 아버지 앞에만 가면 딴사람이 된 것처럼 주눅이 든다는 소문이 자자해. 아버지가 너무 잘난 탓이겠지. 고인이 된 숙부 쇼지로 씨가 병약했다고 나에게 말한 것으로 미루어볼 때, 와다 세이이치로와 쇼지로 형제는 우애가 좋았지만 경쟁의식도 강했던 모양이야. 과로사, 순직을 병약했다고 거짓말한 것은 다이치 나름대로 아버지를 응원하려는 의도가 아니었을까? 아버지도 숙부 못지않게 일하지만 아직 쌩쌩하니까 말이야."

"자네 짐작이 옳다고 생각하지만 병약하다는 거짓말은 너무했어."

"그건 그래. 다만 다이치가 나약해 보이지만 꽤 강인하다는 증거가 되지 않을까?"

야마모토는 고개를 갸웃거렸다.

"그것도 의문이군. 와다 사장님은 팔불출답게 솔직한 성격이라고 칭찬했지만, 부친이 모친과 이혼하고 스무 살이나 어린 여자랑 결혼하면 보통 모친을 동정해서 부친을 원망하는 법이잖아. 부친 앞에서 주눅이 드는 것도 이상하고 흰 것을 검다고 말하는 다이치를 강인하다고 말하는 가와하라의 평가도 어처구니없어."

"넌 왜 그렇게 다이치에 대해서 신경질적인 거야?"

"먼저 도와건설의 장래가 마음에 걸리고, 둘째로는 주니어의 후견인 따위 절대 사양인 데다 그밖에도 여러 가지."

"난 사장실에는 얼굴을 내밀지 않지만 도와건설에는 자주 발을 들여놓으니까 아는 사람들이 많아. 다이치의 인기가 별로라는 것도 알고 있지만 다이치보다 더 형편없는 2세, 3세는 얼마든지 있으니까 걱정할 것 없어. 네가 도와건설에 앞으로 몇 년이나 파견을 나가 있을지 모르겠지만 파견 기간 동안은 열심히 보필해주면 좋겠어."

"백귀야행의 복잡한 세계라서 말이지."

"그건 우리 은행도 마찬가지야. 어떤 기업이나 많든 적든 있는 일이지만 오너 사장이 턱 하니 버티고 있는 도와건설은 그나마 양호한 편이 아닐까?"

가와하라는 맥주를 벌컥벌컥 마시고 미유키에게로 눈길을 돌렸다.

"제수씨, 미즈와리 좀 만들어주세요."

"네, 바로 준비할게요."

미유키는 젓가락을 놓고 식탁에서 일어났다.

가와하라가 상체를 맞은편에 앉아있는 야마모토 쪽으로 기울이고 목소리를 낮췄다.

"와다 사장님이 널 귀여워해서 스카우트를 제안했다던데, 너도 마음이 있는 거야?"

"설마, 말도 안 돼. 그런 제안을 해오는 바람에 난처해진 것은 사실
이지만. 사장실 실장이 엄청 짜증나는 성격이라 질투가 이만저만이
아니라고. 다이치가 사장실 실장 직속이 되면 난 담당을 바꾸든지 은
행으로 돌아갈 수밖에 없다고 생각해."

야마모토는 소곤소곤 말했다.

"다이요은행에는 돌아올 자리가 얼마든지 있지만 반대로 네가 도와
건설에 스카우트되면 기뻐할 녀석도 잔뜩 있지."

야마모토는 웃음을 터트렸다.

"웃기지 마. 네 얼굴에 야마모토 같은 녀석은 안중에도 없다고 적혀
있다고."

"난 동기 중에서 이사까지 올라갈 수 있는 인물은 너랑 나밖에 없다
고 생각해."

가와하라도 껄껄 웃었다.

"너야 가능하겠지만 난 무리야. 그나저나 조사 담당 주제에 이런 이
야기를 하는 것은 어느 쪽도······."

야마모토는 오른손 검지를 까딱거리면서 말을 이었다.

"제정신이 아니야."

"그건 아니지. 다들 출세욕은 있지만 입 밖에 내느냐 내지 않느냐의
차이일 뿐이야. 야마모토니까 솔직하게 털어놓은 거야."

"그럴지도 모르지."

야마모토는 툭 내뱉으면서 글라스를 잡았다.

12

식사를 마치고 식탁에서 거실의 소파로 이동해서 자리를 잡은 다음 야마모토와 가와하라의 대화는 길게 이어졌다. 둘 다 미즈와리 위스키를 마셨다. 미유키가 준비한 안주는 치즈와 크래커뿐이었다.

"가와하라는 도와건설의 내부사정에 정통한 모양인데 빅 프로젝트에 대해서 어떻게 생각해?"

"빅 프로젝트가 뭔데?"

"발이 넓은 너도 아직 못 들은 모양이구나."

야마모토의 의미심장한 미소를 곁눈질한 가와하라가 '흥' 하고 비웃었다.

"기획경영의 골프장에 대해서라면 알고 있어."

야마모토는 하마터면 사레가 들릴 뻔했다.

"뭐야? 그거였어? 잔뜩 뜸을 들이더니. 후쿠다 상무가 오래전부터 추진하던 안건인데 이제야 허락이 떨어진 모양이더군."

"정말 너한테는 못 당하겠다. 후쿠다 상무는 500억 엔의 빅 프로젝트라는 둥 큰소리를 땅땅 치던데 괜찮을까? 너무 신바람이 나 있는 것 같은데."

"온 일본을 골프장투성이로 만드는 것 같아서 걱정스럽지만 산은도 마음이 동한 모양이니까 어떻게든 되겠지. 타이밍이 좀 더 빨랐다면 후회했을지도 모르지만."

야마모토가 상체를 오른쪽으로 비틀어서 가와하라의 옆얼굴을 응시했다.

"후쿠다 상무의 주변에는 어중이떠중이들이 많은 것 같아. 그쪽도 걱정이야."

"땅 투기니 뭐니 해서 요즘 골프장 건설에는 그런 무리가 몰려드는
것도 어쩔 수 없는 일이겠지. 네가 걱정한다고 어떻게 되는 것도 아니
잖아."

"제네콘의 담합체질을 걱정하는 것과는 차원이 다르다고 생각하
는데?"

"비슷하지 않나?"

"아무리 그래도 그건 아니지."

가와하라가 미즈와리 위스키를 홀짝이면서 진지하게 대꾸했다.

"난 이론을 말하는 것이 아니야. 느낌을 말하는 거야. 다시 한 번 말
하지만 네가 걱정한다고 어떻게 되는 것도 아니잖아."

야마모토가 씁쓸한 듯이 화제를 바꿨다.

"난 골프를 치지 않아서 관심이 없지만 가와하라는 골프 클럽의 멤
버야?"

"두 군데 가입해있어. 유명 코스는 아니지만 회원권을 샀을 때보다
가격이 3배로 튀었으니까 지금 되팔면 짭짤할 거야."

"빚도 상당하지 않아?"

"은행에서 빌렸는데 한 군데는 거의 안 가니까 팔아서 대출금이나
깨끗하게 갚아버릴까?"

"그게 좋겠어. 토지와 주식이 천정부지로 치솟고 있지만 이게 언제
까지 지속되겠어."

"당분간은 계속되겠지."

설거지를 끝낸 미유키가 소파에 앉으면서 대화에 끼어들었다.

"지은 지 6년이 넘은 이 아파트만 해도 7천만이나 한대요."

"누구한테 들었어?"

"얼마 전에 이사 온 205호실의 나카다 씨한테. 구조는 조금 다르지만 68제곱미터의 같은 평수니까 가격은 비슷할 거예요."

"그렇다면 야마모토는 아파트만으로 4천만 엔의 이익을 본 거네요. 금리는 우대받고 있을 테고."

"그건 큰 소리로 떠들 수 없잖아. 우리 같은 은행원은 운이 좋아. 가와하라는 처가댁과 함께 사는 2세대 주택이니까 나보다 몇 배는 더 운이 좋지. 넌 주식도 하지?"

"남들만큼은. 야마모토는?"

"관심은 있지만 주식을 시작하면 사람이 피폐해지잖아. 더 이상 피폐해지긴 싫으니까 생각 없어. 신문의 주식란부터 먼저 읽다니 어쩐지 서글프잖아."

"여보, 괜한 핑계를 대지 말아요. 단순히 주식을 할 돈이 없는 거잖아요."

"하긴 그게 주식을 안 하는 가장 큰 이유지."

"확실히 사람이 피폐해져. 나도 주식란부터 읽거든. 그리고 팔고 사는데 많은 시간과 에너지를 빼앗기고 있지. 투기꾼의 감언이설에 넘어가지 않으려고 나름대로 공부하고 있는데 힘들긴 힘들어."

"하지만 가와하라 씨는 주식으로 많이 버셨지요?"

"상상에 맡기겠습니다."

가와하라는 태연한 얼굴로 대답하면서 씨익 웃었다.

제8장 꽃놀이

1

3월 하순의 어느 날 밤, 아카사카에 있는 와다의 자택 아파트에 상파울루의 에미코로부터 국제전화가 걸려왔다.

"조지, 보고 싶어요."

"에미, 나도 보고 싶어. 슬슬 벚꽃 시즌이니까 도쿄로 와."

"Wonderful! 바로 갈게요. 호텔은 산토스에게 맡길 수 있어요. 내가 철저하게 교육을 시켰으니까 한두 달은 자리를 비울 수 있어요."

산토스는 와다가 오너인 카이저 파크 호텔의 총지배인이다.

에미코는 상파울루 대학 시절의 클래스메이트였던 산토스를 스카우트했다.

에미코는 바람기가 많은 여자다. 산토스와도 특별한 사이지만 와다는 에미코를 손톱만큼도 의심하지 않았다. 콩깍지가 쓰였다는 약점도 있지만, 두뇌가 명석한 에미코는 와다의 앞에서 산토스를 하인처럼 부렸고 산토스도 절대복종한다는 태도를 취했다.

이것은 와다 앞에서만이 아니다. 다른 직원들 앞에서도 마찬가지였다. 산토스는 부하들에게 애처가로 알려져 있었다.

"산토스는 호텔맨으로서 우수해. 머리가 좋은 남자라 에미의 보좌역으로서 퍼펙트하지."

"내 지시 없이는 함부로 굴지 못하도록 길들였거든요."

"그렇군. 방일 스케줄이 정해지면 연락해줘. 전용기를 타고와."

"이번에는 로스앤젤레스 경유의 JAL에 탈게요. 1초라도 빨리 조지를 만나고 싶으니까 내일 아침 상파울루에서 출발할게요."

와다는 살짝 허스키한 에미코의 목소리를 듣자 울컥한 기분이 들었다.

"비행기 시간이 정해지는 대로 팩스나 전화로 알려줘. 나리타공항으로 사람을 보낼 테니까."

"미스터 야마모토는 잘 있어요?"

"응. 잘 지내. 산토스와는 대조적으로 주장해야 할 때는 주장하는 편이지만 나도 야마모토 신세를 많이 지고 있어. 어떻게든 정직원으로 스카우트하고 싶어."

"나도 미스터 야마모토는 나이스 가이라고 생각해요……."

에미코는 나이아가라의 호텔에서 야마모토를 유혹하는 데 실패했던 것을 떠올리며 이번에야말로 잡아먹어야겠다고 생각했다.

저 남자라면 조지에게 들킬 리가 없다. 그래서 어프로치 한 것이다. 저 남자는 내 마음을 잡아끄는 구석이 있다―.

"다이요은행은 내 옛 둥지이기도 해요. 나도 미스터 야마모토에게 말해볼까요?"

"Good idea. 에미가 설득하면 야마모토의 마음도 움직일지도 모르지."

"날 마중할 사람으로 꼭 미스터 야마모토를 airport로 보내줘요."

"Of course. 그리고 에미와 야마모토를 불러서 꽃놀이를 하자. 둘이서 같이 야마모토를 설득하면 어떨까?"

"꽃놀이요?"

"벚꽃놀이."

"I see."

"페어몬트 호텔을 예약해둘게. 지도리가후치千鳥ヶ淵의 벚꽃은 일본에서 1, 2위를 다투니까."

"기대할게요. 조지, I love you."

"I love you, too. 에미."

전화를 끊은 다음에도 와다는 넋이 나간 것처럼 수화기를 잡고 있었다.

2

3월 29일의 아침 8시 반에 야마모토는 와다에게 호출되었다.

야마모토가 사장 집무실의 책상 앞에 서자마자 와다가 온화하게 말을 꺼냈다.

"와이프는 야마모토가 무척 마음에 들었나 보네."

"영광입니다."

"오늘 오후에 나리타에 도착해. 1시 40분 정시 도착이니 내 차로 마중을 나가주게."

"알겠습니다."

"에미코가 자네에게 긴히 할 말이 있다는군."

"무슨 일인가요?"

"글쎄? 에미코에게 직접 듣게."

"……."

"호텔 오쿠라에 묵고 싶다고 했으니까 오쿠라까지 데려다줘. 용건은 그것뿐일세."

야마모토는 고개를 갸웃거리면서 책상에서 멀어졌다. 문 앞에서 묵례를 했을 때 와다는 인사 대신 오른손을 들어 올렸다.

야마모토에게는 '긴히 할 말'이 무엇인지 짐작도 되지 않았지만 신이 난 와다의 태도로 보건데 나쁜 일은 아닐 것 같았다. 기껏해야 쇼핑에 따라다니는 정도일 것이다. 하지만 일부러 '긴히'라는 단어를 붙이다니 이상하다. 야마모토는 마음이 술렁거려서 침착할 수가 없었다.

에미코는 정시보다 조금 늦게 나리타공항의 입국장 로비에 나타났다. 정장 위에 코트를 입고 있었다.

"Hi!"

"안녕하세요."

야마모토는 에미코가 가볍게 포옹하는 바람에 당황했지만 인사니까 할 수 없다.

짐은 대형 슈트케이스가 세 개. 벤츠 트렁크에 다 들어가지 않아서 하나는 조수석에 실었는데, 그 전에 에미코와 야마모토 사이에 작은 입씨름이 벌어졌다.

"저는 조수석에 앉을 테니까……."

"당신은, 이쪽에 앉아요."

"그건 곤란합니다."

"뭐가 곤란해요? 앞에 앉으면 대화를 나누기 힘들어서 오히려 곤란하잖아요."

결국 야마모토는 뒷좌석에 앉을 수밖에 없었다.

벤츠가 달리기 시작했다.

"피곤하시죠? 브라질은 먼 나라니까요."

"맞아요. JAL이라면 26시간도 걸리지 않지만 RG(바리그 브라질 항공)은 27시간은 걸리기 때문에 다음다음 날 도착하게 되는 셈이죠. 애초에 그리니치 표준시간으로 오전 0시 55분에 상파울루를 출발하니까 다음 날도 그 다음 날도 큰 차이는 없지만."

"비행 중 좀 주무셨습니까?"

"퍼스트클래스라서 조금 자긴 했는데, 와인을 과음한 탓에 목이 말라서 화장실에 몇 번이나 갔는지……."

에미코라면 혼자서 2병은 비웠을지도 모른다. 덩치가 큰 편도 아닌데 알코올에 강하다는 것을 나이아가라의 호텔에서 야마모토는 이미 경험했다.

"당신과 나는 동창이라는 친분이 있잖아요?"

"동창요?"

"그래요. 내가 다이요은행의 상파울루 오피스에서 근무했던 것은 알지요?"

"아, 그런 의미군요."

엄청난 확대해석이다. 야마모토는 엄연한 정직원이지만 에미코는 현지에서 채용된 사무원에 불과하다―.

"조지와 만난 것도 야마모토 씨와 만난 것도 다이요은행이 주선해줬다고 생각해요. 그러니까 다이요은행은 소중한 고향 같은 존재예요."

"사모님이 다이요를 그렇게 생각해주시다니 감사합니다."

"당신도 다이요은행을 졸업해서 고향으로 삼으면 어때요?"

그제야 야마모토는 눈치를 챌 수 있었다.

'긴히 할 말'이 무엇인지를. 와다의 영향으로 날 스카우트하는데 한 몫 거들 생각이다.

"사장님께 들었습니다. 분에 넘치는 영광이지만 아직 다이요를 그만둘 생각이 없습니다."

"당신은 영어가 유창하니까 도와건설로 들어오면 전 세계를 돌아다닐 수 있어요. 미스터 야마모토라면 비즈니스맨으로서 세계적으로 인정받을 수 있을 테고, 도와건설에서 조지의 후계자가 될 수도 있다고 생각해요."

"절 과대평가하시는군요. 산은에서 사장을 맞이한 데다 언젠가는 영식인 다이치 씨가 사장이 되리라 생각합니다."

"다이치는 덜 떨어졌어요."

에미코는 매서운 표정으로 내뱉었다.

운전사에게 들리지 않을 리가 없다. 야마모토는 영리한 에미코로서는 말도 안 되는 실수라고 생각되었다.

"그렇지 않다고 생각합니다만."

"당신과는 천지 차이예요."

에미코의 표정이 벌써 누그러졌다. 그리고 왼손이 야마모토의 무릎을 건드렸다.

백미러를 힐끗힐끗 올려다보는 운전사의 눈에 보일 것 같지는 않았지만 야마모토는 몸을 창문 쪽으로 옮겼다.

"지도리가후치의 벚꽃을 조지와 미스터 야마모토와 같이 구경하기로 했는데 언제가 될까요?"

"아직 사장님께 아무 말씀도 듣지 못했습니다."

"페어몬트 호텔을 잡아두겠다고 했는데요."

에미코는 살며시 야마모토에게 몸을 기댔다. 왼손이 집요하게 야마모토의 무릎으로 뻗어왔다.

"사장님께서 호텔 오쿠라로 모시라고 분부하셨는데, 계속 오쿠라에 체재하십니까?"

"아카사카의 아파트랑 왔다 갔다 할 거라고 생각해요. 조지가 스위트룸을 2주일 동안 확보했다고 말했어요."

"그렇다면 사장님도 호텔에 묵으시는 것이 아닙니까?"

호텔 오쿠라의 스위트룸에 짐을 운반한 다음, 에미코가 커피를 마시고 가라고 잡았지만 야마모토는 '사장님이 전용차를 쓰셔야할 테니까'라면서 한사코 거절했다.

지나친 억측일지도 모르지만 에미코가 야마모토를 유혹할 가능성이 있었다.

3

와다는 회식 예정이 잡혀있었지만 취소했다. 야마모토는 그것을 아베 유키코에게 이미 확인한 상태였다.

야마모토가 아카사카에 있는 도와건설 본사로 돌아온 것은 오후 4시 20분이다.

사장 집무실의 소파에서 와다와 야마모토가 마주 앉았다.

"와이프는 좋아 보이던가?"

"다소 피곤하신 것 같지만 건강하셨습니다."

"어떤가? 에미코에게 꼬드겨진 감상은?"

"정말로 분에 넘치는 영광입니다. 사모님은 대단하십니다. 저와 동창이라고 말씀하시더군요."

"동창?"

"네, 다이요은행에 근무하셨던 적이 있잖습니까. 다이요는 사모님의 고향이니까 저도 고향으로 삼으라고 말씀하셔서 곤란했습니다."

"흐으—응. 난 그 사람의 영리함에 매료되었지. 그래서 자네는 어찌 생각하나? 그럴 마음이 조금은 들었나?"

야마모토는 눈을 감고 왼손으로 목둘레를 문질렀다.

"뭐라고 말씀드리면 좋을지…… 혹하지 않았다고 한다면 거짓말이 되겠지만 아직 마음이 정리되질 않았습니다."

"조금만 더 밀면 되겠군."

"조금만 아니, 앞으로 반년이나 1년쯤 생각할 시간을 주시겠습니까?"

야마모토는 입은 보배라고 스스로도 생각하고 있었다.

도저히 다이요를 사직하고 도와건설에 입사할 마음은 들지 않았다.

"4월 3일 일요일에 시간 좀 내주게."

"알겠습니다. 시간은?"

"페어몬트에 점심 예약을 해뒀네. 오전 11시부터 1시까지 2시간. 부인과 같이 오게. 지도리가후치의 벚꽃이 만개했잖나."

"감사합니다. 하지만 제게는 분에 넘치는 자리 같으니 사양하겠습니다."

와다는 순간적으로 불쾌한 얼굴을 했지만 금방 미소를 띠었다.

"사적인 시간이라 사장 명령은 아니지만 야마모토가 비서로서 수고가 많기 때문에 보답하는 의미도 있네. 꼭 와주게나."

"집사람이 뭐라고 할지 모르겠네요. 긴장해서 벚꽃을 즐길 정신도 없을 거라고 생각합니다. 아마도 거절하지 않을까요?"

와다는 생각에 잠긴 얼굴로 팔과 다리를 꼬았다.

"그러지 말고 일단 말이라도 해보게. 부인이 우리 부부와 절대로 만나기 싫다고 한다면 강요는 하지 않겠네."

"……."

"야마모토의 부인은 나이가 어떻게 되나?"

"서른여섯입니다."

"와이프와 동갑이군. 아마도 마음이 잘 맞을 거야."

와다가 시계를 들여다봤기 때문에 야마모토는 물러났다.

마음이 여기에 없는 것 같았다. 한시라도 빨리 에미코를 만나러 가고 싶은 것이 틀림없었다.

와다를 태운 벤츠가 호텔 오쿠라로 향한 것은 4시 50분이었다.

에미코는 네글리제 차림으로 와다를 맞이했다.

샤워를 한 다음 두 사람은 사랑을 나누었다. 몸도 마음도 녹아내리는 것 같다고 와다는 언제나 생각했다.

룸서비스로 디너를 주문하고 에미코는 이브닝드레스, 와다는 양복을 차려입었다.

돔 페리뇽의 마개를 따자 샴페인의 거품이 흘러넘쳤다.

와다가 서둘러서 샴페인 글라스에 보틀을 기울였다.

"건배!"

"건배!"

두 사람 모두 단숨에 글라스를 비웠다.

"맛있어요."

"응. 에미와 마시는 샴페인은 각별해. 다음 잔은? 와인으로 할까?"

"샴페인을 한 잔 더 마실래요."

와다가 다시 두 개의 글라스에 샴페인을 채웠다.

"야마모토가 에미의 머리가 좋다고 감탄하더군."

"무슨 소리예요?"

"에미의 설득이 먹힌 모양이야. 에미는 동창이라고 했다지?"

"Yes, 그래서 미스터 야마모토는 다이요은행을 졸업할 마음이 들었을까요?"

"마음이 많이 움직인 것은 틀림없다고 생각해. 내가 제안했을 때는 노 땡큐였지만 에미의 한 마디에 리스폰스한 것은 확실해. 야마모토를 스카우트할 수 있다면 에미의 공적이야."

"조지도 미스터 야마모토가 마음에 드는 거죠?"

"전화로도 말했지만 그 친구의 대단한 점은 나 같은 남자에게도 대든다는 거야. 저 녀석은 장래성이 있어. 다이요은행 같은 곳에 놓아두기에는 아까워."

"동감이에요."

"꽃놀이에 야마모토 부부를 초대하려고 했는데 분에 넘치는 자리라면서 거절하더군."

"그럼 안 오겠네요."

"아니, 올 거야. 4월 3일 일요일의 런치타임으로 정했으니까."

"내일이나 내일모레, 오랜만에 가마쿠라를 보러 가고 싶은데 조지는 이때요?"

"난 무리야. 야마모토에게 어텐드시키지."

"조지도 같이 가면 좋을 텐데."

에미코는 눈썹을 찌푸렸지만 속으로는 잘됐다고 생각했다.

4

다음다음 날, 야마모토는 와다의 명령으로 에미코의 가마쿠라 여행에 동행했다.

오전 10시에 호텔 오쿠라까지 콜택시로 마중을 갔다.

야마모토는 에미코를 뒷좌석에 태우고서 바바리코트를 벗으면서 조수석으로 들어갔다.

"이쪽으로 와요."

"비서 주제에 그럴 수는 없지요. 그저께는 짐 때문에 어쩔 수가 없었지만."

"남처럼 섭섭하게 구네요."

"사모님께 실례가 있어서는 안 되니까요."

아무리 에미코라도 콜택시 안에서는 손을 잡거나 무릎을 더듬는 정도로 그치겠지만, 야마모토는 그런 일조차 있어서는 안 된다고 생각했다.

차가 제3 게이힌도로에 들어갔을 때 야마모토가 몸을 비틀어서 뒤를 돌아보았다.

"대불鎌倉大佛을 먼저 보시겠습니까? 아니면 기타카마쿠라北鎌倉의 엔가쿠지円覚寺, 겐초지建長寺 등을 둘러보고, 기타카마쿠라 역 근처의 사찰요리를 먹을 수 있는 식당에서 점심을 드신 다음 쓰루가오카하치만구鶴岡八幡宮에 들렀다가 마지막에 대불을 보시겠습니까?"

"알아서 해요."

대답이 시큰둥했다. 가시가 돋쳐 있다는 느낌도 들었다. 섭섭하게 군다고 토라진 것일까.

"기사님, 제3게이힌에서 요코하마신도橫浜新道로 나가서 하라주쿠原宿에서 좌회전해주세요."

"알겠습니다. 기타카마쿠라가 먼저군요."

"네."

"주말은 교통 규제가 심해서 차로는 무리지만 오늘은 평일이니까 그다지 막히지 않을 겁니다."

중년의 운전사는 정중한 말투로 대답했다.

그러나 가마쿠라는 사람들로 바글바글했다.

가마쿠라가도鎌倉街道에 있는 사찰요리점도 거의 만석이었지만, 미리 대량으로 준비해둔 것인지 순식간에 요리가 테이블 위에 차려졌다.

평소 바닥에 앉는 습관이 없는 에미코는 방석이 익숙하지 않았다. 무릎과 다리가 갑갑한 탓인지 내내 불만스러워했다.

"가마쿠라에는 이런 가게밖에 없나요?"

"유이가하마由比ガ浜 해안까지 가면 레스토랑이 있지만 점심시간이 훨씬 지나버립니다. 사찰요리는 싫어하십니까?"

"그건 아니에요. 조지와 교토京都에서 두부만 먹어본 적이 있는데 굉장히 맛있었어요."

"이 가게도 맛있을 겁니다."

"와인을 주문해줘요."

"와인은 아마 없을 거라고 생각합니다."

"일본주라도 상관없어요. 로마에 가면 로마법에 따라야죠."

"알겠습니다. 제가 눈치가 없었습니다. 데운 걸로 할까요?"

"그래요. 그 전에 맥주부터 한잔 할래요."

"네."

야마모토는 눈이 마주친 감색 기모노 차림 여종업원에게 손짓해서 맥주 1병과 일본주 2병을 주문했다.

알코올이 들어간 덕분에 에미코도 식욕이 생겼다.

"이 두부 튀김 정말 맛있네요."

"네."

다리를 쭉 뻗었다가 허리를 추켜세웠다가, 쉴 새 없이 자세를 바꾸었지만 에미코는 일본주를 1병 더 추가 주문하고 요리를 깨끗하게 먹어치웠다. 입가심으로 녹차를 마시면서 에미코가 말했다.

"꽃놀이 때 부인도 오나요?"

"아니요. 일요일인 3일은 고등학교 동창회가 있어서 올 수 없답니다."

"조지에게 말했나요?"

"네. 집사람은 간사라서 결석할 수 없다고 말씀드렸습니다. 사장님은 날짜를 바꾸는 것도 고려하셨지만 그럴 수는 없는 노릇이죠. 일본산업은행의 다카하시 상무님 부처를 초대했더니 기꺼이 오시겠다고 하셨답니다."

미유키는 싫다고 말했을 뿐이지만 거짓말도 하나의 방편이다.

"그래요? 다카하시 상무님은 뵙고 싶네요."

"저도 사양하고 싶었지만 사장님께서 안된다고 야단을 치셨습니다."

"조지가 화내는 것도 당연해요. 주빈은 당신이니까."

"천만의 말씀입니다."

에미코가 앉은뱅이 의자에 등을 기대고 테이블 아래로 다리를 쭉 뻗은 자세로 야마모토를 바라보았다.

"술이 들어간 탓인가 어쩐지 피곤하네요. 게다가 어젯밤은 푹 자질 못 했어요. 당신 생각을 하느라."

야마모토는 눈을 내리깔고 웃으면서 대꾸했다.

"영광입니다. 저도 살짝 졸음이 오는군요. 배가 부른 데다 술이 들어간 탓이겠지요."

"그렇다면 대불은 패스하고 호텔에 가서 쉬지 않을래요?"

"사모님의 농담에 잠이 확 달아났습니다."

"조크가 아니라 진심이에요. 콜택시를 돌려보내고 택시를 사용하면 되잖아요."

"오늘은 사모님의 관광을 돕는 것이 제 임무입니다. 저녁까지 회사로 돌아가지 않으면 안 됩니다. 오늘 일정은 제게 맡겨주세요."

야마모토는 미소를 지우는 일 없이 딱 부러지게 말하고 자리에서 일어났다.

5

페어먼트 호텔은 매년 벚꽃 시즌이 되면 초만원을 이루기 때문에 1층의 카페도 만석이 된다.

4월 3일의 지도리가후치는 활짝 핀 벚꽃으로 장관이었다.

다섯 명은 지도리가후치에 면한 3층의 특별실 창가에서 어깨를 나란히 앉아서 한참 동안 벚꽃을 만끽했다. 걷기 힘들 정도로 꽃놀이를 나온 손님이 많았다.

이보다 더 좋은 특등석은 바라기 힘들었다.

런치코스의 메인디쉬인 안심 스테이크를 먹고 있을 때 와다에게 전화가 걸려왔다. 와다는 냅킨으로 입을 닦고 테이블을 벗어났다.

"뭐라고요? 그런 말도 안 되는."

"……."

"알겠습니다. 전부 사실무근입니다. 400만 달러라니 어딜 찌르면 그런 돈이 나옵니까?"

"……."

"총리께는 제가 연락드리죠."

와다의 옆얼굴이 경련을 일으켰지만 테이블로 돌아왔을 때는 이미 미소를 띠고 있었다.

"파나마입니까?"

다카하시의 질문에 와다는 눈이 커다래졌다.

"잘 아시는군요."

"가리에가 장군에 대한 미국 정부의 압력이 강해지고 있다고 들었습니다. 400만 달러가 무엇인지는 모르겠지만."

"외무성의 고관이 전화로 알려줬는데 현지 시각으로 4일에 호세 브래든이 미국의 상원 외교위원회의 테러, 마약, 국제활동소위원회에서 증언하게 된 모양입니다. 도와가 가리에가 장군에게 400만 달러의 뇌물을 줬다는 소문이 이미 워싱턴에 쫙 퍼졌다고 합니다."

"호세 브래든이라면 가리에가 장군의 심복 중의 심복 아닙니까. 그가 가리에가 장군을 배신할까요?"

"파나마의 뉴욕 총영사를 해고한 것은 사실이고 CIA의 설득에 넘어가서 배신했을 가능성은 있다고 봅니다."

"다케야마 총리의 이름도 거론되고 있습니까?"

"도와가 파나마에서 사업을 벌이고 있는 것과 다케야마 총리와 제가 친밀한 관계라는 것은 백악관에서도 파악하고 있다고 생각합니다."

다섯 명 모두 나이프와 포크를 쥔 손이 정지해있었다.

다카하시와 와다의 대화를 들은 것만으로도 야마모토는 사태가 심각하다는 것을 이해할 수 있었다.

에미코가 끼어들었다.

"CIA는 제너럴 가리에가가 콘타도라 섬을 마약의 밀수기지로 삼고 있다고 의심하는 것이 아닐까요?"

"작년 6월에 콘타도라 섬의 호텔을 매수했지요? 웨스턴 호텔 체인이 대형 프로젝트였기 때문에 조지는 기자회견 때 언급하지 않았지만요."

다카하시의 지적은 정확했다. 작년 6월에 와다가 파나마에 방문했을 때 도와건설은 엔화로 치면 9억2천만 엔을 투자하여 파나마국영호텔을 매수한 것이다.

"가령 밀수기지로 삼은 것이 사실이라고 해도 도와와는 아무 관계도 없습니다."

"4일의 소위원회는 공청회가 되겠지만, 틀림없이 호세 브래든의 입에서 도와건설이나 조지의 이름이 나오겠죠. 다케야마 수상의 이름도요. 일본의 신문이 대서특필하게 되면 귀찮아집니다."

"관저와 외무성에서 신문기자들에게 사실무근이라고 말하도록 사전에 총리께 부탁드리겠습니다."

"그게 좋겠습니다. 근래 도와건설을 시기하는 사람이 많아서 조지도 힘들겠어요."

"어쨌거나 큰 문제는 없습니다. 모처럼 꽃놀이에 찬물을 끼얹어버렸지만 잊어버리고 식사를 마저 하지요. 금강산도 식후경이라지 않습니까."

와다가 먼저 나이프와 포크를 손에 들었다.

6

수상관저와 외무성이 움직인 탓인지 전국지는 호세 브래든의 공청회 증언을 신지 않았지만 지방지가 4월 5일 자 석간에 '도와건설 파나마의 가리에가 장군에게 2회에 걸쳐 400만 달러 지불'이라는 제목으로 보도했다. 또 '전혀 사실무근'이란 소제목에 이어서 '기무라 마사후미 도와건설 홍보 담당 부장의 인터뷰'를 신고 있었다.

이날 밤 와다는 8시 넘어서까지 기타와키, 기무라와 회의를 했다. 사장 비서인 야마모토는 회의 참석 허가를 받지 못했지만 사장이 퇴근하지 않았기 때문에 돌아갈 수 없었다. 야마시타 마사코를 먼저 돌려보내고 사장 집무실에 가까운 마사코의 자리에서 대기했다.

와다를 배웅하고 자기 자리로 돌아온 야마모토에게 기무라가 떫은 표정으로 말을 걸었다.

"아시리라 생각하지만 기타와키 상무님은 노 코멘트로 밀어붙이라는 의견이었습니다."

"금시초문입니다. 기무라 부장님이 인터뷰에 응한 것은 사장님의 명령이 아니었습니까?

"그렇죠. 다만 기타와키 상무님에게 말하는 걸 잊으신 것 같지만요."

"5시부터 3시간이나 무슨 이야기를 하셨습니까?"

"복수의 주간지에서 취재 요청이 있었거든요. 사장님과 인터뷰를 하고 싶다는 곳도 있었고. 사장님은 한 군데쯤 응하고 싶다고 하셨지만, 그렇게 되면 거절당한 곳이 있는 일, 없는 일 마구잡이로 기사를 써댈 테니까."

"기자회견을 열어서 사실무근을 강조할 방법은 없습니까?"

"그렇게까지 할 필요가 있는 문제는 아닙니다."

"실장님은 퇴근하셨습니까?"

"접대 약속이 잡혀있는지 다급히 나갔지만 회의를 질질 끈 것도 그 사람입니다. 노 코멘트로 일관해라, 취재에 응하는 것이 아니었다, 가리에가인지 호세인지에게 물어보라고 하면 된다더군요."

야마모토는 최근 기타와키와 거의 대화를 나누지 않았다. 회의에서도 기타와키가 의견을 물어본 적이 없었다.

"실장님답군요. 그래서 결론은 어떻게 되었나요?"

"사장님은 인터뷰를 일체 거절하기로 했습니다. 다행스럽게도 에미코 부인이 일본에 계시기 때문에 당분간 호텔 오쿠라에 묵는다고 하세요."

"집 앞으로 몰려올 기자들에게는 좋은 대책이 되겠군요."

"출출하지 않습니까? 근처에서 가볍게 뭔가 먹을까요?"

"죄송하지만 이만 퇴근하겠습니다. 일요일인 엊그제도 출근했으니까 오늘 밤 정도는 일찍 집에 들어가야죠."

"일요일에 어땠습니까?"

야마모토가 꽃놀이 이야기를 꺼내자 기무라는 히죽 웃었다.

"기타와키 상무님께 들키면 엄청 질투하실겁니다."

"그럼 비밀로 해주세요."

"물론이죠. 그 대신 입막음료라고 생각하고 한 잔만 상대해주세요. 바로 집으로 돌아갈 기분이 안 들어서요."

야마모토는 이것도 세상살이에 필요한 처세술이라고 생각할 수밖에 없었다.

미유키에게 '저녁은 먹고 들어간다'고 전화하자 기무라는 활짝 웃었다.

아카사카 미쓰케見附 역 부근의 작은 식당 카운터에 나란히 앉아 맥주를 마시면서 기무라가 놀랄 일을 입에 담았다.

"400만 달러는 몰라도 100만 달러는 주지 않았을까요?"

"혼잣말치고는 엄청난 발언이네요."

"제 짐작일 뿐이지만 사장님이 상당히 마음에 걸려 하셔서요."

"사실무근이란 코멘트는 어떻게 될까요?"

"상무님이 노 코멘트에 집착하는 것도 나름대로 이유가 있을지도 모르죠."

야마모토는 구멍이 뚫어져라 기무라의 옆얼굴을 바라보았지만 기무라는 태연한 얼굴로 맥주를 마셨다.

"심복인 호세 브래든의 배신은 가리에가 실각의 전조로 볼 수 있을까요?"

"호세 브래든이 미국에 망명한 것은 누가 봐도 명백한 사실입니다. CIA가 지켜줄 거라는 보증이 없으면 공청회에서 증언하는 위험을 저지르지 않겠죠. 파나마 안건은 ODA도 얽혀있고 이런저런 구린 구석이 있지요?"

"노 코멘트입니다."

기무라는 소리를 높여서 웃었지만 야마모토는 웃을 수 없었다.

제9장 파견 해제

1

1988년 7월 4일 오후 1시 반 경, 아카사카의 도와건설 본사 건물 1층의 안내데스크로 대학생처럼 보이는 양복 차림의 남성이 다가왔다.

"와다 겐이치라고 합니다. 와다 회장님 또는 미야모토 사장님을 뵙고 싶은데요."

"약속은 하셨습니까?"

안내데스크의 여직원은 사무적인 말투로 물었다.

"아니요."

"무슨 용건이신가요?"

"취업 문제로 의논드릴 일이 있어서요. 회장님은 백부님이시고, 사장님은 아버지 친구십니다."

여직원은 인사부를 떠올렸지만, 취업시즌도 아닌데다가 회장의 조카라서 비서인 야마모토에게 연락해야겠다고 재치를 발휘했다. 올해 갓 입사한 신입사원이라 와다 쇼지로 전 부사장에 대해서는 몰랐다.

안내데스크의 전화를 받은 야마모토는 와다 겐이치를 임원 응접실로 안내하도록 지시한 다음 8층 엘리베이터 앞에서 겐이치를 기다렸다.

지금부터 1년 전인 6월 1일 밤, 야마모토는 오차노미즈의 대학병원 영안실에서 겐이치와 만났다. 당시 겐이치는 도쿄대학 법학과 3학년이라고 들었던 기억이 났다. 4학년이라면 이미 채용이 내정되었을 텐데, 취업 문제로 회장이나 사장과 의논하고 싶어 한다니 야마모토로서는 영문을 알 수가 없었다.

와다 회장과 미야모토 사장은 회의 중이었다.

엘리베이터에서 내린 청년은 백면의 귀공자처럼 생겼다. 모친을 닮았는지 백부인 와다 세이이치로와 비슷한 구석은 찾아볼 길이 없었다.

"사장실 심의 담당인 야마모토입니다. 회장님과 사장님의 비서를 맡고 있는데, 현재 두 분 다 회의 중이십니다. 회의를 시작한 지 얼마 안 돼서 1시간 정도 기다리셔야 할 것 같은데 괜찮으시겠습니까? 급하시다면 제가 대신 용건을 듣겠습니다."

"약속도 안 하고 불쑥 찾아와서 죄송합니다. 혹시 아버지가 돌아가신 날 뵙지 않았던가요?"

"네, 용케 기억하시는군요. 1년도 더 된 일인데."

"야마모토 씨에게 대신 말씀드려도 될까요?"

"물론입니다."

야마모토는 임원 응접실 5호실로 겐이치를 안내하고 회장 직속 비서인 야마시타 마사코에게 전화로 차를 부탁한 다음 소파에 앉았다.

"취업 문제로 상담할 것이 있다고 들었는데 와다 씨는 지금 4학년이지요?"

"네, 원래는 사법고시를 볼 생각이었으나 마음이 바뀌었습니다. 아버지가 전사하신 회사에 취직하는 것이 살아생전의 뜻을 이루어드리는 길이라는 생각이 들었거든요."

"호—오."

야마모토는 작게 신음했다.

도쿄대 법학과를 나와 중견 제네콘에 취직하길 바라는 학생은 전무하다고 할 수 있었다. 그러나 조부는 창업주이고 백부와 부친이 이인삼각으로 성장시켰다는 특수한 사정을 고려한다면, 당연히 있을 수 있는 일이었다.

"쇼지로 부사장님이 순직하셨다는 말은 들었습니다. 저는 다이요은행의 파견사원으로 쇼지로 부사장님을 직접 뵌 적은 없지만 미야모토 사장님과 아라이 부사장님이 무척 훌륭한 분이셨다고 칭찬하시더군요."

"제가 도와건설에 취직하고 싶어 한다는 것은 어머니나 동생은 물론 백부님께도 아직 말씀드리지 않았는데, 백부님이 찬성해주실까요?"

야마모토의 눈썹이 꿈틀했다. 꽤 신기한 질문이라고 생각했기 때문이다.

"반대로 여쭙지요. 반대할 이유가 있다고 생각하십니까?"

겐이치는 고민스런 표정으로 고개를 숙였다가 곧 야마모토를 똑바로 쳐다보았다.

"초대면이나 다름없는 야마모토 씨에게 이런 말을 해도 좋을지 모르겠습니다. 하지만 야마모토 씨는 다이요은행에서 도와건설로 파견되신 분이라 객관적으로 판단하실 수 있을 테니, 숨김없이 솔직하게 말씀드리자면 다이치 형님의 입장을 고려할 필요가 있을 것 같습니다."

이 청년이 거기까지 염려하고 있다는 것이 놀라웠다. 다이치보다 겨우 세 살 아래지만, 두 사람 사이에는 하늘과 땅만큼의 차이가 있을

지도 모른다. 사촌 형제가 이다지도 역량 차이가 나면 다이치의 존재감은 흐려진다. 물론 출신 대학이나 성적이 전부는 아니지만 야마모토가 직접 접촉해본 바로는 두 사람의 격차가 역연歷然했다. 현재 다이치는 사장실의 귀찮은 혹 덩어리에 불과하니까. 그러나 와다 세이이치로 같은 남자가 그런 일에 구애를 받을 리가 없다. 그렇게까지 도량이 좁다고는 여겨지지 않았고, 다이치의 모친과 이혼하고 브라질 혼혈 여성과 재혼할 정도의 거물이 아닌가. 야마모토는 순식간에 염려할 필요는 없다고 머릿속을 정리했다.

"겐이치 씨의 입사는 다이치 씨에게도 좋은 자극이 될 테니 전 당신을 환영합니다. 두 분이 절차탁마하여 도와건설을 더 눈부신 회사로 발전시켜주세요. 개인적으로도 회장님과 사장님께 진언하겠습니다. 저도 당신과 마찬가지로 직설적으로 말하는 편인데 다이치 씨를 배려하는 것은 대단히 건설적입니다. 당신은 다이치 씨를 백업하겠다고 생각하면 바람직하지 않을까요?"

2

노크 소리와 함께 마사코가 녹차를 내왔다.

겐이치는 자리에서 일어나 '감사합니다'하고 마사코에게 고개를 숙였다.

"천만에요."

마사코 역시 고개를 숙였다.

다이치가 겐이치를 발톱만큼이라도 닮았으면 좋겠다고 야마모토가 생각한 것도 어쩔 수 없는 일이었다.

"다이치 씨와는 만났습니까?"

"아버지 제사 때 만났습니다. 어릴 적에는 사이가 좋았지만 다이치 형님은 어머니 일로 마음고생이 많았을 겁니다. 관계가 소원해진 이유는 그 일과 무관하지 않다는 생각이 듭니다."

"겐이치 씨도 아버님을 잃고 고생했지요?"

찻잔 뚜껑을 열어 물기를 털어내면서 야마모토는 말했다.

"즈시의 절에서 장례식을 치르길 원하셨던 유리코 큰 사모님과 어머님이신 히로코 사모님의 뜻을 저버려서 대단히 죄송했습니다."

"그 이야기는 할머니와 어머니께 들었습니다. 백부님의 체면을 차리기 위한 장례식이 될 것 같아서 불쾌했었지만, 백부님의 입장을 생각하면 참아야한다고 어머니가 단단히 타이르셨던 것을 기억합니다."

야마모토는 녹차를 한 모금 마셨다.

"유족들의 심정을 생각하니 괴로워지는군요. 쥐구멍이 있으면 들어가고 싶을 정도입니다."

"아닙니다. 어머니는 아버지를 잃은 쇼크로 망연자실하셨지만 사실은 밝은 성격으로, 당시 야마모토 씨의 기백이 굉장했다고 말씀하셨습니다. 언제 기회가 되면 어머니와 만나주시겠습니까? 어머니는 야마모토 씨의 팬입니다."

겐이치의 성격도 밝은 것 같았다. 도쿄대 법학과라는 것을 자만하는 기색은 손톱만큼도 없었다.

"동생은 잘 지냅니까?"

"네, 수험 공부하느라 정신이 없습니다."

겐이치가 찻잔으로 손을 뻗었다. 그리고 녹차를 홀짝이고 찻잔을 도로 내려놓았다.

"조금 마음에 걸리는 일이 있습니다. 아버지 제삿날 백부님을 뵈었을 때 졸업 후 진로에 대해서 물어보시기에 사법고시에 도전할 생각이라고 대답했습니다. 백부님은 흐뭇한 표정으로 그 목표를 꼭 관철하라고 말씀하셨습니다."

"마음을 쓰실 만큼 대단한 일은 아닙니다. 아버님이 키우신 도와건설을 위해서 노력하는 것도 뜻깊은 목표가 아니겠습니까?"

야마모토의 미소에 이끌린 듯이 겐이치도 덩달아 하얀 이를 드러냈다.

"어떻게 할까요? 조금 더 기다리시겠습니까? 회장님께 오셨다고 전할까요?"

소파에서 일어나려는 야마모토를 겐이치가 양손으로 제지했다.

"아닙니다. 야마모토 씨를 뵌 것만으로도 운이 좋습니다. 야마모토 씨가 회장님이 편하신 날짜와 시간에 약속을 잡아서 연락해주시겠습니까?"

"알겠습니다. 겐이치 씨가 오늘 무슨 이유로 방문했는지 제가 미리 회장님께 말씀드려도 될까요?"

"네, 부탁드립니다."

"제 명함을 드리겠습니다."

야마모토는 명함지갑에서 명함을 두 장 꺼내서 그중 하나에 겐이치의 연락처를 받아 적었다.

야마모토는 겐이치를 엘리베이터 홀까지 배웅한 다음 회장실로 갔지만 회의는 아직 끝나지 않았다.

"야마시타 씨, 회장님께 드릴 말씀이 있으니 회장님의 시간이 비는 대로 연락해주시겠습니까?"

"알겠습니다. 회의 후 3시와 3시 반에 방문객이 있으니까 4시에서 4시 반 사이가 빌 겁니다."

"알겠습니다. 그럼 부탁드리겠습니다."

야마모토가 자기 책상으로 돌아가 보니 옆자리의 다이치가 신문을 펼쳐 읽고 있었다.

야마모토가 헛기침을 하며 의자에 앉자 다이치는 느릿한 동작으로 신문을 접었다.

"손님이 오셨습니까?"

"네, 와다 씨도 잘 아는 분입니다."

"흐음? 누구죠?"

"와다 겐이치 씨입니다."

"흐음, 그래요? 단번에 사법고시에 합격하겠다고 온갖 잘난 체를 하더니 이런 곳에 올 여유가 있대요?"

"국가고시 중에서도 최고 난관인 사법고시에 단번에 합격하겠다니, 진짜로 그런 말을 했습니까?"

야마모토가 빤히 응시하자 다이치는 시선을 피했다.

"어쨌거나 자신만만했어요."

"흐으―음."

"그 녀석, 왜 왔답니까?"

"회장님을 뵈러 왔습니다."

"약속도 없이?"

"그런 것 같습니다."

"그건 아니죠, 아무리 백부와 조카 사이라도. 친한 사이일수록 예의를 차려야죠."

"그러게나 말입니다."

야마모토로서는 잔뜩 비꼬아서 말한 것이었지만 다이치는 미소를 지었다.

"겐이치는 무슨 일로 왔답니까?"

야마모토는 밝힐까 어쩔까 고민했다.

다이치의 반응을 보고 싶다는 생각이 들었지만 말을 한다고 어떻게 되는 일도 아니고 말할 계제도 못 되었다—.

"회장님께 직접 말씀드리는 것이 도리라고 생각합니다. 친한 사이라 예의를 차리려는 것이 아니라 그것이 비서의 역할입니다. 와다 씨도 실장님 직속이 된 지 넉 달이 지났으니까 이것저것 느낀 점이 많지 않습니까?"

"음, 네."

"와다 씨는 기대주이니까요."

"너무 부담 주지 마세요."

"부담을 느끼고 있었습니까? 전혀 그렇게 안 보이는데요."

"야마모토 씨는 너무 엄격해요. 사장실에서 제일 무서운 분입니다."

"농담도 잘하시네요."

야마모토는 웃으면서 얼버무렸지만, 눈이 맑은 겐이치의 얼굴을 다이치에게 겹쳐보자 어째서인지 조금 불안해졌다.

3

오후 4시 40분에 야마모토의 책상 전화가 울었다.

야마시타 마사코였다.

"회장님이 부르십니다."

"네, 곧 가겠습니다."

야마모토는 서둘러 회장 집무실로 향했다.

와다는 5시에 외출 약속이 잡혀있었다.

시간은 20분밖에 없었지만 와다 겐이치가 방문했던 일을 보고하기에는 충분했다.

"겐이치가 무슨 일로 왔지?"

와다는 마사코에게 이미 겐이치가 방문했다는 것을 들은 것 같았다. 야마모토는 보자마자 질문을 던졌다.

"도와건설에 취직하고 싶다더군요. 그걸 회장님께 전해달라고 했습니다."

와다의 표정이 어두워지는 것을 야마모토는 놓치지 않았다.

"사법고시에 도전할 계획이라고 했었는데."

"많이 고민한 끝에 마음을 바꾼 모양입니다. 아버님이 순직하신 회사에서 일한다는 선택지도 있다고 생각한 것이 아닐까요?"

"야마모토는 겐이치에게 뭐라고 대답했나?"

"저는 겐이치 씨의 선택이 나쁘지 않다고 생각했기 때문에 환영한다고 말했습니다."

"환영한다?"

와다의 표정이 험악해졌다.

"잠깐 앉게나."

"네."

와다는 책상에서 일어나 소파로 이동했다.

와다가 긴 의자에 자리를 잡았기 때문에 야마모토는 정면에 앉았다.

"실례하겠습니다."

와다는 팔다리를 꼬고 앉아서 한동안 입을 열지 않았다.

야마모토는 그저 기다릴 수밖에 없었다.

2분 정도 침묵을 지키던 와다가 마침내 입을 열었다.

"겐이치가 날 만나고 싶다고 하던가?"

"네, 회장님의 시간이 언제 비는지 가르쳐달라고 했습니다. 즉 오늘은 약속을 잡으러 온 것이 아닐까요?"

"난 겐이치를 만날 생각이 없네. 도와건설은 동네 구멍가게가 아니야. 조카라는 이유로 함부로 입사시킬 수는 없지."

와다의 강한 어투에 야마모토는 충격을 받았다.

겐이치의 입사를 반대할 줄은 꿈에도 몰랐다. 와다는 '하늘과 땅 만큼의 차이'에 구애받고 있는 것이다. 이 점은 겐이치 자신도 마음에 걸려 했던 일이다.

겐이치는 백부인 와다의 안목과 도량을 시험해보고 싶은 마음이 있어서 도와건설에 들어오려는 것일까.

"야마모토, 파견사원인 자네가 환영한다고 말한 것은 조금 주제넘은 짓일세."

야마모토는 심호흡을 하고 반론했다.

"말씀하신 대로 저는 파견사원이지만 회장님의 참모라는 입장도 있습니다. 주제넘다는 말씀을 들을 줄은 몰랐습니다."

상황에 따라 편리할 대로 파견사원이 되거나 참모 취급을 받을 생각은 없다고 주장하고 싶어졌다.

무엇보다 다이요은행을 그만두고 도와건설의 정직원이 되라고 권했던 사람이 누구인지 물어보고 싶을 정도였다.

와다가 험악한 눈길로 야마모토를 바라보았다.

"자네는 다이치의 후견인이라는 분별력이 없는 건가?"

"회장님이 그런 말씀을 하실 줄은 생각도 못 했습니다. 저는 다이치 씨와 겐이치 씨가 서로를 계발시켜 가는 것은 오히려 기뻐해야 할 일이라고 생각합니다. 과거 사장과 부사장이라는 지위에 앉아서, 회장님과 쇼지로 씨는 절차탁마했다고 들었습니다. 겐이치 씨라는 뛰어난 인재의 입사를 거부하다니 저로서는 믿기 힘든 일입니다. 참모의 입장에서 말씀드리자면 꼭 우리 회사로 와라, 와달라고 권하는 것이 회장님으로서 올바른 자세라고 저는 생각합니다. 겐이치 씨의 입사로 다이치 씨도 발전하게 되지 않을까요?"

노크 소리가 나고 마사코가 얼굴을 내밀었다.

"회장님, 시간이 되었습니다."

"기타와키에게 먼저 '나스'에 가 있으라고 전하게. 30분쯤 늦을 거라고. 그리고 커피 좀 가져오게."

"알겠습니다."

마사코가 물러난 다음 와다가 씁쓸한 얼굴로 말했다.

"야마모토는 겐이치를 만나보고 호감을 느낀 모양이군."

"네, 훌륭한 청년이라고 생각했습니다. 다이치 씨와 이인삼각으로 도와건설의 미래를 짊어질 것이라고 기대할 수 있지 않을까요?"

"어지간히 겐이치가 마음에 들었나보군. 하지만 다이치와 겐이치는 그리 사이가 좋은 편이 아니야. 물론 겐이치는 똑똑하지만, 그렇기 때문에 난 다이치가 주눅이 드는 것은 아닐까 걱정된다네."

"외람되지만 공연한 노파심이라고 생각합니다. 겐이치 씨는 다이치 씨가 어머님의 일로 마음고생이 심했던 것을 안타까워했습니다."

와다는 한층 더 불쾌한 얼굴이 되었다.

"겐이치가 야마모토에게 그런 말까지 했나? 내 이혼을 비난하는 말을 할 줄은……."

야마모토는 겐이치를 감싸기 위해서 서둘러 덧붙였다.

"제 말투에 문제가 있었습니다. 겐이치 씨는 다이치 씨와 소원해진 것 같다고 이유로 그 일을 거론한 것에 불과합니다. 비난하다니 말도 안 되는 오해십니다."

4

커피를 홀짝이면서 와다가 급히 차분한 어조로 설명했다.

"야마모토가 내 심정을 이해해주었으면 좋겠군. 나로선 다이치를 어떻게든 성장시키고 싶어. 그러기 위해서는 겐이치를 배제할 수밖에 없어. 겐이치의 존재는 방해야. 겐이치는 다이치의 발목을 잡아당겨서 도와건설에 불협화음을 초래할 거야. 야마모토는 현명하니까 내 마음을 헤아리고도 남을 거라고 생각하네."

도와건설의 오너 회장이 친자식의 일밖에 안중에 없다니 기가 막힌 팔불출이 아닌가. 야마모토의 눈에는 와다 세이이치로의 그릇이 너무 작아 보였다.

"오늘 나와 나눈 대화는 잊어버리게."

"외람되지만 그럴 수는 없습니다. 겐이치 씨와 한 번 만나보십시오. 저는 100퍼센트 회장님의 참모 입장에 서서 말씀드리는 겁니다. 와다 회장님이 관대하다는 것을 드러내기 위해서라도 조카인 와다 겐이치 씨의 입사를 허락해주십시오. 부탁드립니다."

야마모토가 숙였던 머리를 들자 와다의 얼굴이 경련하고 있었다.

"내 심정을 몰라주는군. 야마모토에게 실망했네."

기가 막혔다. 나야말로 실망했다. 야마모토의 낙담이 그대로 얼굴에 드러났다.

"겐이치 씨에게 연락을 해줘야 할 텐데 면회를 거절한다고 전하면 될까요?"

"꼭 오늘 안에 연락할 필요는 없지 않나."

"가능하면 오늘 안에 연락하고 싶습니다."

"난 아주 다망한 몸일세. 당분간은 시간을 내기 힘들다고 전해주게."

무책임한 와다의 어조에 대한 항의의 뜻을 담아서 야마모토는 정중하게 대답했다.

"알겠습니다. 그렇게 전하겠습니다. 이만 가보겠습니다."

야마모토는 일어나서 머리를 깊이 숙였다.

문 앞에서 돌아서서 다시 한 번 머리를 숙이는 야마모토에게 와다가 날카로운 어조로 명령했다.

"겐이치에 대해서 나눈 대화는 다른 곳에서 발설하지 말도록. 알겠나?"

"알겠습니다. 겐이치 씨에게 연락하는 것 말고는 아무것도 안 하겠습니다. 회장님께서는 당분간 시간을 내기 힘들다고 하신 것은 문제를 뒤로 미루었다고 생각해도 될까요? 개인적으로는 면회할 기회가 있을 거라고 판단하고 있습니다."

"쓸데없는 참견일세. 자네는 내가 말한 내용 이상의 것을 전달할 필요가 없네."

"네."

야마모토는 절을 하고 회장 집무실을 나갔다.

자기 자리로 돌아가기 전에 야마모토는 임원 응접실에서 히로오에 있는 와다 겐이치의 아파트로 전화를 걸었다.

"도와건설의 야마모토라고 합니다. 겐이치 씨 있습니까?"

"아직 귀가하지 않았는데요."

"겐이치 씨의 어머님 되십니까?"

"네."

"일전에는 큰 실례를 저질렀습니다."

"시어머님과도 이야기했는데 그때는 야마모토 씨에게 정말 감격했답니다. 큰 신세를 져서 뭐라 감사해야 할지 모르겠어요."

"천만의 말씀입니다."

"그런데 겐치이가 무슨……?"

"겐이치 씨가 오늘 오후에 회사로 찾아오셨습니다. 회장님을 뵙고 싶어 했지만 일정이 꽉 차서 당분간은 시간을 내기 힘들다고 회장님이 말씀하셨습니다. 그렇게 전해주십시오."

"알겠습니다. 그나저나 겐이치가 왜 아주버님을 뵙고 싶어 했을까요?"

"아버님이 순직하신 도와건설에 입사하고 싶은 모양이었습니다."

"어머나, 정말요? 제게는 아무 말도 없었는데…… 하지만 좋은 일이네요."

"그럼 겐이치 씨에게 잘 전해주십시오."

"네, 그럴게요."

하루코의 밝은 목소리에 야마모토는 조금 기운을 차렸지만, 현재로써는 '좋은' 결과가 될 전망은 한없이 제로에 가까웠다. 그걸 생각하니 가슴이 답답했다.

와다 세이이치로를 마음을 돌려놓는 것은 불가능할까. 미야모토나 아라이의 조력을 얻어서 설득할 방법은 없을까.

야마모토는 임원 응접실에서 한참 동안 고민에 잠겼다.

5

접대한 손님을 현관에서 배웅한 다음 와다는 기타와키와 아카사카의 요정 '나스코'의 개별 룸으로 돌아갔다. 주변에 사람들을 물리치고 미즈와리 위스키를 마시면서, 조카 겐이치가 도와건설에 입사하고 싶어 한다는 것과 그에 대한 야마모토의 의견 등을 자세하게 털어놓았다. 시간은 10시 15분이 지나있었다.

"자네는 어떻게 생각하나?"

기타와키는 잘됐다 싶어서 냉큼 대답했다.

"야마모토는 회장님의 총애를 등에 업고 살짝 거만해진 것이 아닐까요? 아직 머리에 피도 안 마른 주제에 회장님께 대들다니, 다이요 은행의 엘리트인지 뭔지 모르겠지만 너무 주제넘습니다."

"야마모토의 말은 도리에 맞지만 내 심정은 전혀 헤아려주질 않아서 불쾌했네."

"읍참마속泣斬馬謖(눈물을 머금고 마속의 목을 벤다는 뜻으로, 사랑하는 신하를 법대로 처단하여 질서를 바로잡음을 이르는 말)이 필요하다고 생각합니다."

"하지만 아직 파견된 지 1년밖에 안 된 야마모토를 다이요로 돌려보내는 것은 모양새가 나쁘지 않나?"

"제가 야마모토에게 말하겠습니다."

붉게 칠해진 테이블 위에 글라스를 내려놓은 와다는 팔짱을 꼈다. 다리는 테이블 아래로 쭉 뻗었다.

"그건 별로야. 아라이에게 시키는 것이 좋겠지. 물론 야마모토가 마음을 바꾼다면 이야기는 달라지지. 야마모토는 우수하니까 가능하다면 스카우트하고 싶을 정도야."

기타와키가 살짝 눈썹을 치켜세웠지만 와다는 알아차리지 못했다.

"어쨌거나 빨리 결론을 내리는 편이 좋다고 봅니다."

"겐이치는 미야모토에게 맡기기로 하지. 내년 채용시험은 이미 끝난 것이나 마찬가지니까 미야모토의 연줄을 이용해서 다이세이건설에라도 박을 수밖에 없어. 일단 대형 제네콘에서 5~6년 정도 경력을 쌓고 오라고 말해두면 되겠지."

"도쿄대 법학과라면 다이세이는 기쁘게 맞이하리라 생각하지만 5~6년의 경력은 그냥 하시는 말씀이시죠?"

"물론이야. 겐이치라면 다이세이大盛에서도 대성大成하겠지."

자기가 말해놓고도 썩 괜찮은 농담(大盛와 大成는 둘 다 '다이세이'로 발음이 같다) 같아서 와다는 껄껄 웃었다. '다이세이에서 대성합니까'라면서 기타와키도 따라 웃었다.

"다이치는 물건이 될 것 같은가?"

"물론입니다. 부친이 너무 위대해서 다소 주눅이 들어있긴 하지만 호랑이의 자식은 호랑이입니다. 저희가 후견인, 교육 담당으로서 훌륭한 3세로 성장시키겠습니다. 원래부터 잠재능력은 뛰어나니까요."

"그렇다면 다행이지만 야마모토를 잃는 것은 다이치에게 커다란 손실이 될 거야."

"결코 그렇지 않습니다."

기타와키는 일부러 '결코'에 힘을 주어 말했다.

"겐이치가 다이세이건설을 거부하고 다시 사법고시에 집중해주면 좋겠지만, 쇼지로의 유지를 이어받을 생각이라면 일이 복잡해지겠어.”

“사법고시든 다이세이든 도와건설만 포기해준다면 아무래도 좋지 않습니까.”

“어머니의 영향을 받아서인지 겐이치도 유지도 에미코를 받아들이려고 하지 않아. 반면 다이치는 차츰 날 이해해주게 되었어. 다음 주의 브라질과 파나마 출장에 야마모토를 데리고 갈 생각이었지만…….”

와다는 글라스로 손을 뻗어 미즈와리 위스키를 벌컥벌컥 마시고 말을 이어나갔다.

“야마모토의 태도에 따라서는 기타와키의 말처럼 읍참마속도 고려해봐야겠지. 이번에는 다이치나 브라질로 데리고 갈까.”

기타와키가 간발의 차이를 두지 않고 즉각 대꾸했다.

“외람되지만 그러지 않는 편이 무난하지 않겠습니까?”

“어째서?”

“사모님이 불편해하실 겁니다.”

“에미코는 브라질에서 자란 호방한 여자니까 그럴 리는 없다고 생각하는데.”

“제가 괜한 걱정을 하는 건지도 모릅니다.”

“에미코에게 솔직하게 물어볼까?”

기타와키는 대답을 하지 않고 가식적인 미소를 지었다.

“그건 그렇고, 야마모토를 다이요로 돌려보내면 대신할 사람을 받아야 하지 않을까?”

“그렇다면 이번에는 산은에서 받아야지요.”

“하긴 그쪽도 있었지. 산은과 다이요, 양쪽의 눈치를 보는 것도 피곤하니까 그만둘까.”

"저는 그편이 모가 나지 않을 것 같습니다."

여주인이 개별 룸에 얼굴을 내밀었다. 포동포동하게 생겼다.

"와다 회장님, 어떻게 할까요? 안주를 더 내올까요?"

"아닐세, 이제 충분해. 차는 왔나?"

"30분 전부터 대기하고 있습니다."

"그런가. 기타와키와 긴히 할 이야기가 있었지만 이제 끝났어. 화장실 잠깐 들렀다 돌아가겠네."

"저도 함께 가겠습니다."

두 사람은 나란히 화장실로 향했다.

볼일을 보면서 와다가 말했다.

"겐이치의 일은 잊어버리게. 자네의 제안은 고맙지만 일단은 야마모토의 입을 막아둔 상태니까."

"십중팔구 읍참마속하게 될 겁니다."

"그럴지도 모르지."

와다는 눈썹을 찌푸렸지만 내일 아침이면 야마모토가 태도를 180도 바꾸기를 은근히 기대했다. 아니, 그렇게 되기를 빌고 있다고 하는 편이 더 정확할 것이다.

6

다음 7월 5일 아침 8시 30분에 와다가 야마모토는 호출했다.

긴 의자에 앉아 신문을 읽고 있던 와다는 웃으면서 야마모토에게 소파를 권했다.

"좋은 아침일세. 어서 앉게나."

"안녕히 주무셨습니까. 실례하겠습니다."

겐이치의 일로 불렀으리라 짐작하고 있었던 야마모토는, 와다가 미소로 맞이하는 것을 보고 마음을 바꾼 것이 아닐까 생각했다.

하지만 다음 순간 야마모토의 얼굴이 굳어졌다.

"하룻밤 곰곰이 생각해보면 내 마음을 알아줄 거라고 기대했는데 어떤가?"

"기대에 부응하지 못해서 죄송합니다. 저는 회장님이 마음을 바꾸시길 기도하면서 잠 못 드는 밤을 보냈습니다."

잠 못 드는 밤은 조금 과장된 표현이지만 이런저런 걱정으로 잠자리가 불편했던 것은 사실이었다.

"실망일세. 알아주지 않다니 유감스럽기 짝이 없군."

와다의 표정은 보고 있기가 괴로울 정도로 험악해졌다.

웃는 얼굴은 가식에 불과했다고 생각하면서 야마모토는 용기를 쥐어짜 내서 대꾸했다.

"제 간절한 부탁입니다. 겐이치 씨의 희망을 들어주시면 안 되겠습니까? 도와건설에게 둘도 없을 인재를 잃게 되리라 생각합니다."

"이제 됐네. 그만 나가보게."

"저는 회장님께서 후회하실까 봐 두렵습니다."

"쓸데없는 참견일세."

물러가라는 손짓에 더 이상 매달려도 소용이 없다고 느낀 야마모토는 인사를 하고 회장실을 나섰다.

와다는 다리를 달달 떨다가 야마시타 마사코에게 '아라이 부사장을 불러주게'라고 명령했다.

"알겠습니다."

아라이는 9시의 정기상무회를 앞두고 미리 의논하고 싶은 일이라도 있는가 싶어서 회장 집무실로 얼굴을 내밀었다.

"안녕히 주무셨습니까."

"잘 잤나. 앉게나."

와다는 조카 겐이치가 도와건설에 입사하고 싶어 한다는 것, 야마모토는 그것을 환영하지만 자신은 반대한다는 것을 간략하게 설명했다.

"외람되지만 반대하시는 이유를 알고 싶습니다."

"아라이 부사장 같은 사람이 어떻게 다이치를 배려할 줄 모르나?"

비아냥거리는 말을 들어야 할 이유가 없다고 아라이는 생각했다.

"회장님은 야마모토에게도 그렇게 말씀하셨습니까?"

"물론일세. 방금 전에 재확인했지만 야마모토의 생각은 변함이 없었어. 오히려 내가 잘못하고 있다는 식으로 말하더군. 아라이 부사장은 어떻게 생각하나?"

"회장님의 판단에 따를 수밖에 없다고 생각하지만 저도 겐이치와 모르는 사이가 아닙니다. 그는 상처를 받겠지요."

"그래서야 아라이 부사장도 전혀 몰라주는 것이나 다름없지 않나?"

"조금 다릅니다."

"어떻게 다른가?"

"회장님은 다이치와 겐이치를 자꾸 비교하시는 모양인데 그럴 필요가 있을까요? 겐이치는 다이치의 협력자가 되면 몰라도 적이 아닙니다."

"자네도 야마모토와 같은 의견이군. 그래선 곤란해."

"알겠습니다. 그래서 제 역할은 뭡니까? 겐이치를 설득하면 되는 겁니까?"

아라이가 시계를 보면서 서둘러 말했다.

"미야모토 사장에게 겐이치와 만나달라고 부탁하면 되겠지. 산은을 통해서 다이세이건설을 소개해주고 경력을 쌓게 하면 되네."

아라이는 고개를 갸웃거리면서 질문했다.

"즉 몇 년이 지난 후에 겐이치를 도와건설에 입사시키려는 생각이십니까?"

"그렇게 미래의 일까지는 모르네."

와다는 짜증을 마구 냈다.

다이치와 관련되면 사람이 변해버렸다. 훨씬 더 거물인 줄 알았지만 신이 아닌 인간은 약한 존재다. 그렇게 생각할 수밖에 없었다.

"야마모토를 놓치는 것은 가슴 아프지만 다이요은행으로 돌려보낼 수밖에 없다고 생각하네. 아리이 부사장 생각은 어떤가?"

아라이는 화들짝 놀랐다.

와다가 거기까지 생각하고 있을 줄은 상상도 못했다.

"기타와키의 의견도 들어보았는데 읍참마속밖에 없다는 의견을 내놓았어."

"기타와키 상무답군요. 야마모토와는 사이가 나빴던 것 같으니까 거슬리는 존재를 치울 수 있는 좋은 기회라는 건가요."

아라이로서는 있는 힘껏 비꼬아서 말하자 와다는 바로 얼굴을 찡그렸다.

"야마모토는 다이요은행의 짊어질 차세대 에이스지. 아니면 야마모토도 상처를 받을까?"

가시 돋친 말들이 오가는 상황에 아라이는 쓴웃음을 머금었다.

"야마모토는 이런 일로 상처를 받을 만큼 나약하지 않습니다."

야마시타 마사코가 얼굴을 내밀고 '시간이 되었습니다'라고 두 사람에게 고했다.

"30분만 연기시키게."

"네."

독불장군인 와다다운 말이었지만 아라이는 마사코를 불러 세웠다.

"잠깐 기다려주게. 9시 5분부터 상무회를 개최할 수 있을 걸세."

야마시타는 당황한 얼굴로 와다의 얼굴을 확인했다.

와다는 잠자코 고개를 끄덕였다.

"야마모토에게 제가 말하겠습니다. 7월 20일 자면 괜찮겠습니까?"

"쇠뿔도 단김에 빼랬다고 오늘 말하는 게 좋지 않겠나?"

"7월 5일 자로요? 다이요의 윗선과 이야기할 시간도 필요하니까 11일 자면 안 될까요?"

와다는 대답하지 않고 고개를 돌렸다.

지금 와다는 야마모토를 총애했던 만큼 증오가 큰 것처럼 보였다.

야마모토의 얼굴을 보는 것조차 싫은 모양이었다.

하지만 아라이는 순순히 물러날 수 없었다.

"야마모토를 데리고 올 때 억지를 쓰다시피 하면서 끌고 왔는데 돌려보낼 때도 반강제로 돌려보내게 생겼군요. 하지만 오늘 안에 내보내는 것은 야마모토에게 너무하신 처사입니다. 야마모토가 회장님을 위해서 얼마나 노력해왔는지 떠올려 보십시오. 7월 11일 자로 발령을 내도록 허락해주십시오."

"알겠네."

마음이 놓인 목소리로 와다는 대답했다.

7

상무회는 1시간 만에 끝났다.

와다는 기타와키를 자기 사무실로 불렀다.

"야마모토의 처분은 자네 의견을 따르기로 했네. 아까 아라이 부사장에게 말했어."

기타와키가 좋아죽으려는 표정을 서둘러 수습한 것은 와다의 표정이 심각했기 때문이었다.

"시기는 어떻게 하기로 하셨습니까?"

"난 7월 5일이 좋겠다고 주장했지만……."

"넷?!"

기타와키가 괴성을 발했다.

"하지만 너무 감정을 앞세우는 것 같고 아라이 부사장의 반대도 있어서 11일 자로 내보내기로 했어. 아라이 부사장은 야마모토가 날 위해서 애썼던 것을 생각해보라고 하더군. 확실히 아라이의 말처럼 아깝다는 생각이 들어."

"하지만 오너에게 거역하는 것은 용서할 수 없습니다. 회장님의 판단이 틀린 적은 없으니까요."

"응, 겐이치를 입사시키는 것은 도저히 내키지 않아. 다이치의 입지를 위태롭게 만들 수는 없으니까. 그런 내 우려를 어째서 야마모토가 알아주지 않는지 기가 막힐 지경이야. 그것뿐만 아니라 아라이까지 이러니저러니 따지더군."

"은행원이라서 그렇겠지요. 다들 떠받들어주니까 세상 물정을 모르는 겁니다."

"미야모토가 뭐라고 할까?"

"미야모토 사장님은 은행원치고는 의외로 이해심이 많지 않습니까."

야마시타 마사코가 찻잔을 테이블에 놓고 물러갔다.

와다와 기타와키가 동시에 찻잔으로 손을 뻗었다.

두 사람을 차를 한 모금 마시고 찻잔을 내려놓았다.

"다이치 씨를 브라질에 데리고 가실 겁니까?"

"에미코와 통화했는데 다이치를 환영하지 않는 것 같더군. 안내할 사람이 없다는 거야. 비서로 데려갈 생각이라고 했더니 야마모토를 데려오라고 대꾸하더군. 귀찮아져서 야마모토는 다이요은행의 사정으로 돌려보내게 되었다고 말해두었네. 야마모토라면 뭐든지 미리미리 준비할 만큼 눈치가 빠르지만, 다이치는 그러지 못하니까 에미코도 대하기가 힘들겠지."

"사모님의 기분은 이해가 됩니다. 다이치 씨에게는 죄책감도 있을 테고요."

"그렇겠지. 조지의 비서는 에미에게 맡겨달라고 하더군."

"다이치 씨도 놀러 가는 것이 아닌 이상 회장님과 동행하는 것이 불편할 겁니다."

"그럴지도 모르지. 다이치에게는 아직 말하지 않았지만 생모의 입장을 생각하면 브라질에는 가고 싶지 않을지도 몰라."

"그렇게 생각합니다."

와다가 다시 찻잔을 들어 올려 입으로 가져갔다.

"야마모토의 후임은 어떻게 할까요?"

"인사부와 의논해서 하루라도 빨리 결정해주게. 이번에는 나 혼자 가겠지만 브라질에 가기 전에 눈치가 빠른 사람을 찾아주면 좋겠어."

"알겠습니다."

기타와키의 목소리가 흥분으로 들떠 있었다. 눈에 거슬리는 야마모토를 쫓아낸다는 사실이 기뻐서 어쩔 줄을 모르겠는 모양이었다.

8

기타와키가 와다에게 호출되어 사장실 실장석에서 일어난 것과 같은 시각, 야마모토는 아라이의 전화를 받았다.

"아라이인데 지금 바쁜가?"

"아닙니다."

"잠깐 내 방으로 와주게."

"알겠습니다."

야마모토는 도미나가 가오리에게 '아라이 부사장님이 불러서 갔다 오겠다'고 말해두고 자리를 비웠다.

아라이는 소파에서 야마모토와 마주앉자마자 굳은 표정으로 용건을 꺼냈다.

"야마모토, 와다 겐이치의 일로 회장님의 역린을 건드린 모양이야."

"벌써 회장님께 들으셨습니까?"

"상무회가 시작되기 전에 회장실에 불려갔는데 설마 그런 일이 벌어졌을 줄은 꿈에도 생각하지 못했네."

"저도 오늘 아침 회장님의 부름을 받았습니다."

"결론부터 말하지."

아라이가 지세를 비로 가다듬는 바람에 야마모토도 등을 쭉 폈다.

"7월 11일 자로 은행으로 돌려보내기로 했네."

"다시 말해서 해고라는 말씀이군요."

"오너를 거역할 방법이 없으니까. 나도 자네와 같은 의견이야. 그것 때문에 회장님께 꾸지람을 들었네."

"조금 믿기 힘들지만 지난 1년간 용케 버텨냈다고 생각할 수밖에요. 설마하니 해고까지 갈 줄은 몰랐습니다."

"기타와키 상무가 회장님께 읍참마속하라고 진언한 모양이야."

"아마 그럴 것 같았습니다. 사장실 실장님에게는 구박을 많이 받았으니까요. 직장 상사의 괴롭힘이라고 말해준 사람도 있습니다."

"다이치가 관련되면 회장님도 사람이 바뀌어버리니까."

"그걸 모르는 것은 아닙니다. 도요토미 히데요시가 히데요리를 익애했던 것과 마찬가지라고 생각합니다."

"그렇게 볼 수 있겠지."

"저의 브라질, 파나마 출장은 취소되었군요."

"동행하기로 했었나?"

"네."

와다가 7월 5일 자로 파견을 해제하겠다고 말했으니 당연한 일이었다.

아라이가 쓸쓸하게 말했다.

"1주일도 안 남았지만 자택에서 대기하게. 이른 여름 휴가라고 생각하고 부인과 여행이라도 하면 어떻겠나?"

"배려해주셔서 감사합니다."

야마모토는 눈시울이 뜨거워질 정도로 분노가 솟구쳤다.

팔불출 회장의 얼굴을 보는 것도 싫었고 멍청한 사장실 실장과 얼굴을 마주치는 것도 사양하고 싶었다.

"회장님은 자네를 도와건설의 정직원으로 채용하고 싶네 어쩌네 하더니만, 그 말들은 도대체 뭐였는지 원."

"그냥 기분 내키는 대로 하신 말씀이겠죠. 그것보다 겐이치 씨가 상처를 받을까 봐 걱정입니다. 저렇게 뛰어난 청년을, 그것도 조카를……."

야마모토의 목소리가 흐려졌다.

"아버님의 살아생전의 뜻을 이루고자 도와건설에 입사하는 길을 선택했다던 겐이치 씨의 기개나 마음가짐을 물거품으로 만든 회장님을 용서할 수가 없습니다."

"자네는 겐이치와 만났나?"

"네, 어제 오후 1시 반쯤 회사에 왔는데 회장님도 사장님도 회의 중이었기 때문에 제가 대신 만났습니다."

"흐으—음. 회장님은 아무 말씀도 하지 않으셨는데 그런 일이 있었나."

"저는 겐이치 씨를 볼 면목이 없습니다."

야마모토는 겐이치와 나눈 대화 내용을 자세하게 아라이에게 들려주었다.

말하는 도중에 분노가 점점 쌓이는 바람에 야마모토는 여러 차례 목이 메었다.

"야마모토의 이야기를 들으니 어떻게든 돌이킬 방법은 없는지 강구해야겠다는 생각이 드네. 미야모토 사장님과 의논해 볼까?"

"실례지만 부사장님이 다칠지도 모릅니다. 포기하지요. 팔불출 오너를 고칠 약은 없다고 생각합니다."

"나도 이 회사에 오래 있고 싶지는 않아. 미야모토 사장님과 의논해 볼 가치는 있겠지."

"다케야마 수상이나 산은의 이케지마 회장이라면 팔불출 오너를 설득할 수 있을지도 모르지만, 그런 차원의 문제가 아니라고 생각합니다. 다시 한 번 말씀드리는데 그냥 가만히 계시는 것이 최선입니다."

"야마모토가 그렇게까지 말리니 기가 꺾이는군. 조금 생각해보겠네."

"책상과 사물함을 정리한 다음 직원들에게 작별 인사를 하겠습니다. 사람들에게는 은행의 사정으로 파견이 해제되었다고 말해두겠습니다. 뻔한 거짓말이라 나중에 들키더라도 뒷마무리는 깔끔할수록 좋다고 생각합니다."

"흐으─음, 작별 인사는 생략해도 괜찮다고 생각하는데."

아라이는 팔짱을 끼고 고개를 갸우뚱하면서 말을 이었다.

"뒷마무리는 깔끔할수록 좋다라……."

"굳이 그럴 필요는 없을지도 모르지만 한솥밥을 먹으면서 신세를 졌던 사람들도 있으니까요."

이때 야마모토의 머릿속에 저팔계 같은 후쿠다의 얼굴이 떠올랐다. 스스로도 신기한 심상 풍경이라는 생각이 들어서 얼굴을 찡그렸다.

"야마모토답게 훌륭한 생각이야."

"감사합니다."

"천만에."

야마모토도 아라이도 일어나서 머리를 숙였다.

9

와다가 신바시의 요정 '다무라'의 개별 룸으로 미야모토를 불러낸 것은 같은 날 점심시간이었다.

"해외출장을 앞두고 있는 바람에 밤에는 시간이 나질 않아서 이런 시간에라도 간략하게 미야모토의 환영회를 열고 싶었네. 갑자기 불러 내서 미안하군."

"신경을 써주셔서 감사합니다."

"런치타임이라 요리의 가짓수는 적은 편이야. 술도 맥주 한 잔씩만 주문해두었네."

맥주로 건배하고 점심을 먹으면서 세상 돌아가는 이야기를 나눈 다음, 와다는 차소바茶蕎麦(메밀가루에 녹차가루를 섞어서 만든 국수)를 젓가락으로 헤집으면서 말을 꺼냈다.

"쇼지로의 장남을 알고 있나?"

"겐이치 말입니까? 이만할 적부터 알고 있지요."

미야모토는 오른손으로 키 크기를 나타내면서 말을 이어나갔다.

"대단한 수재로 변호사 지망이라고 들은 기억이 있습니다."

"그런데 마음이 바뀌었는지 우리 회사에 들어오고 싶다더군. 십중 팔구 사법고시에 합격할 자신이 없는 모양이지."

"……."

"그래서 미야모토 사장에게 부탁하는 편이 좋을 것 같았네."

"무엇을 말입니까?"

"바로 우리 회사에 들어오는 것보다 대형 제네콘에서 10년 정도 경력을 쌓는 편이 겐이치에게도 도움이 될 거야. 혹은 우리 회사 같은 중견기업에 입사하는 것보다 대기업에서 정상을 노리는 것도 나쁘지 않겠지."

미야모토는 젓가락을 내려놓고 자세를 가다듬었다.

와나가 환영회를 핑계로 소카의 취업 문제를 의논하고 싶어 한다는 것을 눈치챘기 때문이다.

"겐이치라면 가지마든 시미즈든 마음대로 골라잡을 수 있다고 생각합니다. 그런데 다이세이건설의 회장님은 지쿠호회 멤버가 아니십니까?"

"나도 다이세이가 적당할 것 같네. 다만 내가 직접 나서서 알선할 만한 일은 아닐세. 미야모토 사장이 중재한 다음 겐이치에게는 자네 의견이라고 말해주겠나? 묘한 오해를 하면 곤란하니까."

"알겠습니다. 일단 겐이치를 만나보지요."

"아무쪼록 내 의견이 아니라 미야모토 사장의 의견이라는 것을 강조해주게."

와다는 아들인 다이치가 조카인 겐이치와 비교당하는 것을 두려워하고 있다고, 미야모토는 그렇게 이해했다.

그러나 미야모토는 와다의 그런 태도에 반감이 느껴져서 살짝 비꼬고 싶어졌다.

"겐이치가 끝까지 도와건설을 고집하면 어떻게 하시겠습니까? 쇼지로를 기리려는 마음이 강할 테니까요."

"미야모토 사장까지 그런 질문을 하다니 뜻밖이군. 아라이 부사장도 그랬었고."

"아닙니다……."

미야모토는 천천히 오른손을 내저었다.

"그저 확인을 했을 뿐입니다."

"아무쪼록 잘 부탁하네."

와다가 머리를 숙이는 바람에 싫다고 거절할 수가 없었다. 다만 와다가 겐이치의 취업 문제를 자기보다 아라이와 먼저 상담했다는 것이 의외였다—.

그러나 미야모토의 의문은 1시간 후에 해결되었다.

아라이가 사장 집무실로 찾아온 것은 오후 2시가 지나서였다.

"회장님과 점심을 같이 드셨다던데, 선수를 빼앗겼군요."

"와다 겐이치의 취업 문제 말입니까."

"야마모토를 다이요은행으로 돌려보내는 것은 아무 문제가 없지만 겐이치를 다이세이에 빼앗기는 것은 아깝다고 생각합니다."

미야마토의 눈썹이 꿈틀거렸다. 야마모토에 대해서는 처음 들었다.

아라이의 이야기를 다 들은 미야모토는 길게 탄식했다.

"그런 일이 있었습니까? 읍참마속이라니 놀랍군요. 회장님은 야마모토를 높이 평가하고 있었는데…….."

"은행원치고는 드물게 자기 의견을 기탄없이 밝히는 성격이 야마모토의 장점이자 결점이기도 합니다."

"산은에는 그런 친구들이 꽤 많습니다. 윗선에 싸움을 거는 것을 삶의 보람처럼 여기는 사람들마저 있으니까요."

"상하간의 소통이 원활한 것이 산은의 미풍이지요. 야마모토의 처분은 이미 끝난 일이지만 겐이치에 대해서는 어떻게 생각합니까?"

미야모토는 팔짱을 끼고 다시 깊은 한숨을 내쉬었다.

"아라이 부사장님의 기분은 잘 압니다. 하지만 오너에게는 거역할 수 없습니다. 저는 다이세이건설에서 경력을 쌓으라고 겐이치를 설득하지 않으면 안 됩니다. 그것도 제 개인적인 의견이라고 하기로 약속했지요. '다무라'에서 런치를 얻어먹은 걸로는 수지타산이 안 맞을 만큼 손해 보는 역할을 떠맡았습니다."

아라이는 대꾸할 말이 떠오르지 않았다.

10

파견이 해제되어 다이요은행으로 돌아온 야마모토는 7월 20일 자로 인사부에 배속되어 다른 동기들을 제치고 과장으로 승진했다.

다음 날 오후 3시 넘어서 야마모토는 와다 겐이치의 전화를 받았다. 인사말을 건넨 다음 겐이치가 말했다.

"지금 오테마치 역 근처에 와있는데 찾아뵈어도 될까요?"

"물론입니다. 기다리겠습니다."

"감사합니다. 그러면 5분 후에 들르겠습니다."

"알겠습니다."

야마모토는 1층의 안내데스크에서 겐이치를 기다렸다. 그리고 오테마치 빌딩 지하 1층에 있는 카페의 작은 테이블을 둘러싸고 마주앉았다. 두 사람 다 이동할 때 양복 윗도리를 벗었기 때문에 와이셔츠 차림이었다.

"일전에는 이것저것 신경을 써주셔서 감사합니다."

겐이치는 전화를 포함해서 세 번이나 야마모토에게 감사 인사를 했다.

야마모토는 비난을 받고 있는 것 같은 기분이 들었지만 겐이치에게는 타의가 없었다.

"별 도움이 되지 못해서 죄송합니다."

"천만의 말씀입니다. 야마모토 씨를 만나고 이틀 후에 미야모토 사장님을 뵈었습니다. 5~6년 다이세이건설에서 경력을 쌓으라고 하셔서, 오늘 다이세이건설의 인사 담당자들과 면접을 보고 왔습니다. 아직 임원 면접과 사장 면접이 남았지만 미야모토 사장님의 배려로 처음부터 채용은 확실한 모양입니다."

"미야모토 사장님이 5~6년 경력을 쌓고 오라고 하셨습니까?"

"네, 저도 다이치 형님처럼 바로 도와건설에 입사하는 것보다 대형 제네콘에서 공부하는 편이 좋을 것 같습니다."

반짝거리는 눈만 보아도 겐이치가 미야모토의 말을 철석같이 믿고 있다는 것이 느껴져서 야마모토는 우울해졌다.

미야모토로서도 그렇게 말할 수밖에 없었겠지만, 겐이치가 도와건설에 중도입사할 가능성은 거의 없다. 그것은 내가 와다 세이이치로의 역린을 건드려서 파견을 해제당한 사실이 증명하고 있다─.

두 사람은 잠시 입을 다물고 커피를 마셨다.

"실례지만 야마모토 씨는 왜 겨우 1년 만에 도와건설을 그만두시게 되었습니까?"

갑작스러운 겐이치의 질문에 야마모토는 뜨끔했다.

"미야모토 사장님께 아무것도 듣지 못했습니까?"

야마모토는 되묻는 것으로 잠깐 시간을 벌었지만 대답할 방법이 없었다. 그것이 솔직한 심정이었다.

"여쭤보았지만 잘 모르겠다고 하시더군요. 다이요은행의 사정 때문이라고만."

"뭐 그렇습니다."

"하지만 파견 기간이 1년이라는 것은 너무 짧다고 생각합니다. 반면 경력을 쌓는 기간이 5~6년이라는 것은 너무 길다는 기분이 듭니다."

야마모토는 고민스러운 얼굴로 찻잔을 받침접시에 돌려놓았다.

"저는 말이 많은 편이라서요, 직언거사라고 할까 일언거사라고 할까. 도와건설의 상사와 마음이 맞지 않았던 것도 원인이 아닐까요? 은행 쪽의 사정도 조금은 있겠지만."

"백부님과 충돌한 적이 있습니까?"

소박한 질문이지만 야마모토는 눈살을 찌푸렸다.

"으—음, 현재 가장 잘 나간다는 도와건설의 오너에게도 하고 싶은 말은 가리지 않고 했으니까 와다 세이이치로 회장님께는 골칫거리였을지도 모릅니다."

야마모토는 농담처럼 말했다. 모조리 털어놓고 싶다는 유혹에 시달렸지만 아무래도 그것은 꺼려졌다.

"와다 씨라면 다이세이건설에서 사장이 될 수 있을 겁니다. 5~6년 동안 경력을 쌓는 것도 좋지만 그런 마음가짐으로 노력해주세요."

야마모토는 적당히 얼버무리고는 시계에 시선을 떨어트렸다.

11

간사이신공항의 호안공사를 둘러싼 제네콘의 담합사건이 발각된 것은 야마모토가 와다 겐이치와 만나고 한 달 후의 일이었다.

간사이신공항이 호안공사에 착수한 것은 1987년 1월이지만 토사를 공급하던 해상매립토사건설협회(해토협) 8개사의 중핵은 오모리조, 도와건설 등이다.

고작 1년간 재직했을 뿐이지만 도와건설의 행방은 마음에 걸렸다.

'간사이신공항의 호안공사', '8개 건설사가 토사 담합', '매각가격도 뒤로 협정'이란 제목을 찡그린 얼굴로 읽고 있을 때 야마모토의 책상 전화가 울렸다.

"네, 다이요은행입니다."

"C 신문 읽었냐?"

"뭐야, 가와하라잖아……. 지금 읽고 있던 참이야."

"잠깐 시간 좀 내줄래?"

"인사부로 와주겠어?"

"그래도 될까?"

"들킨다고 곤란할 것도 없는걸. 그럼 기다릴게."

오후 4시를 넘어서 야마모토와 가와하라는 인사부의 응접실 소파에 마주앉았다. 두 사람 다 와이셔츠 차림이었다.

"넌 알고 있었나?"

"간사이신공항에서 무슨 일이 있다는 것 정도는. 무엇보다 전임 부사장을 간사이에 상주시켰으니까. 하지만 구체적인 일은 몰라. 가와하라 넌 어때?"

"폐자재 처리업자가 오모리조의 상무인 시마오카 기요시島岡清라는 것은 누가 봐도 알 수 있어. 해토협 회장이니까 아와지시마淡路島의 토사에 눈독을 들인 것도 시마오카일 거야."

"잘 아네. C 신문에는 그런 것까지는 실리지 않았지만."

"간사이신공항이 운수 전문 의원들의 먹이가 된 것은 틀림없어. 하지만 아와지시마에 토사 채취장이 없는 오모리조가 도와건설과 똑같이 400만 제곱미터를 배분받게 된 배후에는, 자사의 이익유도를 꾀하려는 시마오카가 있는 것은 틀림없어. 동쪽의 우에무라, 서쪽의 시마오카는 유명한 처리업자라고 들었으니까."

1988년 8월 현재 간사이신공항의 호안공사의 진척도는 약 90퍼센트였다.

공사에 필요한 토사는 약 2천만 제곱미터(공항 전체적으로는 약 1억 5천 제곱미터)로 이 중 400만 제곱미터가 할당된 곳은 오모리조,

도와건설 등이었다.

담합으로 통일한 토사의 가격은 현장까지의 선적하는데 1 제곱미터당 1130엔.

마진은 100엔이라고 예상되므로 400만 제곱미터라면 4억 엔이지만 간사이신공항 전체로 보면 엄청난 이익이 된다.

야마모토가 오른손으로 뺨을 쓸어내리면서 굳은 목소리로 말했다.

"도와가 신도청사를 건드려보지도 못했기 때문에 간사이신공항 때는 와다 세이이치로가 독이 바짝 올라있던 것이 기억나."

"내 걱정은 암흑가 카르텔에서 도와도 공정거래위원회에 적발되는 것이 아닐까 하는 것이야. 넌 운 좋게도 딱 좋은 타이밍에 다이요로 돌아왔어."

"가령 도와건설에 파견된 상태라고 해도 내가 피해를 입을 일은 없어. 1년 조금 넘게 있다가 해고된 것은 지금도 석연치 않지만."

"그래서 1선발 중의 1선발이라니 어떻게 된 거야? 마치 전화위복이 된 셈이잖아."

"농담하지 마. 인사는 내 적성이 아니야. 영업인 가와하라가 부러워."

"나야말로 그것이야말로 농담이 아니야. 나도 지금 자리에 3년째 있으니까 도쿄 내의 지점으로 나가고 싶을 정도야. 아직 지점장은 무리지만 실적이 괜찮은 지점을 찾아내서 부지점장으로 보내줘. 꼭 좀 부탁할게."

가와하라는 몸을 쑥 내밀고는 야마모토의 무릎을 두드렸다.

"난 그런 힘이 없지만 부부장님께 말씀은 드려볼게."

야마모토는 되받아치듯이 응수한 다음 표정을 굳혔다.

"그나저나 골프장은 처분했어?"

"아니, 아직이야."

"이런 상태로 토지나 주가가 상승하는 것은 이상하다고 생각하지 않아?"

"주식 관련 잡지에서 미국의 아날리스트들이 도쿄시장 버블론을 주장한다는 기사를 읽은 적이 있지만 난 아직 강경론자의 편을 들겠어."

"버블이라면 거품이라는 뜻이잖아. 처음 듣는 단어이지만 하나의 경종으로서 받아들일 필요가 있지 않을까?"

야마모토는 아무런 맥락도 없이 아라이 데쓰오의 온화한 얼굴이 뇌리에 떠올랐다.

'오래 있고 싶지 않다'고 아라이는 말했다. 그때는 농담이라고 생각해서 흘려들었지만 본심이었던 것일까?

자연스럽게 와다 세이이치로의 의기양양한 얼굴도 떠올랐다.

갑자기 형용하기 힘든 불안이 밀려들어서 야마모토는 몸이 떨리는 것을 참을 수가 없었다.

정경유착 소설 건설업

초판 1쇄 인쇄 2015년 11월 20일
초판 1쇄 발행 2015년 11월 25일

저자 : 다카스기 료
번역 : 서은정

펴낸이 : 이동섭
편집 : 이민규, 김진영
디자인 : 이은영, 이경진
영업·마케팅 : 송정환, 엄제노
e-BOOK : 홍인표, 이문영
관리 : 이윤미

㈜에이케이커뮤니케이션즈
등록 1996년 7월 9일(제302-1996-00026호)
주소 : 04002 서울 마포구 동교로 17안길 28, 2층
TEL : 02-702-7963~5 FAX : 02-702-7988
http://www.amusementkorea.co.kr

ISBN 979-11-7024-398-4 03830

한국어판ⓒ에이케이커뮤니케이션즈 2015

SHOUSETSU THE ZENEKON
ⓒRyo TAKASUGI 2003
Edited by KADOKAWA SHOTEN
First published in Japan in 2005 by KADOKAWA CORPORATION, Tokyo.
Korean translation rights arranged with KADOKAWA CORPORATION, Tokyo.

이 도서의 국립중앙도서관 출판예정도서목록(CIP)은 서지정보유통지원시스템
홈페이지(http://seoji.nl.go.kr)와 국가자료공동목록시스템(http://www.nl.go.kr/kolisnet)에서
이용하실 수 있습니다. (CIP제어번호: CIP2015028399)

*잘못된 책은 구입한 곳에서 무료로 바꿔드립니다.